자아와 성찰
장소와 추억

우리시대의 고문진보

우리 시대의 고문진보

자아와 성찰
장소와 추억

초판 1쇄 인쇄 2023년 2월 24일
초판 1쇄 발행 2023년 2월 28일

지은이 김영주 외
펴낸이 유지범
책임편집 신철호
외주디자인 아베끄
편　집 현상철 · 구남희
마케팅 박정수 · 김지현

펴낸곳 성균관대학교 출판부
등록 1975년 5월 21일 제1975-9호
주소 03063 서울특별시 종로구 성균관로 25-2
대표전화 02)760-1253~4
팩시밀리 02)762-7452
홈페이지 press.skku.edu

ISBN 979-11-5550-581-6　93810

• 잘못된 책은 구입한 곳에서 교환해 드립니다.

성균관대학교
동아시아한문학연구소
교양총서 2

**자아와 성찰
장소와 추억**

새롭게 해석하는 진짜 보물 같은 우리 옛글

우리 시대의
고문진보

김영주 외 지음

성균관대학교
출 판 부

이 책은 성균관대학교 동아시아한문학연구소가 기획한 첫 번째 교양총서로, 성균관대학교 〈동아시아고전학 미래인재 교육연구팀〉의 참여 교수와 한문학과 대학원생들이 한국의 한문 고전 가운데 뜻깊은 문장을 골라 번역하고 평설한 글을 엮은 것이다.

이 책의 제목을 '우리 시대의 고문진보'라고 명명한 까닭을 설명하면서 이 책이 나오게 된 취지와 경위를 독자 여러분께 말씀드리고자 한다. 먼저 『고문진보(古文眞寶)』라 하면 고전과 거리가 있는 독자들도 한 번쯤은 들어보았을 것이다. '고문진보'는 '진짜 보물 같은 옛글'이라는 뜻이다. 간단히 이 고전에 관해 설명하자면, 이 책에는 중국 전국시대부터 송나라까지의 이름난 시문이 선별되어 수록되었으며 초학자의 문장 학습을 위한 기초교재로 편찬되어 원나라와 명나라 시기에 널리 유행했다. 고려 후기 무렵 우리나라에 들어와 더욱 선풍적인 인기를 끌었다. 중국에서의 인기는 그리 오래가지 않았으나, 우리나라에서는 조선 말기까지 초학자의 필독서나 다름없었다. 아마도『고문진보』에 담긴 온건한 유교적 가치관이 조선 사회와 잘 어울렸던 것이라 짐작된다.

하지만 아무리 조선 사회라 해도『고문진보』에 대한 평가가 한결같지는 않았다. 김종직 같은 조선 초기 성리학자가『고문진보』를 대단히 높이 평가함으로써 이 책은 초학자의 교재로 자리잡을 수 있었지만, 이황은 제자들에게『고문진보』를 가르치며 맨 앞에 실린 송나라 진종의 〈권학문(勸學文, 학문을 권유하는 글)〉은 건너뛰었다고 한다. 공부하면 벼슬도 얻고 재물도 얻고 미인도 얻는다는 그 글의 세속적 가치가 탐탁지 않았던 것이다.

조선 중기로 접어들면서『고문진보』에 대한 재평가는 더욱 활발해졌다. 체제상의 문제점과 주석의 오류를 지적하는 발언이 속출했다. 허균은『고문진보』의 체제가 조잡하니 읽지 않아도 좋다고 하며, 중국에서 우리나라 사람이 글을 잘 짓지 못하도록 이 책을 보냈다는 말까지 하였다. 허균이 실제로 이런 말을 했는지 믿기는 어렵지만, 조선 후기까지 수많은 사람이『고문진보』를 애독하는 상황에서도 비판적 언급이 이어졌다는 사실이 중요하다. 고전을 대하는 사람들의 안목이 고정불변은 아니라는 점을 알 수 있는 것이다.

고전이 시대를 초월하여 존중되는 이유는 시대의 변화에 발맞추어 새롭게 재발견되고 해석되기 때문이다. 고전은 과거와 현재가 만나 서로의 사유와 감정을 공유하는 문화 자산이다. 과거의 문화 자산을 계승하여 현대의 문화 자산을 풍부하고 다채롭게 만드는 것이 고전을 읽어야 하는 이유이자 방법이다. 그린 점에서 '진짜 보물 같은 옛글'은 과거로부터 전해지는 것이 아니라 항상 새롭게 구성되어야 한다. 이 책이 "우리 시대의 고문진보"가 되기를 희망하는 까닭이 바로 이것이다.

『고문진보』가 유교적 가치관에 합당한 글을 주로 선발했다면, 이 책에 참여한 필자들은 한국의 한문 고전에서 오늘을 살아가는 시민들에게도 의미가 있다고 생각되는 성찰과 고민, 전망을 담고 있는 문장을 선발하여 번역하고 평설을 달았다. 또 『고문진보』가 글의 형식에 따른 분류법을 취했다면, 이 책은 주제별 구성을 취하였다.

이 책의 첫 번째 주제는 '자아와 성찰'이다. 개인의 '자아'는 생물학적으로 규정되는 측면도 있고 문화적으로 형성되는 측면도 있다. 오늘날 우리 사회는 '이익을 추구하는 합리성'이 인간의 절대적 본성인 것처럼 이야기되지만 이는 사실이 아니다. 우리의 자아는 어떻게 가꾸어 나가느냐에 따라 변화한다. 오늘날 인류는 문명적 위기를 극복하기 위해 어떠한 '자아'를 구성해야 하는지 토론을 진행하고 있다. 이는 자아의 형성이 '문명의 형성'과도 직결된 문제임을 보여 준다. 고전에서 만나는 '자아'가 우리의 '자아'와 어떤 면에서 유사하고 또 어떤 점에서 다른지는 매우 흥미로운 주제라 할 수 있다.

'성찰'이란 기존에 자신이 지니고 있던 앎과 견해의 한계를 자각하고 더 넓고 더 높은 앎과 견해로 나아가는 것이다. 그러므로 성찰은 인문학이 추구하는 궁극의 목표라고 말할 수 있다. 한문 고전에 숨어 있는 '빛나는 성찰의 순간'을 발굴하여 이 시대의 사람들과 공유하는 것은 분명 보람 있는 작업이다. 인간은 예나 지금이나 고민하고 갈등하는 존재이다. 그 고민과 갈등을 통해 편견과 아집을 극복하기도 하고, 고민과 갈등을 억누르다가 주어진 현실에 매몰되기도 한다. 이 과정을 '자아와 성찰'이라는 보다 넓은 시야에서 살펴보고자 한다.

두 번째 주제는 '장소와 추억'이다. 한국의 고전은 한국과 그 인근의 특정한 '장소'를 배경으로 만들어진 것이다. 각각의 장소는 나름의 역사적 경험을 통해 의미를 획득하며, 이를 '장소성'이라고 한다. 장소성은 개인의 추억과 집단의 기억을 형성한다. 이 장소성이야말로 한국 고전이 오늘날 시민들에게 체감되는 과거와 현재의 접점이라 할 수 있다.

하지만 장소는 변한다. 한번 변하고 나면 과거의 모습은 흔적조차 찾기 어렵다. 그곳의 장소성은 구전과 기록으로 전해지지만, 구전은 쉽사리 휘발된다. 기록이 있어 우리는 과거의 장소를 다시 발견하고 상상하고 의미도 부여할 수 있다. 이 책에는 우리가 쉽게 가볼 수 있는 지역의 잊혀진 장소성에 대한 이야기도 있고, 분단으로 가볼 수 없는 지역에 관한 이야기도 있다. 전국을 서울, 강원, 영남, 북한, 해외 다섯 개 권역으로 나누어 장소성을 살폈다.

"우리 시대의 고문진보"는 이 책의 제목이기도 하지만, 장기 프로젝트의 명칭이기도 하다. 이 책의 필자들은 모두 고전 연구자들이다. 그러나 "우리 시대의 고문진보"가 연구자의 힘만으로 성취될 수는 없을 것이다. 일반 독자들의 적극적 참여가 연구에 반영되는 순환적 소통이 이루어져야 성취가 가능한 목표라고 할 수 있다. 물론 일차적으로 고전 연구를 충실히 하여 그 성과를 독자들에게 의미 있게 전달하는 것은 두말할 것 없이 연구사의 몫이다. 우리 연구팀은 독자들의 말씀에 귀 기울이며 앞으로도 주제를 달리하여 계속해서

"우리 시대의 고문진보" 작업을 이어가고자 한다. 독자 여러분의 적극적 참여와 따끔한 가르침이 절실하다.

2023년 2월
동아시아고전학 미래인재 교육연구팀장
김용태

제2부

장소와 추억

한양

강원

영남

북한

해외

제1부

자아와 성찰

연암의 맹성(猛省)

– 박지원, 『열하일기』(도강록, 6월 27일, 갑술)

김용태

책문 밖에 이르러 책문 안을 바라보니, 민가는 모두 기둥 다섯이 높이 솟아 있고 띠 이엉을 덮었는데 등마루가 훤칠하고 문호가 가지런하였다. 길거리는 쭉 뻗어 양쪽이 마치 먹줄을 놓은 것 같고 담은 모두 벽돌로 쌓았으며 사람이 탄 수레와 화물 실은 수레가 종횡으로 다니고 그 옆으로 벌여 놓은 그릇들은 모두 그림을 그린 자기(瓷器)들이었다. 살펴보니 이 모든 것에 시골티라고는 조금도 없었다. 앞서 나의 벗 홍덕보(洪德保)가 "그 규모는 크되, 그 심법(心法)은 세밀하다."고 중국의 문명을 설명한 적이 있었는데, 이 책문은 중국의 동쪽 변두리임에도 오히려 이러하거늘 앞으로의 유람을 생각하니 갑자기 기가 꺾여서 여기서 그만 발길을 돌릴까보다 하는 생각에 나도 모르게 온 몸이 화끈해졌다.

그 순간 나는 맹렬히 반성하였다[猛省]. "이는 하나의 시기하는 마음이다. 내 본시 성미가 담박하여 남을 부러워하거나 시기하거나 하는 마음이 조금도 없었는데 이제 한번 다른 나라에 발을 들여놓자, 아직 그 만분의 일도 보지 못했는데 벌써 이런 들뜨고 망령된 마음이 일어남은 어째서일까. 이는 곧 견문이 좁은 탓이다. 만일 여래(如來)의 밝은 눈으로 시방세계(十方世界)를 두루 살핀다면, 어느 것이나 평등하지 않은 것이 없을 것이다. 모든 것이 평등하면 저절로 시기와 부러움이란 없어지리라."

장복을 돌아보며 말했다.

"네가 만일 중국에서 태어나면 어떠하겠느냐?"

"중국은 오랑캐의 나라입니다. 소인은 싫습니다."

때마침 한 소경이 어깨에 비단 주머니를 걸고 손으로 월금(月琴)을 뜯으면서 지나갔다. 이에 나는 크게 깨달았다.

"저 사람이야말로 평등의 눈을 가진 이가 아니겠는가."

復至柵外, 望見柵內, 閭閻皆高起五樑, 苫艸覆盖, 而屋脊穹崇, 門戶整齊. 街術平直, 兩沿若引繩然, 墻垣皆甎築, 乘車及載車, 縱橫道中, 擺列器皿. 皆畫瓷. 已見其制度, 絶無邨野氣. 往者洪友德保, 嘗言'大規模細心法', 柵門天下之東盡頭, 而猶尙如此, 前道遊覽, 忽然意沮, 直欲自此徑還, 不覺腹背沸烘. 余猛省曰: "此妒心也. 余素性淡泊, 慕羡猜妒, 本絶于中. 今一涉他境, 所見不過萬分之一, 乃復浮妄若是, 何也? 此直所見者小故耳. 若以如來慧眼, 遍觀十方世界, 無非平等, 萬事平等, 自無妒羡." 顧謂張福曰: "使汝往生中國何如?" 對曰: "中國胡也, 小人不願." 俄有一盲人, 肩掛錦囊, 手彈月琴而行. 余大悟曰: "彼豈非平等眼耶"

＊━━━＊

이 글은 연암 박지원의 『열하일기』〈도강록〉에서 뽑았다. 〈도강록〉은 연암이 압록강을 건너며 겪었던 일들을 기록한 글로, 『열하일기』

의 얼굴과도 같은 역할을 하고 있다. 연암도 그만큼 심혈을 기울여 서술하였으니, 〈도강록〉 곳곳에 자리한 빛나는 문장들은 독자들을 매혹해 열하로 가는 긴 여정에 기꺼이 동참케 한다.

위 대목은 연암 일행이 무사히 압록강을 건너 '책문'이라고 불리는 일종의 국경검문소에 당도했을 때의 일화이다. 국경검문소라고 하면 중국으로 치면 가장 변두리라고 할 수 있겠는데, 연암의 눈에 비친 그곳의 모습은 조금의 '촌티'도 찾아볼 수 없는 세련된 문명의 공간이었다. 그 순간 연암의 내면은 즉각 '열등감'에 지배되고 말았다.

연암이 누구인가? 이른바 '삼한갑족(三韓甲族)'으로 불린 반남 박씨 가문의 당당한 일원이며, 학문과 문장으로도 당대 누구에게 꿀릴 것 없는 양반 문인이었다. 그는 조선 후기 사상사에 있어 대표적 실학자임이 틀림없지만, 학통과 당파로 보자면 우암 송시열의 학문과 사상을 계승하는 노론에 속했기에, 그에게 청나라는 '오랑캐의 나라'였다. 이러한 연암이 중국의 최변방 국경검문소에서 열등감에 빠진 자신을 발견했으니 얼마나 당혹했을까.

연암이 목격한 책문의 광경은 자신이 기존에 지녔던 관념과 정면으로 충돌하는 것이었다. 중화 문명의 적통임을 자부하는 조선의 문물 수준을 중국의 변두리 책문은 가볍게 뛰어넘고 있었던 것이다. 그 순간 연암은 현실을 회피하고 싶다는 유혹을 강하게 느꼈다. 수레를 돌리고 싶었다는 고백이 그저 하는 말은 아니었을 것이다. 그 순간 연암을 구원한 것이 바로 '맹성'이었다.

'맹렬히 성찰한다' 또는 '홀연 깨닫다'는 의미로 쓰이는 '맹성'은 유교 경전에서 유래한 말은 아니다. 성리학이 발달한 송나라 때 만들어진 말인데, 주자(朱子)도 즐겨 썼고 조선의 유자들도 자주 썼다. 퇴계 이황은 "(마음이) 한쪽으로 치우침을 감득하면 즉각 맹렬히 성찰하여 통렬히 바로잡는다[纔覺有一邊偏重, 卽猛省而痛改之]"(「心經後論」)라고 말한 바 있어, '맹성'이 성리학의 심성 수양에 있어 중요한 공부 수단이었음을 알려주고 있다. 박지원은 이러한 '맹성'을 통해 열등감에 무너져 가는 자신을 추스를 수 있었던 것이다. 그런 뒤에야 연암은 자신이 무너지려 했던 원인이 무엇인지 성찰할 수 있었다.

행간을 살펴보면, 연암은 자신의 '시기심'이 어디에서 비롯된 것인가 자문하였던 듯하다. 아마도 그는 이런 생각을 하지 않았을까? '조선이 중화 문명의 적통을 계승한다는 인식이 없는 사람이라면 어땠을까?' '북벌론에 동의하지 않는 사람이 보았다면 어땠을까?' '아니 만주족은 어떻게 바라볼까?' 이러한 생각들이 모여 최종적으로 '자신의 견문이 좁았다'라는 인식에 도달하지 않았을까 싶다. 그러므로 여기서 '견문이 좁다'는 말은 같은 대상이라도 보는 '입장'에 따라 달리 보인다는 점에 대한 성찰이라고 말할 수 있다. 곧 '자기 중심성'에 대한 자각인 것이다.

이어서 연암의 생각은 '자기 중심성'의 반대편으로 향했다. 그것이 바로 '여래의 평등안'이다. 불교에서 말하기를 눈[眼]에는 다섯 종류가 있다고 한다. 첫째는 '육안(肉眼)', 곧 우리 중생의 눈이다. 둘째는 '천안(天眼)', 겉모습은 보지만 본성은 보지 못하는 눈이다. 셋째는 '혜안(慧眼)', 이치를 꿰뚫지만, 중생을 구제하는 법은 모르는 눈이다. 넷째는 '법안(法眼)', 현상의 참모습도 보고 중생도 구제할 수 있는 눈이다. 다섯째 '불안(佛眼)'은 모든 것을 볼 수 있는 부처의 눈이다.

 '부처의 눈'은 어느 입장에도 구애받지 않고서 대상을 바라본다고 하니, 사실 인간으로서는 상상하기 어려운 경지이다. 여기서 연암의 기발한 상상력이 발동하였다. '시각'에 얽매이지 않는 소경이야말로 부처의 눈을 가졌다! 소경이라고 해서 자신의 견해와 입장이 없지야 않겠지만, 적어도 '시각'에 있어서만큼은 자기 중심성에서 자유로울 수도 있을 법하다. 연암의 '깨달음'이 신선하게 여겨지는 까닭이 여기에 있는 듯하다.

 그런데 이후 연암은 어떻게 되었는가? 정말로 자기의 입장을 툴툴 털어버리고 여래의 평등안을 깨달아 자신의 것으로 만들었는가? 말할 것도 없이, 그것은 인간이 도달할 수 있는 경지가 아니다. 그렇다면 여래의 평등안까지는 아니라 하더라도 연암이 지녔던 이전의 '입장'은 어떻게 되었는가? 특히 그의 소중화 사상은?

 결론적으로 말하면, 연암은 소중화 사상을 만년까지 견지하였다. 그러나 소중화 사상은 소중화 사상이로되 그 성격은 크게 변했다. 아무런 내실도 없이 자고자대(自高自大) 하는 소중화 사상이 아니라, 실질적인 중화 문명의 담지자가 되기 위해 더욱 철저히 청나라의 선진 문명(곧 중화 문명)을 배워와야 한다는 '북학론'으로 도약한 것이다. 겉으로 보기에 '소중화 사상'과 '북학론'은 정반대의 사상 경향 같지만, 그 이면에는 '조선이 중화다'라고 하는 공통의 전제가 있었던 것이다. 연암이 소중화 사상에서 북학론으로 변모해 나간 과정은 결코 간단한 것이 아니었다. 현실 문제를 타개할 수 있는 사상적 모색을 치열하게 추구하고, 부족한 부분을 직시하는 '맹성'이 있었기에 자신의 사상을 시대에 발맞추어 변화시켜 나갈 수 있었다.

시선을 오늘날 우리에게 돌려본다. 우리는 우리를 둘러싼 세계를 어떤 '입장'에서 바라보고 있는가? 관성적 인식에 안주하며 변화하는 현실을 외면하고 있지는 않은가? 우리가 장복처럼 정신승리에 만족할 수는 없다. 연암의 맹성을 떠올리며, 우리의 좁은 눈을 떠보자.

나는 누구인가

- 유한준(俞漢雋), 「하아재기(何我齋記)」, 『자저(自著)』

장유승

노자는 "큰 걱정을 몸처럼 귀하게 여겨라." 하였다. 몸은 내 몸이다. 천하에 무엇이 나보다 귀중하겠으며 무엇이 나보다 소중하겠는가. 그런데도 통달한 사람은 사마귀처럼 여기기도 하고 여섯 번째 손가락처럼 여기기도 하고 거름풀처럼 여기기도 했다. 그러니 몸 밖에 있는 것이야 말할 필요가 있겠는가.

요임금과 순임금이 천하를 사양하고, 탕왕과 무왕이 천하를 다투고, 백이와 숙제가 굶어죽고, 관용방과 비간이 죽은 것은 천하에서 제일가는 행위다. 관자와 안자의 공로, 장의와 소진의 언변, 미생과 효기의 신의, 굴원의 충성은 보통 사람으로서 필적하는 행위다. 그런데도 제 목숨을 버리며 "이것이 나와 무슨 상관이 있는가."라고 하였다.

"이것이 나와 무슨 상관이 있는가."라고 말한 것은 크게는 태산부터 작게는 터럭 끝까지 천하의 일을 모두 나와 상관 없다고 여긴 것이다. 그밖의 것이야 말할 필요가 있겠는가. 정간, 여초, 제운, 낙성처럼 거대한 누각도 풀밭이 되고, 금곡, 평천, 영벽처럼 화려한 별장도 폐허가 되었다. 그러므로 있어도 있는 것이 아니고, 없

어도 없는 것이 아니다. 내가 있는 것과 없는 것 사이에 있으면서
내 것이라 여길 수 있겠는가.

명예가 나를 보태줄 수 없고, 권력이 나를 두텁게 할 수 없고, 욕
망이 나를 얽맬 수 없고, 도덕이 나에게 관여할 수 없다. 나는 자유
롭게 큰 도와 하나가 된다. 아무 것도 관여하지 않고, 깨끗이 잊어
버리며, 반드시 해야 하는 것도 없고, 반드시 안 되는 것도 없고,
끝도 없고, 경계도 없어야 몸이 비로소 거처에 얽매이지 않고, 마
음이 비로소 경물에 부림받지 않아 초연해진다. 천하가 또 나와 무
슨 상관이겠는가.

유생 황백원이 자기 집을 '하아재'라고 이름짓고 내게 기문을 요
구하였다.

老子曰: "貴大患有身." 身者我身也, 天下孰貴於我也? 孰愛於我也?
至人猶或以爲贅疣爲騈拇爲土苴, 而況於其外者乎! 堯舜之讓, 湯
武之爭, 夷齊之餓, 關龍逄, 比干之死, 此天下之極處也. 而管晏之
功, 儀秦之辯, 尾生, 孝己之信, 屈原之忠, 此衆人之所匹之也. 猶或
以爲滅其性焉, 曰: "此何有於我哉?"

夫是以謂何有於我也, 是擧天下之事, 大而如泰山, 小而如秋毫之
末, 而皆非我有矣, 而況於其餘者乎! 井幹, 麗譙, 齊雲, 落星之鉅也
而爲草棘, 金谷, 平泉, 靈壁之勝也而爲丘墟. 故有之而非有也, 無
之而非無也. 況以我處於有無之間而乃自我耶!

名譽不能以益我, 勢能不能以厚我, 陰陽不能以撄我, 人道不能以
干我. 我浮遊混合大道矣, 漠然而無預也, 冲然而忘也, 無適也無莫
也, 無畔岸也無町畦也而後, 身始不爲居處累, 心始不爲景物役, 超

然矣. 天下又何我哉! 黃生百源名其齋曰何我, 求余記之.

———⁂———

『도덕경』에 말했다. "큰 걱정을 몸처럼 귀하게 여겨라." 어째서일까?
『도덕경』의 가장 권위 있는 해설자, 왕필은 이렇게 설명했다. "큰 걱
정이 생기는 이유는 몸이 있기 때문이다." 그렇다. 취직 걱정, 건강
걱정, 자녀 걱정, 노후 걱정, 이 모든 걱정은 몸이 있기 때문에 생긴
다. 몸이 없으면 걱정도 없다. 걱정이 크다는 건 내 몸을 소중히 여
겨서다.

　그런데 이렇게 소중한 내 몸을 보기 싫은 사마귀처럼, 쓸모없는
여섯 번째 손가락처럼, 하찮은 거름풀처럼 아무렇지도 않게 버리는
사람이 있다. 제 몸조차 소중히 여기지 않으니 다른 것은 말할 필요
도 없다. 요임금과 순임금은 자기가 소유한 천하를 아낌없이 남에게
넘겨주었다. 탕왕과 무왕은 도탄에 빠진 백성을 위해 폭정에 맞서
싸웠다. 백이와 숙제는 새 왕조를 거부하고 산 속에 숨어 굶어죽었
다. 관용방과 비간은 폭군의 실정을 간언하다가 처형당했다. 이들은
다른 무언가를 위해 천하를, 그리고 목숨을 헌신짝처럼 버렸다.

　관중과 안자는 역사에 길이 남는 명재상, 장의와 소진은 전국시대
를 풍미한 유세가다. 미생은 다리 밑에서 만나자는 약속을 지키려다
물에 빠져 죽었고, 효기는 자기를 미워하는 계모에게 효도하다 결국
쫓겨나 죽었다. 굴원은 충성을 버리지 못해 결국 강에 투신 자살했
다. 그들은 아낌없이 제 목숨을 내던지며 말했다. "이것이 나와 무슨
상관인가."

　나는 누구인가. 내 몸이 곧 나라고 생각하지만 그렇지 않다. 이 사

람들은 제 몸을 버리면서 "나와 상관 없는 것"이라고 했다. 내 몸은 나의 본질이 아니라는 것이다. 내 몸조차 나의 본질이 아니라면, 세속적 가치가 나의 본질일 수 없다는 점은 자명하다.

한나라 무제의 정간루, 위나라 무후의 여초루, 당나라 조공왕의 제운루, 오나라 손권의 낙성루, 모두 거대한 누각으로 이름났지만 이제는 흔적도 없다. 진나라 석숭의 금곡장, 당나라 이덕유의 평천장, 송나라 장벽의 영벽장, 모두 화려하기 제일가는 별장이었지만 남은 것은 폐허뿐이다.

세속적 가치는 세월 앞에 허망하다. 명예도 권력도 나라는 인간의 본질을 바꾸지 못한다. 그렇지 않아도 짧은 인생, 욕망에 집착하는 것도 바보짓이고, 반대로 도덕에 연연하는 것도 바보짓이다. 나는 어디에도 얽매이지 않고 자유롭다. 이처럼 자유로운 경지를 "도(道)와 하나가 된다."고 한다.

도는 자연의 원리다. 자연스러운 흐름에 내 몸을 맡기는 것, 이것이 도와 하나가 되는 경지다. 자포자기가 아니다. 세상이 원하는 가치가 아닌, 자신이 진정으로 원하는 가치를 찾고, 그것을 추구하는 과정이 자유로운 인생이며 자연스러운 인생이다.

인생은 우연의 연속이다. 굳은 의지로 태어나는 사람도 없고, 굳은 의지로 죽는 사람도 드물다. 사람은 모두 우연히 태어나 우연히 죽는다. 인생에서 일어나는 사건도, 만나는 사람도 모두 우연이다. 인생이 뜻대로 되지 않는다고 불평할 필요가 없다. 어차피 인생은 우연이다. 중요한 것은 그 우연을 대하는 태도다. 될 대로 되라는 식으로 자포자기하는 것도 가능하고, 우연을 필연으로 받아들이고 흔들림 없이 자신만의 가치를 추구하는 것도 가능하다. 선택은 나의 몫이다.

유생 황백원이 자기 집을 '하아재'라고 이름짓고 유한준에게 기문을 부탁했다. '하아재'는 "나는 누구인가"라는 뜻이다. 내 몸은 나의 본질이 아니다. 명예와 권력, 욕망과 도덕 역시 마찬가지다. 나는 누구인가, 어떻게 살 것인가. 정답 없는 질문이지만 답하지 않을 수 없는 질문이다. '하아재기'는 세속적 가치에 몰두하느라 인생의 본질을 잊고 사는 현대인에게 자아 성찰과 주체적 인생이라는 화두를 던지는 글이다.

나는 술을 끊노라

ㅡ 남용익(南龍翼), 「술이 소인이라는 설[酒小人說]」, 『호곡집(壺谷集)』

신영미

옛날의 술 마시는 사람들은 술을 매우 좋아하여 술을 성현(聖賢)에 비유하기까지 했다. 나 또한 술을 매우 좋아하여 역시 성현이라고 말했는데, 지금에서야 술이 성현이 아니라 참으로 소인임을 깨달았다!

술이 입술에 닿는 순간 그 색은 열수(洌水)처럼 맑고, 맛은 향기가 감돌고, 마른 목을 축이고, 복잡한 가슴 속을 트이게 하여, 깨어 있고 활발하게 하니, 마치 부열(傅說)의 '계옥(啓沃, 상대의 마음을 열어 적셔주는 것)'을 얻은 것과 같다. 술이 뱃속에 퍼지는 순간에는 기운을 화평하게 하고, 사지에 충만하게 하여, 근심은 절로 녹고, 즐거움은 절로 생겨, 자득하고 화락하게 하니, 마치 소생하는 봄기운을 품고 있는 안연(顏淵)과 같다. 이상이 술을 성현에 비유한 이유다.

그러나 술기운이 살갗을 적셔 골수까지 흡수되어 점점 깊은 곳까지 젖어 들어 그만 마시고자 해도 그럴 수 없어 연일 정신이 흐릿해진다. 그렇게 되면 술이 입술에 닿았던 순간은 이임보(李林甫)가 구밀복검(口蜜腹劍)한 때와 같고, 뱃속에 퍼지던 순간은 유필(柳

泌)이 성질이 조급해지는 단약을 불로장생약이라 사기 쳤던 때와 같다. 이로써 눈과 귀의 기능이 모두 술의 노예가 되면, 풍악을 울리며 머무른 강총(江摠)이 진(陳)나라 후주(後主)를 나쁜 길로 인도한 것과 같은 상황이고, 앉은 자리에서 방종하게 굴던 백비(伯嚭)가 오(吳)나라 부차(夫差)의 판단을 흐리게 한 것과 같은 상황이다.

심지어 마음을 잃고 타고난 본성을 잃어, 함부로 말하고 멋대로 행동하며, 집안은 무너뜨리고 정사는 혼란스럽게 하며, 공무는 내던져버리기도 한다. 이는 위(韋)나라와 고(顧)나라가 하(夏)나라 걸(桀)왕을 돕고, 윤어(尹圉)와 포공(暴公)이 주나라를 무너뜨리고, 홍공(弘恭)과 석현(石顯)이 한(漢)나라를 거꾸러뜨린 것과 같은 상황이다. 끝내 오장육부가 상하고 온갖 질병이 번갈아 일어나면, 몸의 바탕이 되는 기운은 날로 깎이고, 수명을 재촉하여 몸을 망친다. 이는 비렴(飛廉)과 악래(惡來)가 주(紂)왕을 전복시키고, 이사(李斯)와 조고(趙高)가 진나라를 망하게 하고, 장돈(章惇)과 채경(蔡京)이 송(宋)나라를 그르친 것과 같은 상황이다.

술에 중독된 사람은 때때로 후회하고, 가혹하게 꾸짖으며 통렬히 경계하고, 수일간 술자리 갖는 일을 멈추기도 한다. 그러나 홀연히 술맛을 그리워하여 자신도 모르는 사이에 침을 흘린다. 이는 양(梁)나라 무제(武帝)가 주이(朱异)를 잊지 못한 것과 같고, 당(唐)나라 덕종(德宗)이 여전히 노기(盧杞)를 그리워한 것과 같다. 이런 때를 맞닥뜨리면 백약으로도 그 증상을 구할 수 없고, 팔진미의 귀한 음식으로도 위장을 달랠 수 없다.

죽이라도 앞에 놓으면 토할 지경이 되는데, 그래도 천천히 쌀 한 알씩 입에 넣다가 부지런히 한 숟갈씩 입에 넣어 점차 밥 기운이 술기운을 이기게 되면 정신이 되살아나고 마음이 안정되어 자연히 술을 잊는다. 이는 제(齊)나라 왕이 맹자(孟子)에게서 쉽게 자라는 생물도 햇볕은 하루 쏘이고, 열흘을 춥게 하면 자랄 수 없다는 말을 들은 것과 같고, 위후(衛侯)가 노래하는 자들에게 땅을 하사하던 일을 멈춘 것과 같다.

아! 밥과 술은 모두 곡식에서 나왔다. 밥은 곡식의 성질을 온전히 보존하여, 담박하고 맛이 안 나기에 하루에 두 번 먹고 더 먹지 않는다. 한결같이 주식삼아 오랫동안 먹어도 물리지 않으며, 사람을 장수하게 하고, 편안하게 한다. 이것이 군자가 하늘이 주신 성(性)을 온전히 보존하여, 임금을 섬기는 데에 그침이 없고 악함이 없어 사람도 나라도 이롭게 함이 아니겠는가?

술은 곡식의 성질에 골몰하여, 누룩을 만들어 숙성시키고 빗고 걸러내, 어떨 때는 탈 듯이 만들기도 하고 어떨 때는 독하게 만들기도 한다. 반드시 독할수록 좋다 여기니, 사람들 모두 그 맛을 좋아하여 백 잔이고 천 잔이고 한량없이 마시다가 몸을 상하기도 하고 요절하기도 한다. 이것이야말로 소인이 하늘로부터 부여받은 성(性)을 해쳐, 임금을 섬기는 데에 점점 배어들게 하고, 집안에도 나라에도 해악을 끼치는 것이 아니겠는가? 이것이 위대한 우(禹) 임금께서 싫어하신 이유이고, 『서경』의 「주고(酒誥)」편과 『시경』의 「빈지초연(賓之初筵)」편이 지어진 까닭이다.

나는 젊었을 때 술을 매우 좋아했는데, 근래에 비로소 멀리하고 있다. 그러나 여전히 완전히 끊지는 못했기 때문에 이 설을 써서 자신을 경계하니, 나라와 집안을 위해 일하는 사람들에게도 경계가 될 것이다.

古之飮者, 愛酒之甚, 至比於聖賢, 余之愛亦甚, 故亦謂聖謂賢矣,
今乃大覺酒非聖非賢, 乃眞小人也. 蓋酒之入於唇也, 其色冽, 其味
香, 渴喉以滋, 煩胸以豁, 惺惺潑潑, 如得傅說之啓沃也, 酒之入於腹
也, 其氣和, 其體充, 憂愁自消, 歡興自發, 皞皞熙熙, 有若顏子之春
生也, 此之有聖賢之比, 而至其淪肌浹髓, 漸漬沈湎, 欲罷不能, 連日
昏冥, 則入唇者, 林甫之口蜜也, 滿腹者, 柳泌之躁藥也, 以至耳目之
官, 皆爲所使, 留連於絲管, 則江摠之導陳主也, 放肆於衽席, 則伯嚭
之迷吳君也, 甚至喪心失性, 狂言妄作, 壞亂家政, 抛棄公務, 則韋 ·
顧之助桀, 尹 · 暴之瘝周, 恭 · 顯之顚漢也, 終至臟腑受傷, 百疾交
乘, 眞元日蹏, 促壽亡身, 則飛 · 惡之覆紂, 斯 · 高之夷秦, 惇 · 京之僨
宋也. 且病酒之人, 時或悔悟, 刻責痛戒, 數日停觴, 而忽思其味, 不
覺流涎者, 梁武帝之不忘朱异, 唐德宗之猶思盧杞也, 當此之時, 百
藥不能救其證, 八珍不能調其胃, 粥飯近前, 不禁嘔吐, 而若能徐徐
進一粒, 勉勉添一匙, 漸使食氣勝而酒力退, 則神蘇志定, 自然忘酒,
此則齊王遇孟子之曝, 衛侯止歌者之田也. 噫! 食與酒, 皆出於穀,
而食能全穀之性, 淡無滋味, 故一日再食而不加, 一主長食而不厭,
能使人壽而康, 此非君子全天賦, 以事君無斁無惡, 而利人國家者
乎, 酒則汨穀之性, 麴之蘗之釀之漉之, 或至燒之毒之, 必以酷烈爲
美, 人皆悅其味, 而千鍾百杯, 晝夜無量, 能使人傷而夭, 此非小人之
戕天賦, 以事君以浸以潤, 而凶于國害于家者乎! 此大禹所以惡之,
而《書》之《酒誥》,《詩》之《賓筵》所以作也. 余少甚愛之, 近始疏之, 而
猶未絶之甚, 故著此說以自警, 仍以爲有國有家者之戒.

사람에게는 여러 가지 모습이 있다. 이 글을 쓴 호곡 남용익은 17세기의 유능한 관료이자, 저명한 시인이자, 유명한 애주가였다. 자신의 모습 가운데 하나인 애주가로서의 인생 경험을 담아, 만년에 「주소인설」을 지었다. '술 주(酒)'에 군자의 상대되는 '소인'이라는 말을 붙였고, 술과 관련해 자신뿐 아니라 타인도 거울삼아 경계할 수 있도록 하였다. 경계하는 내용이 들어가는 것은 설(說) 장르의 특징 중 하나로, 「주소인설」 역시 여타의 설 장르가 문집의 잡저부에 수록된 것 같이 『호곡집』 권18 잡저부에 실려 있다.

술꾼 호곡 선생은 어떤 삶을 살았을까? 젊은 시절, 둘째가라면 서러울 정도로 술을 즐겼다. 흥겨운 자리에서 벗들과 마실 때는 "며칠 마시는 것으로는 성에 차지도 않고, 취하지도 않아, 7~8일을 연달아 마시고 거의 죽을 지경이 되어서야 음주를 그쳤다."라고 말했다. 술 주정하거나 큰 실수를 했던 것은 아니지만, 호곡의 부친은 임종 순간까지 술 좋아하는 아들을 염려했다. 호곡은 '술과 달의 시인'이라 하여도 과언이 아닌데, 그만큼 술을 소재로 한 시도 많이 지었다.

동아시아에서 술을 소재로 한 글짓기는 매우 유서 깊다. 고대 중국의 정치를 기록한 『서경』의 「주고」편에서는 술의 해로움을 말했고, 고대 중국인들의 민가를 수록한 『시경』에서는 기쁜 일이 있을 때 함께 즐기기 위해 술을 마련해 두었다는 가사가 많이 보인다. 우리에게 익숙한 작품으로는 가전체 소설인 이규보(李奎報, 1168~1241)의 「국선생전(麴先生傳)」과 임춘(林椿, 생몰미상)의 「국순전(麴醇傳)」, 임제(林悌, 1549~1587)의 「수성지(愁城誌)」가 있다.

「국선생전」에 등장하는 국성(麴聖)의 성격은 "하루라도 국성을 만나지 않으면 마음속에 비루하고 이상한 생각이 싹튼다."라는 친구들의 언급에서 잘 드러난다. 술이 사람의 근심을 잊게 함을 비유한 것이다. 국성의 도량과 재주가 나라를 태평하게 했다가 임금의 깊은 총애를 받자 나라를 어지럽히기도 했다는 내용은 술의 과유불급을 의미한다.

「국순전」의 국순(麴醇)도 임금의 뜻에 맞는 행동으로 나라의 대소사를 관장하게 된다. 그러나 권력을 얻자 돈을 밝히기 시작하여 끝내 좋은 명성을 남기지 못했는데, 이 역시 술과 인간의 관계를 나타낸다. 「수성지」의 국장군(麴將軍)은 두 캐릭터와 다소 다른 인물로, 근심으로 이루어진 수성(愁城)을 격파하는 역할을 한다. 이렇듯 술에 관한 작품이 많이 남은 것은 그것이 사람에게 경계의 대상이면서도 가장 가까운 친구였기 때문일 것이다.

그렇다면 호곡의 「주소인설」은 어떤 점에서 의미 있는 글인가? 우선 막힘없는 음주를 즐겼던 호곡처럼 막힘없는 문세(文勢)가 돋보인다. 기분 좋게 술을 들이켜는 순간을 열수, 계옥, 안연 등 다양한 사물과 사건, 인물에 비유하다가 사람이 술에 넘어간 순간을 이임보의 구밀복검과 유필의 사기, 강총과 백비의 간신 노릇에 비유했다. 이어서 술에 찌들고 그 때문에 오만방자해져 수신제가치국(修身齊家治國)의 자세를 잃는 것 또한 다양한 역사적 사건들을 활용해 말했다. 적재적소의 시원스러운 비유는 그의 풍부한 역사서 독서와 문장 서술상의 재치를 보여준다. 호곡의 인물 활용은 「국선생전」과 「국순전」, 그리고 「수성지」 등에서 인용된 전형적인 인물-가령 도잠(陶潛)과 같은-과도 차이가 있다. 술의 순기능과 역기능을 역사적 사건을 통해 말했기 때문이다.

문학사적 의의나 표현상의 문제 말고도 눈여겨볼 부분은 "나는 젊었을 때 술을 매우 좋아했는데, 근래에 비로소 멀리하고 있다. 그러나 여전히 완전히 끊지는 못했기 때문"이라는 고백이다. 이 글은 1차적으로는 술에 대한 경계가 목적이지만, 사실상 이 글을 쓰는 작가 자신조차도 그것이 쉽지 않음을 인정한 것이다. 「주소인설」의 묘미는 바로 이 문장에 있다. 근엄한 자세로 "술을 자제하라." 명령하는 것이 아닌 "나도 그렇게 못했으므로, 나이가 많이 든 이제야 비로소 자제해볼까 합니다."라고 고백하는 솔직함은 독자에게 '사람 사는 것이 다 비슷하구나.'라는 안도감과 현실감, 그리고 재미를 선사한다.

우리는 왜 술을 끊지 못하는가? 알코올은 6분 안에 도파민이라는 신경전달물질을 분비한다고 한다. 도파민은 사람을 미래지향적인 일에 도전하도록 하여 행복감을 준다고 알려져 있다. 희망에 반응하여 사는 인간이 술을 끊을 수 없는 이유가 여기에 있다. 마시기만 해도 기분 좋아지는 술. 혼자라도 좋고 함께라면 더 즐겁다. 인생이 재미없을 때, 취미를 개발하거나 사랑하거나 종교에 귀의하는 일 등은 말처럼 쉽지 않다. 술처럼 쉽게 닿을 수 없을뿐더러 술처럼 빠르게 피드백을 주지도 않는다.

이 때문에 호곡은 술이라는 늪으로 빠져드는 상황을 차례차례 말해준 것 아닐까? 술이 사람을 망치는 과정은 간신이 나라를 망치는 과정과 같고, 간신 때문에 나라를 망친 군주들 모두 한 시대의 밝은 군주이기도 했다는 사실은 간담을 서늘하게 한다. 그러나 술이 사람을 망치는 것은 사람이 술에 한량없이 굴기 때문이지, 술 때문이 아니다. 밥과 술은 모두 곡식에서 나왔으나 밥은 사람에게 유익하고, 술은 사람을 망칠 때가 있다는 말에 유의할 필요가 있다. 자극적이

지 않은 것의 건강함은 자극에 익숙한 우리에게 더욱 필요해 보인
다. 요점은 절제에 있다.

너무 급하지도 않게, 너무 신중하지도 않게

― 이규보(李奎報), 「사잠(思箴)」, 『동국이상국집(東國李相國全集)』

강소이

내가 함부로 일을 처리하고 나서　　　　　　　我卒作事

생각하지 않은 것을 후회하네　　　　　　　　悔不思之

생각한 뒤에 행동했다면　　　　　　　　　　思而後行

어찌 화가 따랐겠는가.　　　　　　　　　　　寧有禍隨

내가 함부로 말을 뱉고 나서　　　　　　　　我卒吐言

다시 생각하지 않은 것을 후회하네　　　　　悔不復思

생각한 뒤에 말을 했더라면　　　　　　　　思而後吐

어찌 치욕이 따랐겠는가.　　　　　　　　　寧有辱追

생각하더라도 경솔하게는 생각 말아라　　　思之勿遽

경솔히 생각하면 허물이 많아지네　　　　　遽則多違

생각하더라도 깊이는 생각 말아라　　　　　思之勿深

깊이 생각하면 의심이 많아지네　　　　　　深則多疑

참작하고 절충하여　　　　　　　　　　　商酌折衷

세 번 생각하는 것이 가장 적당하다.　　　　　　三思最宜

한문 글쓰기에는 다양한 갈래가 있다. 논리적인 성격을 지닌 논변류(論辯類), 죽은 사람을 애도하고 추모하는 내용을 담은 애제류(哀祭類), 떠나는 이에게 송별하는 내용을 담은 증서류(贈序類) 등이다. 이규보의 「사잠」은 잠명류(箴銘類)에 속한다. '잠(箴)'은 바늘, 침(針)을 뜻한다. 바늘로 아픈 사람의 질병을 치료하듯이 나태해지거나 악해지려는 마음을 경계하여 바로잡으라는 것이다. 그렇다면 이규보는 왜 「사잠」을 지어 경계의 뜻을 전한 것일까?

　11세에 신동 소리를 듣고 23세 젊은 나이에 장원 급제한 이규보였지만, 그 이후의 삶은 탄탄대로는커녕 파란만장의 연속이었다. 고려 후기는 고려 전기와 달리 장원급제자라도 벼슬을 바로 얻지 못했다. 이규보 또한 이를 인정하고 때를 기다리고 있었다. 하지만 십여 년 가까이 이어져 온 수험의 압박에서 드디어 벗어났기 때문일까? 장원급제 후, 천마산 초당에 임시로 거처할 때 그는 장자 철학에 매료되어 장장 17년을 장자의 호접몽(胡蝶夢) 고사를 끌어와 자신을 백운거사(白雲居士)라 자칭하고 구름처럼 얽매이지 않은 전원생활을 즐겼다.

　하지만 그에게도 현실은 있었다. 한 집안을 책임져야 할 가장이었지만, 식량이 자주 떨어져 가족들이 끼니를 잇지 못했다. 그는 끊임없이 자신의 인맥을 총동원하여 벼슬을 구하는 시를 보냈고 마침내 지방의 말단 관직으로 관직 생활을 시작하였다. 그렇게 힘들게 얻은 관직이니 "조심 또 조심!"은 사회생활의 신조가 되었다. 곰곰이 생각해야만 사람들의 말에 휩쓸리지 않았을 것이고 적당히 생각해야만 자기 생각에 매몰되지 않았을 것이다. 사잠(思箴)은 일종의 처세술이었다.

생각[思]에 대해 언급한 인물은 비단 이규보뿐만이 아니다. 공자 또한 비슷한 말을 했다. 『논어』「공야장(公冶長)」에는 이런 말이 나온다.

계문자는 세 번 생각하고서 후에 행동하였으니 공자께서 그를 들으시고 말씀하셨다. "두 번이면 된다."

여기서 말하는 '삼사(三思)'와 '재(再)'는 말 그대로 세 번과 두 번이 아니다. '삼사'는 생각을 너무 많이 한다는 뜻이고 '재'는 '적당히' 생각하라는 뜻으로 이해하는 것이 좋다. 결국 공자가 이 말을 한 이유는 이 글의 대상인 계문자가 근소신미(謹小愼微) 즉, 지나치게 소심하고 너무 많이 생각한 점을 꼬집어 경계한 것이다. 이처럼 공자 또한 너무 많이 생각해서 생기는 폐단을 경계하였다.

사서 중 하나인 『중용』에서도 주자(朱子)는 치우침이 없고 기울어짐도 없는 것이며 과함도 미치지 못함도 없는 중(中)의 상태와 범상한 용(庸)의 상태를 목적지로 삼았다. 그 양단은 설정하기 나름이지만 생각하지 않는 것과 생각을 너무 많이 하는 것의 양단도 중용을 지켜야 바람직하다고 이해할 수 있다.

이제 나의 이야기를 해보겠다. 함부로 생각하고 경솔히 행동하기에 생기는 여러 폐단에 대해서는 귀에 딱지가 날 정도로 많이 들었으니 사잠의 앞부분은 각설하고 나는 '깊이 생각함' 즉, '신중'에 대한 의견을 덧붙여보고자 한다.

　나는 생각이 정말 많은 사람이다. 하나의 일을 계획할 때도 최소 5가지 이상의 가상 시나리오를 머리에 그린다거나 그 문제를 넘어선 제3의 문제까지도 걱정하는 사람이다. 그렇기에 항상 불안하고 걱정이 많다. 신중한 게 좋은 거 아니냐고 생각할 수 있겠다. 하지만 나는 과도한 신중은 되려 독이라 생각한다.

　'신중'은 현대 영어에서 '조심(prudence)'의 의미와 맥을 같이하는데 '어떠한 위험이나 실수를 거리끼게 피하려는 생각'을 뜻한다. 불필요한 위험을 피한다면 인내의 미덕이 되겠지만 과도한 회피로 이어진다면 비겁의 악덕이 되는 것이다. 이규보의 「사잠」을 처음 읽고 나는 충격을 받았다. 「사잠」은 아픈 곳을 찔러주는 바늘처럼 나에게 신중의 독이라는 경계심을 가지게 해주었다. 경솔히 행동하지 말되 생각에 얽매여 집착하지 말자. 이규보의 말대로 그냥 더도 말고 덜도 말고 딱 세 번만 생각하자. 마음이 편해질 것이다.

내 마음을 속이지 않는 법

– 이숭인(李崇仁), 「향승 지암이 나의 초상화를 그렸기에 찬을 짓다.[鄕僧止菴寫余陋眞因作讚]」, 『도은집(陶隱集)』

얼굴의 생김새는 왜소하고 유순해서	狀貌卑柔
부인네와 비슷하고	婦人之儔
문장을 새기고 다듬는 것은	章句雕刻
아이들의 공부와 같네.	童子之學
나를 달가(達可, 정몽주)의 탁월함과	若擬諸達可之卓越
자허(子虛, 박의중)의 치밀함과	子虛之縝密
천민(天民, 설장수)의 정밀함과	天民之精敏
중림(仲臨, 하륜)의 뛰어남과	仲臨之俊逸
가원(可遠, 권근)의 온아함과	可遠之溫雅
종지(宗之, 정도전)의 해박함에 비교한다면	宗之之諧博
옥 같은 돌과 아름다운 옥의 차이라네	所謂砥砆之與美玉也
비록 그렇긴 하지만 동국에 자취를 붙이고서	雖然, 托迹於東國
중국에 관하여 담론하기를 좋아하니	喜談於中原
혹 남쪽 바닷가로 쫓겨나더라도	或擯瘴海之濱
그 때문에 더 슬퍼하지도 않고	而無所加慼
혹 조정에서 노닐게 되더라도	或游岩廊之上

그 때문에 더 기뻐하지도 않네.　　　　　而無所加欣

오직 두려워하는 마음으로 스스로 단속하니　惟其惕然而自修

그런대로 나의 마음을 속이지 않을 것이로다!　庶幾不欺於心君乎

───────

고전에서 자기 자신을 경계하는 자잠(自箴), 자경(自警), 자계(自誡)와 같은 부류의 글은 어렵지 않게 찾을 수 있다. 대개 말과 행동을 조심하고, 학문을 정진하여 인격을 수양하기 위해 끊임없이 노력해야 한다는 다짐이 담긴 내용으로 천편일률적이다. 그 외에 자찬(自讚)이라는 형식의 글도 있다. '자화자찬'이라는 말로 인해 자찬을 자기가 한 일을 자랑스러워하고 칭찬하는 글로만 알고 있는 경우가 대부분이지만, 사실 자찬은 자신을 제3의 시선으로 냉정하고 객관적으로 관조하는 글이다. 도은의 화상찬(畵像讚)도 그 일종이다. 그림으로 그려진 자신의 모습을 보면서 자신에게 말하는 형식이다.

도은은 자신의 외형을 체격이 작은 부인의 모습으로 비유하고, 글재주는 어린아이와 같이 미숙한 수준이라 평한다. 또한 당대 교유한 6명의 저명한 인물의 장점을 드러냄과 동시에 자신은 '옥 같은 돌'이라 칭하며 겸손한 모습을 내보인다. 그는 자기 자신을 박하게 평가했지만, 모순적이게도 그는 정반대의 평판을 지니고 있다.

도은은 16세에 당시 최연소로 문과로 급제하였으며, 20대에는 명나라에 보내는 외교문서를 작성했을 정도로 학문과 문장으로 주목받는 인사였다. 실제로 이색의 「도은재기(陶隱齋記)」에 의하면, 같이 합격한 동료들이 그가 어리다고 경시하였다가 그의 학문과 문장이 날로 진보하는 것을 보고 그에게 질정받기를 원했다고 하니 지금까지도 그가 여말의 대표적인 지식인이라 불리는 것은 과언이 아니다.

도은처럼 자기 자신을 객관적으로 판단하는 능력을 우리는 메타인지라고 한다. 메타인지는 3가지 요소가 존재하는데, 첫째, 자신이 학습하는 부분에 대해서 얼마만큼의 지식과 능력을 갖췄는지 아는 능력이다. 둘째, 이해 정도를 아는 능력이다. 셋째, 지식 습득 방법 중 무엇을 선택해야 하는지 아는 능력이다. 도은은 메타인지의 첫 번째, 두 번째 요소를 충족하고 있다. 자신에게 부족한 점은 무엇인지 스스로 판단하여 자신의 능력과 한계를 더욱 정확하게 파악한 것이 그러하다. 『논어』 「위정(爲政)」편에서 공자가 "아는 것을 안다고 하고 모르는 것을 모른다고 하는 것, 그것이 곧 앎이다. [知之爲知之, 不知爲不知, 是知也.]"라고 말한 것도 또한 메타인지로 해석할 수 있는 여지가 충분하다.

그렇다면 도은은 세 번째 요소인 무엇을 선택해야 하는지 아는 능력을 어디서 보였을까. 윗글에서도 언급했듯이 그는 자신이 중국에 관하여 담론하기를 좋아한다고 말한다. 그가 좋아하는 이 행동은 바로 외교문서를 작성하는 일에 주력할 수밖에 없었던 당시 상황과 연결된다. 30대의 도은은 원나라 사신의 입국을 막으려 상소를 올렸으나 고향인 경산부(京山府)에 유배되었다. 2년 뒤 다시 조정에 소환되었지만 개혁 세력이 위축되어 가는 상황 속에서 벗어날 수 없었다. 이 과정에서 도은이 할 수 있는 일은 「청시표(請諡表)」를 작성하여 공민왕의 시호를 청하거나 「진정표(陳情表)」와 「하절일표(賀節日表)」를 작성해 고려가 조공을 바치지 않은 일을 명나라에 해명하는 일뿐이었다.

결국 도은의 30대는 그의 삶에 정치적 시련이 닥친 시기이면서도, 이전보다 정치 일선에 더욱 깊이 개입하였던 시기였다. 이를 토대로 작품에서 뽑아본 도은의 삶의 키워드는 "두려워하는 마음으로 자신을 스스로 단속하는 것[惕然而自修]"으로 보인다. 두려워하는 마음이란 『주역』의 「건괘(乾卦)」를 인용하자면, "종일 힘쓰고 힘써 저녁까지도 두려워하면 위태로우나 허물이 없다.[終日乾乾 夕惕若厲无咎]"라는 뜻이다. 바꾸어 말하면 자신의 발전을 위해서 끊임없이 노력하는 것을 말한다. 이숭인은 정치적 격랑에 휩쓸려 희생당하였지만 포기하지 않았다. 수차례의 탄핵을 받았고 유배를 경험하였으나 개혁적인 입장을 견지하면서 시국의 문제를 타개하기 위해 상소를 올렸고 자신의 견정(堅貞)한 정신을 놓치지 않았다.

자신의 마음을 속이지 않는 데 특별한 방법이 있는 것이 아니다. 있는 그대로의 자신을 인정하고 받아들일 줄 아는 것 뿐이다. 그런데 다수의 사람은 어느 순간에 있는 그대로를 받아들이지 못하고 자신을 합리화하곤 한다. 그것이 버틸 수 있었던 힘이 되었을 테니 말이다. 지금 우리는 어떤 시대에 살고 있는가. 자기 이익만을 쟁취하기 위해 무리한 시도를 하고 있지는 않은가. 나는 지금 어떤 사람인지, 어떤 사람이 될 것인지, 어떻게 바뀌어 나갈 것인지 질문해보며 되돌아보는 시간이 필요하다. 아무리 뛰어난 자질과 재능을 가지고 있더라도 자만심에 빠지지 않도록 경계하며 한 번쯤은 자신을 객관적으로 바라보는 것은 어떠한가.

진정한 나를 찾아

― 이용휴(李用休), 「환아잠(還我箴)」, 『탄만집(歎嫚集)』

이승용

예전의 나는	昔我之初
타고난 순수한 모습 그대로였건만	純然天理
지각이 생긴 뒤로는	逮其有知
훼방꾼 마구 일어났네	害者紛起
식견이 나를 해치고	見識爲害
재능도 나를 해쳐	才能爲害
마음도 일도 타성에 젖어	習心習事
점점 굴레 벗어나기 어려웠지.	輾轉難解
남다른 사람들을	復奉別人
아무개 어른이니 아무개 공이니 떠받들며	某氏某公
그들을 끌어대고 의지하여	援引藉重
어리석은 자들을 놀래켰네	以驚群蒙
본래 내 모습 잃어버리자	故我旣失

진실한 내 모습 숨어 버렸고 眞我又隱

일 만들기 좋아하는 자들은 有用事者

본연으로 돌아가지 않는 나를 노렸지. 乘我未返

떠난 지 오랜 후에야 돌아갈 마음 들어 久離思歸

해가 뜨고 나서야 잠에서 깨어나듯 夢覺日出

몸 한번 휙 돌리자 翻然轉身

어느새 내 방으로 돌아왔네 已還于室

주변의 광경은 이전과 다름없지만 光景依舊

몸의 기운은 맑고 편안해졌네. 體氣淸平

차꼬와 형틀에서 풀려나 發錮脫機

오늘에야 새로 태어난 듯 今日如生

눈이 더 밝아지지도 않았고 目不加明

귀가 더 잘 들리지도 않으며 耳不加聰

하늘이 내려준 눈과 귀의 총명이 天明天聰

그저 예전과 같아졌을 뿐 只與故同

수많은 성인은 지나가는 그림자니 千聖過影

나는 본래 내 모습으로 돌아가길 바랄 뿐 我求還我

갓난아이나 어른이나 赤子大人

그 마음은 하나라네. 其心一也

돌아와도 신기한 것이 없어	還無新奇
쉬이 딴마음 생기겠지만	別念易馳
만일 다시 떠난다면	若復離次
영영 돌아올 기약 없으리.	永無還期

향 사르고 머리 숙여	焚香稽首
하늘과 신에게 맹세하노니	盟神誓天
이 몸이 죽을 때까지	庶幾終身
본래의 나와 함께 하리라.	與我周旋

이 글의 저자 이용휴는 조선 숙종~정조 때의 문장가이자 실학자이다. 본관은 여주(驪州), 자는 경명(景命), 호는 혜환재(惠寰齋)이다. 그의 집안은 남인 명문가로, 조선후기 대표적 실학자 성호 이익이 그의 숙부이다. 관직에 뜻을 두지 않고 평생 문장에 전념하였으며, 18세기 문단의 거벽으로 손꼽혔다.

이 글은 혜환 이용휴의 문집『탄만집』에 수록되어 있다. 제자 신의칙(申矣測)을 위해 지어준 경계의 뜻이 담긴 잠(箴)이다. 잠은 자기 자신이나 타인을 경계하는 내용의 한문 문체이다.『설문해자(說文解字)』에 따르면 잠은 본래 침(鍼)으로, 의사가 환자의 병을 치료하는 의료기구이다. 여기에서 유래하여 잠은 사람의 잘못을 넌지시 깨우치거나 바로잡고 경계하는 글을 의미한다.

이 글에서 경계의 화두는 환아(還我)로, 환아는 신의칙의 자(字)이기도 하다. 진정한 자신의 모습을 찾아가는 과정인 환아는 신의칙

뿐 아니라 이용휴 자신에게도 평생의 화두이자 평생 완수해야 할 과제였다. 환아는 자신을 돌아보고 진정한 자아를 찾기 위해 애쓰는 오늘날의 우리에게도 유효하다. 그렇다면 300년 전 인물인 이용휴는 어떠한 성찰의 과정을 통해 진정한 자아를 찾아갔을까. 그에 대한 해답을 이 글에서 얻을 수 있다.

사람은 누구나 태어나면서 하늘이 부여한 순수한 본성을 온전히 지니고 있다. 그러나 지각이 생기고 머리가 굵어지면서 점차 내적 갈등을 겪게 되고, 그 결과 본래 순수했던 자아와는 점점 거리가 멀어진다. 학문을 통해 쌓은 지식과 천부적 혹은 후천적으로 얻은 재능도 자아와의 괴리를 부추기는 방해꾼에 불과하다. 그렇게 마음이 타성에 젖어 갈수록 점점 세상의 굴레에서 벗어나기 어렵다.

명성이 있던 사람들을 아무개 어른이니 아무개 공이니 떠받들기도 하고, 그들과 교류하며 남들의 칭송에 익숙해져 외물과 허영에 물들어가는 동안 순수했던 본래의 자아는 오간 데 없다. 타인의 칭송과 열광 속에서 자아라 여겨왔던 존재는 빈껍데기에 불과함을 어느 순간 깨닫는다.

집을 오래 떠나있으면 돌아가고픈 마음이 들고, 밤에 잠들었다가도 아침 해가 뜨면 깨어나기 마련이다. 지금껏 남들과 자신이 '진정한 나'로 여겨왔던 모습이 자신이 아닌 줄을 깨닫고 본래 자신으로 되돌아가야 함을 절감하는 순간, 방 안에서 '진정한 나'와 마주한다. 그렇게 오랫동안 잃어버렸던 자아였지만, '진정한 나'로 돌아오는 시간은 찰나에 불과하다. 주변의 모습은 예전 그대로이지만, 자신의 몸과 기운은 맑고 편안해서 마치 차꼬와 형틀에 묶여 있던 죄수가 풀려난 듯 홀가분하여 마치 새로 태어난 듯하다.

많은 변화가 있을 것이라는 예상과 달리 몸으로 느끼는 큰 변화는 없다. 시력이나 청력 역시 원래의 상태이다. 지금까지는 자신을 가리고 현혹했던 외물을 인지하지 못했기에 그러했을 뿐, '진정한 나'를 찾는 방법은 결국 본래의 자신으로 돌아가는 데[還我] 달려 있다.

유교의 범주에서 보면 역대로 수양을 통해 완성된 인격을 갖춘 수많은 성인(聖人)이 존재한다. 학문을 통해 수양을 일삼는 선비들에게 성인은 경외의 대상이다. 그러나 성인도 엄밀히 말하자면 자신이 아닌 남이므로, 맹목적으로 남을 추종하는 수양을 지속하다 보면 결국 본래의 자신을 잃어버리고 만다. 그러므로 진정한 나를 찾는 사람에게는 성인 역시 지나가는 그림자에 불과하다. 이는 불교에서 말하는 자심(自心)과 자성(自性)과도 맞닿아 있다. 자심과 자성을 깨닫는 과정 역시 진정한 나를 찾는 과정이며, 불교의 진리에 도달하는 과정이기 때문이다.

그러나 진정한 나를 찾아 환아를 완수했더라도 좀 더 특별한 것, 신기한 것을 추구하다 보면 또다시 본래의 나를 잊어버리고 예전의 과오를 반복하게 된다. 그러므로 환아의 과정도 중요하지만, 지속해서 진정한 나를 자각하며 본래의 나에게서 멀어지지 않는 노력도 중요한 과정임을 이용휴는 자기 고백의 어투로 신의칙에게 일러주고 있다.

18세기 이후 치열하게 전개된 조정의 정쟁은 이용휴의 여주 이씨 가문에도 큰 해를 끼쳤다. 숙종 초반 남인이 정권을 잡았을 때 대사헌을 역임했던 매산(梅山) 이하진(李夏鎭)은 정쟁에 휘말려 유배지에서 생애를 마쳤고, 그의 아들 이잠(李潛)은 노론 외척을 공격하다가 죽임을 당했다. 이러한 정치적 상황은 오랫동안 이용휴 가문의 정계

진출을 가로막았다. 이잠(李潛)의 아우인 성호 이익도 이러한 이유로 인해 관직을 단념하였으며, 이익의 조카였던 이용휴도 관직에 뜻을 접고 평생 문장에 전념하였다.

조선 후기에 권력과 관직에서 멀어진 사대부의 삶은 일상생활부터 고난의 연속이었다. 그러한 질곡 속에서도 이용휴는 당대 지식인으로서 늘 자신을 돌아보며 진정한 나를 찾는 데 전념하였고, 자신의 글 속에도 항상 '진정한 나'를 화두로 삼아 남들과는 다른 글쓰기를 추구하였다. 이는 자신의 글에 인위적인 차별성을 억지로 담는 것이 아니라, 진정한 나를 자연스레 담아내는 과정이었다. 「환아잠」에서도 이용휴의 그러한 면모를 여실히 볼 수 있으며, 다산 정약용이 무슨 이유로 이용휴를 18세기 문단의 거벽으로 손꼽았는지를 짐작케 한다.

책으로만 책을 읽나?

- 홍길주(洪吉周), 「수여방필(睡餘放筆)」, 『표롱을첨(縹礱乙懺)』

강민형

문장은 독서에만 있지 않고, 독서는 책에만 있지 않다. 산천, 구름, 동식물을 바라보는 것과 일상의 자질구레한 일이 모두 독서이다.

을축년 4월 3일, 형을 모시고 동생과 함께 통진에 성묘하러 가서 하루만 묵고 돌아왔다. 7일에는 또 형제와 수락산에 놀러 가기로 약속하여 내원암에 묵고 이튿날 돌아왔다. 이 두 여행은 천하의 지극한 문장이다.

통진에 가서는 이튿날 돌아올 때 비를 만나 가마꾼과 마부가 모두 젖었다. 수락산에 가서는 첫날 산으로 들어가 절에 쉬고 난 뒤에 비를 만나 곤란할 게 없었다. 그러나 도리어 돌아오는 길에 큰 바람이 불어 먼지가 일어나 두 눈을 뒤덮는 통에 눈을 뜰 수가 없었다. 통진에 가서는 돌아오는 길에 밤섬을 건너 마포의 하목정(霞鶩亭)에 오르기로 하였으나 비가 와서 그렇게 하지 못해서 우리를 맞이하여 접대하려는 사람들이 모두 그냥 돌아갔다. 수락산에 가서는 돌아오는 길에 갑자기 경로를 바꿔 오산의 이씨 별장을 방문하였다. 그래서 우리를 맞이하려는 사람들이 모두 분주하였다. 이러한 모든 일이 한 가지도 같은 게 없으니, 천하의 지극한 문장이 아니라면 무엇이 이것과 나란하겠는가?

또한, 통진에 가서는 두 번 물을 만났으니 모두 큰 강이었다. 양화 나루에서는 가까이서 놀았고, 용금루(湧金樓)에서는 멀리 바라보았다. 양천과 김포 사이 길 오른편에서 멀리서부터 인사하는 이들이 끊이지 않았다. 양화 나루를 지난 후에 또 한 길 정도 되는 작은 나루가 있어 양화 나루의 배신(陪臣)이 된다. 수락산에 가서도 두 번 물을 만났는데 모두 기이한 폭포였다. 옥류동(玉流洞)에서는 가까이서 놀았고, 금류동(金流洞)에서는 멀리서 바라보았다. 덕릉(德陵)과 내원암(內院庵) 사이에서도 산길을 내달리는 사람이 끊이지 않았다. 두 폭포 외에도 또 두 폭포에 빚을 진 은선동(隱仙洞)이 있어서 두 폭포의 그림자가 된다. 이를 똑같다고 할 수도 없지만 같지 않다고 할 수도 없다.

통진에 가서는 김포의 여관에서 밥을 먹는데 군수가 찾아왔으니 미리 약속한 게 아니었다. 수락산에 가서는 이씨 별장에서 밥을 먹는데 산에 사는 승려가 찾아왔으니 미리 약속한 것이었다. 이를 똑같다고 할 수도 없지만 같지 않다고 할 수도 없다. 통진에 가서는 오가면서 모두 양천 읍내길을 지나쳤으나 들어가지 않았다. 수락산에 가서는 떠날 적에 흥국사를 지나쳤으나 들어가지 못했고 돌아갈 때 여기에서 점심을 지었다. 이를 똑같다고 할 수도 없지만 같지 않다고 할 수도 없다. 모두 천하 문장의 기이한 변화를 지극히 한 것이다.

나는 두 번의 외출에서 천하의 기이한 문장을 거의 수백 편 읽어서 나로 모르게 손발을 구르며 춤을 추었다. 꼭 책 속의 몇 줄 글을 읽고 웅얼웅얼 소리 내며 읽은 후에야 독서했다고 여기는 자들에게 어찌 이를 말할 수 있겠는가?

文章不但在讀書, 讀書不但在卷帙. 山川雲物鳥獸草木之觀, 及日用
瑣細私務, 皆讀書也. 乙丑四月三日, 陪家兄偕季氏, 省墓于通津, 一
宿而還. 七日又約伯季游水落, 宿內院庵, 翌日還. 是二行也, 天下
之至文也.

　通津之行, 遇雨於翌日之返, 徒御盡濕. 水落之行, 遇雨於初日入
山憩寺之後, 得無困. 而却於歸路, 有大風埃壒, 撲兩眼, 不得開. 通
津之行, 約於歸路, 渡栗嶼, 登麻布之霞鶩亭, 而雨不果, 迎候供給
者, 皆空歸. 水落之行, 歸時, 猝改路, 尋梧山李氏墅, 迎候供給者, 皆
奔走及之. 凡此諸事, 又無一同者, 非天下之至文, 其孰能與於此耳?

　且通津之行, 再與水遇, 皆大江也. 于楊花渡近狎焉, 于湧金樓遠
眺焉. 而陽川·金浦之間, 遙把于道右者, 不絶也. 楊花之後, 又有尋
丈之一小渡, 爲楊花之陪. 水落之行, 亦再與水遇, 皆奇瀑也. 于玉
流洞近狎焉, 于金流洞遠眺焉, 而德陵·內院之間, 夾馳于山逕者,
亦不絶. 兩洞之外, 又有留債之隱仙, 爲兩洞之映. 謂之純同, 不可;
謂之不同, 亦不可. 通津之行, 飯于金浦之旅店, 遇郡守之訪, 不期
也; 水落之行, 飯于李氏墳庵, 遇山僧之訪, 所期也. 謂之純同, 不可;
謂之不同, 亦不可. 通津之行, 往返皆過陽川邑路而不入; 水落之行,
去時過興國寺不入, 歸時却午炊于此. 謂之純同, 不可; 謂之不同,
亦不可. 皆極天下文章之奇變者. 余于是二行, 讀天下之奇文者, 幾
數百篇, 不覺手舞而足跳. 必臨卷數行墨, 嗄嗄作喉齒音然後, 以爲
讀書者, 烏足以語此?

이 글을 지은 홍길주(洪吉周, 1786~1841)는 조선 후기의 문인으로 본관은 풍산(豐山), 자는 헌중(憲仲), 호는 항해(沆瀣)이다. 그의 집안은 당대의 명문 가문이었고 형 홍석주(洪奭周, 1774~1842)는 좌의정까지 역임할 정도로 현달하였으며, 동생 홍현주(洪顯周, 1793~1865)는 정조의 부마가 되었다.

홍길주는 어머니의 권유로 과거 공부를 포기하고 평생을 문장에 진력하였으며, 상상력이 넘치는 기발한 문장을 추구하였다. 그가 이토록 참신한 문장을 지을 수 있었던 비결은 어디에 있을까? 이 질문에 홍길주는 '활물독서(活物讀書)'라는 답을 내놓았다. 주변에서 일어나는 모든 일을 책으로 삼아 읽는다는 말이다. 이렇게만 말하면 너무 모호한데, 홍길주는 구체적인 사례로 1805년 형제와 함께한 여행을 들었다.

홍길주는 형제들과 함께 한 번은 통진에 갔고, 또 한 번은 수락산에 갔다. 두 여행 모두 형제와 동행하였고, 도중에 비를 만난 것도 같았지만, 그 외에는 모든 상황이 같지 않았다. 홍길주는 이를 "천하의 기이한 문장"이라고 표현하였고 두 번의 여행에서 "기이한 문장"을 수백 편 읽었다고 말한다. 각각의 여행에서 벌어진 모든 일이 "신기한 이야기"라는 뜻이다.

가만히 홍길주 형제의 여행길을 상상해보면 이 말을 그저 허풍으로 치부할 수만은 없다. 두 여행에서 바라보았을 구름의 모양이 다르고, 산봉우리의 험준함도 다르다. 곁에서 들은 물소리, 새소리도 다른 건 분명하고, 풍겨오는 풀냄새, 꽃향기도 같을 수가 없다. 여행에서 만난 사람들과 주고받은 농담도 천차만별일 테니 "기이한 문장

수백 편"이라는 말이 과장은 아닌 셈이다. 그런데 여행에 동행한 사람 모두가 홍길주가 읽었다는 "기이한 문장"을 읽었을까? 같은 경험을 하면서도 무심히 지나가는 이에게는 남는 것이 없다.

보통 사람도 단순히 "어디에 갔다.", "누구를 만났다.", "무슨 일을 겪었다."라는 정도는 기록할 수 있다. 그렇지만 그 정도로 일상을 읽었다고 하기는 무리이다. 책을 읽기 위해서는 책장을 펼쳐야 하듯이 주변의 "기이한 문장"을 읽기 위해서는 새로운 무언가를 발견하려는 안목을 갖추고 있어야 한다. 먼저 세상을 읽어낼 수 있는 마음 자세를 갖추어야 헤아릴 수 없을 정도로 많은 세상 속 "문장"을 파내어 읽을 수 있는 것이다.

홍길주는 1830년 아들 홍우건(洪祐健)과 함께 장단(長湍)에 간 기억을 유가 경전인 『대학장구』의 문체를 본떠서 「고진경전(皐津經傳)」으로 남겼다. 경전을 패러디의 대상으로 삼은 자체도 대담하거니와, "강도 경전이 될 수 있고, 경전도 충분히 강과 기준이 될 수 있음을 거의 깨달을 수 있다."라는 홍우건의 언명에서 과거의 기록뿐만 아니라 주변에서 체험할 수 있는 모두가 의미를 지닌 문장이라는 홍길주의 뚜렷한 메시지를 발견할 수 있다.

박지원(朴趾源)은 경지(京之)라는 사람에게 보낸 편지에서 글자나 문장으로 쓰이지 않은 글이 우주에 널려 있고 만물에 퍼져있다고 하였다. 『임원경제지(林園經濟誌)』를 지은 실학자 서유구(徐有榘)는 「자연경실기(自然經室記)」에서 세상의 온갖 것이 "자연이 빚은 경전[自然之經]"이라고 하였다. 홍길주의 친구 윤정진(尹正鎭)도 "홍길주는 앉고 눕고 말하고 웃는 모든 것이 문장이다. 먹물로 적은 후에야 글이 되는 것이 아니다."라고 하였다.

홍길주가 보기에는 주변에서 보는 모든 것이 읽을거리가 가득한 책이었다. 그렇게 주변과 일상을 책으로 삼고, 자신의 꿈까지 그저 넘기지 않고 읽을거리를 기어코 찾아냈다. 나아가 자신의 상상 속에서 무수히 많은 독서를 진행해나가면서 "상상 속의 도서관"을 구상하였는데, 이 안에는 아직 쓰이지 않은 책이 가득하다고 했다. 홍길주에게 독서는 종이에 새긴 글자를 읽는 걸 넘어서서 세상에 널린 이야기를 나만의 것으로 만드는 과정이었다.

이 말을 오늘의 일상에 대입하여 보자. 버스를 타고 직장이나 학교에 간다고 하면, 우선 문밖을 나와 맞이하는 날씨가 같지 않고, 버스가 정류장에 도착하는 시간이 1분 1초라도 다를 것이다. 버스 안에서 흘러나오는 라디오 뉴스와 노래도 매일 새롭고, 북적대면서 마주하는 얼굴은 언제나 낯설기만 하다. 조금만 시선을 돌리고 관심을 가지면, 홍길주가 말한대로 주변의 모든 것이 "주목할 만한 문장"이고 이는 다른 누구도 읽지 않았던 오직 내가 처음으로 읽은 책이 되는 것이다.

18세기의 맛집 후기: 재방문 의사는 없습니다

― 이옥(李鈺), 「국화주(菊花酒)」, 『봉성문여(鳳城文餘)』

곽지은

성에 술 파는 곳이 많으나 파는 것이라고는 순전히 흰 탁주와 홍로 주 뿐이었다. 들리는 말에 '기생 덕절네에 새로운 술이 있는데, 그 맛이 전에 없던 것이다.'라고 하였다. 그 술의 이름을 묻자 국화주 라 하였다. 빨리 가서 그것을 샀는데, 탁주 중 맑고 싱거운 것에다 가 국화만 덜렁 띄운 것이었다. 값은 세 곱절인데 맛이 도리어 별 로였음에도, 국화주라는 이유로 마시는 자들이 파리 떼처럼 모여 들었다. 처음에 한 사발에 서 푼 하던 것이 며칠 후 너 푼이 되었 고, 또 며칠 후 다섯 푼이 되었는데도 술이 이미 동이 났다. 이와 같으니 사람들이 죄 귀로만 먹어대서 헛된 이름값이 사람을 속여 먹을 수 있는 것이다. 듣자니 청명주가 매우 맛있다는데 나는 아직 맛보질 못했다.

城中多沽酒者, 而惟白濁紅露而已. 有言: "妓德節家, 新有酒, 美無 前." 余問何名, 曰: "菊花酒." 亟往市之, 乃濁之澄而淡者也, 特泛菊 矣. 價旣倍三, 味反不如, 而以其菊花酒也, 飮者蠅集. 其初一大杯, 直三文, 數日, 直四文, 又數日, 至五文, 而酒先盡矣. 若是乎, 人之皆耳食而虛名之能欺人也. 聞有淸明酒甚美, 而余未之嘗也.

〜〜〜

밥 한번 먹자는 약속을 전부 지켰으면 아마 24시간 내내 밥을 먹고 있겠지만, 그렇지 않더라도 하루 두세 끼는 밥을 먹으니 식당에 갈 일도 제법 있기는 하다. 어떤 식당에 갈지 정하는 것은 현대인의 주된 업무 중 하나다. 이 업무를 효과적으로 도와주는 것이 각종 리뷰와 SNS인데, 보고 있자면 세상에 어쩌면 이렇게 괜찮아 보이는 식당이 많은지 궁금할 따름이다.

사실 여기서부터가 모든 비극의 서곡이다. 내 눈에 괜찮은 식당은 다른 사람 눈에도 괜찮고, 그렇기에 없는 시간을 쪼개어 가게에 가면 길게 늘어선 줄을 마주하게 된다. 긴 시간 줄을 서서 먹은 음식이 비싸고 맛없는 것이야말로 비극의 대미이다. 일이 이러한 지경이 되면 마지막 기력을 짜내어 또 속았다고 투덜거리게 된다. 그런데 이것은 21세기 자본주의 문명에서만 일어나는 비극이 아니다. 이런 상황에서 나는 늘 18세기 어떤 선비의 글을 떠올린다.

이옥(李鈺, 1760~1815)은 일상의 여러 풍경과 자신의 체험을 간결한 문체로 그려내었다. 새로 나온 술 소식을 들은 이옥은 한달음에 사러 달려가지만, 술을 마시고선 실망한다. 값은 세 배가 넘는데 오히려 더 맛이 없는 술이 동나는 모습을 보고 이옥은 헛된 이름값이 사람을 속인다며 탄식한다. 인터넷에서 쉽게 발견할 수 있는 '저 식당 비싼데 맛없었어요. 다신 안 가요.' 하는 체험기를 조선에서 발견하게 되다니, 사람 사는 것이 다 비슷하다는 생각에 저절로 미소가 지어진다. 그러고는 마지막에 또 청명주가 맛있다는데 먹어보지 못했다면서, 이미 실패하고도 또 다른 시도를 하려는지 나름의 유머인지 괜히 너스레를 떠는 것이 웃음을 자아낸다.

이 글은 이옥의『봉성문여』에 수록되어 있다.『봉성문여』는 영남 지방에 군역을 다녀온 후 돌아오는 길에 보고들은 풍속을 자유로운 문체로 기록한 글을 모은 것으로, 이옥의 절친한 친구 김려(金鑢, 1766~1822)가 편찬한『담정총서(潭庭叢書)』에 수록되어 있다. 18~19세기에 조선에서 대두된 문체인 소품문은 일상의 모습을 가감 없이 담아내고 있다. 그러나 소품문 안에 가벼움과 재미만 있는 것은 아니다. 이 짧고 유머러스한 글에서도 삶을 관통하는 교훈이 있다.

성균관 유생이던 이옥은 소품체의 글을 즐겨 지었다. 그러나 글의 문체가 난잡하다는 이유로 반성문을 쓰고, 벼슬길에 나아가지 못하였으며, 양반 신분임에도 불구하고 군역까지 살다 온다. 그는 순전히 '글' 때문에 이런 고초를 겪으면서도 자신을 이루던 '글'을 버리고 기존의 질서로 편입되는 삶을 원하지 않았던 성싶다. 이옥은 군역에서 돌아온 후 다시 과거시험을 보아 초시에서 수석을 차지했지만, 다시 문체가 발목을 잡아 제일 아래 등수로 책정된다. 이옥은 이후 벼슬길에 나아가지 않고 본가가 있는 경기도에서 전원생활을 이어간다. 벼슬길이 아무리 좋아 보일지라도, 자신의 방식대로 자유롭게 글을 써 내려가는 생활을 택한 것이다.

『봉성문여』의 서문에서 이옥은 근심을 잊고자 술을 마시는 친구의 일화를 빌어 글을 쓰는 자신의 심정을 밝힌다. 자신이 쓴 글이 벗이 마시는 술과 같다는 문장에서 글에 대한 그의 애착, 그리고 글이 그의 인생에서 가졌던 의미를 엿볼 수 있다. 하지만 이옥이 써 내려간 글에서는 괴로움과 후회의 기색은 보이지 않고, 오히려 유쾌한 웃음소리만 들린다. 이 웃음소리는 세상의 이름값에 휘둘리지 않고 자신이 진정으로 원하는 것을 좇으며 살아갔다는 방증이 아닐까?

　내가 좋아하는 맛, 좋아하는 것이 무엇인지, 또 내가 진정으로 원하는 것이 무엇인지 알아야 헛된 이름값이 나를 현혹하지 않는다. 어떤 모양의 의자에 앉았을 때 꼬리뼈를 보전할 수 있는지 알지 못한다면 다시 이름값에 속아 졸렬한 카페 앞에 줄을 서게 된다. 아무리 보기 좋고 다른 사람들이 좋다고 하더라도 내가 원하는 곳이 아니라면 갈 필요가 없다. 옛글을 읽으며 사람 사는 것이 다 똑같다고 낄낄거리다가도, 그 안에서 이렇게 짧지만 두꺼운 교훈과 조우할 때마다 절로 지금의 나를 돌아보게 된다.

사물을 통해 자신을 돌아보다

– 하수일(河受一), 「병죽설(病竹說)」, 『송정집(松亭集)』

내가 정원을 걸어 다닐 때 여러 대나무 사이에 끼인 대나무 하나가 있었다. 나무의 뿌리와 줄기, 가지와 마디는 다른 대나무와 비슷하였다. 다만 가운데 부분은 마디가 촘촘하고 가지가 굽어 다른 나무와 달랐다. 내가 괴이하게 여겨 그 까닭을 살펴보니, 벌레가 그 속을 좀먹은 것이었다.

아래는 촘촘하고 중간은 성근 것이 대나무 마디의 정상적인 모습이고, 곧아서 굽지 않은 것이 대나무 가지의 정상적인 모습이다. 그런데 성글어야 할 곳은 도리어 촘촘하고, 곧아야 할 곳은 도리어 굽었으니 모두 그 정상적인 모습을 잃은 것이다. 아! 이것이 어찌 대나무의 본성이겠는가? 외물에 손상당한 것이다. 내가 이에 다음과 같이 탄식하였다.

"사람은 하늘과 땅의 가운데에서 성(性)을 부여받아 태어났기에 애초에 선하지 않은 것이 없지만, 물욕에 가려져 양심을 해치면 대나무와 같지 않은 자가 거의 드물 것이다."

아! 대나무는 벌레 때문에 정상적인 모습을 잃고 사람은 물욕 때문에 본성을 잃으니, 속이 병드는 것은 사람과 사물이 무슨 차이가

60

있겠는가? 옛사람이 이르길 '사물을 보고 자신을 돌아본다.' 하였으니, 「병죽설」을 지은 까닭이 내 어찌 그냥 한 일이겠는가?

余嘗涉園中, 有一竹介于郡竹之間, 其本末枝節類他竹, 至其中, 其節密, 其枝曲, 不類他竹. 余怪之, 就視其故, 蓋有蟲蠹其心也. 夫下密而中疎, 竹節之常也; 直而不曲, 竹枝之常也. 今疎者反密, 直者反曲, 咸失其常. 噫! 是豈竹之性哉? 其爍於外物者乎哉! 余於是, 喟然而嘆: "夫人受天地之中以生, 其初罔有不善. 及其蔽於物欲, 以梏良心, 則其不類竹者, 幾希矣." 嗚呼, 竹以蟲而失其常, 人以欲而喪其性, 心受病則人物何擇焉? 古人有言: '觀物反己.' 病竹說之作, 余豈徒然哉?

이 글의 작자 송정(松亭) 하수일(河受一, 1553~1612)은 조선 중기의 문인으로 본관은 진양(晉陽), 자는 태역(太易)이다. 현재의 경남 진주(晉州)에서 태어났고 1591년 문과에 급제하여 이조 정랑, 경상도 도사 등을 역임하였다. 저서로는 『송정세과(松亭歲課)』, 『송정집(松亭集)』, 『송정서행록(松亭西行錄)』이 있다.

송정은 남명(南冥) 조식(曺植, 1501~1572)의 학풍을 충실히 계승하여 남명학파 내에서 중요한 인물로 평가받는다. 특히 당시 경남 지역에서 문장을 잘 짓기로 이름나 명승지, 서원, 정자 등에 많은 글을 남겼다. 남명의 학문과 사상을 문학작품에 담아내려 한 점에서 학파 내에 높은 위상을 지닌 인물이라 하겠다.

이 글은 송정이 30대였던 1580년 무렵에 지은 글로, 병든 대나무에 관한 이야기이다. 이 이야기는 조선조 학자들의 성찰 방법의 하나인 '관물반기(觀物反己)'의 수양법을 담았다. '관물반기'란 사물을 보고 자신을 돌아본다는 뜻으로, 자연이나 일상생활 속에서 겪는 모든 일을 통해 내 삶을 성찰하는 수양법이다. 이는 실천적 공부에 매진하였던 남명학파 문인들의 특징 중 하나라는 점에서도 주목된다.

어느 날 송정은 정원을 거닐며 대숲을 지나다가 보통 대나무와는 조금 다른 대나무를 하나 발견했다. 본래 대나무는 마디 사이가 널찍하고 가지가 곧게 뻗어있는 것이 일반적이지만, 그 대나무는 마디 사이가 촘촘하고 가지가 굽어 있었다. 괴이하게 여겨 유심히 살펴보니, 벌레가 그 속을 좀먹은 것이었다. 이처럼 정상적이지 않은 대나무를 통해 송정은 문득 깨달음을 얻었다.

송정은 전형적인 유학자의 시선에서 이를 바라보았다. 벌레에 의해 손상된 대나무를 보고서 선한 본성이 물욕에 가려 더럽혀진 양심(良心)을 떠올렸다. 여기서 물욕이란 재물에 대한 욕심이 아니라 외물에 대한 총체적 욕심이다. 또 양심이란 본연지성(本然之性)을 가리키는 것으로 인의지심(仁義之心)을 뜻한다. 말하자면, 물욕에 의해 본성을 잃은 인간의 모습을 벌레가 좀먹은 대나무에 착안하여 자신을 돌아보고 경계하고자 한 것이다. 이는 『맹자』 「우산장(牛山章)」에 나오는 유명한 내용이기도 하다.

여기서 행간의 의미를 살펴볼 필요가 있다. 송정은 병들어 있는 대나무, 그 현상만을 보고 성찰의 도구로 삼은 것이 아니라, 점차 대나무가 병들어가는 상황 또한 경계해야 함을 말하고 있다. 곧 본성을 꾸준히 가꾸고 물욕을 경계하며 살아가는 실천적 삶의 태도를 지향한 것으로, 이 글은 자기완성을 끊임없이 노력해야 한다는 뜻이 함축되어 있다. 이러한 태도는 유가의 경전을 통해 얻은 진리와 지혜를 평생에 걸쳐 실천하고자 하는 의지의 표출이며, 끊임없이 성찰 공부에 매진하고 나아가 사물의 이치를 통해 자신을 돌아보는 행위의 소산이라 할 수 있다.

　오늘날 자아를 향한 관심 증폭은 특수한 시대적 상황과 결부되어 있고 이마저도 자신의 미래가치를 높이려는 목적이 담겨 있다. 그러나 여기 조선시대의 한 선비는 성찰 공부를 평생의 숙제로 삼았으며, 나아가 자연 혹은 일상생활에서 보고 듣고 느끼는 모든 것을 통해 자신을 돌아보는 데 힘썼다. 온전히 자신을 수양하기 위해 지은 병든 대나무에 대한 이야기는 약 400년이라는 시간이 흘렀음에도 현재를 살아가는 우리에게 잔잔한 울림을 준다.

독락(獨樂)에서 동락(同樂)으로

– 권근(權近), 「독락당기(獨樂堂記)」, 『양촌집(陽村集)』

박기완

어떤 사람이 나에게 말했다. "송(宋)나라 사마광(司馬光)과 범중엄(范仲淹)은 모두 유학으로 재상의 자리에 올랐고, 도덕과 업적도 서로 비슷했다. 범공의 글에 '천하의 근심을 먼저 근심하고 천하의 즐거움을 나중에 즐긴다.' 하였으니, 그 뜻이 크고 그 인(仁)이 넓어서 임금에게 충성하고 백성에게 은택을 주어 천하를 구제한 것은 당연하다.

성현의 도는 '독선(獨善)'을 귀하게 여기는 것이 아니고 남에게까지 미치도록 하는 것이다. 그러므로 '벗이 찾아오면 즐겁다.'라고 하신 분은 공자이고, '백성과 더불어 즐긴다.'라고 하신 분은 맹자이다. 두 분이 모두 공자와 맹자의 도를 배운 분들인데, 범공의 뜻은 이처럼 크고, 사마공은 '독락(獨樂)'으로 그의 동산을 이름지었으니, 어째서인가."

내가 말했다. "군자의 즐거움에는 본말이 있으니, 마음속에서 얻어진 것은 근본이고 나타나서 만물에까지 미치는 것은 말단이다. 마음속의 즐거움으로부터 미루어 만물에까지 미친다면 천지 만물이 내 한 몸과 같게 되어 어느 하나도 나의 즐거움 속에 있지 않은 것이 없다.……그러나 만물에까지 미치기란 다하기 어렵다. 내 즐거움이 충족되지 않아 근심이 있는데, 어떻게 널리 은혜를 베풀고 백성을 구제할 수 있겠는가. 널리 은혜를 베풀고 백성을 구제하는 것은 요순(堯舜)도 오히려 자신이 부족하다고 여겼으니, 하물며 그보다 못한 사람은 어떻겠는가.

마음속에 즐거움이 있는 사람은 외물에 따라 변하지 않고 항상 호연(浩然)하게 자존(自存)하여, 안으로 살펴도 잘못이 없고 위로 하늘을 우러러보거나 아래로 땅을 굽어보아도 부끄러움이 없으니, 이것이 '독락'이다. 범공은 오직 만물에까지 미치는 것에 치중하여 말한 것이고, 사마공은 오로지 스스로 얻은 즐거움을 가지고 밝힌 것인데, 자득(自得)의 즐거움이 있는 사람이 아니면 만물에까지 미치는 데에 치중할 수 없으니, 두 분의 말은 서로 통한다.……

하지만 즐거움을 자득함에는 또한 깊고 얕은 차이가 있어서, 공자 문하의 뛰어난 제자들이 성인에게서 직접 배웠지만 그들의 지향은 각각 달랐다. '거마(車馬)와 의복을 같이 쓰다 해져도 유감이 없다.'라고 한 자로(子路)의 뜻은 크다고 할 수 있으나, '동자를 데리고 관을 쓴 자들과 읊조리다 돌아오겠다.'라고 한 증점(曾點)의 유유자적한 즐거움과 비교하면 차이가 있다. 이는 모두 만물에까지 미치는 사이에서 본 것이다. 그런데 안자(顔子)가 '한 그릇 밥과 한 표주박의 물로 누추한 골목에서 지내되 그 즐거움을 고치지 않았다.'라는 것은 곧 공자가 '거친 밥에 물 마시고 팔을 베고 눕더라도 즐거움이 또한 그 가운데 있다.'라고 한 것과 거의 가까우니, 이는 참으로 마음속에서 자득하여 홀로 즐긴 것이다.

천 년이 지난 뒤에 염계(濂溪) 선생이 일찍이 이를 알아차려, 매

번 배우는 사람들로 하여금 공자와 안연의 즐긴 바가 어떤 것인가
를 찾도록 하였는데, 정호(程顥)와 정이(程頤)가 이를 깨달았다. 대
개 염계 선생은 가슴속이 쇄락(灑落)하여 광풍제월(光風霽月)과 같
았던 분인데, 오직 이와 같은 뒤에야 공자와 안자가 즐기던 경지에
도달할 수 있었으니, 이것이 근본 아니겠는가."

或嘗語予曰: "宋之司馬君實, 范希文, 俱以儒術位宰相, 道德勳烈,
亦與之相上下. 范公之言曰: '先天下之憂而憂, 後天下之樂而樂.'
其志大而其仁廣, 宜其致君澤民, 以濟四海也. 夫聖賢之道, 非貴乎
獨善, 欲以及人焉爾, 故朋來而樂者, 孔子也; 與衆而樂者, 孟子也.
二公皆學孔孟者也, 范公之志, 其大如此, 司馬公乃以獨樂名其園,
何哉?"

　予曰: "君子之樂, 有本有末, 得於胷中者, 本也; 現於及物者, 末
也. 自其胷中之樂, 推而至於及物, 則天地萬物, 猶吾一體, 無一不
在吾樂之中. …(中略)… 然及物者, 難盡也. 有吾樂未充而爲吾之憂
者焉博施濟衆? 堯·舜猶病, 況其下者乎? 若夫得於胷中者, 不隨物
而有變, 常浩然而自存, 內省不疚, 俯仰無怍, 此獨樂也. 范公極於
及物言之; 司馬專於自得明之, 非有自得之樂者, 不能極於及物, 二
公之言, 互相發也. …(中略)… 雖然, 樂之自得, 亦有淺深之異. 孔門
高弟親炙聖人, 而其所之, 亦各不同. 車馬衣裘, 共敝無憾, 子路之
志, 可謂大矣. 然視曾點童冠詠歸, 胷次悠然之樂, 則有間矣. 是皆
於及物之際見之爾. 若顏子簞瓢陋巷, 不改其樂, 卽與孔子疏食飮
水, 曲肱而枕, 樂亦在其中者, 殆庶幾矣. 是眞自得於胷中而獨樂者
也. 千載之下, 濂溪先生, 盖嘗知此, 每令學者, 尋孔·顏所樂者何事,

而二程夫子有得於此. 夫濂溪, 胷中洒落, 如光風霽月, 唯其如此然後, 可以造孔顏樂處矣. 此非本歟?"

권근의 「독락당기」는 한문학 장르로 따지면 '기문(記文)'에 해당한다. 이때 기문은 단순한 기록만을 뜻하지는 않는다. 고문(古文) 전통 속에서 기문은 작자 자신의 의론을 포함하고 있는 것이 많다. 「독락당기」 역시 이 전통을 따르는 작품으로, 권근은 일련의 문제에 대한 자신의 주장을 제시한다. 「독락당기」는 독락당이라는 이름에 대한 풀이에 앞서 혹자의 문제 제기로 의론을 시작한다.

유학의 본령은 수기치인(修己治人)인 바, 유학자로서 사마광과 범중엄 두 사람은 모두 내면의 도덕을 바탕으로 재상의 임무를 수행하여 공훈을 세웠다는 점에서는 비등하다. 하지만 두 사람의 인생관은 사뭇 달라 보인다. 범중엄은 「악양루기(岳陽樓記)」에서 즐거움이 뭔지도 모르고 근근이 살아가는 이 세계의 다른 사람들을 위해 자신은 '천하의 근심을 먼저 근심하고 천하의 즐거움을 나중에 즐긴다.'라고 선언한 바 있다. 반면 사마광은 「독락원기(獨樂園記)」에서 혼자서 '이리저리 여유롭게 노닐며 마음 가는 대로 하는' 즐거움에 대해 말할 뿐이다. 범중엄의 뜻은 이리도 큰 데, 사마광의 뜻은 어찌 이리도 소소하단 말인가. 이 질문에 권근은 오히려 사마광의 즐거움이 근본이고 범중엄의 즐거움은 말단이라고 답한다.

얼핏 보면 잘 이해가 되지 않는 답변이다. 지금으로 치면 현실 참여보다 혼자서 즐기는 '소확행'이 더 중요하다는 말처럼 들리기 때문이다. 하지만 여기서 권근이 말하는 독락(獨樂)은 개인적이고 소소한 즐거움이 아니다. 그에게 즐거움이란 "안으로 살펴도 잘못이 없고 위로 하늘을 우러러보거나 아래로 땅을 굽어보아도 부끄러움이 없는" 데서 오는 것이며, 이 즐거움을 얻은 사람은 외물의 유혹에 흔들리지 않고 호연(浩然)하게 자존(自存)할 수 있다. 오직 이런 즐거움을 얻은 사람만이 만물에까지 나아가 천하를 다스릴 수 있기에 그는 독락이 근본이고 동락(同樂)은 말단이라고 한 것이다.

하지만 여기서 또 얼핏 보면 이해가 되지 않는 부분이 있다. 바로 말단에 대한 인식이다. 말단을 한글로 풀이하면, '끄트머리'라고 할 수 있다. 여기서 '끄트머리'는 중요치 않은 것, 하찮은 것을 의미하지는 않는다. 이때 말단은 오히려 '마지막 단계'에 가깝다고 할 수 있다.

「독락당기」는 권근의 선배인 우현보(禹玄寶)가 정승을 그만두고 홀로 한가롭게 지내던 당시 그의 당(堂)에 걸어놓을 기문을 권근에게 부탁해서 나온 글이다. 여기서 소개하지 않은 「독락당기」의 뒷부분에는 우현보가 자신의 독락을 설명하는 부분이 나온다. 그의 말을 요약하면 다음과 같다.

"나는 새소리를 듣고 눈 속의 소나무를 보는 것이 즐거운데, 소나무와 새는 나를 즐거워하지 않기에 홀로 즐긴다."

이와 같은 우현보의 독락은 즐거움의 마지막 단계인 동락으로 나아가지 못한 상태라 할 수 있다. 그렇기에 권근 또한 그에게 아래와 같이 그를 권면하며 글을 맺는다.

"공의 홀로 즐기는 마음은 이미 충분하니 이제 큰 천지와 많은 만물에까지 미루어 간다면, 이 당 위에서 같이 조화롭게 어울릴 수 있을 것입니다."

독락에서 동락으로 나아가야 한다는 권근의 말은 600년의 세월을 넘어 지금 우리에게도 가르침이 된다. 그리하여 나는 이제 나 홀로 즐거운 세상보다는, 내 즐거움이 흘러넘쳐 주위 사람들과 주변의 사물들, 나아가 세계의 모든 것에 가 닿기를 꿈꾼다.

저 누에가 나보다 낫구나

– 이규보(李奎報), 「인가(人家)의 누에 치는 모습을 보고 짓다[見人家
養蠶有作]」, 『동국이상국집(東國李相國集)』

김중섭

누에는 말[馬]의 정기를 지니고 있으니	蠶是馬之精
그 부리가 뚜렷이 닮았네.	其喙宛相類
뽕잎 먹기를 풀 먹듯이 하니	喫桑如食草
살찌고 커서 잠박(蠶箔)에 차는구나.	肥大盈箔裏
먹고 나서는 또 잘 자니	旣食又能眠
실과 솜이 여기에서 나오네.	絲絮出於是
수놓은 비단과 임금님의 예복,	錦繡及黼黻
가벼운 비단과 화려한 비단,	絹縠與羅綺
이로부터 나오지 않는 것 없으니	莫不由茲生
그 이익이 얼마나 많은가.	其益何多矣
이 늙은이보다 훨씬 낫거니	大勝此耄翁
나는 털끝만한 보탬도 없네.	略無毫髮利
나가도 곤룡포를 깁지 못하고	進不補帝袞
물러와도 자고 먹기만 하네.	退亦眠食耳
어리석어 부끄러움조차 없으니	頑然無所愧
누에만도 못한 꼴이구나.	蠶蟲之不似

70

이래서 항상 스스로 말했지.	以是常自言
노인네 죽는 것만 못하다고.	老賊不如死

~~~~~~~~~~

이규보(李奎報, 1168~1241)는 고려 중기 무신집권기의 대표적인 문인이다. 일생 동안 8천여 수의 시를 지을 만큼 시 짓기를 좋아하였고 수많은 산문도 남겼다. 그의 문집 『동국이상국집』을 통해 그가 지었던 시문 다수가 전하고 있다.

이규보는 원래부터 사물에 대한 관심이 남달랐다. 꿀벌, 거울, 개와 이 등을 소재로 삼아 문장을 지었고, 술과 거북을 의인화하여 인간사를 우회적으로 그려내기도 하였다. 개와 이를 소재로 한 「슬견설(虱犬說)」에서는 이 둘이 크기의 차이는 있지만 모두 생명을 지니고 있어 죽음을 싫어한다는 점에서 동일한 것으로 인식해야 한다고 말하였다. 또한 「국선생전(麴先生傳)」에서는 '맑은 술[麴聖]'을 주인공으로 삼아 그를 긍정적으로 묘사하였고 인간의 성쇠를 간접적으로 표현하였다. 이와 같이 사물을 소재로 한 작품의 일환으로, 위의 오언고시에서는 인가의 누에치는 모습을 보고 누에와 자신을 비교하고 있다.

그가 누에를 글의 소재로 삼은 것은 이때가 처음이 아니었다. 그는 이전에 「누에에 대한 찬[蠶贊]」을 짓기도 하였는데, 거기서 따스한 옷감을 제공해주는 누에의 신기한 재주를 찬양하였다. 누에에 대한 긍정적 인식이 위의 시에까지 배어 있는 것이다. 다만 위의 시에서는 누에를 거론하는 데 그치는 것이 아니라 누에를 통하여 자신을 성찰했다는 점에서 맥락의 차이가 있다.

이규보와 같이 작은 사물을 깊이 관찰하여 묘사하고 자신과 자세히 연관지은 문인이 당시의 고려에는 흔치 않았다. 그가 이러한 시문을 지은 데에는 이전의 시문을 답습하지 않고 새로운 뜻을 드러내고자 하였던 그의 문학관이 크게 작용하였다.

또한 이규보의 독서 습관과 타고난 문장력이 그만의 참신한 사유를 더욱 돋보이게 하였다. 그는 다양한 서적을 골고루 읽었고, 그 내용을 자신의 문장에 능수능란하게 쓸 수 있었다. 위 시의 첫 구절 역시 책의 옛이야기를 응용한 사례인데, 출처는 『태평광기(太平廣記)』에 인용된 『원화전습유(原化傳拾遺)』의 「잠녀(蠶女)」다. 그 이야기를 요약하자면 다음과 같다.

고신제(高辛帝, 고대의 황제인 제곡(帝嚳)) 때 이웃나라에 잡혀간 아버지 때문에 딸이 식음까지 전폐하자, 어머니가 자신의 남편을 데리고 돌아오는 이에게 딸을 시집보내겠다고 사람들에게 맹세하였다. 아버지가 타던 말[馬]이 그 맹세를 듣고 뛰쳐나가더니 수일 만에 아버지가 그 말을 타고 돌아왔다. 하지만 부모는 말과의 약속을 지키지 않았고 아버지는 활을 쏘아 말을 죽였다. 가죽을 벗겨 마당에 널어놓았는데 딸이 그 옆을 지나가자 말가죽이 갑자기 일어나 딸을 감싸서 뽕나무 위로 올라갔다. 이렇게 말가죽에 감싸인 여인이 누에로 변화했다는 이야기이다. 이 때문에 위의 시에서 "누에는 말의 정기를 지니고 있다.[蠶是馬之精]"라고 한 것이다. 이렇듯 누에에 관한 재미난 옛이야기를 첫 구절에 배치하여 독자의 흥미를 불러일으켰다.

시의 전체적 내용을 보면, 잘 먹고 잘 자서 살찐 누에와 먹고 자기만 하는 늙은 자신, 임금의 예복까지 수놓으며 보탬이 되는 누에와 세상에 털끝만큼도 도움이 되지 못하는 자신, 이 둘을 극명하게 대조하며 자신을 책망하였다. 말미에는 부질없이 연명하고 있는 이 늙은이의 삶은 차라리 끝나는 것이 낫다고 한탄하였다.

이규보는 누에를 먼저 언급한 뒤 자신과 비교하고 자신을 비웃는 방식을 활용하여, 무겁고 진부해질 수 있는 자아 성찰의 글을 다소 익살스럽게 풀어나갔다. 이 점 때문에 '단순히 장난삼아 지은 작품, 그게 아니라면 옛사람의 일반적인 겸양은 아닐까.'라는 의문이 들 수도 있다. 하지만 당시 이규보의 상황을 헤아려본다면 이 안에 감춰진 그만의 무력감과 쓸쓸함 같은 진정을 느낄 수가 있다.

이 시를 지었던 당시(1241년) 이규보는 74세로 상당히 노년이었다. 이 해 그가 세상을 떠났다는 점을 고려해보면 이때 그가 얼마나 쇠약한 상태였을지 짐작할 수 있다. 특히 그는 왼쪽 눈이 아파 고생하였고 다리까지 병이 들어 바깥출입이 어려운 상태였다.

고려의 격변기에 태어나 파란만장한 삶을 살다간 이규보는 '이문화국(以文華國)'을 자신의 책임으로 삼았던 인물이다. '이문화국'이란 '문장으로 나라를 빛나게 하다.'라는 뜻이다. 이규보가 살던 시기는 안으로 무신들이 권력을 잡고서 전횡하고 밖으로는 몽고가 침입하던 때다. 그는 이러한 상황에서 문장력을 발휘하여 안정을 도모하고 국가의 위상을 격상시키고자 하였다. 책임을 다하고 목표를 실현하기 위하여 관직을 구하는 글을 집권자들에게 수없이 올렸으며, 이 때문에 오늘날까지 아첨꾼이라는 비판을 받기도 한다. 그러나 그가 마침내 한림원에 들어가 수십여 년의 세월 동안 국가의 문서를 작성했다는 점을 참작한다면 치국(治國)에 크게 이바지한 점 역시 사실이다.

그토록 자신의 책무에 전념하였던 그가 더는 소임을 다할 수 없게 되었을 때 느꼈던 절망감, 무력함은 어떠했을까. 병마에 시달리며 정상적인 생활을 할 수 없던 그에게는 원하는 대로 먹고 자는 누에, 고치실을 내어 조금이나마 국가의 살림에 보탬이 되는 미물이 더 나아 보였을 수 있다.

이규보는 한 해 전인 73세까지도 몽골에 보내는 외교문서를 지으며 국가대사에 보탬이 되었다. 그러다가 눈병이 악화하여 어찌할 수 없는 상황이 되자 위에서처럼 자신을 냉담하게 비웃고 나무라는 모습을 보였다. 시에서는 어리석어 부끄러움조차 없다고 하였지만, 자신을 부끄러워하지 않고 자신에게 엄격하지 않았다면 이러한 문장은 탄생할 수 없었을 것이다.

이 시는 누에와 자신을 비교해가며 무겁지 않게, 하지만 오롯이 자신의 진정을 읊은 작품이다. 그는 늙었지만 그 시는 고루하지 않았다. 그의 눈은 불편했지만 사물과 자신을 그 누구보다 밝게 꿰뚫어 보았다. 그리고 이 시를 통해 우리는 생이 끝나는 날까지 자신을 돌아보며 자신의 사명을 다하고자 하였던 이규보의 절실한 의지를 느낄 수가 있다.

억지로 되지 않는다

– 윤기(尹愭), 「어린 자식 가르치기[教小兒]」, 『무명자집(無名子集)』

이은영

내가 보니, 세상 사람들은 어린 자식을 가르치면서 자신이 아는 것을 아이가 깨닫지 못한다고 꾸짖고, 어제 가르쳐 주고는 오늘 더 나아지지 않았다고 노여워하고, 반드시 하나를 들으면 열을 알아 일취월장하여 삽시간에 사물의 이치를 모두 깨우치길 간절히 원하고, 몇 년 안에 서적을 모두 통달하여 이하(李賀)와 양억(楊億)의 머리 꼭대기를 훌쩍 넘어서기를 힘써 요구한다.

그러다 자기 뜻대로 되지 않으면 번번이 눈을 부라리며 화를 내거나 큰소리로 꾸짖고, 심하면 주먹질과 발길질을 마구 해대고 회초리로 사정없이 때리기도 한다. 저 혈기가 안정되지 않은 아이는 넋이 나간 채 멍하니 어쩔 줄 모른다. 도리어 자신이 이미 알고 있던 것이나 이미 깨달았던 것까지 잊어버리고 만다. 그 가운데 어리석은 아이는 어른 보기를 원수처럼 하고 책 보기를 원수처럼 여기니, 이와 같은 상황에서 무엇을 달성할 수 있겠는가.

내가 듣자니 어떤 사람이 자기 자식을 가르치면서 조금이라도 어긋나는 것이 있으면 번번이 송곳으로 찔러대서 마침내 경기를 일으키다 미치광이 병까지 얻었다고 한다. 이 정도면 그가 사랑해서 가르친 방법이 도리어 해를 끼치는 수단이 된 것이니, 사람이 어리석고 망령되다 해도 이 지경까지 이른단 말인가!

달성시키는 방도는 빨리 이루고자 하지 않는 데 있건만, 사람들은 매번 빨리 달성하기를 구하고, 일이 이루어지는 방도는 조장하지 않는 데 있건만, 세상에서는 대부분 조장을 해서라도 성장하기를 구한다. 그리하여 혹자는 미리 기대를 하였으나 끝내 가망이 없어지기도 하고, 혹자는 돌연 마음에서 잊어버려 마침내 중도에 때려치우기도 하니, 한탄스러울 뿐이다.

곡식이란 봄에 파종을 해서 가을에 결실을 보는데, 그것이 아무리 더디다 해도 가을이 되기를 기다리지 않고 그 결실을 보는 경우는 없다. 사람이 태어나서 자라는데, 그것이 아무리 오래 걸린다 해도 다 자라기를 기다리지 않고 성장하기를 바라는 경우 또한 없다. 진실로 그 이치와 형세가 그럴 수밖에 없는 것으로, 빨리 이루고자 하는 사사로운 뜻은 용납되기 어렵다.

그런데 유독 자식을 가르치는 데는 사사로운 뜻을 행하고자 하여, 해괴한 모습과 기괴한 행실에 이르기까지 못하는 짓이 없다. 이 정도면 그 자연스러운 지기(志氣)를 꺾고 막아버리기에 족하니 도리어 느긋하고 태평하게 두어 여지를 두는 것만 못하다. 이것이 이른바 "비단 무익할 뿐만 아니라 도리어 해친다."라는 경우이니, 어찌 심히 미혹된 짓이 아니겠는가.

吾觀世之人敎小兒也, 以己之所知, 責兒之不能曉, 以昨之所敎, 怒今之不加益, 切切焉必欲聞一知十, 日就月將, 霎時之間, 盡透文理, 數年之內, 悉通書籍, 務要突過李賀楊億頂上. 而若不如己意, 則輒

76

瞋目以忿恚之, 大聲以叱喝之, 甚則拳踢交加, 鞭撻紛紜. 彼血氣未定者, 魂慴魄遁, 窅茫錯亂, 反失其所已知所已得. 而其中不肖者, 則見長如敵, 視册如讐, 若是而何能達乎. 余聞一人敎其子, 小有齟齬則輒以錐刺之, 遂得驚悸狂易之疾. 是則其所以愛而敎之者, 反爲賊害之術, 人之愚妄, 一至此哉!

盖達之之道, 在於無欲速, 而人每以速而求達, 事焉之道, 在於勿助長, 而世多以助而求長. 或預正而卒無其期, 或忽忘而遂致作輟, 可歎已. 夫穀之播於春而實於秋, 不勝其遲, 而世未有不待秋而望其實者. 人之始於生而成於長, 不勝其久, 而亦未有不待長而責其成者. 誠以其理勢不得不然, 而難容欲速之私意也. 獨於敎兒而欲行私意於其間, 駭容怪擧, 無所不至, 適足以挫遏其自然之志氣, 反不如悠泛之猶有餘地. 此所謂 : "非徒無益, 而又害之." 也, 豈非惑之甚乎!

———

이 글의 저자 무명자(無名子) 윤기(尹愭, 1741~1826)는 조선시대 영·정조 때 관료를 지낸 문신이자 학자이다. 윤기는 총 19책에 달하는 방대한 분량의 『무명자집』을 남겼는데, 2014년 그 문집의 번역서가 출간되었다.

이 글은 『무명자집』 문고 제10책에 수록된 「어린 자식 가르치기」에서 뽑았다. 윤기가 환갑을 넘긴 1804년부터 1810년 사이에 지은 것으로 추정되는 이 글은 아이를 가르칠 때 경계할 점으로 크게 네 가지를 들고 있다. 첫째, 아이의 재주에 맞는 눈높이 교육을 할 것, 둘째, 하루아침에 아이의 실력이 일취월장하기를 바라지 말 것, 셋째, 아이가 스스로 독서하도록 교육할 것, 넷째, 아이에게 적절한 수

준의 학습량을 부과하여 꾸준히 효과가 나도록 힘쓸 것이다. 그중 위의 내용은 하루아침에 아이의 실력이 일취월장하기를 바라지 말 것을 강조한 것이다.

윤기가 세상의 부모들이 아이를 가르치는 모습을 보니, 안타까운 점이 한둘이 아니었다. 부모가 이미 알고 있는 것을 아이가 깨닫지 못하면 야단을 쳤다. 이에 더해 부모는 어제 가르쳐주고 오늘 아이의 실력이 생각만큼 늘지 않았다고 노여워하고, 하나를 가르치면 바로 열을 깨달아 아이의 실력이 일취월장해서 순식간에 세상의 모든 이치를 깨닫기를 바랐다. 또 부모는 짧은 기간에 아이가 세상의 모든 책을 통달해서 소년 천재로 이름난 당나라 때의 시인 이하(李賀)와 송나라 때의 시인 양억(楊億)마저 뛰어넘는 인물이 되기를 강력하게 요구하고 있었다.

그러다 부모가 마음대로 세워놓은 기준에 아이가 도달하지 못하면 눈을 부라리고 화를 내거나 큰소리로 야단을 치고, 심하면 주먹질에 발길질은 물론이요, 회초리로 사정없이 때리기까지 했다. 결국, 아이는 너무 놀란 나머지 조금 전까지 알고 있던 것마저 모두 잊어버리게 되고, 어떤 아이는 부모와 책을 원수보다 더 싫어하게 되었다.

이보다 더한 부모는 자신이 가르치는 대로 아이가 따라오지 못하면 송곳으로 찌르기까지 해서 아픔을 참다못한 아이가 경기를 일으키다 정신병까지 얻게 했다. 그 결과 스스로 공부를 하겠다고 결심했던 아이의 의지와 기개를 꺾어 버리고 마니, 누가 봐도 이 정도면 부모가 자식을 가르치는 것이 아니라 망가뜨리는 것이다. 그러니 아이가 부모의 기대에 못 미치는 것은 자명한 일이다.

봄에 파종한 곡식은 온갖 수단을 동원해도 가을이 되어야만 수확할 수 있듯이 사람은 태어나서 십수 년의 세월이 흘러야만 어른으로 성장한다. 그래서 아이를 바르게 교육하기 위해서는 억지로 조장하지 말아야 한다. 만물의 이치가 그러하기 때문에 아이를 빨리 어른이 되게 조장할 수 없다는 것을 모두 알고 있다. 그런데도 세상의 부모들은 조장해서라도 자기 아이가 남의 아이보다 빨리 출세하기를 바란다.

세상에 대기만성이라는 말이 있다. 이 말은 일찍 성과를 내지 못한 사람에게 위로를 건넬 때 덧붙이는 말이다. 그러나 이것은 어디까지나 남에게나 해당하는 이야기이다. 세상 부모들은 내 아이는 무조건 남보다 한 발이라도 앞서야 안심한다. 그래서 몇몇 어리석은 부모들은 그릇된 욕심을 부리며 "이게 다 너를 위해서 그러는 거야."라는 핑계로 온갖 학대까지 자행하다 아이에게 평생 씻을 수 없는 상처를 주기도 한다.

공자가 말했다. "빨리 이루려 하지 말라. 빨리 이루고자 하면 달성하지 못한다. [無欲速, 欲速則不達.]" 참 진리가 아닐 수 없다. 고속도로를 달리다 보면 속도위반 운전자를 경고하는 문구가 있다. '1분 먼저 가려다 평생 먼저 간다.' 잠시 빨리 가려고 속도를 내다 돌이킬 수 없는 지경에 이른다는 뜻이다. 자녀 교육도 다르지 않다. 아이의 실력이 일취월장하기를 바라며 키우면 그 아이의 실력은 일취월장할지도 모른다. 그러나 부모를 원망하고 남을 짓밟고 일어서려는 마음도 일취월장할 수 있다는 사실을 간과해서는 안 된다. 아이의 실력을 일취월장시키려다 부모자식 간의 갈등이 돌이킬 수 없는 지경에 이를 수도 있다.

기다림의 미학을 상기하자. 배가 고파 한 끼를 해결하기 위해서도 음식을 만드는 과정과 익히는 시간이 필요하다. 하물며 눈에 넣어도 아프지 않을 아이를 가르치는 데 있어서이겠는가. 남보다 느리게 성장하는 아이일수록 더 아껴주고 더 기다려주자. 험난한 세상에서 남보다 느리게 성장하는 내 아이를 내가 아껴주고 내가 기다려주지 않으면 누가 해주겠는가. 아이의 실력이 일취월장하기를 기대하며 다그치기보다는 아이 사랑하는 마음을 일취월장시키도록 노력하자. 이 글을 쓰는 나 역시 윤기의 비판에서 자유롭다고 단언할 수 있을지, 성찰의 시간을 가져야겠다.

고향을 빼앗긴 이들

— 용운(龍雲), 『한용운전집(韓龍雲全集)』

박현진

정사년(1917) 12월 3일. 밤 10시경 좌선 중에 문득 바람에 무언가 떨어지는 소리를 듣고 의심하는 마음이 갑자기 풀려 시 한 수를 짓다.

남아는 이르는 곳마다 곧 고향이니	男兒到處是故鄉
얼마나 많은 이가 오래도록 향수에 젖었나.	幾人長在客愁中
한 소리 질러 삼천세계를 깨트리니	一聲喝破三千界
눈 속의 복사꽃 조각조각 붉구나.	雪裏桃花片片紅

심우장은 한용운이 입적하기 전까지 머무른 곳이다. 소를 찾는다는 뜻의 '심우(尋牛)'는 자신의 본래면목을 찾아가는 여정을 소를 찾아 헤매는 동자에 비유한 것이다. 조선총독부를 바라보기 싫다는 그의 뜻에 따라 독특하게도 북향으로 지었다. 지금은 조그마한 팔작 기와집에 한용운과 관련한 물건들이 몇 점 전시되어 있는데, 그 가운데 한용운의 오도송(悟道頌)으로 알려져 있는 이 시가 그의 친필로 나무

에 새겨 걸려 있다. 모든 글이 지은이의 내면을 비추는 창이라고 할 수 있겠지만 스스로의 깨달음을 적어 낸 글은 창 중에서도 가장 큰 창일 것이다.

심우장에 전시된 목판에는 마지막 행이 "눈 속에 복사꽃이 조각 조각 날리는구나(雪裏桃花片片飛)"로 되어 있다. 원래는 '날린다[飛]'라고 되어 있던 것을 후에 '붉다[紅]'으로 고친 것이다. '붉다'는 말과 '날린다'는 말에 무슨 차이가 있길래 고친 것일까?

「만공법어(滿空法語)」에 한용운이 이 오도송을 만공스님에게 들려준 이야기가 나온다. 오도송을 들은 만공스님이 "날리는 조각은 어느 곳에 떨어졌는가?"라고 반문하니, 한용운은 "거북 털과 토끼 뿔이로다.[龜毛兎角]"라고 답했다. 만공스님이 크게 웃으며 모여 있는 사람들에게 각기 한마디씩 해 보라고 하자 법희스님이 나와서 말했다. "눈이 녹으니 한 조각 땅입니다." 이 말을 들은 만공스님이 말했다. "다만 한 조각 땅을 얻었느니라."

눈은 가득한 번뇌를 상징하고, 꽃은 깨달음을 나타낸다. 만공스님이 날리는 조각에 대해 물은 것은 "그 깨달음이 어디에 있는가?"라고 질문한 것이다. 그런데 한용운은 세상에 없는 거북 털과 토끼 뿔이라는 두 물건을 가지고 대답했다. 깨달음은 인간 세상에 있으니, 세상을 떠나서 깨달음을 찾는 것은 마치 토끼 뿔이나 거북 털을 찾는 것과 같이 헛된 것이라고 말한 것이다.

그러자 법희스님은 용운의 깨달음은 다만 한 조각의 번뇌를 녹인 것일 뿐이라고 지적하였다. 눈밭에 꽃잎이 떨어지면 꽃잎이 내려앉은 부분만 녹을 뿐 다른 곳은 여전히 눈이 가득 쌓여 있는 것이다. 한용운은 이 지적에 '날림[飛]'을 '붉음[紅]'으로 바꾸는 것으로 대응

했다. 한겨울 눈 속에 뽀얗게 피어 있는 복숭아꽃을 마음에 그려보면, 새하얀 세상 가운데 작고 연약하지만 도도하게 자신을 드러낸 붉은 꽃이 보인다. 백색의 눈밭에 약간 녹은 땅은 눈에 잘 보이지 않지만, 조각조각 붉은 꽃잎은 멀리서 보아도 한눈에 들어온다.

옛날 달마대사의 제자 혜가가 달마에게 여러 번 가르침을 청하였는데, 달마가 하늘에서 붉은 눈이 내린다면 깨우침을 주겠다고 했다. 혜가는 자신의 왼팔을 잘라 피를 눈 속에 흩뿌려 붉은 눈이 날리게 했다. 깨달음을 향한 의지를 팔을 자름으로서 보인 것이다. 그런데 한용운은 글자 한 자로 눈을 붉게 만들어 자신의 깨달음에 확신을 보인 것이다.

선가(禪家)의 깨달음은 자신의 본래 모습을 있는 그대로 분별없이 지켜보는 것에서 나온다. 자신을 있는 그대로 본다는 것은 자신을 관계 속에서 파악하는 것이다. 네가 있기에 내가 있고, 내가 있기에 네가 있다는 사실을 뼈에 사무치게 깨달은 이만이 '나'를 올곧이 쳐다볼 수 있다. 그래서 한용운의 깨달음은 인간 세상, 즉 현실과 분리될 수 없었다.

일본 제국주의자들이 내가 이 땅의 주인이라고 떵떵거리고 있던 시기, 조선 사람들은 땅과 권리를 빼앗긴 현실 속에서 자신의 힘이 모자람을 슬퍼했다. 저들이 주인이 되었기에 우리는 종이 되고 말았다며 절망했다. 고향에 발붙인 채로 고향을 빼앗긴 사람들이었다. 종이 되기를 자처한 사람들도 있었다. 특히 불교인들은 핍박을 벗어나 불교를 숭앙하는 일본의 정책에 힘입어 사찰령의 기수가 되었다. 그러한 승려들은 도리어 빼앗겼던 땅을 되찾았다고 기뻐했다. 사찰에 부속된 토지는 늘어나고 권력 또한 강해졌다. 그들은 권한과 소유의 증가가 주인의 삶으로 이어진다는 착각 속에 살았다.

그러나 한용운은 "머무는 곳마다 주인이 되면 서 있는 곳마다 모두 진실하게 된다"는 것을 알고 있었기에 이 땅의 주인이 되었노라고 외치는 이들을 바라보며 너희는 내 고향을 빼앗지 못하였다고 말하였다. 그는 고향이 장소에 국한되지 않는다는 사실을 알고 있었기에 많은 땅과 돈을 가졌노라고 자랑하는 이들을 등지고 북향집을 지었다. 그는 땅과 돈보다 중요한 것을 알고 있었기에 주인이 종을 부린다는 이분법을 외치는 이들을 바라보며 과감하게 불이(不二)를 외쳤다. 그 누구도 주인된 사람에게서 아무것도 빼앗을 수 없음을 알고 있었다.

한용운은 조선의 인민들에게 주인이 될 수 있다고 말했다. 우리가 그들의 종이 된 것이 아님을 설파하고, 그들은 우리를 영원히 구속할 수 없으며 이 정도의 시련은 우리를 완전히 죽일 수 없다고 말했다. "이별이 아니면 나는 눈물에서 죽었다가 웃음에서 다시 살아날 수가 없"고, "우리는 만날 때에 떠날 것을 염려하는 것과 같이 떠날 때에 다시 만날 것을 믿"으며, "그러므로 대해탈은 속박에서 얻는 것"이라고.

잘못된 것은 잘못됐다고 하라

— 박은식(朴殷植), 「자비비설(自非非說)」, 『박은식전서(朴殷植全書)』

류현주

천하 사람들의 본성은 옳은 것을 옳다고 하고 틀린 것을 틀렸다고 할 뿐이다. 나의 옳은 행동을 남들이 틀렸다고 말한다면 진실로 내게 손해가 없지만, 나의 잘못된 행동을 남들이 옳다고 말하면 또한 내게 이익이 없다. 만약 자신의 옳은 행동을 자신도 옳다고 생각한다면 나에게 손해가 있지만, 자신의 잘못된 행동을 스스로 잘못되었다고 생각한다면 나에게 이익이 있다.

그러므로 자신에게 옳다는 생각이 있더라도 스스로 옳다고 하는 마음을 가져선 안 되고 자신에게 잘못됐다는 생각이 있다면 스스로 잘못되었다는 마음이 없어선 안 된다. 이것이 이른바 '자신이 잘못을 스스로 잘못이라고 하는 모습'이며 곧 마음속으로 자신을 나무라고, 자신의 악을 비판하는 모습이다.

天下之情, 是是非非而已矣. 我之是也而人非之, 固無損於我也; 我之非也而人是之, 亦無益於我也. 若自是其是, 則於我有損矣; 自非其非, 則於我有益矣. 所以我有是也, 而不可有自是之心; 我有非也, 則不可無自非之心, 所謂自非其非者. 卽內自訟之謂也, 攻其惡之謂也.

이 글은 백암(白巖) 박은식(朴殷植, 1859~1925)의 '자비비설'이다. 대동교의 창시자로 잘 알려진 박은식은 일제강점기 학자이자 독립운동가, 애국계몽가이면서 정치가였다. 40세가 가까워오던 무렵 독립협회 가입을 시작으로, 황성신문과 대한매일신보 주필로 활동하였으며 다수의 신문과 잡지에 논설을 썼다. 대한제국 멸망 이후에는 중국으로 망명하여 독립운동을 했으며 대한민국 임시정부의 2대 대통령으로 추대되기도 했다.

항일애국운동을 적극적으로 개진했던 박은식의 글은 일제강점기에 유실되고 불온서적으로 취급되어 제대로 전해지지 못했다. 그러다가 단국대학교 동양학연구소에서 약 4년 동안 자료들을 모아 교정하며 1975년에 출판한 작품집이 『박은식전서』다. 여기 소개하는 글은 제목 그대로 자신의 잘못을 나무라는 자세에 대해 말하고 있다.

이 글에서 박은식은 두 가지 긍정적인 상황과 두 가지 부정적인 상황을 말한다. 긍정적으로 바라보는 경우는 첫째, 자신이 옳은 행동을 했는데 다른 사람이 틀렸다고 평가하는 경우다. 둘째, 자신이 잘못된 행동을 하고서 스스로 잘못이라고 여기는 경우다. 부정적으로 바라보는 경우는 첫째, 자신이 잘못된 행동을 했는데 다른 사람이 옳다고 평가하는 경우다. 둘째, 자신이 옳은 행동을 하고서 스스로 옳다고 여기는 경우다.

요컨대 박은식은 결과적으로 옳다고 평가받았다면 부정적으로 혹은 이익이 없는 경우로 보며, 잘못되었다고 평가받은 상황을 긍정적으로 혹은 손해가 없는 경우로 보고 있다. 그리고 이 중에서도 특히 박은식이 강조하고 있는 내용은 글의 제목과 같이 '자신의 잘못된 부분을 스스로 잘못이라고 하는 모습'이다.

사실 이 주장은 박은식만의 고유한 내용은 아니다. 글에 나온 '내자송(內自訟)'과 '공기악(攻其惡)'만 봐도 그렇다. 한문은 익숙한 구절을 핵심어 위주로 압축해서 다시 사용하는 경우가 많은데 '내자송'과 '공기악'도 그런 경우다.

'내자송'은 '속으로 스스로 나무라다'라는 뜻으로 『논어』 공야장(公冶長) 편에 "그만두어라. 나는 자신의 잘못을 보고 속으로 자신을 탓하는 사람을 보지 못했다.[已矣乎. 吾未見能見其過而內自訟者也.]"라는 구절에서 나온 말이다. 허물을 스스로 깨닫는 사람이 드문데, 그런 사람은 후회와 깨우침이 깊고 간절해서 반드시 고칠 수 있다는 내용이다. '공기악'은 '자신의 악을 책망하다'라는 뜻으로 『명심보감』「정기(正己)」 편에 "자신의 잘못은 책망하되, 다른 사람의 잘못은 책망해서는 안 된다.[攻其惡, 無攻人之惡.]"라는 구절에서 나온 말이다. 간사함을 바로잡는 방법으로 제시된 내용이다. 즉 자신의 잘못된 부분을 스스로 잘못이라고 하는 자세는 과거부터 강조되던 소양이었다.

'잘못을 잘못이라고 말하자.'라는 제안은 어렵지 않게 발견할 수 있지만, 실천하기는 쉽지 않다. 선과 악을 구분하기 어려운 상황이 대부분이기 때문이다. 따라서 옳고 그름의 기준을 논하기보다는, 자신의 마음과 행동을 철저히 돌아봤던 박은식의 태도를 주목하고자 한다.

박은식은 자신에게 옳은 부분이 있더라도 스스로 옳다는 생각은 없어야 하고 나에게 잘못된 부분이 있다면 스스로 잘못이라고 생각해야 한다고 했다. 자기 생각이 '옳다 혹은 그르다'라고 가정하지 않고 자기 생각에 '옳은 부분이 있고 그른 부분이 있다'라고 가정하는 데에서부터 박은식의 성찰이 얼마나 정교했는지 일별할 수 있다. 한 사람의 주관은 스스로 옳다고 여기는 무의식에서 시작하는데, 박은식은 여기에도 옳은 부분이 있을 수 있고 틀린 부분이 있을 수 있다고 고백했기 때문이다.

이처럼 치열한 성찰은 바쁜 일상과 번잡한 생각으로 하루를 장악하지 못하고 흘려보내기를 반복하는 나에게 순간을 눌러 담는 하루에 대한 향수를 불러일으켰다. 또 다른 누군가에게도 다시 한번 멈추어 서서 자신을 돌아보고 걸음의 방향키를 조정하는 기회가 되기를 바란다.

하늘을 거울로 삼다

－『승정원일기』 영조 23년 2월 16일

성창훈

이하종이 일어났다가 엎드려 아뢰었다.

"하늘이 어질고 자애로워 먼저 재이(災異)를 보여 임금을 경계시키니, 임금이 수성(修省)하는 방도를 다한다면 재이를 상서로 돌릴 수 있습니다. 만약 아무 재이가 아무 일에 응한다고 한다면 이것은 견강부회하는 말입니다. 삼가 바라건대 전하께서는 재이를 그치게 하는 도리를 극진히 하여 하늘의 견책에 답하신다면 은(殷)나라 중종(中宗)이 덕을 닦아 조정의 뜰에 자란 요상한 뽕나무를 말라 죽게 한 일을 오늘날에도 볼 수 있을 것입니다."

夏宗起伏曰:"上天仁愛, 先示災異, 以警人君, 人君如盡修省之方, 則可以轉災爲祥. 如以某災應某事, 則此是傅會之說也. 伏願殿下, 克盡弭災之道, 以答天譴, 則祥桑枯死之事, 亦可見於今日矣.

1746년(영조23) 2월 16일 흰 무지개가 달을 꿰뚫고 한참 있다가 사라지는 기이한 현상이 관측되었다. 관상감 관원은 이 변이를 영조에게 급히 보고한다. 흰 무지개가 해를 꿰뚫는 현상은 종종 있던 일이었으나 달을 꿰뚫는 경우는 흔치 않았기에, 영조는 이러한 현상이 전에도 있었는지 여러 책을 찾아보게 하였다.

달은 흔히 후비(后妃)의 상징으로서 무지개가 달을 꿰뚫는 변이는 왕비나 후궁에 변고가 생기는 재변으로 인식되었다. 이 해는 인원왕후(仁元王后)가 환갑을 맞이하는 해로, 대왕대비의 신분으로 환갑을 맞이한 전례는 장렬왕후(莊烈王后) 뿐이었을 정도로 특별한 일이었다. 조정에서는 그에 따라 성대한 예식을 준비하고 있었기 때문에 흰 무지개가 달을 꿰뚫는 변이는 단순한 자연 현상을 넘어 조선의 국정과도 연관될 수밖에 없었다.

영조가 해당 변이의 풀이를 듣고 한동안 말문이 막혀 아무 말이 없자, 동부승지 이하종은 위로차 위와 같이 말하였다. 영조는 관상감 관원을 곧장 불러 자세히 알아보려 하다가, 한밤중 궁궐 문을 열고 신하들을 불러들이면 도성 안팎이 동요할 것을 걱정하여 변이를 보고한 성관(星官), 하늘의 변이를 익히 아는 자들을 다음날 대령하도록 분부하고, 대신(大臣)과 비변사 당상 등을 불러 차대(次對)를 행할 것을 명하였다.

이러한 사례는 비단 이날뿐 아니라 조선조 500년간의 사료 속에 흔하게 등장하는 일화이다. 선조들의 문집에서도 이를 주제로 한 다양한 시문이 존재하니, 조선 사회는 하늘의 변이를 어느 하나 허투루 넘기지 않았음을 짐작하게 한다. 영조가 이 변이에 대해 조금이라도 처신을 잘못한다면 신하들은 변이의 책임을 들어 연이어 사직 상소를 올리고, 백성들은 앞으로 재앙이 닥칠 것이라는 불안감에 민심이 흔들렸을 것이다. 영조가 '도성 안팎이 동요할 것'을 걱정하는 모습이 적어도 이 시대에는 당연했다.

이하종이 은나라 중종 때의 고사를 인용하였듯, 천인감응(天人感應)은 유가의 오래된 핵심 사상이다. 현대인의 관점에서 보자면 '임금이 정사를 잘못하였기에 하늘이 변이를 내려 미리 경계를 주는 것이다.'라는 말은 누구도 인정할 수 없는 비과학적이고 비합리적인 주장이다. 이는 정치와 종교의 영역이 분리되고, 시대의 변화에 따라 통치 철학 역시 변화함으로써 파생된 인식의 변화이다.

지금 시대에 천인감응은 통치의 수단도 목적도 될 수 없다. 그러나 천인감응이 맞는가 틀리는가의 문제를 논하기에 앞서 천인감응을 신봉하는 이유는 주목할 필요가 있다. 그것은 사법권 밖에 있는 전제권자에 대한 견제의 수단이며, 자연 현상을 타산지석으로 삼아 자신을 성찰하기 위해서이다.

이하종이 언급한 '수성'은 비단 임금 한 명의 자아성찰을 뜻하는 것이 아니다. 이는 임금이 행하고 있는 국정 전반을 뜻한다. 다음날 2월 17일에 대왕대비는 재이를 이유로 환갑잔치를 뒤로 미루거나 대폭 축소할 것을 명하였는데, 영조는 차대를 행하여 회갑연을 준비하는 과정에 잘못된 일은 없었는지, 사면령의 반포가 타당한 일인지, 예정된 대과 시험은 제대로 준비가 되고 있는지, 생원·진사시에서 장원을 뽑는 규례를 혁파하는 일에 대해 대신의 의견은 어떠한지 등 당시 국정 전반을 다시 한번 따져보게 된다.

우리는 종교 활동에 참여하거나, 그날의 일기를 작성하거나, 가까운 거리에 좌우명을 붙여두거나, 자기계발 서적을 읽는 등의 행위를 통해 지식을 습득하고 다양한 경험을 쌓아 자아 성찰의 수단을 마련한다. 그러나 그것은 결국 '자신'이라는 원초적인 제약에 직면한다.

'이러한 변이가 꼭 이러한 재앙을 불러오는 것이 아니라, 내가 어떻게 대처하느냐에 따라 상서로 바뀔 수 있다'라는 이하종의 주장에서 천인감응이라는 믿음은 삶을 능동적으로 변화시키려는 인간의 의지에서 비롯되었다는 것을 알 수 있다. '자신'이라는 원초적인 제약을 넘어 하늘의 변이를 성찰의 수단으로 활용하는 것이다.

공자는 거센 비바람과 요란한 천둥이 치면 낯빛을 바꾸고 한밤중에도 일어나 의복을 차려입고 앉아 있었다 한다. 하늘을 우러러 한 점 부끄럼이 없기를, 때론 하늘을 거울로 삼아 자신의 삶을 돌이켜보고 반성하는 것도 멋있는 일이 아닌가.

뉘우침은 나의 힘

― 정약용(丁若鏞), 「매심재기(每心齋記)」, 『여유당전서(與猶堂全書)』

남승혜

뉘우침에도 도가 있다. 만약 밥 한번 먹을 만큼의 짧은 순간 발끈 성을 내었다가 잠시 후 뜬구름이 청명한 하늘을 지나가는 것처럼 온화해진다면 어찌 그것이 뉘우침의 도이겠는가? 작은 잘못이 있을 때 고쳤다면 잊을 수도 있겠지만, 큰 잘못이 있을 적에는 고쳤더라도 하루라도 그 뉘우친 것을 잊어서는 안 된다. 뉘우침이 마음을 길러주는 것은 거름이 싹을 길러주는 것과 같다. 거름은 썩고 더러운 것이지만 그 싹을 길러 훌륭한 곡식이 되게 하고, 뉘우침은 죄와 잘못을 잘 길러서 덕성이 되게 하니, 그 이치는 똑같다.

悔之亦有道. 若勃然憤悱於一飯之頃, 旣而若浮雲之過空者, 豈悔之道哉? 有小過焉, 苟改之, 雖忘之可也, 有大過焉, 雖改之, 不可一日而忘其悔也. 悔之養心, 如糞之壅苗. 糞以腐穢, 而壅之爲嘉穀; 悔由罪過, 而養之爲德性, 其理一也.

〜〜〜〜〜〜

이 글은 다산 정약용의 『여유당전서』에 실려있는 「매심재기」 일부이다. 기문 첫머리에서 다산은 이 글을 짓게 된 이유를 "둘째 형님(정약전)이 초천(苕川)으로 돌아가서 그의 재실(齋室)을 '매심(每心)'이라고 짓고 나에게 기문을 지어달라고 부탁하였다."라고 밝히고 있다. 이 무렵 다산과 그의 형들은 1792년 부친 정재원의 상을 당하고 고향인 초천으로 내려왔다. 그들은 마현에 머물 곳을 짓고 각각 당의 이름을 '매심재', 큰 형님인 정약현은 '수오재(守吾齋)', 그리고 다산 자신은 '여유당(與猶堂)'이라는 당을 짓고 세 당의 기문을 썼다.

다시 기문으로 돌아와서 글의 핵심적인 주제를 살펴보면 바로 '뉘우침'이며 한자로는 '회(悔)'라는 글자이다. 회는 마음[心]과 매일[每]이 결합한 회의문자이다. 다시 매(每)를 갑골문에서 살펴보면 비녀를 꽂고 있는 여자를 형상화한 상형문자로 금문에서 글자가 분리되면서 '늘', '항상', '매일'이라는 뜻을 가지게 되었다. 이런 의미로 다시 회(悔)를 살펴보면 처음 출발하는 의미는 어머니의 은혜에 보답하지 못한 후회와 뉘우침을 표현한 글자라고 할 수 있다.

사실 '후회'와 '뉘우침'은 떼려야 뗄 수 없는 사이이다. 사람은 잘못을 저지르고 후회하면서 잘못을 고치고 뉘우치는 일련의 과정을 통해 성장하기 때문이다. 누구나 이런 과정을 거쳐야 성장한다는 것을 알고 있지만 뉘우치기는 결코 쉬운 일이 아니다. 뉘우치고 성장하는 사이에는 방해하는 요소들이 존재한다. 잘못을 비난하는 사람들, 잘못을 인정하고 뉘우친다고 해도 바뀌지 않는 상황이 있기 마련이다. 그렇더라도 그러한 점들이 잘못을 합리화할 수 있는 것은 아니니, 뉘우친다는 것은 먼저 내면으로 잘못을 '인식'하고 '인정'하는 과정에서부터 시작되는 것이다.

잘못을 인정하는 것에서 나아가 다산은 뉘우침에도 도가 있다고 하였다. 작은 잘못이면 뉘우치고 잊어도 그만이지만 큰 잘못을 저지른 경우는 진정성 없이 겉으로만 뉘우치는 모습을 보이는 것을 경계해야 한다. 때문에 "발끈 성을 내었다가 잠시 후 온화해진다면 어찌 그것이 뉘우침의 도이겠는가?"라고 하며 뉘우침의 도는 '진정성'에 있다고 말하고 있다. 단순히 저지른 잘못을 반성하고 끝나는 것이 아니라, 앞으로도 같은 잘못을 저지르지 않도록 경계하고 스스로 성찰해야 한다는 것이다. 그렇다면 진정성이란 두 번 다시 같은 잘못을 저지르지 않는 것[不貳過]이라고 해도 과언은 아닐 것이다. 즉 다산은 사람에게 허물이 있음을 부정하지 않으면서도 중요한 점은 '잘못' 자체에 있는 것이 아니라 잘못을 고치는 '뉘우침'에 있다는 점을 강조하고 있다.

"뉘우침이 마음을 길러주는 것이 거름이 싹을 길러주는 것과 같다."라는 말처럼 거름은 썩고 더러운 것이지만 식물의 싹을 길러서 열매를 맺게 해준다. 잘못은 나쁘고 저지르면 안 되는 것이지만 내면을 길러주어서 더욱 성장하고 발전하게 해준다. 글에서 다산이 '잘못'과 '뉘우침'을 '거름'과 '싹'으로 비유하듯이 인간에게 뉘우침은 정신을 길러주는 밑거름이다. 나이가 들수록 지혜가 많아진다는 이야기도 어쩌면 살아가면서 저지른 수많은 잘못을 뉘우치고 받아들이는 과정에서 더 나아지려는 시도를 반복했기 때문일 것이다.

나는 내 삶을 살련다

– 이용휴(李用休), 「아암기(我庵記)」, 『혜환잡저(惠寰雜著)』

김성훈

나와 남을 비교해 보면 나는 친하고 남은 소원하며, 나와 사물을 비교해 보면 나는 귀하고 사물은 천하다. 그런데 세상 사람들은 도리어 친한 것이 소원한 것의 명령을 듣게 하고, 귀한 것이 천한 것의 부림을 당하게 하니, 어째서인가? 욕망이 밝은 지혜를 가리고, 버릇이 참된 본성을 매몰시키기 때문이다. 이에 좋아함과 싫어함, 기뻐함과 성냄, 가는 것과 멈추는 것, 굽어보는 것과 우러러보는 것이 모두 남을 따라서 스스로 주관하지 못하게 된다. 심지어 말하거나 웃는 모습으로 저들의 유희거리를 제공하여 정신과 의사, 모공과 뼈마디 하나조차도 나에게 속한 것이 없게 되니, 부끄러운 일이다.

나의 벗 이 처사(李處士)는 모습과 마음이 예스러워 사람들과 격을 두지 않고 겉모습을 꾸미지도 않았다. 마음에는 지키는 것이 있어서 평생 남에게 요구하는 것이 없었고 사물에 대해서도 선호하는 것이 없었다. 오직 부자가 서로를 지기로 삼아 위로하고 면려하며 부지런히 하고 힘써서 자신의 힘으로 먹고살 따름이었다.

처사가 손수 심은 나무는 수백 수천 그루인데, 그 뿌리·줄기·가지·잎의 한 치 한 자까지 모두 아침저녁으로 물 주고 북돋아 주어 기르고 배양한 것이다. 나무가 다 자라서 봄에는 꽃을 얻고 여름에는 그늘을 얻으며 가을에는 열매를 얻었으니, 처사의 즐거움을 알 만하다.

처사가 또 동산에서 목재를 가져다 작은 암자 한 채를 짓고 '아암(我菴)'이라고 편액을 달았으니, 사람이 날마다 하는 행위가 모두 자신에게서 연유함을 보인 것이다. 저 일체의 영화·세리·부귀·공명은 나의 천륜을 단란하게 지내게 하고 본업에 힘을 다하는 것에 비해 도외시하였으니, 도외시할 뿐만이 아니라 처사가 선택할 바를 안 것이다. 훗날 내가 처사를 찾아가 함께 암자 앞 늙은 나무 밑에 앉게 되면 마땅히 다시 "남과 나는 평등하고 만물은 일체이다."라는 뜻으로 강론할 것이다.

我對人, 我親而人疎; 我對物, 我貴而物賤, 世反以親者聽於疎者, 貴者役於賤者何? 欲蔽其明, 習汨其眞也. 於是有好惡喜怒, 行止俯仰, 皆有所隨, 而不能自主者. 甚或言笑面貌, 以供彼之玩戲, 而精神意思, 毛孔骨節, 無一屬我者, 可恥也已.

吾友李處士, 古貌古心, 不設畦畛, 不修邊幅. 而中有守, 平生未嘗干人, 於物亦無所好. 惟父子相爲知己, 慰勉勤勞, 自食其力而已. 處士手所種樹, 數百千株, 其根幹枝葉, 寸寸尺尺, 皆朝朝暮暮, 灌培長養者也. 樹成, 春得其花, 夏得其陰, 秋得其實, 而處士樂可知也.

處士又取材於園, 結一小菴, 顔之曰我, 示人之日用事爲皆由己也. 彼一切榮華, 勢利, 富貴, 功名, 以較我之天倫團歡·戮力本業外之, 不啻外也, 處士知所擇矣. 他日我訪處士, 共坐菴前老樹之下, 當更講人我平等·萬物一體之旨矣.

───

이 글의 저자 이용휴는 남인 실학자 성호 이익의 조카이자 금대 이가환의 아버지이다. 그는 18세기 재야의 문형이라 일컬어졌으며, 18세기 중기 새로운 문풍의 선구자로 평가되고 있다.

이용휴는 진정한 인간의 가치에 대해 특별한 인식을 지녔던 인물이다. 그는 타인과 나, 사물과 나, 세계와 나를 대비하여 인간다움에 대한 인식을 드러내기도 하였다. 이 글 역시 '타인, 사물과 자신'을 비교하며 바깥으로 향해있던 시선을 안으로 끌어들여 자아와 주체성에 관한 생각을 개진하고 있다.

이 글에서 이용휴는 '나'에 대해 적극적인 의미를 부여하고 있다. 이는 인간의 도덕적 본성을 회복하기 위해 끊임없는 수양과 계발을 강조하는 성리학적 사유를 벗어나 나의 주체적이고 자발적 자각과 운용을 중시한다는 점에서 이용휴의 양명학적 인식을 확인할 수 있다.

이용휴는 욕망이 밝은 지혜를 가리고, 버릇이 참된 본성을 매몰시키기 때문에 '나'를 잃어버렸다고 진단하며, 본래의 밝은 지혜와 참된 본성을 회복하기 위해서는 욕심과 버릇을 제거해야 한다고 하였다. 이는 본래부터 아는 '양지(良知)'를 회복하려는 것으로, 교조적으로 변한 성리학의 풍토에서 '주체적인 나'에 대한 존엄성을 자각한 것이다.

「아암기」는 이용휴가 이 처사라는 사람의 집 '아암'에 붙인 기문이다. 이용휴는 자신의 벗 이 아무개를 처사라고 하였다. 처사는 세상에 나가지 않고 초야에 묻혀 사는 사람을 이르는 말이므로 이용휴가 그를 어떤 사람으로 바라보고 있는지 알 수 있다.

자신의 집에 붙이는 이름은 자신의 지향을 보여주기 마련이다. 이처사라는 인물은 자신의 집에 '아암'이라는 이름을 붙였는데, 이 독특한 당호에서 이 처사가 범상치 않은 사람이라는 것을 추측할 수 있다. 이 처사가 누구인지 아암이 어디에 있는지는 알 수 없다. 그렇지만 이 글을 통해 그가 어떤 삶을 살았고, 어떤 의식을 지니고 있었는지 대강 짐작해 볼 수 있다. 이용휴는 이 처사가 자신의 집에 아암이라 이름 붙인 이유에 대해 '사람이 날마다 하는 행위가 모두 자신에게 연유함을 보인 것'이라고 하였다.

이용휴는 이 글을 시작하며 독자들에게 질문을 던진다. '내가 제일 친하고 귀한데 어째서 소원하고 천한 것에 부림을 당하게 하는가?' 그 이유에 대해 세상 사람들은 욕망과 습관이 밝은 지혜와 참된 본성을 매몰시켜서 결국 소중한 자기 자신을 잃어버리게 되었고, 심지어 타인의 유희거리로 전락하였기 때문이라고 말한다. 이는 타인과 나라는 관계 속에서 나를 잃어버린 당세 사람들에 대한 비판이자 타인과 세상의 인정을 갈구하느라 진정 소중한 것이 무엇인지 알지 못하는 이들을 향한 정문일침이다.

이어서 이용휴는 이러한 세태와 대비되는 삶을 사는 이 처사의 예스러운 풍모를 소개하며, 그를 세상에 구하는 것 없이 자신의 삶을 살아가는 인물로 그려내고 있다. 이 처사는 남의 눈치를 보지 않는 공간을 만들고 자급자족의 삶을 살아간 것이다. 이는 진정한 '나'를 발견하고 자신을 삶의 주체로 재인식한 것이다. 자신의 힘으로 생계를 유지하면서 주체성을 잃지 않는 이 처사의 모습은 앞 단락에서 언급한 세상 사람들과 확연하게 대비된다.

마지막 단락에서는 이 처사의 지향을 보여준다. 이용휴는 그가 영화·세리·부귀·공명에 얽매이지 않고 소박하게 농사지으며 자급자족하고 가족과 단란하게 지내는 것에 만족하였다고 말한다. 이 처사가 가족 간에 화목하도록 힘을 다하며 본업을 충실히 할 뿐이었고, 그 외의 것은 추구하지 않았다는 것이다. 이용휴는 이렇듯 이 처사가 자신의 가치와 삶을 소중하게 생각한 것에 대해 '선택할 바를 알았다.'라고 평가하였다.

끝으로 이용휴는 다음에 처사를 만나게 되면 '남과 나는 평등하고 만물은 일체이다.'라는 주제로 대화할 것이라고 하였다. 이는 자신 한 사람을 뛰어넘어 다른 사람도 역시 나와 똑같이 자아를 가진 존재로 인식한 것으로, 소위 추기급인(推己及人)의 자세이다. 이용휴는 자신에게 삶의 주체성을 되돌린 뒤 남과 자신을 통합하며 글을 마친 것이다.

이 처사의 삶의 지향과 방식은 오늘날에도 큰 울림을 준다. 자신의 가치관대로 살겠다는 큰 포부로 자신의 집에 '아암'이라는 편액을 달고 가장 친하고 소중한 자신을 지키며 타인의 인정을 갈구하지 않고 살아가는 삶에서 진정으로 '나'를 삶의 주체로 삼은 사람의 모습을 엿볼 수 있다. 이 처사처럼 소박하게 자신을 잃지 않고 주체적으로 살아가는 것, 그것이 진정한 행복으로 향하는 방법일 것이다.

맛을 아는 자가 드물다

− 박제가(朴齊家), 「시선서(詩選序)」, 『정유각집(貞蕤閣集)』

이재현

시를 뽑는 방법은 요컨대 온갖 맛이 다 있어야 하지 혼합하여 한 가지 색으로만 해서는 안 된다. 뽑는다는 것은 무엇인가? 가리어 서로 섞이지 않도록 하는 것이다. 한 가지 색으로만 하면 뽑았어도 다시 섞이는 것이니 애초에 어찌 그것을 뽑았다 하겠는가. 맛이란 무엇인가? 구름과 수놓은 비단을 보지 못했는가? 잠깐 사이에 마음과 눈이 모두 옮겨가고 지척의 땅에서 펴지고 움츠러들며 모양이 달라져 대충 보면 그 실상을 알 수 없으나 세세하게 음미하면 맛이 끝이 없다.

사물의 변화와 시작과 끝에 마음을 움직이고 눈을 기쁘게 할 수 있는 것은 모두 맛이다. 입에 있는 것만을 말하는 것이 아니다. 시를 뽑음을 어찌하여 맛에서 취하는가? 짜고 시고 달고 쓰고 매운 다섯 가지 맛은 혀에서 얻어 얼굴에 드러나니 그 맛을 속일 수 없음이 이와 같다. 이와 같지 않으면 그것은 맛이 아니다. 맛없는 음식도 오히려 먹지 않는데 그렇다면 시를 뽑는 방법이 어찌 다르겠는가?

온갖 맛이 다 있다는 것은 무엇인가? 한 가지 맛만 뽑는 것이 아니라 각각 한 가지 맛을 뽑는 것이다. 신맛을 알고 단맛을 모르는 자는 맛을 모르는 것이다. 단맛과 신맛을 저울질하고 짠맛과 매운맛을 짜임새있게 하여 구차하게 채운 자는 뽑는다는 것을 모르는 사람이다. 신맛이 필요할 때에는 지극히 신맛을 택하고 단맛이 필요할 때에는 지극히 단맛을 택한 연후에야 맛에 대해서 말할 수 있다.

공자께서는 "먹고 마시지 않는 사람은 없으나, 맛을 아는 사람은 적다."라고 하셨다. 이것으로 보면 성인은 마음이 섬세하여 입에서 말할 수 없는 묘함을 알 수 있으나 속인들은 온통 한 가지색만 있어서 날마다 쓰면서도 맛을 모를 뿐이다. 어떤 사람이 "물은 어떤 맛입니까?"라 물으니 나는 대답했다. "물은 조금도 맛이 없다. 그러나 목이 마를 때 그것을 마시면 천하의 맛이 그것을 넘어설 것이 없다. 지금 자네는 목마르지 않으니 어찌 물맛을 알 수 있겠는가?"

選之法, 要當百味俱存, 不可泯然一色. 夫選者何? 擇之使不相混也. 泯然一色, 則是選而再混也. 初何選之有哉? 味者何? 不見夫雲霞與錦繡歟? 頃刻之間, 心目俱遷; 咫尺之地, 舒慘異態, 泛觀之不足以得其情, 細玩則味無窮也.

凡物之變化端倪, 有足以動心悅目者皆味也. 非獨在口謂之也. 選奚取乎味? 夫醎酸甘苦辛五者, 得之於舌, 達乎面目, 其不可欺也如此. 不如是則非味也. 非味之食猶不食, 然則選之法何異哉?

百味俱存者何? 選非一焉, 而又各舉其一也. 夫知酸而不知甘者, 不知味者也; 秤量甘酸, 開架醎辛, 而苟充之者, 不知選者也. 方其酸時極酸之味而擇焉, 其甘也極甘之味而擇焉, 然後可以語於味矣.

子曰: "人莫不飮食也, 鮮能知味也." 由此觀之, 聖人心細, 故能得
不言之妙於其口; 俗人泯然一色, 日用而不知耳. 或曰: "水何味焉?"
曰: "水儘無味, 然渴飮之則天下之味莫過焉. 今子不渴矣, 奚足以知
水之味哉?"

ᔛᘒᘒᘒᘒᘒ

이 글을 쓴 박제가(朴齊家, 1750~1805)는 조선 후기의 문인으로 자
는 차수(次修)·재선(在先)·수기(修其), 호는 초정(楚亭)·정유(貞蕤)·
위항도인(葦杭道人)이며『정유각집(貞蕤閣集)』,『북학의(北學議)』등을
저술한 실학자이다. 서얼 출신으로 활동에 제약이 있었으나 정조에
게 발탁되어 1779년부터 십여 년간 규장각 내·외직으로 근무하였
다. 청나라에 총 4회 연행을 다녀와 그곳의 문인들과 교류하였고 선
진 문물의 도입을 적극적으로 주장하였다.

이 글은 박제가가 시를 선집하면서 쓴 서문인「시선서」로『정유각
집』권1에서 뽑았다. 글의 초반 부분에서는 시를 선집(選集)하는 기
준을 짠맛, 신맛, 단맛, 쓴맛, 매운맛을 의미하는 오미(五味)에 비유
하여 제시하였다. 박제가는 이 중 어느 하나의 맛만 갖춘 것이 아닌
여러 맛이 다 갖추어진 독특하고 개성 넘치는 시를 선택해야 한다고
말하고 있다. 중반 부분에서는 시를 맛에 비유하여 논의를 전개해나
감으로써 독특한 관점이 돋보인다.

후반부에서는 어떤 사람과 물의 맛에 관해 대화를 나누며 관점에
따라 가치는 얼마든지 달라질 수 있다는 것을 드러내고 있다. 종합
하자면 맛을 알더라도 제대로 알아야 하고 또 한 가지 맛에 치중하
는 것이 아닌 오미를 두루두루 맛보아야 하듯 시문도 다양하게 보고

많이 읽어야만 좋은 것과 안 좋은 것을 골라낼 수 있는 안목이 생기며 시의 가치를 제대로 볼 수 있다는 것이다.

박제가는 청나라로 연행을 가서 새로운 문물을 접하고 그곳 문인들과 교류하면서 보다 열린 관점으로 전환하게 된다. 그 일례가 『북학의』를 저술하면서 청나라의 선진 문물을 적극적으로 도입하자는 주장이다. 다양한 문물을 적극적으로 받아들여 국가를 부강하게 만들 수 있다는 것이다. 당시 조선은 여전히 청나라를 오랑캐라고 생각하며 낮추어 보는 인식이 있었는데 박제가는 이러한 통념을 정면으로 깨뜨린 것이다. 오랑캐라도 배울 점은 있고, 배울 점이 있으면 배워야 한다는 것이 그의 생각이었다. 이처럼 경직과 획일을 혐오하고 다양성을 중요시한 그의 열린 관점이 그대로 녹아든 것이 바로 「시선서」이다.

하지만 다양성을 중요하게 여긴다 하여 다양하게 아는 것으로 끝나서는 안 된다. "신맛이 필요할 때는 지극히 신맛을 택하고 단맛이 필요한 때에는 지극히 단맛을 택한 연후에야 맛을 안다."라는 구절을 통해 박제가는 어떠한 맛이 필요할 때에는 적절히 그 맛을 택할 수 있어야 제대로 그 맛을 안다고 말하였다. 즉 어떤 선택에 직면하거나 어떠한 주제에 관하여 논할 때 과감히 하나를 선택하거나 주제에 알맞게 논할 수 있어야 한다는 의미를 내포하고 있다.

요즘은 다재다능한 인재를 최고로 치는 분위기이다. 다양한 분야에 능통한 사람이 대접받는 시대가 오면서 다양한 지식과 경험을 쌓는 것이 권장된다. 하지만 방대한 지식을 적절히 취사선택하여 활용할 줄 모른다면 제대로 안다고 이야기할 수 없을 것이다. 그저 아는 것만 많고 써먹지 못하여 이도 저도 아니게 된다. 다양하게 아는 것과 동시에 끊임없이 사유하여 자기 것으로 만들 수 있는 역량이 필요하다. 그래야 적재적소에 활용할 수 있다. 다양한 맛을 알고, 적절한 맛을 선택할 수 있는 조화가 절실하다. 그래야 맛을 제대로 안다고 이야기할 수 있지 않겠는가.

나는 감출 것이 없다

— 이건창(李建昌),「육화집서(六化集序)」,『명미당집(明美堂集)』

김종민

선비가 성현의 책을 읽고 몸을 수양하며 법도를 실천하는 것은 천하 사람들이 누구나 바람직하게 여기는 도리이다. 그런데 혹자는 그것을 두고 '학문을 한다'고 구별짓고 있으니 그 말에 구애되어 참된 의미를 넓게 보지 못하고 있다. 게다가 그러는 와중에 붕당이 갈라져 각자 사사로움을 앞세우기만 하고 함께 의논하지도 못하고 있다.

아! 하루 이틀의 일이 아니고 온 나라가 다 그러하며 나 역시도 그러하다. 내가 또 어떻게 하면 붕당을 초월한 사람을 얻어 그와 함께할 수 있으리오? 옛적에 정이천(程伊川)은 사방에서 배우려고 찾아오는 이들을 만류하며 외려 "들은 것을 소중히 여기고, 알고 있는 것을 실천하라"라고 말씀하셨다. 지금 세상의 선비된 자들은 들은 것만 소중히 여기고 있을 뿐이다.……

공이 자기 자신에 관해 쓴 글을 내가 읽어보니 예순다섯에도 날마다 실행하신 일을 기록해서 자신을 반성하면서 옛 현인의 경지에 도달하고자 노력하셨다. 그때 기록하신 것들이 지금 남아 있지는 않지만 어떤 일들이었는지 가늠해볼 만하다. 또 "온공(溫公)은

'평소에 남에게 말 못할 행동이 없었다'라고 하였는바 이야말로 사내가 머물러야 할 경지다'라고 말씀하셨는데, 공이 자기 자신을 두고 한 말로 보아도 되리라.

유봉(酉峰)의 도는 실질에 힘쓰는 것을 급선무로 삼았고 서계(西溪)의 학문은 정밀하게 고심함이 당대에 비할 바 없었으니 공이 그러한 점을 이어받으셨다. 그런데 공은 젊은 시절 진사시에 급제하셨으니 그 시대에 뜻한 바가 없었던 분은 아니었다. 그때 조정에서서 정치에 종사하여 온축해두었던 역량을 펼치셨다면 선비들에게 평판이나 명망을 얻어 더 존중받으셨을 듯하다. 세월이 가고 사세가 변하였다면 궁벽한 강호에서 자늑자늑하게 한가히 지내며 밖으로는 드러내지 않고 내면을 밝히는 사업에만 몰두하지는 않으셨을 것이다. 시문 창작을 중단하는 마음을 읊은 공의 시 두 구절을 보면 공의 은미한 뜻을 엿볼 수 있다. 살아 있을 때 영예로움이 있다 한들 세상을 떠난 뒤에 비방이 없는 것만 같으랴? 공이 알아주는 이를 만나지 못하신 것은 애당초 공에게는 다행한 일이 아니라 할 수 없다. (후략)

士之讀聖賢書, 修身而行法, 天下之公誼也, 而或者別之以爲學, 則拘而不賅矣, 而又於其間, 朋分黨析, 各立其私而不相謀. 烏摩! 蓋非一日也, 而通國皆然, 吾亦然. 吾又安得無黨之人而與之? 昔, 伊川程子之止四方來學也, 猶曰: "尊所聞, 行所知." 爲今之士, 其亦尊所聞而已. ……余讀公自序, 六旬有五, 猶逐日箚其行事以自省, 而勉及於古賢. 雖其所箚今不存, 而其事則可知已. 又言: "溫公'平日無不可對人言'者, 此男子休歇處." 殆亦公之自道然也.

西峰之道, 以務實爲先, 西溪之學, 精苦絶世, 公其有以受之矣. 抑公少擧進士第, 非無意於當世者. 嚮使立朝從政, 以展施其所蓄, 則風議之所被, 標望之所歸, 未必不增重於士類, 而時徂事嬗, 亦未必從容優游以老於湖山之隩, 以究其外晦內明之業. 觀公絶筆二句, 而公之微意, 可覘也. 與其有譽於前, 孰若無毀於後? 公之不遇, 未始非公之幸也. ……

양거안(梁居安, 1652~1731)의 문집에 붙인 이건창(李建昌, 1852~1898)의 서문이다. 이건창은 열다섯에 소년등과한 조선말의 문인으로 그의 글을 받는다는 것은 대단히 영광스러운 일이었다. 당대에도 이미 문장가로서의 명성을 드날렸거니와 사후에는 김택영(金澤榮, 1850~1927)이 우리나라 역대 9대 문장가의 반열에 그의 이름을 올렸다. 양거안의 방계 손자 양재경(梁在慶, 1859~1918)은 이건창에게 서문을 부탁하여 문집에 얹음으로써 그의 선조를 불후의 인물로 세웠다.

양거안의 호 '육화(六化)'는 거백옥(蘧伯玉)이 예순 살에 변화했다 [六十而化]는 고사에서 취한 것이다. 양거안은 65세 때 천연두를 앓아 외모가 변화하자 거백옥의 고사에서 영감을 얻어 자호(自號)를 정한 것인데 뜻밖에 맞이한 외모의 변화를 계기로 진지하게 내면의 변화를 기획한 점이 의미심장하다. 쇠락해진 외모에 의기소침해지는 것이 보통 사람들의 흔한 마음가짐 아니던가. 옛사람의 철석간장과는 극명하게 대비되는 현대인의 '유리멘탈'이 떠오른다.

단단한 내면은 부단한 자기반성에서 형성된다. 거백옥은 50세가

되어서 지난 49년간의 삶을 잘못 살았다는 깨달음을 얻은 고사로
널리 알려져 있다. 공자는 이 '자기반성', '자기 혁신'의 아이콘을 군
자다운 인물로 평가한 적이 있다. 나라에 도(道)가 없을 때는 재주를
펼치지 않고 간직하고 있을 줄 알았기에 공자는 그를 고평하였다.
양거안의 「육화헌기(六化軒記)」와 「육화헌시(六化軒詩)」를 보면 그가
거백옥의 50세, 60세 때의 고사를 모두 염두에 두며 거백옥을 사표
(師表)로 삼노라고 발언하고 있다. 80세, 100세가 되어서도 게을리
살지 않고 계속 변화해 나가겠다는 결의를 다지는 의미로 '육화헌'
이라는 당호를 걸었다고 밝혔다.

   양거안의 자가 '천백(遷伯)'이라는 사실에도 착목해 보자. 자는 젊
은 시절에 집안 어른이나 스승이 지어주는 것으로 이름의 의미를 보
완하는 글자를 쓰는 것이 상례다. 양거안의 항렬자가 '거'자이므로
실상 그의 이름은 '안(安)' 한 글자라고도 할 수 있는데, 그의 자에 쓰
인 '천(遷)'자는 『예기』 「곡례(曲禮)」의 '편안함을 편안히 여기면서도
변화에 능하다[安安而能遷]'에 출전을 둔 것으로 파악된다. '육화'가
만년의 자호였음은 문면에 나타나 있거니와 '천백'은 그의 인생에서
일찌감치 정해진 것이었다. '변화한다.'라는 것은 현실에 안주하지
않고 '일신우일신(日新又日新)'하는 건강한 삶의 태도에 다름아니다.

   이건창은 수신(修身)과 위학(爲學)의 문제를 논하며 이 글을 열었
다. '학문을 한다'라는 것 자체는 나쁜 것이 아니지만, 선비로서 해야
할 도리를 하는 것을 '학문을 한다'라고 규정짓는 순간 수신이나 위
학이나 모두 본질을 잃게 되는 점이 문제라는 논지다. 학문을 하니
학파가 생기고 붕당을 짓게 되어 자연히 '불화(不和)'하게 된다. 이렇
게 된 지가 수백 년이고 일국의 지식인들이 다 붕당의 폐해에 빠져

있다고 보았다. 참으로 경탄을 자아내는 점은 이건창 자신도 다른 사람과 다를 바 없이 마찬가지라고 자인하였다는 것이다. 붕당의 폐해를 논하는 자들은 자신을 제외한 다른 사람들이 편당짓는 작태를 개탄하기만 했지 논자 자신의 문제를 성찰하지 못한다.

이건창의 자기 인식은 그의 꼿꼿한 기개와도 같이 냉철하고 담박하다. 자신의 병폐를 이렇듯 허심으로 돌아보는 사람이 지은 글과 그렇지 못한 사람이 지은 글이 독자에게 주는 감흥은 천양지차다. 솔직한 마음을 토로하고 있는 서두의 문기(文氣)는 지은이의 창작 의도에 진중한 기운을 불어넣고 있다.

"들은 것을 소중히 여기고, 알고 있는 것을 실천하라."라는 정이천의 말은 그가 소인들의 참소를 받고 조정에서 쫓겨난 이후 용문의 남쪽에 거처를 옮기고서 자기를 찾아오는 후학들을 물리치며 한 발언이다. '들은 것'이란 책을 통해 배운 유가 성현의 말씀을 뜻한다. 자신의 문하에 구태여 들어오려 하지 말고 각자 유가 경전을 열심히 배우고 익히면 충분하다는 의미다. 정조는 이 문제로 홍석주(洪奭周)와 토론하는 자리에서 당금(黨禁)이 막 발생했을 때였기 때문에 자취를 숨기고 은둔할 뜻이 있었던 것으로 발언의 배경을 파악하였다. 요컨대 '붕당'의 문제와 결부되는 발언임을 간파할 수 있다.

원래 이 말은 『대대례기(大戴禮記)』의 "군자가 들은 것을 소중히 여기면 고명해질 것이요 알고 있는 것을 실천하면 광대해질 것이다."라는 말에 연원을 두고 있다. 그런데 이건창은 정이천의 언명을 인용하고서는 '지금 세상의 선비된 자들은 들은 것을 소중히 여기고 있을 뿐이다'라고 일갈하였다. 정이천의 발언 두 토막 중 후자, 즉 '알고 있는 것을 실천하라'라는 지침을 방기하고 있다는 지적이다.

알고 있는 것을 실천하는 방법은 무엇인가? 옛사람의 훌륭한 행적을 알고 있을 경우 그것이 잊히지 않도록 문집을 남기고 서발문이나 묘도문자를 통해 그 사람의 인생과 문학세계를 세상에 전하는 것이다. 바로 이러한 맥락에서 이건창은 동당(同黨)이나 세교(世交)의 혐의에 개의하지 않고 양거안의 문집에 서문을 썼고, 양재경이 정이천의 언명에 부합하는 사람이라고 칭찬하였던 것으로 보인다. 이건창은 글의 서두에서 당파나 사적인 인연에 얽매인 세태를 개탄하면서 나 역시 그렇다는 통렬한 자기비판을 전제해 두었다. 그런데도 양거안의 문집에 서문을 쓰노라고 자기 행위의 정당성을 스스로 확보하고 있다. 작문의 차원에서도 치밀하게 짜인 문장이라 하겠는데, 그것보다 '나는 옳고 남은 그르다.'라고 생각하지 않는 냉철한 정신세계가 더 귀하게 느껴진다.

이 글에서 사마광(司馬光)의 '평소에 남에게 말못 할 행동이 없었다'라는 발언에 대한 양거안의 생각은 그의 자전(自傳) 「육화옹전(六化翁傳)」에 보인다. 이건창이 설파한 대로 양거안의 평생 행실을 요약한 언술로 볼 만하다.

나무가 자라듯 덕도 자란다

－홍양호(洪良浩), 「이수자(李樹滋)의 자(字)에 관한 글[李樹滋字說]」,
　『이계집(耳溪集)』

유이경

월성 이학조 상사께서 아들의 이름을 '수자(樹滋)'로 했는데, 늙은 나에게 자(字)를 어떻게 지을지 물었다. 내가 말하였다.

"이름이 좋군요! 자를 '덕수(德秀)'라고 올립니다."

그러자 학조께서 뜻을 설명해달라 청하였다. 내가 말하였다.

"지금 그대께서 지은 아들 이름은 『서경』「주서(周書)」「태서(泰誓)」에 있는 '덕을 세울 때를 성하게 자라도록 힘써야 한다'라 취한 말이겠군요. 이 뜻은 선배 유학자들이 이미 풀이를 해놓았으니, 나는 글자를 가지고서 '배움'으로 비유해 보겠습니다.

'자(滋)'라는 글자는 '풀 초(艹)'에 '실 사(絲)'를 따르고 있습니다. 이는 풀이 처음 돋아나올 때 실과 같다는 뜻입니다. 풀이 처음 돋아날 때는 물[氵]을 얻어야 적져진 연후에 가지와 잎이 더욱 무성하게 자랍니다. 사람이 덕을 쌓음도, 배움을 쌓은 연후에야 덕을 크게 할 수 있습니다.

'수(秀)'라는 글자는 '벼 화(禾)'에 '잉태할 잉(孕)'이 따르고 있습니다. 이는 벼[秀] 이삭[穎]이 나옴이 동물들이 새끼를 잉태함과 같습니다. 이삭이 나와야 열매를 맺을 수 있습니다. 그러므로 풀이

112

돋아나면 반드시 무성하기를 바라고, 무성해졌으면 반드시 이삭이
나옵니다. '무성함〔滋〕'은 이삭의 바탕이고, 이삭(秀)은 무성해진 결
과입니다. 사람이 배워나감도 이와 같습니다. 그러나 풀에 이삭이
나옴은 물로 적셔 무성해지듯이, 사람의 빼어남도 오직 덕으로 길
러주기 때문입니다. '수(秀)'로 '덕'을 드러내기에, '덕수(德秀)'로 자
로 삼음이 좋지 않겠습니까?"

　이에 이 말을 기록하여 그에게 주었다.

月城李上舍學祖, 名其子曰 "樹滋", 問字於耳溪翁. 翁曰 : "善哉! 名
乎. 請字以'德秀'". 學祖請其義. 翁曰 : "今子命名, 豈非取《周書》'樹
德務滋'之言乎? 其義則先儒已釋之矣, 吾將因其文而喩之以學焉.
夫'滋'之爲文, 從'草', 從'絲'. 蓋謂草之始生如絲也. 草之始生也, 得
水以潤之, 然後枝葉乃滋; 人之畜'德'也, 學以聚之, 然後其德乃大.
'秀'之爲文, 從'禾', 從'孕'. 蓋謂禾之發穎; 如物之懷子也. 能秀則斯
有實矣. 故草生也, 必求其滋; 旣滋矣, 必至於秀. '滋'者, 秀之基也;
'秀'者, 滋之功也. 人之爲學, 亦猶是矣. 然草之秀也, 由水以滋之;
人之秀也, 惟德以養之. 以是表德, 不亦可乎?" 遂書其說以贈之.

──────◈

이 글을 지은 홍양호(1724~1802)는 홍문관·예문관 대제학을 지냈
고, 북경을 다녀와 청나라에 우리나라 문명(文名)을 알렸으며, 고증
학을 수용·보급하였다. 저서에 「목민대방(牧民大方)」, 「삭방습유(朔
方拾遺)」, 「북새기략(北塞記略)」, 「우이동구곡기(牛耳洞九曲記)」 등이
있다.

이 글은 홍양호가 이학조의 아들 이름인 '수자(樹滋)'에 의미를 더하여 '덕수(德秀)'라는 자(字)를 지어주고 그 뜻을 풀이한 것이다. 글을 읽으면 날마다 겪는 인간 삶의 갈등과 번민이 없다. 감탄을 자아낼 만한 문구도 없이 밋밋하다. 게다가 삶이 어찌 이름처럼 순탄할 수 있으랴. 그러나 이 글은 살아가면서 길러야 할 내면의 힘을 전달하는 깊은 울림이 있다.

옛날에는 신체적, 정신적 변화와 함께 어른으로 접어드는 청소년 시기에 앞으로 가족·사회·국가의 구성원으로서 살아갈 마음가짐과 긍지·자각을 일깨우는 오늘날 성년식과 같은 의례로서 관례(冠禮)를 치렀다. 이러한 관례를 행하면서 이름 대신 부를 수 있는 자(字)를 지어주었다. 홍양호의 글에서 보듯 자는 이름과 관련지어 항상 마음에 새겨 삶의 길잡이 역할을 하도록 하였다. 이름과 자는 부여받는 자의 밝은 앞길에 대한 염원을 담아냈기에 삶의 부족한 부분을 채우며 좀 더 성숙한 사람으로 자라기를 바라는 마음이 담겨 있다.

홍양호는 부모가 이름을 '수자'라고 지은 뜻을 상기시킨다. 『서경집전』「주서(周書)」「태서(泰誓)」에 나오는 '덕을 세울 때는 번성하기를 힘쓴다[樹德務滋]'라는 구절이다. 부모와 자식 사이를 이름으로 연결해냈다. 홍양호는 이름의 '수(樹)'를 '덕(德)'으로, '자(滋)'를 '수(秀)'로 변형하여 자에 담긴 뜻을 전해주었다.

홍양호가 살던 시대에 잔악함, 연민, 한탄, 혼란, 갈등, 강요, 억압이 없었겠는가? 홍양호는 13세의 나이에 부친을 잃어 외가의 도움을 받으면서 자랐다. 영조의 탕평책으로 관직 생활은 순조로운 듯하였으나 1755년 나주괘서 사건과 을해옥사로 외가가 연루되어 이조

판서였던 외삼촌 심악(沈錐)이 처형당하고, 심필(沈鉍)이 유배에 처하게 되었다.

이러한 과정에서 홍양호는 영조의 배려로 제주·경주 등 십여 년 동안 지방관으로 재직했으며, 47세 되던 해 1770년 황해도 관찰사가 되어 지역의 교육환경을 바꾸고 군사적 요충지로서 국방의식을 드높였다. 정조 즉위 후 친족 관계에 있었던 홍국영(洪國榮)이 정계의 실세로 떠올랐지만, 당색이 달랐던 홍양호는 최북단 경흥의 외직으로 나가 3년간 생활하였다. 이처럼 지방에서 생활하면서 국경을 지키는 병사의 모습을 보며 생생한 삶의 현장에 관한 글을 쓰기도 했다. 그럼에도 이 글은 담담하게 삶의 자세와 가치를 전해준다.

먼저 식물이 물이 있어야 무성히 자랄 수 있듯이, 사람의 덕은 '배움[學]'을 통해서 성대해지고, 빼어날 수 있다고 하였다. "수[秀]"는 벼 이삭이 여물어서 구부려져 아래로 드리워지는 모습으로 이름의 '자(滋)'와 연결하였다. 이처럼 생활 주변에서 흔히 볼 수 있는 식물이 자라는 현상으로 삶의 이치를 알려 주었다.

봄날에 움트는 식물은 뿌리를 내린 흙에서 누가 옮겨주지 않는 이상 그 자리를 벗어나기 힘들다. 어쩌면 우리 삶과 닮았다. 많은 식물이 오랜 세월 제자리에서 각자의 때에 맞게 싹을 내고, 꽃을 피우고, 열매를 맺고, 또 다음을 준비하는 과정도 그렇다. 탄성을 자아내게 하는 꽃과 잎, 열매가 아니더라도 저마다의 자리에서 한 뼘씩 자라나는 나무의 모습과 닮았다.

그러나 식물의 생장에는 좋은 흙과 햇빛, 온화한 바람만 필요한 것이 아니다. 혹독한 날씨에는 온몸을 웅크리고, 지나가는 사람들의 발에 차이고 꺾여도 자신의 자리를 지키며 무리를 이루고, 숲을 이루어낸다. 햇볕 한 줌 더 쬐기 위해 가지를 뻗고, 잎을 넓히고, 각자의 역할과 힘으로 뻗어나간다. 멀리 퍼져나가기 위한 씨앗을 여러 곳을 날아다닌다. 아스팔트 틈 사이의 작은 흙과 한 줌의 햇볕에서도 자라난다. 누가 바라봐 주길 원해서, 누굴 위하여 잎과 가지를 뻗어 올리지 않는다. 조용히 자기 세포를 분열시키고, 시간에 자신을 맡기고, 휘몰아치는 바람과 번뜩이는 번개, 잎과 줄기가 타들어 가는 폭염을 견디고, 벌레에 갉아 먹히거나 감염되어도 그 자리를 지킨다. 씨앗이 허공을 떠돌아다니다 내려앉은 곳이 화단의 언저리여도, 아무런 보호를 받을 수 없어도 스스로 자란다. 제아무리 잡초라도 고운 생명을 움트며 화단, 가로수, 그늘 짙은 숲에서 공존의 삶을 이룬다. 이처럼 홍양호는 식물이 성장하듯 배움과 덕을 기르라고 전해준다.

배움을 통해 자신의 삶을 읽고, 실제로 경험하지 못하는 사회와 역사를 다시 바라본다. 계절과 환경에 따라 변하는 식물처럼 인간의 삶은 끊임없이 변화한다. 이름과 자에 담긴 뜻을 새기며 자기 자신을 허투루 대하지 않으면서 다른 이들과 함께하는 삶을 살라는 뜻이다. 이름은 다른 사람과 상호관계를 맺는 도구이며 삶의 지향을 담는다. 이름과 자호에 담긴 뜻은 삶의 의미를 다시 생각하게 한다.

홍양호의 글을 보면서 이 자를 부여받은 이수자가 살면서 의미를 때때로 되새기는 모습을 상상해 본다. 그 불확실한 삶이 막막하고 두려울 때, 이름과 자의 의미를 떠올리며 새로운 다짐을 하고 앞으로 나아갈 힘을 얻을지도 모른다. 나도 나의 이름을 되돌아본다.

요행을 바라랴

― 성현(成俔), 「작소설(鵲巢說)」, 『허백당집(虛白堂集)』

김영주

세속에서 "까치가 남쪽에 둥지를 틀면 그 집 주인이 좋은 벼슬을 얻는다."라고 한다. 이 때문에 집의 남쪽에 나무가 있는 사람은 모두 까치가 와서 둥지 틀기를 바라고, 심한 경우에 다른 가지에 둥지 튼 것을 잘라 남쪽 나무로 옮겨 붙들어 매어두기도 한다.

우리 집 남쪽 동산에 밤나무 한 그루가 있는데 그 꼭대기에 까치가 둥지를 틀고 몇 년 동안이나 새끼를 길렀다. 얼마 지나지 않아 내가 중시(重試)에 급제하고 승정원 승지로 승진하였으며 관동과 관서 양계의 관찰사를 역임하니, 모든 사람들이 까치가 불러들인 행운이라고 하였다.

근래에 까치가 또 찾아와서 둥지를 틀자 이웃에 사는 친척들이 대문을 가득 채울 정도로 몰려와서 축하해 주었다. 그리고 얼마 지나지 않아 나는 동지중추부사에서 강등되어 행직(行職)이 되었고, 일이 어긋나고 어려움에 처한 뒤에 또 풍병(風病)을 얻어 몇 달 동안이나 병석에 누워 지내면서 약물에 의지해서 겨우 나았다. 집에서는 종들이 서로 이어 병을 앓고 마침내 둘째 아들이 세상을 떠나 허둥대며 초상을 치러 만사를 그르치게 되었으니 어찌 선후의 득실이 이와 같이 다르단 말인가.

지금 생각해 보니, 이전에 까치가 왔을 때는 때마침 나의 운세가 창성하여 피어날 때를 만난 것이고, 이후에 까치가 왔을 때는 또한 내가 늙어 쇠약하고 운세가 줄어드는 시기를 만난 것이다. 무릇 치란은 운(運)이고 궁달은 명(命)이며 귀천은 시(時)에 따라 다르다. 까치와 같은 미물이 어떻게 그 사이에서 술수를 부릴 수 있겠는가.

대체로 점을 치고 굿을 하거나 위험한 일을 하며 요행으로 행복과 이익을 얻으려고 하는 것은 모두 소인이나 하는 일이지 군자가 할 것이 못된다. 만약 몸을 편안히 하고 분수를 알아서 인(仁)에 거처하고 의(義)를 따라 현재의 자기 위치에서 마땅히 해야 할 것을 하고 분수 밖의 것을 탐하는 마음이 없다면 천작(天爵)을 닦아서 인작(人爵)이 저절로 이르게 될 것이다. 어찌 자질구레한 길흉화복의 작은 술수에 마음을 두겠는가?

諺傳鵲巢午地, 則其家主得美官, 以故人之有南樹者, 皆欲其來巢, 而甚者, 斫他枝之有巢者, 移附於其樹. 吾家南園, 有栗樹一株, 鵲巢其顚, 數年養雛. 未幾, 擢重試, 陞銀臺, 按察關東西 兩界. 人皆云鵲之所致也. 近者鵲又來巢, 隣族盈門來賀. 未幾, 自樞副降爲行職, 蹇躓困頓之餘, 又得風癢, 臥席數月, 僅賴藥餌而愈. 家中僮僕, 相繼得疾, 卒使仲子背逝, 棲棲治喪, 萬事瓦裂, 何先後得失之有異如是? 以今思之, 前鵲之來, 適値余昌運發揚之時, 後鵲之至, 又遭余衰老消縮之日. 夫治亂, 運也; 窮達, 命也; 貴賤, 時也. 鵲之微物, 焉能作爲於其間? 大抵世之卜筮祝禳, 行險僥倖以求福利者, 皆小人之事而非君子之所爲也. 若能安身知分, 居仁由義, 素其位而行, 無

慕乎其外之心, 則修天爵而人爵自至. 何屑屑留意於吉凶禍福之小
數哉?

이 글은 성현(成俔, 1439~1504)이 63세 이후의 노년기에 지은 글로,
출세에 집착하기보다는 심신을 편안히 하고 분수에 만족하는 삶을
권유한다.

  글의 시작은 속설에 현혹된 당시 사대부들의 황당한 행태 묘사이
다. 남쪽 나무에 까치가 둥지를 틀면 좋은 벼슬을 얻는다는 속설을
맹신한 이들이 다른 나뭇가지에 만들어진 까치둥지를 잘라서 남쪽
나뭇가지에 매어 놓고 출세를 기대한다. 합리적 사고가 결핍된 무지
의 산물로 보이는 소위 지식인들의 행태에 성현은 노골적인 비판을
삼간다. 대신 상반된 자기 경험을 소개하며 완곡하고 논리적인 설득
을 전개한다.

  1462년에 문과에 급제한 성현은 집의 남쪽 나뭇가지에 까치가 둥
지를 튼 이후인 1466년에 중시(重試)인 발영시(拔英試)에 합격하여
승진한다. 까치둥지의 효험 탓인지 알 수는 없지만 이후 20여 년 동
안 그는 큰 탈 없이 여러 관직을 역임하고 1480년에는 당상관인 정
삼품 동부승지에 제수되며 마침내 고위 관리의 반열에 오른다. 뒤이
어 종이품으로 승진하고 1483년에는 강원도 관찰사, 1486년에는
평안도 관찰사를 역임한다. 당시 사람들이 입을 모아 까치둥지의 효
험을 칭송할 만하다.

  얼마의 시간이 지난 뒤에 까치가 다시 성현의 집을 찾아와 둥지를
틀었다. 소식을 들은 인근의 친척들이 대거 몰려와 대문을 가득 메

울 정도의 북새통을 이루었다. 그들의 기대에 부응하려면 이제는 그가 정일품에 해당하는 삼정승의 자리에 임명되어야 했다.

그러나 찾아온 까치나 사람들의 보람도 없이 성현은 관직이 강등되는 불운을 겪는다. 가선대부 동지중추부사에 제수되었다가 가선대부 행 첨지중추부사로 강등된 것이다. 또 1501년에는 중풍이 들어 몇 달 동안이나 병석에 누워 지내다가 약을 써서 겨우 나았다. 그위 집안의 종들이 연달아 병을 앓았고 그의 둘째 아들이 그보다 먼저 세상을 떠나는 불행이 연이어 찾아들었다. 이것으로 까치둥지와 출세는 아무런 관련이 없음이 분명해진다. 출세와 영달을 향한 인간의 집념으로 생긴 세속의 미신에 대해 성현은 어떤 생각을 가졌던가?

"궁달은 명(命)이며 귀천은 시(時)에 따라 다르다."

그는 사람의 곤궁과 영달은 운명에 의해 결정되고 부귀와 빈천은 시기에 따라 달라질 수 있다고 여겼다. 까치 같은 미물은 인간의 삶에 술수를 부릴 수 없다. 그것을 믿는 이들은 올바른 인식이 결여되고 무지한 소인이다. 또한 점을 치고 굿을 하거나 위험한 일을 하면서 요행으로 행복과 이익을 얻으려고 하는 일체의 행위를 소인이나 하는 일이지 군자가 할 일이 못된다고 하였다.

부귀영달을 꿈꾸는 인간의 들끓는 욕망에서 파생된 금기나 미신은 오늘날에도 성행하고 있다. 인조 반정의 주역들이 광해군의 폐위를 모의하며 칼을 갈던 세검정에 살면 고위 공무원이 되기 어렵다는 속설이 있어서 공무원들이 이 지역에 거주하기를 꺼린다. 또 "산은 사람을 관장하고 물은 재물을 관장한다[山管人丁, 水管財物]"는 풍수설을 믿고 산세가 수려한 평창동이나 성북동에 공직자나 학자가 많이 거주하고, 한강과 가까운 한남동이나 이촌동 등에 대기업이나 재벌 총수 같은 사업가가 많이 거주하는 현상이 그것이다.

빅데이터에 기반하여 미래 사회의 수요를 예측하여 사업을 준비하는 시대다. 그럼에도 현대인이 금기와 미신의 속설에서 해방되지 못하고 얽매이는 이유는 무엇인가? 예견할 수 없는 급속한 상황 변화로 야기되는 불안함과 두려움 때문이다. 또한 포기할 수 없는 인간적 욕망에 대한 과도한 집착과 경쟁 때문이기도 하다.

성현은 다음과 같이 일깨운다. 길흉화복에 관한 자질구레한 술수에 얽매여 마음을 졸이기보다, 심신을 편안히 하고 자기의 분수를 알아서 인의(仁義)를 실천하며 현재의 자기 위치에서 마땅히 해야 할 것을 하고 분수 밖의 것을 탐하는 마음이 없다면 부귀영화를 누릴 수 있는 인작(人爵)이 저절로 올 것이라고. 이러한 견해는『맹자』,「고자 상(告子上)」에 연원을 둔다.

"천작이 있고 인작이 있으니, 인의와 충신을 행하고 선을 즐거워하고 게을리하지 않음이 천작이요, 공경대부는 인작이다. 옛사람은 천작을 닦으면 인작이 뒤따랐다."

맹자가 활동하던 까마득한 전국시대부터 성현이 살았던 조선시대를 거쳐 오늘에 이르기까지 부귀영화를 향한 인간의 욕망과 집착은 변함이 없다. 온갖 속설과 미신이 지금까지도 만연하는 이유이다. 한편으로는 일깨우고 주의를 주면서도 또 한편으로는 올바르게 추구해 가기를 권할 수밖에 없는 인간이란 존재를 인정하며 성현이 권하는 방법을 통해 스스로를 반성하고 통찰하며 실현할 수 있기를 기대해 본다.

제2부

장소와 추억

한
양

낭만을 소환하는 앨리웨이(Alleyway)
-인왕산의 원림

― 박윤묵(朴允默), 「유일섭원기(遊日涉園記)」, 『존재집(存齋集)』

방현아

일섭원(日涉園)은 인왕산에서도 유명한 곳이다. 육각현(六角峴)과 필운대(弼雲臺)가 승경지로 이름이 있기는 하지만, 육각현은 우뚝하여 너무 드러나 있고 필운대는 야트막하고 약간 기울어져 있다. 그런데 일섭원은 깊숙하게 들어가 매우 그윽하면서도 높고 넓게 확 트여 시원스러운 것이 육각현과 필운대보다 훨씬 뛰어나며, 경치 좋고 아름답다고 이름난 지가 또한 이미 오래되었다.

계묘년(1843) 초여름에 일섭원의 주인(김희령)이 친구 대여섯 명을 불러 정원에서 시연(詩筵)을 열었다. 붓과 벼루가 맑고 아름다웠으며 술잔이며 소반들은 여기저기 흩어져 묵향과 술기운이 연초록 방초 사이에 서로 뒤섞여 있었다. 이 때 시 짓는 자는 시를 읊고, 술 마시는 자는 술에 취하고, 바둑 두는 자는 한가로이 바둑을 두고, 노래하는 자는 즐겁게 노래 불러 각기 그 정취를 다하였으니, 하나도 자신의 뜻과 맞지 않는 것이 없었다. 그 뜻은 넓고 호탕하고, 그 정은 은은하고 아름다웠으며, 그 맛은 담박하여 즐거움이 한껏 무르익었다. 산과 봉우리를 보면서 구름과 안개를 감상하니, 얻는 것이나 잃는 것이 똑같아 그야말로 사물과 나를 모두 잊어버

리는 경지가 되었다. 서로 함께 세속에서 벗어나 방랑하고 마음을
비워 고요하게 소요하는 것이 이른바 난정(蘭亭)의 수계(修禊)나,
서원(西園)의 아집(雅集)과 비슷하였으니, 아마도 옛날 그들의 모임
보다 못하지는 않을 것이다.

아! 일섭원이 원림으로써의 역할을 한 지가 몇백 년이 되었는지
모르니, 정원의 경관을 노래하고 정원의 오묘함을 글로 지은 사람
이 있다는 말을 듣지 못했다. 그러니 헛되이 왔다가 헛되이 돌아가
는데서 그친 사람들이 또한 얼마나 많겠는가.

오늘의 이 모임은 한 정원에서의 훌륭한 일이요, 인왕산 시사(詩
社)의 아름다운 읊조림으로, 일섭원 안의 바람과 달을 묘사하고 일
섭원 안의 초목을 아로새기며 모든 경치를 다 거두어 이런저런 아
름다움을 전부 기록하고 지금을 드날려서 후세에까지 남겨 보일
것인데, 혹시라도 다하지 못할까 염려할 뿐이다. 만약 인왕산의 신
령으로 하여금 알게 한다면, 이 또한 우리에게 축하할 일이 아니겠
는가. 술이 다하고 노래도 끝나자 드디어 서로 돌아보면서 일어났
다.

덕조(德祖) 홍우기(洪宇琦)가 나에게 기록을 남기라고 하는데 내
가 어찌 감히 사양하겠는가. 드디어 이같이 기록한다. 모인 자는
사집(士執) 박윤묵(朴允默), 덕조 홍우기, 이습(而習) 박기열(朴基悅),
천관(泉觀) 조경식(曺景軾), 문산(文山) 유기성(柳基成)이요, 지각하
여 늦게 온 자는 이중(彝仲) 신광현(申匡絢)이고, 일섭원의 주인은
백경(伯敬) 김희령(金羲齡)이다.

日涉園 西山之名區也 六角之峴 弸雲之臺 非不勝地 而角峴則突兀

而太露 雲臺則淺近而傾欹 至如日涉則深邃而窈窕 高曠而通暢 有
勝於角峴雲臺 擅名而專美者 亦已久矣

歲癸卯孟夏 日涉主人 邀同志五六人 設詩筵於園中 筆硯淸嘉 盃
盤狼藉 墨香酒氣 交錯於嫩綠芳草之間 于斯時也 詩者吟 酒者酣
棋者閒 歌者悅 各極其趣 無一不適 其志浩浩 其情優優 其味淡淡
其樂瀜瀜 攬山岑而弄雲烟 齊得喪而忘物我 相與放浪乎塵埃之表
逍遙乎冲漠之際 所謂蘭亭修禊 西園雅集 恐不足多讓於千秋之上

噫 園之爲園 未知爲幾百年 而未聞有人 詠園之景 造園之妙 空
往空來而止焉者 亦幾許輩也 至若今日之會 則一園之勝事 西社之
嘉詠 批抹園中之風月 雕鏤園中之草木 万景俱收 衆美畢錄 揚今示
後 恐或未罄 若使西山之靈有知 亦豈不爲我輩賀也 酒盡歌闋 遂相
顧而起

德祖要余以識之 余何敢辭焉 遂書之如此 會者 朴士執 洪德祖
朴而習 曺泉觀 柳文山 末至者 申彝仲 爲園之主人者 金伯敬

세상에는 걷지 않으면 볼 수 없는 것들이 있는데 그 중 하나가 골목
문화이다. '꼬불꼬불한 좁은 길'이라는 뜻을 가진 위항(委巷)에서 형
성된 골목 문화는 여항인들이 남긴 자취이다. 특별하게 두드러진 유
명세는 없었지만 조용히 그들만의 문화를 향유하였고 그들이 남긴
흔적은 적잖은 낭만을 소환케 한다. 이들의 모임은 골목 문화의 단
면이다. 인왕산자락의 골목길 따라 자리한 수성동계곡과 청운동일
대는 여항인들의 명소였다. 육각현과 필운대는 물론, 서원(西園)과
동원(東園), 칠송정(七松亭) 등은 그들의 모임장소였다.

일섭원은 인왕산 아래에 있었던 원림으로 서원(西園)이라고도 불렸는데, 원래 김낙서(金洛書, 1757~1825)의 소유였다. 박윤묵(朴允默, 1771~1849)의 「서원소음(西園小飮)」에는 김낙서가 이곳에서 오이밭과 채소밭을 경영하며 친구들과 자주 시회를 열었으며, 이후 아들인 김희령이 부친의 가업을 이어 채소밭을 가꾸며 살았다고 하였다. 일섭원은 도연명의 「귀거래사」에 "매일 정원을 거닐며 정취를 이루네.[園日涉以成趣]"라는 구절을 원용한 것으로 천수경(千壽慶)의 시 「일섭원」에서도 "생활이 스스로 한적하니 인간 세상에 있는 것 같지 않네.[生事自蕭條, 不似在人間]"라고 하였으니, 그 요조(窈窕)한 신선의 경지를 알 수 있다.

　윗글에서 일섭원에서 모인 것이 몇백 년 되었다고 한 것은 그곳의 연원이 매우 오랜 곳임을 강조한 것이다. 배삼익(裵三益, 1534~1588)이 「한성팔영(漢城八詠)」을 언급하며 '서원의 오래된 소나무[西園老松]'를 그중 하나로 꼽았으니 서원이라는 이름으로 수많은 사람들이 3백 년 가까이 거닐던 곳이었음이 증험된 셈이다. 또한 1739년 경화세족 이춘제(李春躋, 1692~1761)가 자신의 후원인 서원에서 아회(雅會)를 열고 쓴 「서원아회기(西園雅會記)」와 모임 후에 옥류동 산등성이를 넘어가는 7인의 장면을 포착한 정선(鄭歚, 1676~1759)의 『서원아회첩(西園雅會帖)』 중 「옥동척강(玉洞陟崗)」 역시 서원의 오랜 연원을 짐작케 한다.

　인왕산과 백악산 일대는 궁이나 관아가 가까웠기 때문에 옥계(玉溪)를 중심으로 '웃대'라는 중인들의 거주지가 형성되었으며, 이곳에 서리나 별감, 겸인들이 많이 살았다. 이들을 중심으로 1786년 결성된 옥계시사, 즉 송석원시사(松石園詩社)가 30년 이상 맥을 이어나갔

정선, 「옥동척강(玉洞陟崗)」(1739), 개인소장　　　정선, 「필운대(弼雲臺)」(1753), 간송미술관 소장

으며, 19세기에 이르러서는 서원시사(西園詩社), 칠송정시사(七松亭詩社), 비연시사(斐然詩社), 직하시사(稷下詩社) 등으로 계승되면서 활동을 전개하였다.

이 글의 저자 박윤묵은 중인서리 출신으로 규장각에서 정조의 총애를 받았던 여항인이다. 그는 인왕산 아래 옥류동(玉流洞)에서 결성한 송석원시사의 일원 중 늦게까지 남아 서원시사까지 활약하였다. 박윤묵은 자주 인왕산 주변을 산책하며 경치를 즐겼으니, 다음 시는 9월 9일 중양절에 홀로 육각현을 오르며 가을 풍경을 읊은 것이다.

홀로 명아주 지팡이 들고 인왕산에 오르니　　　獨携藜杖上西麓
붉은 단풍나무, 노란 국화꽃 모두 내 벗이라네.　紅尌黃花摠我徒
기량은 일흔에도 마음은 여전히 굳세니　　　　伎倆七旬情尙劇

풍류 있는 중양절의 흥취 외롭지 않네.　　　　　風流九日興不孤

마음속에 오직 다행히도 시 지을 여유 있으니　腹中惟幸餘詩有

손 안에 한 잔의 술 없어도 나는야 상관없다네.　掌上何嫌一盞無

사람들아 남수와 옥산이 좋다고 말을 마소　　　藍水玉山人莫說

육각현 앞의 만물로 맑은 즐거움 만족한다오.　峴前萬象足淸娛

　－박윤묵, 「구일독등육각현(九日獨登六角峴)」, 『존재집』

인왕산과 육각현 주변에 붉은 단풍과 노란 국화로 어우러진 가을 풍경의 정취를 한껏 발휘한 시로, 평범한 일상 속에서 자연과 동화되는 기쁨과 자족하는 소박한 삶을 엿볼 수 있다. 7구의 남수와 옥산은 두보(杜甫)가 중양절에 지은 「구일남전최씨장(九日藍田崔氏莊)」에 나오는데 "남수는 멀리 온갖 계곡에서 흘러오고, 옥산은 높이 두 봉우리의 차가움을 아우르네.[藍水遠從千澗落, 玉山高幷兩峰寒]"라고 읊었다. 인왕산과 육각현 사이로 흐르는 계곡물의 정경을 남수와 옥산에 빗대고 오히려 그보다 높이 평가한 것이다.

박윤묵의 성품에 대해 조희룡(趙熙龍, 1789~1866)은 『호산외기(壺山外記)』 「박윤묵전(朴允默傳)」에서 "그의 사람됨은 화락하고 깨끗하며 정직하여 시 쓰는 것 이외에 한 마디도 속세의 일을 언급하지 않았다. …… 어떤 친구와 우정이 두터웠는데, 그 친구는 가난하여 스스로 생활을 해나갈 수 없었다. 존재(박윤묵)가 그를 도와주어 궁핍하지 않게 해 주었으며 병이 들어 위독해지자 몸소 약과 음식으로 보살폈고, 죽고나서는 초상을 치르는 절차에 유감이 없도록 정성을 다했다."라고 언급하였다. '친구는 그 사람의 거울'이라 하듯 그와 교유하던 여항인들의 성품도 유사했을 것으로 추측되는 부분이다.

박윤묵의 「유일섭원기」는 1843년 초여름, 김희령이 박윤묵과 친구들을 불러 함께 시연을 열었다는 내용이다. 그날 모임의 참석자는 모두 7명으로 박윤묵, 홍우기, 박기열, 조경식, 유기성, 신광현, 김희령이다. 이들의 구체적인 족적이 별로 남아 있지 않아, 약간의 자료를 통해 함께 어울리며 시회를 열던 시동인(詩同人)이었음을 가늠할 뿐이다. 특히 모임에 지각했던 신광현은 「초구도(招狗圖)」와 『위항쇄문(委巷鎖門)』을 남긴 화가이자 문인으로, 이 모임은 시 외에도 음악, 회화에 조예가 있는 예인으로 구성된 종합예술의 집결체였음을 알 수 있다.

이들은 자신들의 모임이 왕희지의 난정시회나 소식, 황정견의 시모임에 뒤지지 않는다는 자부심이 있었다. 삶에 대한 자족과 당당함이 엿보인다. 이날의 시연(詩宴)에서 서원시사의 단면을 볼 수 있는데, 짧은 글에 그날의 풍류와 풍치가 아름답게 묘사되어 있다. 이는 배반이 낭자하고 붓과 벼루로 글을 쓰던 먹 향, 꽃과 풀 향기가 어우러진 선경(仙境)의 진풍경이다. 지대가 깊숙이 들어가 있어 도심과 떨어져 무릉도원의 분위기를 자아내기에 좋은 곳이었다. 시 짓고 싶은 자는 마음껏 시를 짓고, 조용하게 바둑 두고 싶은 사람은 한가롭게 여유를 즐기고, 노래하고 싶은 사람은 실컷 목청 높여 노래 부르는 자유로운 정경은 김홍도의 「송석원시사야연도」와 이인문의 「송석원시회도」의 화폭으로 상상해 볼 수 있다.

한편, 인왕산자락에는 서원 외에도 육각현 동쪽으로 동원(東園)이 있었다. 동원에는 큰 단풍나무가 있었는데, 이 나무는 죽헌(竹軒) 장우벽(張友璧, 1735~1809)이 손수 심은 것으로 석단에는 '풍림감천(楓林甘泉)' 네 글자를 새겨두었다. 장우벽은 음보로 통례원 인의로 출

김홍도, 「송석원시사야연도」(1791), 개인소장　　　이인문, 「송석원시회도」(1791), 개인소장

사하였다가 1년 만에 그만두고 유유자적하여 선인으로 통하였다. 노래를 잘 불러 음률을 연구하고 가법(歌法)을 만들었는데, 조희룡의 『호산외기』에는 매화점장단을 창안했으며 매일 인왕산 바위에 올라 한양을 굽어보며 노래하다 돌아오곤 하였다고 소개했다. 다음은 장우벽과 동원에 관련된 일화이다.

육각현 동쪽에 정원이 있고 그 안에 석단이 있는데 '풍림감천' 네 글자를 새겼다. 이 단풍나무는 죽헌 장우벽이 직접 심은 것으로, 지금까지 100년 동안 비바람에 상하지도 않고 가지와 잎도 무성하니 참으로 기이하다! 그의 손자 장창추가 조상의 자취에 감회가 있어 혹시라도 닳아 없어져 전하지 못하게 될까봐 그의 친구 우봉 조희룡에게 부탁하여 시를 짓고 돌에 새겨 기록하게 했다. 이것은 단풍나무와의 기이한 만남이요 석단에 얽힌 칭찬할 말한 일이다. 내가(박윤묵) 대대로 오랜 우정으로 듣고 감탄한 지 오래되었는데, 드디어 「단풍(丹楓) 3장」을 엮어 장창추에게 주어 상자에 잘 보관하게 하니, 동원(東園)에 대한 오랜 뒤의 이야깃거리로 남겨둔다.

－박윤묵,「단풍기 병소서(壇楓詩 幷小序)」,『존재집』

위의 기록에서 동원을 아끼던 장우벽, 조희룡, 박윤묵의 우정과 선조의 자취를 남기고자 하는 장창추의 지혜롭고도 고운 마음이 엿보인다. 그들이 아니었으면 인왕산의 서원과 동원의 아름다운 기억이 우리에게 소환될 수 있었을까.

경복궁역에서 내려 서원과 동원이 있었던 인왕산을 향해 그들이 걸었던 골목길을 따라 오르면 인왕산삼거리에 호랑이 조형물이 꼬리를 세우고 늠름하게 위용을 자랑하며 서 있다. 아마도 당시에는 그 위쪽으로 호랑이가 출몰해 함부로 오르지 못했을 것으로 짐작된다. 인왕산 범바위를 지나 정상까지 오르고 다시 기차바위까지 가노라면 화강암의 강한 산세와 가파른 산비탈이 지금도 만만치 않아 호랑이가 살았다는 것을 금방 수긍할 수 있다.

인왕산은 호랑이가 웅크린 모양이라고 하는데, 실제로도 호랑이

인왕산 삼거리의 조형물. 필자촬영

가 자주 출몰하였다. 영조 12년(1736) 3월에는 비 내리는 삼청동(三淸洞) 백련봉(白蓮峯) 아래에서 호랑이를 잡기 위해 포수 60명이 나서서 백련봉, 응봉, 북악산, 인왕산 여러 골짜기의 깊고 외진 곳을 두루 다니며 샅샅이 수색하였다. 정조 7년(1783) 1월에는 인왕산 밖에서 중간 크기 호랑이 한 마리를 잡았고, 한북문(漢北門) 밖에서 작은 호랑이 한 마리를 잡아 바쳤다. 호랑이를 잡은 공으로 훈련대장 구선복(具善復)은 어후궁(御帿弓) 1장(張)을 사급(賜給)받고, 착호장(捉虎將) 이경기(異景基)는 가자(加資) 받았다. 고종 때인 1868년 9월에는 북악상봉 동편에서 새끼 호랑이 2마리를 잡은 뒤 계속 사냥하다가 인왕산 아래에서 어미 호랑이 한 마리를 또 잡아 바쳤다는 사실도 있다.

이처럼 계절과 날씨를 막론하고 출몰했던 호랑이는 사라졌지만,

청와대 뒤 북악산 백악정(白岳亭)에서 내려오며 찍은 인왕산 전경. 필자 촬영(2022년 6월)

인적이 뜸했던 백악산, 인왕산 정상길은 이제 18.6km를 자랑하는 한양도성 순성길이 되어 사람들의 발길이 끊이지 않는다. 이중환(李重煥)이 『택리지(擇里志)』에서 "백악산과 인왕산 돌의 형세가 사람을 두렵게 한다."라고 했듯이 단단한 바위산은 외세의 침입으로부터 왕조의 수도와 군왕을 지키는 든든한 방어막이자 수려한 경관의 조망대이다. 밤에도 불빛 환한 인왕산 성곽을 올라 범바위에 서서 사방을 보면 그야말로 절경이다. 두 산과 아울러 타락산, 남산까지 내사산(內四山)으로 둘러싸인 한양도성은 한강을 끼고 있는 최고의 입지이며, 수백 년 이상 도성의 기능을 수행하며 현재까지 이어오고 있는 긴 유적을 자랑하는 으뜸의 터전이다.

　한양도성의 인왕산자락 그리고 일섭원과 동원은 그 옛날 여항인들이 자신의 기량을 발휘하고 자유롭게 교유하던 장소이자 종합예술의 터전이었다. 도심의 승경지 수준을 넘어섬은 물론이다. 오랜 뒤에 후대인을 위해 일부러 기록을 남긴다는 박윤묵과 장창추, 조희룡 등의 혜안과 배려가 아니었다면 이 기억은 소환되지 못했을 텐데, 현재를 사는 우리에게 이곳은 어떤 의미가 있을까, 내가 오가는 이 골목길은 미래의 누군가에게 어떻게 소환될 것인가.

파란만장한 경복궁 일대기
－ 강준흠(姜浚欽),「경복궁(景福宮)」,『삼명시집(三溟詩集)』

최상근

삼각산 남쪽이요 백악산 앞쪽에	三角山南白岳前
경복궁은 마치도 바둑판 같았다네	景福宮如一局然
육조거리 여전히 광화문에 이어졌는데	六曹尙連光化門
임진년 횃불 하나에 잔인한 일 겪었다네	一炬經殘壬辰年

......

백관들은 창덕궁 길 따라 동쪽으로 달려가고	百官東走昌德路
날 저물자 백로만 후원으로 날아드네	博勞歸飛後苑暮
궁지기는 앉아서 솔숲이나 지키고	衛將坐守松梧林
백성들은 밭 일구어 무 농사를 짓는다네	市民耕作蕪菁圃
경회 연못 누각은 자취 이미 오래되어	慶會池樓跡已陳
서른여섯 주춧돌에 물결만 찰랑찰랑	三十六礎波粼粼
석학과 문장가들 태평성대 기록했으나	名碩文章記太平
복희 신농씨 이전 사람들처럼 아득하네	邈若羲農以上人
아아, 나는 진흙길에서 반백이 다 되도록	唉我泥塗髮半華
영릉(英陵)의 한 시대 신하 되지 못했구나	未作英陵一代臣

이 시는 조선후기에 활동한 삼명(三溟) 강준흠(姜浚欽, 1768~1833)이 당시에 폐허로 남아있던 경복궁을 노래한 작품이다.

경복궁은 조선의 태조가 한양을 도읍으로 정한 뒤 가장 먼저 지은 궁궐이다. 그 이후로 오랫동안 경복궁은 명실상부한 조선의 법궁(法宮)이었다. 1395년(태조 4) 9월 궁궐이 완공되자 태조는 정도전(鄭道傳)에게 궁의 이름을 지을 것을 명하였다. 정도전은 "군자께서 만년토록 큰 복을 받으소서.[君子萬年 介爾景福]"라는 『시경』의 구절을 인용하여 궁궐의 이름을 경복궁(景福宮)으로 지을 것을 임금께 아뢰었다. 임금과 그 자손들이 만세토록 태평한 왕업을 누리고, 사방의 백성들도 길이 바라보고 감화되기를 기원하는 마음을 함께 담아 올렸다. 아울러 임금이 하릴없이 백성을 고생시켜 자신만 받들게 해서는 안 되며, 백성의 힘을 중히 여겨 토목 공사를 신중히 해야 한다는 당부를 덧붙였다.

새로 왕조를 열어 도읍을 옮기고 그곳에 첫 궁궐을 지은 군신들의 기쁨과 설렘이 어떠했을지는 짐작하고도 남는다. 정도전은 궁궐 이름뿐 아니라 경복궁의 정전(正殿) 근정전(勤政殿)과 편전(便殿) 사정전(思政殿), 침전(寢殿) 강녕전(康寧殿) 등의 전각 이름을 직접 짓고, 그 이름을 짓게 된 배경을 모두 기문으로 남겼다. 경복궁의 남문인 광화문(光化門)은 처음 궁궐이 완공되었을 때는 오문(午門)이라 불렀다. 그런데 정도전이 정치는 정(正)에 바탕을 둔다는 의미를 담아 정문(正門)으로 고치고, 그렇게 이름한 의의를 또한 기문에 담았다. 정문이 광화문으로 바뀐 것은 1425년(세종 7)의 일이다.

경회루(慶會樓)는 경복궁의 유휴 공간으로, 나라에 경사가 있거나 외국 사신이 왔을 때 연회를 베푸는 장소로 사용한 누각이다. 경복궁 창건 당시에는 궁궐의 서쪽 습지에 연못을 파고 세운 작은 누각이었는데, 1412년(태종 12) 연못을 넓히고 건물도 다시 크게 지었다. 경회라는 이름을 얻은 것도 그때의 일이다. 경회란 성군(聖君)과 현신(賢臣)이 경사스럽게 모인다는 뜻을 지니고 있다. 유형원(柳馨遠)이 『동국여지지(東國輿地志)』에서 소개한 윤회(尹淮)의 시를 통해 경회루가 지어진 당시의 모습을 엿볼 수 있다.

아아, 땅은 습하고 터는 단단하지 않아 吁嗟地潤基不固
세월 따라 기울어지니 정말 걱정거리였네 歲久欹傾良可憂
우리 임금 들으시고 선업을 잇고자 我后聞之念堂構
유사를 보내어 수리하라 명하셨네 爰命有司其往修
옛것 거두어 서쪽으로 옮기고 터 높게 다지고 撤舊西移固崇基
누각 아래 사방을 빙 둘러 맑은 못을 팠다네 下鑿淸池環四周
왕은 서두르지 말라 하나 백성이 다투어 달려와 王曰勿亟民爭趨
불일간에 웅장한 누각 하늘 닿게 솟았네 渠渠不日干斗牛
마루는 시원하게 열리고 층계는 높이 놓여 軒楹敞豁廉陛尊
멀리까지 빠짐없이 샅샅이 다 보이네 迢瞻不遺窮冥搜
낙성을 고하자 '경회'란 이름 내리시니 告成新賜慶會名
세자께서 쓰신 편액 필체도 아름다워라 儲君題扁橫銀鉤
　　－유형원, 「경도(京都)」, 『동국여지지』

경회루는 경복궁이 세워질 때부터 조성되었는데, 그때는 침전의 서쪽에 휴식 공간으로 지어진 작은 누각에 불과했다. 그런데 지반

이 물러 세월이 흐름에 따라 누각이 기울자 태종 때 규모를 크게 하여 누각을 새로 짓고 연못도 넓게 팠다. 임금이 서두르지 말라고 하는데도 백성들이 앞 다투어 몰려와 불일간에 완성했다는 구절은, 문왕(文王)이 영대(靈臺)와 영소(靈沼)를 만들 때 백성들이 자식처럼 달려와 불일간에 완성했다는 『시경』의 내용을 그대로 옮긴 것이다. 임금의 덕을 문왕에 빗대어 칭송하고, 경회루와 연못을 영대와 영소에 빗대어 찬양한 수사이다.

시 말미에 나오는 편액을 쓴 세자는 양녕대군이다. 양녕대군은 명필로도 유명한데, 국보 제1호인 숭례문 현판이 바로 그의 글씨이다. 현재 걸려있는 경회루의 현판 글씨는 고종 때 신헌(申櫶)이 쓴 것이다.

이토록 찬란했던 경복궁은 1592년 임진왜란 때 철저히 파괴되고 만다. 첫머리에 제시한 강준흠의 시는 경복궁이 파괴되어 궁으로의 역할을 완전히 상실한 지 200여 년이 지난 때에 창작된 것이다. 1818년 어느 날, 강준흠은 폐허가 된 경복궁을 찾았다. 반대파의 연이은 탄핵으로 안산에 은거한 지 3년 만에 돌아온 한양이었다. 임금 계신 창덕궁 쪽으로는 차마 가지 못하고 대신 경복궁으로 발길이 향한 것인지도 모를 일이다.

강준흠의 시는 과거와 현재를 오가면서 경복궁의 영고성쇠를 표현하고 있다. 생략된 앞부분에서는 경복궁에서 이루어진 빛나는 태평성대의 모습과, 임진왜란으로 인해 임금은 피신하고 왕궁은 파괴된 역사를 서술했다. 제시된 부분에서는 폐허가 된 경복궁의 현재 모습을 그리고 있다. 백관들은 모두 새 법궁인 창덕궁으로 달려가고, 저녁이면 제집이라고 찾아와 깃드는 백로 떼가 경복궁의 주인이 되어 버렸다. 지키고 말 것도 없는 궁인지라 궁지기는 그저 솔숲이나 지키고 앉아 있고, 드넓은 궁터는 채소밭이 되었다. 화려했던 경회루는 주춧돌만 남아 연못의 물결만 무심히 넘나들고, 경복궁의 영광을 찬양했던 이름난 석학들이며 문장가들은 상고시대의 인물들처럼 아득하기만 하다.

조선후기에 폐허가 된 경복궁을 소재로 한 글 가운데 대표적인 것으로 유득공(柳得恭)의 「춘성유기(春城遊記)」를 들 수 있다. 이 글은 유득공이 1770년 봄에 박지원(朴趾源), 이덕무(李德懋) 등 벗들과 함께 한양 곳곳을 누빈 기록이다. 다음은 그중에 경복궁을 답사하고 쓴 글의 일부이다.

근정전을 돌아 북쪽으로 가면 일영대(日影臺)가 있고, 일영대를 돌아 서쪽으로 가면 바로 경회루 옛터이다. 경회루 옛터는 연못 가운데 있는데, 부서진 다리를 통해 그리로 갈 수 있다. 조심조심 다리를 건너노라니 진땀이 절로 났다. 누각의 주춧돌은 높이가 세 길 가량 되며 모두 48개인데 그중 8개가 부러졌다. 바깥쪽 기둥은 네모나고 안쪽 기둥은 둥글다. 기둥에는 구름과 용의 형상을 새겼는데 이것이 바로 유구(琉球)의 사신이 말한 세 가지 장관 가운데 하나이다.

연못의 물은 푸르고도 맑은데, 물결 위에 바람이 건듯 불자 연방(蓮房)과 가시연 뿌리가 가라앉았다 떠오르고 흩어졌다 합해진다. 작은 붕어들이 얕은 곳에 모여서 물방울을 뻐끔거리며 장난하다가 사람 발자국 소리를 듣고는 물속으로 들어갔다 다시 나타나곤 한다. 연못에는 두 개의 섬이 있다. 거기에 심어진 소나

무는 크고도 무성한데 그 그림자가 물결에 부서진다. 연못 동쪽
에는 낚시하는 사람이 있고, 연못 서쪽에는 궁지기가 자신을 찾
아온 손님과 함께 활쏘기를 하고 있다.

ㅡ유득공, 「춘성유기」, 『영재집』

강준흠의 시보다 약 50년 앞서 지은 글이다. 먼발치에서 경회루
를 바라본 강준흠과 달리 유득공은 직접 부서진 다리를 건너 경회루
터에 들어가 경회루 안팎의 모습을 자세히 살피고 기록했다. 유득공
은 누각의 주춧돌이 모두 48개인데 8개는 부러지고 40개만 남았다
고 기술했다. 이는 강준흠이 시에서 주춧돌이 36개라고 한 것과 다
르다. 50년 동안 4개가 더 부러져 강준흠이 이 시를 지을 당시에는
36개만 남아있었을 수도 있다.

바깥쪽 기둥이 네모나고 안쪽 기둥이 둥근 것은 천원지방(天圓地
方)의 우주관에 근거한 것이다. 유구의 사신 운운한 것은 성현(成俔)
의 『용재총화(慵齋叢話)』에 나오는 이야기를 근거로 했다. 성종 때 경
회루에서 유구국의 사신을 위해 연회를 베풀었는데, 그때 사신이 경
회루 기둥에 새겨진 용무늬를 조선에 와서 본 세 가지 장관 중 첫 번
째로 꼽았다는 이야기이다. 경회루의 전성기를 회고적 관점에서 서
술한 것이다. 연못에서 한가로이 노니는 물고기와, 여전히 푸르고
무성한 쌍둥이 섬[雙島]의 소나무를 언급한 것도 변함없는 자연과
무상한 인간사를 대비하려는 의도로 보인다.

경회루는 기둥은 부러지고 주춧돌만 남았다. 누각으로 통하는 돌
다리마저 부서져 진땀을 흘리며 건너야 한다. 한때 임금만이 즐길
수 있었던 연못에서 낚시를 하고, 궁궐을 지키는 궁지기는 놀러온

손님과 활쏘기나 하고 있는 풍경은 강준흠이 시에서 묘사한 모습과 별반 다르지 않다. 경복궁 구석구석을 자세히 관찰한 유득공의 글에서 무밭 이야기가 나오지 않는 것을 보면 50년 사이에 경복궁은 훨씬 더 퇴락했음이 분명하다.

그렇게 망가진 경복궁은 270여 년이 지난 1868년(고종 5)에야 다시 임금이 머무는 궁궐의 지위를 갖게 되었다. 그러나 1895년, 경복궁 후원의 건청궁(乾淸宮)에서 일본의 자객에 의해 대한제국의 황후가 피살되는 을미사변을 겪은 이후 경복궁은 또 다시 임금이 거하지 않는 궁이 되었다.

이후 경복궁은 일제에 의해 철저하게 유린당하였다. 고종이 경복궁을 떠난 뒤 일제는 건청궁을 헐고 그 자리에 조선총독부 미술관을 건립하였다. 1926년에는 홍례문(興禮門) 구역을 철거한 뒤 조선총독부 청사를 신축하였고, 이때 광화문도 총독부 청사의 방향에 맞추어 본래의 자리에서 동쪽으로 이전하였다. 해방 후 발발한 한국전쟁 때는 광화문이 폭격을 받아 문루가 모두 소실되는 등 경복궁의 수난은 끝없이 계속되었다.

전쟁 이후에 경복궁을 복원하기 위한 작업이 다양하게 시도되었다. 그러나 복원 과정에서도 수많은 시행착오와 우여곡절이 있었다. 이승만 대통령은 경회루 연못의 북쪽에 하향정(荷香亭)이라는 작은 정자를 짓고 개인 낚시터로 삼았으며, 박정희 대통령은 군사 쿠데타 직후 근정전 앞에서 수백 명의 쿠데타 주역들을 모아놓고 무희들을 등장시켜 춤판을 벌였다. 또한 광화문을 복원한답시고 콘크리트로 문루를 만들고 자신이 한글로 쓴 글씨를 현판으로 걸었다. 전두환 대통령은 재임 7년 동안 거의 매년 경회루에서 술판을 벌였다. 모두

경회루 전경. 필자 촬영(2022년 5월)

경회루 현판. 필자 촬영(2022년 5월)

하향정. 필자 촬영(2022년 5월)

제왕적 발상에서 나온 행태였다. 그들이 경복궁과 경회루의 의미를 알았더라면, 경복궁에 얽힌 피맺힌 역사를 한번만 돌아보았더라면 그런 일을 벌이지는 못했을 것이다.

경복궁 복원 사업에서 가장 두드러진 것은 문민정부가 들어서서 식민지배의 상징이었던 조선총독부 건물을 허물고, 광화문과 흥례문을 본래의 위치와 모습으로 복원한 일이었다. 그 뒤로도 경복궁의 복원작업은 수십 년 동안 이어져 건청궁과 향원정(香遠亭)을 비롯한 대부분의 전각과 시설이 복원되었다. 정부에서는 복원 완료 시점을 2045년으로 잡고 있다고 하니 앞으로도 경복궁의 복원 작업은 한동안 지속될 것이다.

오늘날 경복궁은 국내외 관광객이 가장 많이 찾는 대표적인 궁궐이 되었다. 그것은 궁궐의 규모가 가장 크고 전각도 많아 볼거리가 풍부할 뿐 아니라, 교통의 요지로 접근성이 용이하다는 이점도 있기 때문이다. 광화문광장과 이어져 있으며 인사동과 북촌, 서촌 등 서울의 과거와 현재가 혼재하는 공간의 중심에 자리잡고 있다는 점도 한몫을 한다. 그러나 경복궁을 찾는 수많은 사람 가운데 경복궁의 파란만장한 역사에 관심을 가진 사람들이 몇이나 될 것인가?

경복궁의 흥망성쇠는 중세와 근현대를 아우르는 우리 역사의 그것과도 거의 일치한다. 만년토록 큰 복 받기를 기원한다는 의미를 간직한 경복궁이 더 이상의 시련이나 모욕을 당하는 일 없이 현재는 물론 앞으로도 우리나라의 큰 복덩이로 길이 남기를 소원한다.

만인만색의 숨결이 스쳐온 종로, 종루 이야기

－조수삼(趙秀三), 「달문(達文)」, 『추재집(秋齋集)』

신영미

달문의 성은 이(李)가이다. 마흔의 총각으로, 약재 중개상을 하며 어머니를 봉양했다. 어느 날 달문이 아무개의 약재상에 갔다. 약재상 주인이 나와서 가격이 일백 금, 무게가 한 냥에 달하는 인삼 몇 뿌리를 보여주며 "이 물건 어떠한가?" 하였다. 달문은 "참 좋은 물건이올시다."라고 말했다.

약재상 주인이 마침 가게에 딸린 방에 들어갔다. 달문은 등을 돌리고 앉아 창밖 멀리 내다보고 있을 뿐이었다. 얼마 뒤 주인이 나와서 "달문이! 인삼 어디 갔나?" 하였다. 달문이 고개를 돌려 보았으나 인삼은 없었다. 달문은 이내 웃으며 말하기를 "마침 사고 싶은 사람이 있어 그에게 주었습니다. 곧 값을 보내드리겠습니다." 하였다.

다음날 약재상 주인이 쥐구멍에 불을 놓다가 궤짝 뒤에 종이로 싸인 물건을 발견하고, 꺼내서 살펴보니, 바로 어제의 인삼이었다. 약재상 주인은 매우 놀라 달문을 불러 이유를 물으며 "자네는 왜 인삼을 보지 못했다 말하지 않고, 팔았다고 거짓말을 했나?" 했다. 달문은 "인삼을 내가 이미 보았는데, 갑자기 없어졌으니 내가 만약

'모른다.'라고 하면, 당신은 나를 도둑이라 하지 않겠소?" 하였다. 이에 약재상 주인이 부끄러워하며 여러 번 사과했다.

이때 영조 대왕은 백성 중 가난하여 혼례를 치르지 못한 자들을 불쌍히 여겨, 관에서 비용을 대 그 예를 치르도록 해주셨다. 그 덕분에 달문이 비로소 혼례를 치르게 되었다. 달문은 나이 든 뒤 영남으로 내려가 가족들과 모여 장사로 업을 삼고 생계를 꾸렸는데, 매번 서울 손님을 만날 때면 눈물을 흘리며 혼례 치렀을 때의 성대한 은덕을 이야기하고는 했다고 한다.

담소 나누며 금 돌려주는 직불의 같으니,	談笑還金直不疑
부자 노인은 다음날, 가난뱅이에게 사과했지.	富翁明日拜貧兒
영남에 있으면서 한양의 손님 만나기만 하면	天南坐對京華客
선왕께서 혼례 올려주신 때를 울면서 말한다네.	泣說先王賜冠時

達文姓李 四十總角 傭藥養其母 一日達文之某氏肆 主人出示直百金一兩數根人蔘曰 此何如 達文曰 誠佳品也 主人適入內室 達文背坐望牖外而已 主人出曰 達文人蔘何在 達文回顧無人蔘矣 乃笑曰 我適有願買人 已付之矣 從當輸直也 明日主人將燻鼠 見竪櫃後有紙裹 出而審之則昨日人蔘也 主人大驚 邀達文而告之故曰 若何不言不見人蔘 而謾曰賣之乎 達文曰人蔘我已見而忽失之 我若曰不知 則主人獨不謂我盜乎 於是主人愧謝僕僕 是時英宗大王憫民之貧不能冠婚者 自官賜資而成其禮 故達文始冠矣 達文垂老落岑南聚家人子貨販業其生 每見京城人客 泣說賜冠時盛德事云

談笑還金直不疑 富翁明日拜貧兒 天南坐對京華客 泣說先王賜

冠時

―――◆―――

18세기 후반~19세기 초반, 여항 시인으로 활동한 조수삼(趙秀三, 1762~1849)의 「달문(達文)」이란 글이다. 여항 시인이란 양반 사대부 계층 외 다양한 신분을 가진 시인을 가리킨다. 그들의 활동은 이 시기에 가장 두드러졌다. 조수삼은 중인 가문의 역과(譯科) 출신 인물로 여러 차례 연행을 다녀왔고 83세라는 늦은 나이에야 진사가 되었다.

그는 사농공상 가운데 끝자락에 있는 상공인이나 그에도 못 미치는 천민들의 이야기에 많은 관심을 두었다. 그 결과가 바로 『추재집(秋齋集)』 소재 「기이(紀異)」편이다. 총 8권인 『추재집』은 7권까지 시가 수록된 시 위주의 문집으로, 7권 중간 즈음에 「기이」편이 있다. 「기이」편은 품팔이꾼, 거지, 의적, 무뢰배 등 도시빈민에 해당하는 이들을 대상으로 칠언율시를 읊고, 시를 쓴 경위에 대한 서문이 병기된 형태로 구성되어 있다.

당시 도시빈민들의 주 활동무대가 바로 지금의 종로이고 이 글의 주인공인 달문 역시 종로의 걸인 출신이다. 「기이」에는 달문의 활동 장소에 관한 이야기가 없지만, 그가 종로에서 활동한 사실은 부인할 수 없다. 『병세재언록(幷世才彦錄)』의 저자 이규상(李奎象, 1727~1799)은 그를 '성씨를 알 수 없는 종루 거리의 걸인'이라고 하였고, 박지원(朴趾源, 1737~1805) 역시 달문의 또 다른 이름인 광문(廣文)으로 「광문자전(廣文者傳)」과 「서광문전후(書廣文傳後)」를 작성해 달문을 '종루 저잣거리에서 빌어먹고 다니던 거지'라고 하였다.

잠시 종로에 관한 이야기를 해보자. 종로라는 명칭의 기원은 종루, 즉 '종을 달아둔 누각'이란 뜻에서 왔다. 종의 역할은 사대문과 사소문의 개폐시간을 알려주는 것이고, 누는 2층 이상의 건물을 말한다. 현재 '보신각' 혹은 '종각'이라 불리는 곳이 바로 과거의 종루이다. 그 옛날 종루가 있던 터와 지금의 보신각(종각)이 있는 장소가 정확히 일치하지는 않는다. 일제강점기와 한국전쟁 등 우리의 뼈아픈 근현대사로 인해, 종루는 충분한 복원시간을 갖지 못했다. 그러나 여전히 도성 안에 시간을 알리고 거리 구획의 기준이 되던 상징성만은 품고 있어, 현재도 종이 있는 곳을 기준으로 동서로 뻗은 상업지구를 종로라 일컫는다.

광화문 사거리부터 동대문까지를 차례대로 종로1가부터 종로6가라 부르며, 종로1가부터 종로4가까지의 거리는 사람이 구름과 같이 모여드는 곳이라 하여 운종가(雲從街)라 하였다. 이곳이 운종가가 된 이유는 바로 여섯 종류의 물품을 파는 시장, '육의전(六矣廛)'이 있었기 때문이니, 예나 지금이나 상업을 바탕으로 각양각색의 사람을 끌어들이는 곳이 종로라 하겠다.

이제 달문에 관한 서사를 살펴보도록 하자. 이야기의 핵심 줄거리는 달문이 인삼 중개를 위해 방문한 약재상에서 인삼 주인의 오해와 억측으로 도둑으로 몰릴 뻔했지만 여유롭게 대처하여 그의 사과를 받은 것이다. 조수삼은 인삼의 가격을 100금이라 하였는데, 당시 한 칸짜리 초가집이 10금, 한 칸짜리 기와집이 20금이었으니, 그 가격이 상당함을 알 수 있다. 100금이 상당한 거금임을 알고 나면, 달문이 왜 기인으로 주목받았는지 와닿는다. 조수삼은 여기에 달문이 늘 그막에도 임금의 은혜를 잊지 않았다는 일화를 붙여, 그를 기억하고 기록할 만한 인물로 정당화하였다. 여기까지가 인물전의 성격을 갖는 소서(小序)의 내용이다.

이 주요 플롯을 압축한 부분이 시이다. 시에 등장한 직불의라는 인물은 황금과 관련한 일화를 함축한다. 현재의 관점에서는 제반 정보를 알려주는 소서에 많은 관심을 기울일 수밖에 없지만, 조수삼이 작품을 지을 당시 힘을 기울인 부분은 시이다. 전통적으로 시와 소서는 안과 밖, 동전의 양면 같은 관계였지만, 문학적 능력을 발휘하는 핵심은 시에 있었다. 「기이」는 형식의 측면에서 그러한 관계를 이어받았고 이는 『추재집』의 편성만 보아도 알 수 있다.

달문은 조수삼 이전에도 여러 작가에 의해 여러 방식으로 작품화되었다. 문과 급제자이지만 기술직 중인 가문 출신으로 출세에 제약이 있던 홍신유(洪愼猷, 1724~?)의 「달문가(達文歌)」가 대표적이다. 「달문가」에서는 '약재상의 인삼 주인'은 '집주인'으로, '인삼'은 '돈'으로 표현되어 있어, 작자에 따라 이야기가 조금씩 변형되었음을 알 수 있다.

홍신유는 달문을 묘사하며 '주먹이 입속에 들어갈 정도로 입이 크고, 스스로 안평대군의 자손이라 말하고 다니며, 장성해서도 장가를 들지 않아 매인 곳 없이 떠돈다' 하였다. 또한 춤을 잘 추며 기생들과 잘 놀고, 어디서든 인기가 많아 팔도를 유람한 인물이라 설명하였다.

동시대 재주꾼들을 기록한 『병세재언록』의 저자 이규상도 달문을 주목했다. 이규상의 「달문」에도 그의 행색을 '늙어서도 상투를 틀지 않고 주먹이 입에 들어갈 정도로 입이 큰 인물'이라고 묘사한 것으로 보아, 그 외모에 대한 인식은 공통적이었던 모양이다. 이규상의 작품에는 달문이 걸인이면서도 장사치들과 통하고, 신의를 가지고 일하며, 말수가 적다는 내용이 추가되어 있다.

박지원은 10대 시절, 병을 앓는 와중에 밤마다 집안의 종을 불러 시정의 일을 묻고는 했는데, 모두 달문의 일을 말하곤 했다고 한다. 앞서 말한 「광문자전」과 「서광문전후」은 그러한 구전을 바탕으로 탄생하였다. 조수삼과 동시기거나 혹은 이후의 문인으로는 이옥(李鈺, 1760~1812), 유재건(劉在建, 1793~1880), 이원명(李源命, 1807~1887) 등이 달문에 대하여 말하였다.

문학에서의 이러한 양상은 달문에 관한 관심의 증거겠지만, 넓게 보면 18~19세기, 활발하고 생생한 저잣거리 사람들에 관한 관심이기도 하다. 이 시기는 한시 작가층이 다변화하면서 전근대 한시의 전통적인 소재였던 달, 하늘, 산, 꽃, 강 대신 새롭고 흥미로운 소재들이 대거 등장했다. 그 가운데 하나가 바로 '사람'이고, 위대하고 본받을 인물 대신 '내 주변에서 보고 들을 수 있는 사람'에게 관심이 집중되었다. 이들이 시의 소재가 될 수 있었던 이유는 그들의 생활 반경이 문학가가 관찰하기 쉬운 데 있었기 때문이다. 종루가 그러한 장소였고, 그 때문에 달문 외에도 이 일대를 배경으로 한 문학작품의 주인공이 다수 존재한다.

예를 들어보자. 성실하게 똥을 퍼서 부자가 된 엄행수(嚴行首)는 종본탑(지금의 탑골공원 안에 있는 원각사지 석탑) 동쪽에 살았다 전한다. 재미있는 이야기를 하다가 가장 흥미로운 대목에서 입을 다물어 돈을 받아내는 전기수(傳奇叟)는 청계천 다리를 옮겨 다니며 활동했고, 종루를 기점으로 왕복했다. 시정(市井)의 인물만 이곳에서 산 게 아니었다. 박지원을 필두로 한 양반 사대부들의 거주지도 이 근처였다. 시정인과 사대부들의 거처는 일정 간격 떨어져 있었겠지만, 그래도 상당히 가까운 거리에서 섞여 살고 있던 것이다.

같은 종루 일대지만, 청계천을 중심으로 남쪽과 북쪽의 분위기는 달랐다. 남쪽은 거칠게 말하자면 거지들의 소굴이었다. 『한경지략(漢京識略)』에 따르면, 당시 종루 거리 대광통교(大廣通橋)는 서울 거지떼의 움집이 모여 있는 장소였다. 대광통교는 청계천에서 남대문으로 가는 방향에 있었다 전하고, 지금의 종로구 서린동 부근으로 추정한다. 대광통교에서 좀 더 남쪽으로 내려오면 구리개(仇里介)라는 낮은 고개가 있었다. 이곳은 지금의 을지로 1·2가 부근이다. 황토가 구리빛으로 빛난다는 의미의 구리개에는 서민들의 치료를 담당하던 관청인 혜민서가 있었기에 약재상이 많았다. 「달문」에 등장하는 약재상도 이곳에 있던 것은 아닐는지.

당시 사양산업인 정육점도 반촌(泮村)을 넘어 청계천 남쪽에 자리를 잡았다. 조선시대 정육점을 현방(懸房)이라 하는 이유는 짐승을 '매달아 놓고' 잡아서이다. 현방은 우리말로 '다림방'이다. 서울에서 가장 큰 다림방은 수표교 즉 청계천 2가에 있었다.(강명관, 『조선의 뒷골목 풍경』, 푸른역사, 2014)

청계천 북쪽은 번성한 육의전과 함께 시전상인들이 살았을 살림집, 그리고 피맛골로 대표하는 골목길이 있었다. 피맛골은 현재 종각에서 종로3가 사이에만 남아있으나, 본래 종로6가까지 이어진 길이었다. 높은 관리의 말을 피해야 할 경우가 빈번하고 번거로웠던 백성들이 다녔던 골목이니, 이곳이 양반 사대부, 기술직 중인, 시전상인, 거지 등등 다양한 인간군상이 모이고 흩어지던 곳임을 다시금 알 수 있다.

그렇다면 2022년의 종로는 어떨까? 제1상업지구의 명성은 강남에 양보해야겠지만, 여전히 수많은 사람의 재미있고 다양한 삶을 품고 있다. 이 일대를 직접 걸으며 보고 느낀 바를 정리하면 다음과 같다.

광화문우체국부터 종각역에 해당하는 종로1가는 500m 정도의 구간이다. 몇백 억을 넘는 고층 빌딩과 특급 호텔이 들어서 있다. 대표적인 건물로 세종문화회관, 교보문고, 광화문 디타워가 있다. 시위대의 집결지인 광화문광장도 이곳에 있다. 시위가 있을 때는 우회해서 지나면 된다는 생각을 버리고 그냥 가지 않는 게 좋다.

종로2가는 종각역에서부터 종로2가 우체국까지 550m 정도의 구간이다. 이곳의 상징은 3·1 독립운동을 준비했던 YMCA 건물이다. 그 뒤편을 통해 인사동으로 갈 수 있고, 인사동에서 길을 건너 안국과 삼청동으로 갈 수 있다. 이곳은 주중에 데이트하기 좋은 곳이다. YMCA 건물 맞은편에서 청계천 방향의 상업지구는 이 일대 대학생과 직장인들의 주된 약속 장소이다.

종로3가는 종로2가 우체국부터 종묘광장공원까지 500m 구간이다. 이곳은 어쩌면 종로에서 가장 흥미로운 장소일지 모른다. 대로변으로 즐비한 귀금속 도매상보다 종로3가역과 탑골공원을 중심으로 살피면 더욱 그 흥미로운 모습을 알 수 있다. 탑골공원 일대에는 구한말 느낌을 풍기는 어르신들의 탑골배 장기 배틀이 한창이다. 어르신들이 내뿜은 연기는 안개 같은 효과를 준다. 안개 속에서 이곳을 지날 때면 가끔은 대한민국 서울이 아니라 조선의 저잣거리에 있는 듯한 묘한 착각이 들기도 한다.

탑골공원에서 북촌 방향으로 더 들어가면 낙원상가가 있고 그곳에선 장기를 둔 어르신들이 5,000원 한 장으로 국밥과 막걸리를 즐긴다. 더 안쪽으로는 익선동이 있다. 이곳에는 어르신들의 손자뻘 커플들이 한 끼 식사를 위해 2시간 이상 줄을 서며 다정하게 있다. 거리를 감싸는 담배 냄새, 식당에서 나는 음식 냄새, 각종 포장마차에서 파는 달콤한 간식 냄새의 합이 종로3가 특유의 냄새이다.

종로4가는 종묘광장공원부터 광장시장까지 440m 구간이다. 종묘광장공원은 빡빡한 도시의 풍경을 상쇄시켜 주면서 세계문화유산인 종묘를 안고 있다. 종로4가의 또 다른 대표 장소는 세운상가와 광장시장이다. 광장시장의 맷돌 부침개와 육회 골목의 명성은 줄지어 먹는 꽈배기 가게가 이어가고 있다.

종로5가는 종로5가역부터 동대문 닭 한 마리 골목 입구까지 530m 구간이다. 종로5가의 상징은 즐비한 약재상과 신진시장이디.

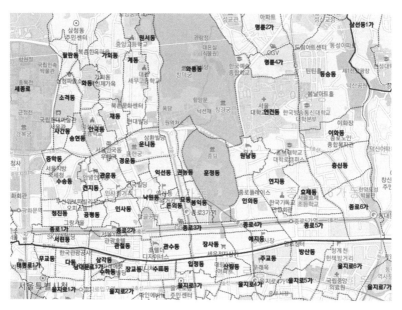

종로1가~종로6가를 중심으로 클로즈업한 종로구 소재 법정동 지도(2022년 기준)

이곳은 이제 종로보다는 동대문이라는 느낌을 강하게 주는데, 근대화가 절실했던 시기, 동대문 노동자들의 원기를 보충해주던 닭 한 마리 칼국수 식당이 있는 곳이었기 때문이다. 지금도 많은 식당이 서로 원조를 주장하며 버티고 있으며, 그 외에도 곱창, 생선구이 등의 메뉴를 가성비 좋게 먹을 수 있는 곳이 많다.

종로6가는 신진시장부터 흥인지문까지 300m 구간이다. 짧은 거리지만 교통 혼잡이 심한 마의 지점인데, 체감상 운 좋게 도로가 뚫릴 때가 1년에 두 번 정도 있다. 안쪽으로는 도심형 아울렛을 비롯한 각종 패션 업체들이 있는데, 예전 같지 못하다고는 하지만 여전히 유동 인구가 있다. 이곳은 밤에 걷기를 추천한다. 낙산 성곽길에 올라 흥인지문을 중심으로 돌고 있는 차들을 보면, 과거와 현재를 묘하게 공유한 서울이 보인다.

조선과 명나라 문화교류의 출발점, 태평관

－ 남수문(南秀文), 「태평관중수기(太平館重修記)」, 『경재유고(敬齋遺稿)』

고탁

명나라가 하늘의 명을 받아 천하를 다스리니 국내든 해외든 모두 그 위엄을 두려워하며 그 덕에 복종하였다. 우리 조선은 가장 먼저 귀속하여 부합하였고 해마다 조공의 예를 감히 게을리하지 않았다. 명나라도 사방의 수많은 국가 중에서 오직 조선만이 대대로 신하의 예를 지킨다고 여겨 조선을 더욱 성대하게 대하였고 자주 사신을 파견하여 태평의 교화를 널리 폈다. 우리 임금님도 여러 신하를 거느리시고 의장(儀仗)과 악대(樂隊)를 갖추어 서대문 밖에서 명나라 사절단을 맞이하시고 관곡(館穀)에 더욱 정성을 들이셨다.

태평관은 한양 도성 남문 안에 있다. 중당(中堂)은 웅장하고, 당앞의 기둥이 우뚝하며, 동서 양쪽에 복도가 있고 휘장은 여름과 겨울에 따라 다르다. 불 때는 일들은 모두 관정(官正)이 담당하였다. 사신이 조선에 와도 마치 제집에 돌아온 것처럼 편안히 여기니 황제의 덕을 공경하고 내려주신 임무를 존중하는 것이 지극하다 할수 있다.

그러나 태평관이 있는 곳은 지세가 좁고 방의 수도 적기 때문에 국가가 사신을 존중하는 뜻에 맞지 않았다. 기유년(1429) 여름에 전하(세종)께서 이곳을 터서 크게 만들고 건물도 몇 채 더 지으라고 명하셨다. 또 옛 건물을 고쳐 지어 마룻대나 서까래 가운데 썩고 그을린 것들은 새롭게 하고, 기와나 섬돌의 벽돌 가운데 부서지고 빠진 것들은 바꾸고, 붉고 흰 채색이 벗겨지고 희미해진 것은 선명하게 하라고 명하셨다. 수 개월 사이에 옛 태평관보다 몇 배나 커졌으니, 수도의 장관이었다. 그래서 전하께서는 신 남수문(南秀文)에게 글을 지어 이 일을 기록하라고 명령하셨다. 신은 왕명을 받고 두려워서 감히 글솜씨가 부족하다고 사양할 수 없었다.

신이 생각하기에 후관(候館)을 만들고 빈객을 초대하는 것은 국가의 중요한 일이다. 이것은 주나라에서 이미 볼 수 있는 제도였다. 춘추시대에 들어서 정자산은 진문공의 패업을 논하면서 제후들이 묵는 객관만은 높고 크게 지었는데 마치 임금님의 침실과 같았다고 하였다. 또한 사공이 제 때에 길을 닦고 미장이가 제때 객관의 벽을 발랐다고 강조하였다. 하물며 중국사신의 객관임에랴! 객관을 짓는 것은 이처럼 중요하니 우리 전하가 전심전력하여 이곳을 수선하신 것이 마땅하도다.

신이 엎드려 생각하건대 전하께서는 즉위하신 이래 선왕의 뜻을 따르시고 제후의 법도를 지키셨다. 하늘을 두려워하는 마음을 더욱 돈독히 하시고 공물을 바치는 예를 공경스럽게 하시니 크게 천자의 칭찬을 받으셨다. 이 객관을 다시 수선하는 것은 더욱 명나라 사신을 존경하고 중시하는 아름다운 뜻을 보여주시는 것이다. 지금부터 사신들이 방문해 오면 우리 임금님이 더욱 크게 섬기고자 하는 정성을 더욱 알 수 있을 것이며, 우리나라 사람들이 명 황제의 은혜를 입어 영원히 태평성대의 백성이 될 것을 기대할 수 있을 것이다. 아, 아름다워라!

皇明受命 帝有天下 薄海內外 懼威服德 而我朝鮮最先歸附 歲修職
貢 罔敢或懈 天朝亦謂四方萬國 惟朝鮮世效臣順 眷顧彌隆 屢遣使
命 誕敷太平之化 王率陪臣 備儀衛出迎於郊 館穀益處 而太平館在
國南門之內 中堂渠渠 前楹軒軒 廊序有東西 牀帳有冬夏 而凡薪燎
等事 官正莅之 使至如歸 其所以欽上德而尊使命者 可謂至矣 然其
爲館 地勢稍隘 屋數且寡 無以稱國家欽重皇華之意 歲己酉夏 殿下
乃命斥而大之 增屋若干楹 又令重葺故宇 棟樑楹梲之腐黑者 新之
蓋瓦級甎之破缺者 易之 赤白之漫漶者 鮮明之 數月之頃 視舊館倍
加奐焉 爲一都之壯觀矣

　殿下於是命臣秀文作文以記之 臣承命悸恐 不敢以文拙辭 臣竊
惟設候館待賓客 有國之重事 稽諸成周之制 可見已 至春秋之世 鄭
子産論晉文公之霸 乃在於崇大諸侯之館 館如公寢 司空以時平易
道路 圬人以時塓館宮室 況王人之館乎 其事之重如此 宜我殿下眷
眷乎修之也

　臣伏睹殿下自卽位以來 遹追先志 恪遵侯度 益篤畏天之心 敬修
執壤之禮 大爲天子之所嘉 而玆館之修 尤有覽欽重皇華之美意 自
今以往 朝使之來 益知殿下事大之誠 而吾東人獲被皇恩 永爲太平
之氓於千萬歲 可期也 猗歟休哉

명나라는 조선과 수교하는 동안 사신을 186번이나 파견했다. 이들
중 약 50%는 문신이었다. 나머지에서 환관은 약 40%에 달했다. 당

시의 사신단 중에서 현재 이름을 알 수 있는 사람들은 80여 명 정도인데 진사 급제한 자는 60명이 넘었다. 이를 통해 문인 교류는 명나라와 조선의 공식 교류 중에 주목할 만한 점이라고 할 수 있다.

특히 1450년 예겸(倪謙)과 사마순(司馬恂)의 사행은 명나라와 조선의 넓고 깊은 문학 교류의 막을 열었다. 이후 그들은 25번의 문학 교류 증거를 남겨두었다. 이것이 바로 우리가 잘 알고 있는 『황화집(皇華集)』이다. 『황화집』을 보면 명나라 사신들의 사행노선과 그들이 유람했던 조선의 관광지를 알 수 있다. 명나라 사신들은 조선 한양에 도착한 후 먼저 돈의문 바깥 서북쪽에 있었던 모화관에 가서 조선 국왕이 조칙을 받은 뒤에야 태평관에 들어갈 수 있었다. 그 후에 며칠 동안 한양에 있는 태평관루, 한강, 한강루, 양화도, 용두봉 등의 산수와 누각을 유람하였다. 하지만 이곳들 중에서 태평관은 특별한 점이 있었다.

『동국여지지』에 "태평관은 숭례문 안에 있다. 중국 사신을 접대하는 곳으로 관 뒤에 누각이 있다. 전후로 중국에서 온 조사(詔使)와 우리나라 사람들이 읊은 시가 매우 많다."라는 기록이 있다. 그리고 『신증동국여지승람』에는 "숭례문 안에는 양생방(養生坊)이 있는데, 중국 사신을 접대하는 곳이다. 관 뒤에는 누(樓)가 있는데 명나라 사신 예겸·기순(祈順)이 모두 〈등루부(登樓賦)〉를 지은 곳이다. 지금은 칙사를 영접할 때에 나례(儺禮)를 준비하여 거행하는 곳이 되었으며, 여기에서 칙사를 접대하는 규정은 없다."라고 하였다. 그 외에 태평관에서는 중국의 음악이나 연극도 자주 선보였다. 이처럼 태평관은 단순히 명나라 사신이 머무는 곳이 아니고, 중요한 '문화 교류'의 공간이었음을 충분히 짐작해 볼 수 있다.

「태평관중수기」는 남수문이 1429년 세종대왕의 명을 받고 지은 글이다. 그렇다면 태평관은 언제 처음 지어졌을까? 『태조실록』을 통해 관련된 기록을 찾아볼 수 있다. 1395년(태조 4) 윤 9월 19일 조를 보면 "여러 도의 인부 1천 명을 징발하여 태평관을 짓게 하였다."라고 하였다. 그리고 이 글을 보면 1429년(세종 11) 1월에 다시 중건하였다는 사실도 알 수 있다.

임진왜란 때 태평관이 훼손되자 회현방(會賢坊)에 있었던 태종의 둘째 딸인 경정공주(慶貞公主)가 결혼한 뒤 살던 저택인 남별궁(南別宮, 소공주택(小公主宅)으로 불림)에서 사신을 접대하였고, 1646년(인조 26)에는 태평관과 인경궁(仁慶宮)의 자재를 거두어 옮겨서 추모현(追慕峴) 북쪽에 있었던 홍제원(洪濟院)을 지어 중국 사신이 유숙하는 곳으로 삼았다. 이후 사신을 접대하는 장소로서의 태평관은 공식적으로 역사에서 사라졌으나 문화교류의 공간으로서의 태평관은 영원히 문인의 마음과 그들의 작품 속에 살아 있게 되었다.

임진왜란 이후 조선 문인들은 태평관에 새로운 의미를 부여하였다. 1598년(선조 31) 태평관 서쪽에 선무사(宣武祠)를 지어 '번병(藩屛)의 나라를 다시 살렸다[再造藩邦]'라고 쓴 어필을 걸었다. 이후에 시문창화의 공간인 태평관과 대명의식이 담긴 장소인 선무사는 함께 조선 문인들이 명나라와의 관계를 회고하는 주요 장소가 되었다. 다음의 이정귀(李廷龜, 1564~1635)의 시 「부사 노선생의 태평관 시에 차운하여 정사 노선생께도 함께 바쳐서 이별의 회포를 담아 전하다 [次副使老先生大平館韻 兼呈正使老先生 以寓別懷]」를 통해 명나라 문인과의 교유를 회고하는 그 시대 문인의 감정을 볼 수 있다.

양춘이라 남긴 노래 뉘라서 영 땅에 전하리오만 陽春遺響誰傳郢
유수라 지음의 벗으로는 다행히 종자기 만났어라 流水知音幸遇鍾
사신들께서 준걸이신 줄 비로소 알겠노니 方識使華誠俊乂
짐짓 은덕을 하찮은 필부에까지 끼쳐 주시도다 故將恩德及耕傭
충성은 중하를 높히는 데에서 격렬하거니 精衷益激尊中夏
군대가 어찌 〈소융〉을 읊는 것을 늦추리오 車甲寧稽賦小戎
— 이정귀, 「부사의 태평관 시에 차운하고 겸하여 정사께도 드려
　　이별의 회포를 부친다〔次副使老先生大平館韻 兼呈正使老先生 以寓
　　別懷〕」, 『월사집(月沙集)』

　이정귀의 시가 분명 임진왜란 이후에 지은 것임을 확인할 수 있
다. 앞에서 말한 것처럼 태평관은 임진왜란 때 파괴되었으나 그곳은
시문에 담겨 있는 기억의 공간으로서 후대 한중문인의 작품에 계속
나타난다는 사실을 확인할 수 있다. 태평관은 단순히 명나라 사신을
접대한 곳이 아니고 그 이상의 의미를 지닌 곳이 되었다. 바꿔 말하
면 태평관과 선무사와 더불어 한중의 문명과 운명이 겹친 시공간적
기억이 된 것이다.
　아쉽게도 지금 태평관과 선무사 등 주변에 있는 옛 건물이 모두
사라져 그 유적에 서 있는 푯돌을 통해 대략적으로 이곳들의 간단한
역사를 짐작할 수 있을 뿐이다. '태평'이란 이름은 이제 그 자리 부
근에 있는 세종로사거리-서울역에 이르는 길이 1,600m 거리의 이
름이다. 다만 현재 이 거리의 이름이 태평관의 명칭을 빌려쓴다는
사실을 아는 사람이 그리 많지 않다. 태평관은 한중 문인들의 교류
공간으로서, 그 공간을 증언하는 유일한 실물 유산은 적지 않은 창

화시문이다. 학계에서는 이런 소중한 문헌자료가 당나라 때의 원백창화(元稹과 白居易의 창화)와 송나라 때의 소황창화(蘇軾과 黃庭堅의 창화) 이후 세 번째 창화의 정성(鼎盛)을 일으켰다고 높이 평가하였다. 또한 양과 질 측면에서 조선과 명나라의 시문창화는 동아시아 동문창화(同文唱和) 중 최고였다고 해도 과언이 아니다.

　사적으로 보면 1429년에 태평관을 다시 중건하고 나서 약 20년 뒤, 같은 곳에서 조선과 명나라의 문화·문학교류의 풍조가 본격적으로 시작되었다는 것을 알 수 있다. 물론 조선과 명나라 문인들이 창화한 곳은 많지만 태평관은 그들이 한양성에서 교류하는 첫 번째 공간이라는 점에서 특별하다.

　사대문을 비롯한 건물들은 오늘날에도 알고 있는 사람이 많지만 일찍 없어진 태평관을 아는 사람은 거의 없을 것이다. 이곳은 명나라 사신이 한양성에 도착한 이후 가장 오랫동안 머물던 곳이며 문화교류가 있던 공간이라 역사뿐만 아니라 문학 방면에서도 의의가 있다고 할 수 있다. 「태평관중수기」의 내용을 단순히 한 건물의 재건에 관한 글로 보면 안 된다. 이곳에서 일어났던 여러 사건은 이 짧은 글을 통해 생생히 떠올릴 수 있을 것이다.

부호들의 아지트, 한강의 정자들

 - 엄경수(嚴慶遂), 「연강정사기(沿江亭榭記)」, 『부재일기(孚齋日記)』

도성의 삼면이 모두 큰 강으로 둘러싸여 있어 강가에 부호들의 정
자가 많다. 내가 예전에 강을 따라 오르내리며 바라보니, 정자의
난간들이 숲 사이로 찬연히 빛나면서 내가 탄 배를 맞이하며 줄지
어 나타났다. 그 강산의 승경과 안개에 묻힌 풍경, 아침저녁의 경
관은 정자마다 대체로 비슷했다. 여러 사람에게 물어서 몇몇 정자
가 아무개의 정자임을 알았다. 또 중윤(仲潤) 송질(宋瓆)과 이야기
를 나누어보니 내가 아는 것보다 많이 알고 있었다. 아래에 간단히
적어본다.……

　담담정(淡淡亭)은 옛날 안평대군(安平大君) 이용(李瑢)의 정자이
다. 터만 남아있고 정자 건물은 없다. 마포에 있다.…… 압구정(狎
鷗亭)은 한강 남쪽 언덕에 있다. 고 상당부원군(上黨府院君) 한명회
(韓明澮)의 정자로 이른바 "벼슬의 바다에서도 갈매기와 친하련만
〔宦海前頭可狎鷗〕"이라는 시가 이곳에 걸려있었다. 후대에 전창도위
(全昌都尉) 유정량(柳廷亮)의 집안이 소유하였는데 빈터만 남아있을
뿐이다. 중국 사신 주지번(朱之蕃)이 쓴 편액을 자손들이 전수하였
다. 이후 중승(中丞) 벼슬을 한 회조(懷祖) 유술(柳述)이 진평공자(晉

平公子) 이택(李澤)에게 팔았다. 진평공자가 3000냥을 써서 크게 집을 지어 몇 해가 지나 공사가 끝났으나 공자가 일찍이 나와 머물렀던 적은 전후로 겨우 십여 일밖에 되지 않았다. 갑작스레 부음을 듣게 되었으니 밤에 촛불을 들고 한 번 지나가는 것과 무엇이 다르겠는가?……

강산은 적막한 것이다. 오직 그윽하고 바르며 은둔하는 선비만 거처할 수 있는 곳이지 부귀한 자가 즐길 수 있는 것이 아니다. 지금 기록한 정자들은 대부분 부호들이 소유한 것이다. 그 이유는 무엇인가. 산수의 맑은 운치 때문이다. 오래도록 부귀를 누린 자가 청복까지 가지고 싶어하는 것은 마치 고량진미에 질린 자가 푸성귀를 먹고 싶어하는 것과 같다. 그러나 어찌 본성이 그런 것을 좋아해서이겠는가?

부호들이 정자 지을 땅을 얻기 쉽고 정자를 만들 재목을 구하기 쉬우니 정자를 웅장하게 만들어서 사람들의 눈을 부시게 하고 경치가 뛰어난 곳을 차지하여 자신의 재력을 과시하나 그 마음은 진정한 즐거움을 누린다고 할 수 없다. 선비들은 가난하여 정자를 지을 돈도 없고 정자를 만들 재목도 없어 오두막집에 거적문을 달고 강가 근방에 거처하면서 저잣거리 사람들과 섞여 남들이 알아주지 못하나 그 마음이 진정한 즐거움을 누리는 것이다.

아. 강가에 있는 정자 건물에 주인이 다시 돌아와 사는 경우가 있는가? 없다. 진실로 이것을 좋아해서가 아니라 원하는 바가 저기에 있는 것이다. 그러므로 하루라도 와서 거처할 수 없고 다만 유람 다니는 사람이나 한가로운 선비만 왕래하며 올라와 구경하는 곳이 되었을 뿐이다. 비록 그렇지만 강산 역시 꾸밀 필요가 있다.

이 정자가 없으면 그 뛰어난 경치를 드러낼 수 없으니 부호들이 강산에 도움이 없다고는 할 수 없다.

王都三面皆大江 江岸上多豪家亭榭 余嘗循江而上下望見 棟宇欄
檻輝映 林木間 迎船而爭出 其江山之勝 煙嵐風月 朝暮之觀 大抵
略同 問諸人 槩知其一二爲某家第 又與潤語 多於余所知者矣 略記
于下焉……淡淡亭 古安平大君亭子也 但有址無亭舍 在麻……狎
鷗亭 在漢江南岸 故上黨韓明澮亭子 所謂"宦海前頭可狎鷗" 揭此
也 後爲全昌都尉家所有 但有空址而已 天使朱之蕃書額子孫傳守
其後 中丞柳懷祖述賣於晉平公子 公子大治第費金三千 歷數歲功
完 公子嘗出留前後董十餘日 聞已新訃聞矣 比諸夜持燭一過者 何
間……江山寂寞之物也 惟幽貞退遯之士所宜處 非富貴者可樂 今
亭榭所錄 類多豪家所有 其故何也 山水淸致也 居富貴久 思兼有淸
福 猶飽粱肉者思啖菜 豈性好哉 其地易獲 其材易具 壯製作以耀人
目 掠形勝以誇己資 而其心則未必眞樂也 惟士貧 無直以買 無材以
構 蓬廬席門 傍岸以處 與闤闠混 人不能知 其心則眞樂也 嗟乎 岸
上諸榭 復有主人來居者乎 無有也 惟其非眞好此 而所欲在彼 故不
能一日來居 徒作遊人閑士 往來登覽之資而已也 雖然 江山亦待乎
增飾 無此 無以闡其勝 此輩於江山 不爲無助

⁂

통학 7년 차인 나는 밤늦게 집에 돌아갈 때면 꼭 버스를 타고간다.
창문 너머로 한강의 풍경을 바라보기 위해서이다. 고요한 물결, 드
문드문 운동하는 사람들. 이들이 어우러진 한강은 나뿐 아니라 많은

사람의 마음을 평온하게 만든다. 이처럼 욕심나는 한강의 운치는 한강뷰 아파트에 살고 싶은 가장 큰 이유이기도 하다. 아파트의 창호를 액자 삼아 자신의 집을 갤러리로 즐긴다니 이런 호사가 어디 있을까? 재미있게도 400여 년 전 조선 시대의 '한강뷰 정자' 또한 평범한 사람은 소유하지 못하는 부호들의 별장이자 갤러리였다.

「연강정사기」는 조선 후기 소북 문인 부재(孚齋) 엄경수(嚴慶遂, 1672~1718)의 일기 『부재일기』에 수록된 글이다. 우리가 평소에 쓰는 일기처럼 『부재일기』에는 업무상 출장을 갔던 이야기, 친구와 싸우고 화해하는 이야기, 세간에 전하는 미신 등 다양한 이야기가 상세하게 기록되어 있는데, 그 중에서도 「연강정사기」는 자신의 거처 양천에서 친구 송질(宋瓆, 1676~1741)과 배를 타고 한강을 거슬러 오르며 강가에 자리한 29개의 누각과 정자를 순서대로 기록한 글이다.

담담정은 세종의 셋째 아들인 안평대군 이용의 정자였고, 압구정은 조선 시대 우의정, 좌의정, 영의정을 역임했던 상당부원군 한명회의 정자였다. 담담정과 압구정뿐만 아니라 「연강정사기」에 기록된 29개의 정자 중 27개는 모두 왕가의 친인척이거나 높은 관직을 지낸 인물의 소유였다.

안평대군의 정자였던 담담정은 담담이라는 이름에 걸맞게 그윽하고 평온한 물의 흐름을 사모하며 지은 정자이다. 하지만 평온한 강을 사모한다는 그 이름의 함의와는 달리 담담정을 거쳐 간 세월은 결코 평탄하지 않았다. 성현(成俔, 1439~1504)의 『용재총화(慵齋叢話)』에 당시 담담정에 대한 기록이 남아있다.

(안평대군)이 남호를 바라보는 자리에 담담정을 지어 책 만 권을 간직해두고, 문사들을 불러 모아 십이경시(十二景詩)도 짓고 사십팔영(四十八詠)도 지었다. 어느 날은 등불을 밝히고 밤늦도록 이야기하고, 어느 날은 달밤에 배를 띄웠으며, 또 어느 날은 연구(聯句)를 짓기도 하고 장기를 두기도 하였다. 음악소리가 끊이지 않았으며, 술 마시기를 좋아하여 취하면 웃고 떠들었다.

－성현, 『용재총화』

이를 통해 안평대군이 담담정에서 많은 문인, 학자, 예인(藝人)들과 함께 풍류를 즐긴 것을 알 수 있다. 안평대군은 계유정난으로 정권을 잡은 형 수양대군에게 반역을 했다는 죄로 처형을 당한다. 주인을 잃은 담담정은 안평대군의 친구였지만 절개를 저버리고 세조의 공신이 된 신숙주(申叔舟, 1417~1475)의 차지가 된다. 두 번째 주인인 신숙주 사후, 담담정의 운치는 부활하지 못한 채 결국 정자 건물은 사라지고 터만 남았다는 것이 「연강정사기」의 기록이다. 일제강점기에 와서 식민정부의 세관감시서가 그 터를 사용했고 광복 이후에는 이승만 초대 대통령이 담담정 터에 마포장을 세워 두 달간 머물렀다. 현재 담담정은 마포의 한 빌라 옆에 터만 남아있다.

담담정 터는 현재 벽산 빌라 앞에 있다.
필자 촬영(2022년 4월 29일)

압구정은 「연강정사
기」에 기록된 29개의 정
사(亭榭) 가운데 오늘날
까지 그 이름이 남아 서
울의 대표적인 지명이 된
정자이다. 압구정의 첫
번째 주인은 한명회로,
앞서 나온 수양대군의 심

압구정 터는 압구정 현대아파트 7동 앞 공원에
있다. 필자 촬영(2022년 4월 29일)

복이자 수양대군을 세조로 만든 장본인이다. 한명회는 세조와 성종,
두 임금을 세웠으며 예종과 성종 두 임금의 장인이 된 데다가 우의
정과 영의정을 역임한 고위관료였다. 말년에는 호화스러운 정자를
짓고 친분이 있던 중국 명나라의 사신인 예겸(倪謙, 1415~1479)에게
정자의 이름을 부탁했다. 예겸은 한명회와 같은 성씨이자 송나라의
훌륭한 정승이었던 한기(韓琦, 1008~1075)의 정자인 압구정에서 이
름을 빌려 '갈매기와 친하게 지내는 정자'라는 뜻의 이름을 지어주
었다.

'정치와 사회의 시끄러운 일을 잊어버리고 강가로 나가 갈매기를
벗으로 삼아 남은 생애를 조용히 보내겠다.'라 하니 한명회가 드러
낸 뜻이 일견 고매해 보이기는 한다. 하지만 한명회는 말년까지 권
력의 욕심을 버리지 못하고 관직에서 물러나지 않았다. 남효온(南孝
溫, 1454~1492)의 『추강냉화(秋江冷話)』에는 당시 압구정 낙성식의
기록이 남아있는데, 남효온은 성종의 어제(御製) 시에 대해 재미있
는 해석을 내놓았다. 한명회가 압구정을 지어놓고도 벼슬에 연연해
떠나가지 못하자 성종이 그를 송별하는 시를 지어 은퇴를 결행하라

는 압력을 은근히 드러냈다는 것이다. 또 『추강냉화』에는 조정의 문사들이 한명회의 출세와 은퇴를 기리던 시가 남아있는데, 그중에서도 최경지(崔敬止, ?~1479)의 시가 제일이었다.

임금의 은혜는 은근하며 대접 또한 융숭하니　三接慇勤寵渥優
정자는 있어도 놀지 못했도다　有亭無計得來遊
가슴 속 서린 기심이 고요하면　胸中政使機心靜
벼슬 바다 위에서도 갈매기와 친하리라　宦海前頭可狎鷗
　－ 남효온, 『추강냉화』

최경지는 정자를 다 지어놓고서도 은퇴한다고 말만 할 뿐 은퇴를 계속 미루는 한명회의 욕심을 꼬집어 풍자하였다. 압구정은 자연을 벗 삼아 조용히 여생을 보내겠다는 이름의 뜻과는 달리 욕심과 집착이 얼룩진 정자였다.

이렇듯 조선 시대 한강가에 있던 정자들은 대부분 부호들의 소유물이었다. 땅과 재목을 쉽게 마련하고 경치가 뛰어난 곳을 차지하여 눈부시고 화려한 정자를 지어 한강의 운치를 직접 즐기려 지은 자도 있었지만, 남에게 자신의 재력을 자랑하려는 자들도 많았다.

「연강정사기」의 기록 대부분이 정자에서 바라보는 한강의 경관이나 자세한 위치보다는 정자의 소유자와 그 소유의 역사에 치중한 것을 보아 엄경수는 단순히 정자에 대한 기록을 남기고 싶어서 「연강정사기」를 쓴 것이 아니었다. 엄경수는 한강을 꾸미는 29개의 정자 중 대부분이 멀쩡히 제 기능을 하고 있음에도 그 주인들이 하루도 머물지 않는 점을 주목했다. 또 그들이 정자에 거처할 수 없는 이유를 "그들이 진실로 이곳을 좋아하는 것이 아니라 원하는 바가 다른 곳에 있으므로 하루도 와서 살 수 없는 것이다."라 생각했다. 즉, 고상하게 자연을 사모하는 듯 보이지만, 결국 원하는 바는 강산의 맑은 운치가 아니라 부귀영화와 과시라는 점을 꼬집은 것이다.

이는 현대의 한강뷰 아파트와 비슷하다. 정자는 부호들이 가끔 머무는 별장이었지만 아파트는 현대 사람들의 생활 거주지이기에 완전히 대입할 수는 없다. 그렇지만 한강뷰 아파트는 가장 좋은 한강의 경치를 선점해서 높은 건물을 지어놓고 철통 보안을 장점으로 내세우니 주민이나 특정인이 아니고서는 출입하지 못한다. 정자 또한 한강의 운치를 소유하고자 한 주인의 의지가 드러나는 공간이지만, 신분을 초월하여 교류하는 공간이자 길가는 나그네의 휴식처가 되었던 것과는 또 다른 사유화의 모습이다.

엄경수의 「연강정사기」는 언뜻 보면 한강의 정자를 아울러 기록한 정보글처럼 보이지만 욕심내고 과시하려는 사람들을 꼬집는 일종의 비판문이다. 자연을 사모한다며 담백하고 고상한 이름을 붙이지만 실상은 다른 곳을 바라본다는 점이 예나 지금이나 다를 바 없어 보인다.

청계천 준설, 그 아래 비춰진 민을 위한 근심

– 채제공(蔡濟恭), 「준천가(濬川歌)」, 『번암집(樊巖集)』

남승혜

하늘에는 은하수가 있어	天有銀河水
밝게 빛나며 구만리를 휘돌고	文采昭回九萬里
땅에는 청위수가 있어	地有淸渭水
장안을 관통하여 쉼 없이 흘러가네	貫穿長安流不已
산천으로 겹겹이 둘러싸인 한양은	漢陽包絡大山川
좌우 종묘와 사직을 모신 만년의 터전이라네	左祖右社萬年址
뭇 물줄기 서북쪽에서 발원하여	衆水發源西北隅
한 폭 흰 비단을 두른 듯 왕성 안을 흐르네	一道鋪練王城裏
다섯 칸 쇠사슬 문으로 동쪽을 틀어막고	五間鐵鎖束其東
물 높이를 살펴 수문을 여닫네	開閉惟視衰盛水
국초 나라를 다스림에 큰 힘을 쏟아서	國初陶勻大費力
무지개다리 열둘을 창공 향해 놓았네	虹橋十二晴空起
한양에 도읍한 이후로 사백 년 동안	邇來定鼎四百載
끊임없이 모래 무너져 휩쓸려 내려갔고	崩沙塌下無時止
장마가 한 번 지나가면 한 층 더 막혀서	一經潦過增一閼
물길이 종종 평지처럼 되었다네	厥坎往往平地似

때론 육칠월 저잣거리조차　　　　　　　　有時莊嶽六七月
땅 위로 물이 차 무릎까지 젖었다네　　　地上水高深沒膝
조정의 대신들 의견 분분했으나　　　　　廟議紛紛苦不齊
성상의 결단력은 신속하여 실수가 없으셨네　聖斷揮霍無遺失
국고의 금과 비단 아낌없이 풀고　　　　　府庫金帛散不計
일만 장정은 화살처럼 용감하게 달려왔네　萬夫勇趨如箭疾
기세등등하게 연장 들고 곧장 바닥까지 이르니　畚鍤騰騰直到底
옛날 연월 새긴 표석 거듭거듭 나왔다네　標刻重出舊年月
모래 옮겨 높이 만 장 되는 언덕 만들고　移沙作阜高萬丈
큰 수레와 작은 배 줄줄이 이어지네　　　大車小舟相磨戞
성상께서 살펴보며 피곤함을 잊으시니　鸞輿臨視不知疲
옛 물길 따라 흐르는 물 어찌 그리 가지런할까　水順舊軌何秩秩
십 리 흐르는 양 물길은 반듯하기 활시위 같고　兩岸十里如弦直
삼영에서 돌을 쌓으니 샐 틈이 없네　　三營築石無罅缺
맑은 물결에는 둥둥 버들 그림자 일렁이고　澄波演漾蔭楊柳
청량한 하늘에는 맑은 기운 가득 도성 비추네　灝氣虛明照城闕
어찌 백성들만 도탄에서 빠져나왔겠는가　豈徒邦人免墊溺
응당 땅의 기운도 잘 흘러갔다네　　　　惟應地氣善疏洩
우임금은 하천을 뚫었고 성상께서는 준설하시니　夏禹鑿之我后濬
사업에는 대소가 있을지라도 공적은 똑같다네　事有大小功則一
성세의 정사를 짐작할만 하니　　　　　　聖世爲政可反三
곳곳마다 잘 트여 흘러가네　　　　　　　隨處疏通兼導達
아름답도다! 가득히 흘러 끊어지지 않는 듯하니　美哉洋洋若不斷
반석 위의 종묘사직 평온하고 안락하리라　磐泰宗祊寧且謐

「준천가」는 조선후기 강화유수·우의정·영의정을 역임한 번암 채제공(蔡濟恭, 1720~1799)이 지은 시로, 그의 저서인 『번암집』 제9권에 실려 있다. 1773년(영조 49) 현재 청계천이자 당시 '개천(開川)'이라고 부른 이곳을 대대적으로 준설한 것이 시의 창작 배경이다. 청계천의 과거를 거슬러 올라가면 개천과 복개, 복원의 과정을 반복하다가 지금의 모습에 이르렀음을 알 수 있다.

하지만 이러한 청계천의 일대기를 알고 있는 사람들은 그리 많지 않다. 청년들은 이미 복원된 청계천을 자연스럽게 받아들이고 있기에 간간이 옛 흔적만을 찾아보며 흥미를 느낄 것이다. 청계천이 복개되었을 때를 살았던 장년층도 점점 먼 옛날의 추억으로 가슴 한편에 남겨둘 뿐이다. 그렇다고 청계천을 단순히 복개를 걷어내서 옛 모습을 찾은 하천이라고만 볼 수는 없다. 이곳은 서울 안 백성의 삶에 많은 영향을 준 역사의 현장이며 역대 왕들이 백성들의 나은 삶을 위해 오랫동안 고심한 흔적이 남은 곳이다. 이제부터 채제공의 「준천가(濬川歌)」를 줄기 삼고, 관련 문헌들을 가지 삼아 옛 기록으로 거슬러 올라가 보고자 한다.

청계천은 과거에 개천이라고 불렀는데, 국왕이 나라를 다스리는 데 참고하는 책 『만기요람』 재용편의 주에는 우리나라의 지리서 『여지승람』의 설명이 기록되어 있다. 여기에서는 "백악산, 인왕산, 목멱산 여러 계곡에 물이 모여서 동으로 흐르는 것을 개천이라고 한다."라고 하였다. 조선 건국 초 개성에서 한양으로 천도하면서 개천을 중심으로 건물과 도로를 건설하였다. 개천은 한양을 위아래로 나누었기 때문에 도성도 이 개천을 따라 구분되었다. 종묘와 사직, 궁궐과 관청 등은 북쪽에 위치하였고, 남쪽에는 주로 중하층 백성들이 거주하는 공간으로 자리잡았다. 그래서 한양은 북한산을 주산(主山)으로 동쪽에는 낙산, 서쪽에는 인왕산, 남쪽에는 목멱산이 사방을 둘러싸면서 청계천이 동서로 관통하여 일찌감치 고려 초부터 도선에 의해 왕도가 될만한 명당으로 지목되어 왔다.

개천이 발원한 곳에서부터 동쪽으로 물줄기를 따라가보면 많은 다리를 지나가게 된다. 실제로 고지도를 살펴보면 개천 곳곳에 도로와 이어지는 다리를 어렵지 않게 찾아볼 수 있다. 조선후기 도성의 모습을 그린 「수선총도(首善總圖)」를 보면 196개의 다리가 표시되어 있고, 현전하는 서울 지도 중에서 가장 정밀한 「한양도성도(漢陽都城圖)」에는 146개의 다리가 표시되어 있다. 이 중 1760년 영조의 경진준천 때 개천 바닥을 파고 다리를 다시 보수한 이래로 일제강점기 전까지 개천 본류에 놓여 있던 다리는 송기교, 모전교, 광통교, 수표교, 하랑교, 영풍교, 태평교, 영도교 등 모두 아홉 개이며 여기에 오간수문까지 합하면 모두 10개의 다리가 있었다.(조광권, 『청계천에서 역사와 정치를 본다』, 여성신문사, 2005)

이 다리들을 따라가보면 다섯 칸으로 된 수문을 볼 수 있다. 이 문이 바로 번역문에서 말한 "다섯 칸 쇠사슬 문", 즉 오간수문이다. 여기서 말하는 쇠사슬은 사람들이 함부로 출입하는 것을 막기 위해서 수문마다 설치한 쇠창살로 만든 철문이다. 또한 오간수문 앞에 긴 돌을 놓아서 다리의 역할도 했다. 하지만 이후 준설을 제대로 하지 않아서 토사가 앞에 쌓여 제기능을 다하지 못했고, 임시로 나무로 만든 문을 달아도 무용지물이었다. 그러던 중 1760년 토사를 모두 걷어내고 다시 철문으로 교체하여 제기능을 회복하였다. 영조가 오

현재 복원된 오간수문. 필자 촬영(2022년 05월 01일)

복원된 오간수문 근처 오간수교 아래에 그려진 「어전준천제명첩(御前濬川題名帖)」. 필자 촬영 (2022년 05월 01일)

간수문에 나아가 여러 차례 백성들을 직접 살펴보고 위로하는 모습을 그린 「어전준천제명첩(御前濬川題名帖)」을 보면 당시 상황을 생생하게 볼 수 있다. 현재 원래 위치는 아니지만 복원된 오간수문 근처 오간수교 아래에 이 제명첩을 그려놓아 시민들도 옛 모습을 회상할 수 있게끔 하였다.

이처럼 토사물이 물길을 막는 현상은 오간수문뿐만 아니라 개천 곳곳에서 일어났다. 번역문에서도 "한양에 도읍한 이후로 사백 년 동안, 끊임없이 모래 무너져 휩쓸려 내려갔고, 장마가 한 번 지나가면 한 층 더 막혀서, 물길이 종종 평지처럼 되었다네."라고 한 것처럼 개천이 범람하고 막히는 현상은 도성 백성의 삶과 직결되었기 때문에 국가에서 반드시 해결해야 하는 사안이었다.

실제로 조선왕조실록을 살펴보면 큰비가 내려 개천이 범람하였다는 기록이 종종 보인다. 1407년(태종 7) 5월에 "큰비가 내려서 경성의 개천이 모두 넘쳤다."라고 하였고, 1440년(세종 22) 6월에도 "큰

비가 내려 성안의 내와 개천이 흘러 넘쳐 물가의 인가가 표류한 것이 많았다."라고 하였다.

이로 인해 태종과 세종대에 개천 준천을 실시했으나, 지속적인 관리와 홍수 예방에는 미흡한 면이 있었다. 게다가 몇몇 유학자들의 부정적인 반응으로 인해서 이후 영조의 경진 준천 이전까지 약 300년간 별다른 대책이 마련되지 않고 방치되었다. 방치되던 개천의 준설공사는 영조 대에 이르러서야 그 근본적인 해결책을 마련하고 대대적으로 공사를 시작하게 되었다.

그렇다면 영조가 개천 정비에 힘쓰게 된 동기는 무엇일까? 영조의 준천 시행 동기에 관한 기록은 여러 군데에서 발견된다. 조선왕조실록의 「영조대왕 묘지문(英祖大王墓誌文)」에 "성안의 도랑이 막혀 물길이 넘쳐서 여염집이 많이 물에 빠져 백성이 편히 살지 못하므로, 준천사(濬川司)를 설치하여 돌을 캐어다 높이 쌓고 도랑을 쳐서 잘 흘러가게 하시니, 마을 집들이 잠기지 않아서 모두 편히 지냈다."라는 기록이 보인다.

『영조실록』 127권 「영조대왕 행장(英祖大王行狀)」에는 본격적으로 준천하기 이전 영조의 행적에 대한 내용이 있는데, 여러 번 직접 임문(臨門)하여 백성들에게 개천을 준설할지 묻고 여론을 수렴하면서도 "이것이 백성을 위한 것이기는 하나 어찌 백성의 힘을 괴롭힐 수 있겠는가?"라고 하면서 부역에 동원되는 백성들의 임금과 공사비를 아낌없이 투자하였다.

준천소(濬川所)의 관원 명단과 준천에 동원된 인력을 기록해놓은 『준천소좌목(濬川所座目)』에 의하면 준천은 총 57일간 진행되었는데, 동원된 인력은 모두 20만 명이었고 재정은 전(錢) 3만 5,000민

(繪)과 쌀 2,300여 석이 투입되었다고 한다. 투자와 노동력, 그리고 영조의 적극적인 관심으로 첫 번째 준천은 채 두 달이 걸리지 않았고, 두 번째 계사년의 준천도 성황리에 마무리되었다. 계사년의 준천은 하천을 준설하면서 수로를 직선으로 파고 개천 양쪽에 석축을 쌓는 작업이었다. 이후 수표교에 준천의 기준점으로 '경진지평(庚辰地平)'이라는 수위가 표시되었고, 이후 왕들이 준설작업을 할 때 지표가 되었다.

후대의 우리는 영조의 업적으로 '탕평(蕩平)'과 '균역(均役)'을 먼저 떠올리곤 한다. 그런데 「어제준천명병소서(御製濬川名幷小序)」에서는 영조가 자신의 업적으로 탕평, 균역과 더불어 준설을 꼽았다. 영조의 준설작업은 결코 하루 이틀 사이에 고민하고 시행한 사안이 아니었다. 이 사업은 오랫동안 방치되었던 문제이자, 백성들의 삶을 위해서 해결해야 하는 매우 중요한 문제였다.

조선 초기 태종과 세종대의 준설작업이 영조 대만큼 체계적이지 못했던 이유는 유학자들의 반대여론과 민생을 위해 개천을 정비해야 하는 것이 현실이나, 공사를 위해서는 역설적으로 민력을 동원해야 한다는 비효율성 때문이었다. 그러나 영조 대에 이르러서 과감히 준천을 시행하였고, 이 일이 성공할 수 있었던 요인은 영조의 강력한 시행 동기, 그리고 조정 대신들과의 토론, 직접 백성들과 소통하여 의견을 적극적으로 수렴한 위정자의 태도이다. 게다가 백성의 힘을 동원하는 일에 임금을 지불하고 자발적인 참여를 유도하여 백성들이 적극적으로 참여하여 공사를 완수할 수 있게 장을 마련한 덕분이었다.

오늘날 우리는 조선조의 구구한 역사를 지나 일제강점기 하천의 복개, 그리고 다시 복원의 과정을 거친 파란만장한 여정을 겪은 청계천과 마주하고 있다. 이렇게 파란만장한 역사를 가진 청계천을 거닐며 곳곳에 남겨진 역대 왕들의 애민정신과 그 아래 비춰진 백성들을 향한 근심의 의미를 되새겨 보는 것은 어떨까.

여성 시인들이 함께 꿈을 피웠던, 용산 삼호정

– 김금원(金錦園), 『호동서락기(湖東西洛記)』

정선우

용산은 서울의 서쪽 10리에 있으니, 한강의 하류 부근이다. 세상에서 우리나라의 산천 중 오직 한강이 가장 성대하다고 말하니, 한강의 상·하류 중에서 번화하고 수려하기로는 용호가 으뜸이다.

삼호정은 용호의 강변에 있다. 강의 물결은 거침없이 힘차게 흘러가서 노량진과 양화진에 이르러, 서쪽으로 바다에 다다른다. 남쪽으로 관악산을 바라보면 여러 봉우리가 손을 마주 잡고 인사하듯 빙 둘러싸고 있으니, 마치 나를 부르는 것 같다. 물가의 흰 모래는 밝고 깨끗하기가 옥을 닦아놓은 듯하고, 누대와 정자가 담처럼 서로 이어져 있고, 공물을 실은 배와 장사하는 배의 돛대들이 빽빽하다. 말과 소가 오가는 것과 오리와 해오라기가 나타났다 사라지는 것이 한번 눈을 들어 보면 모두 책상 사이에 있으니 교외의 명승지요, 이 정자 또한 족히 여러 누각 중에 으뜸이다.……

다섯 사람이 서로 마음을 알아주는 좋은 벗이 되고, 아름답고 한가한 장소를 차지하니, 꽃과 새, 구름과 안개, 바람과 비, 눈과 달이 아름답지 않은 때가 없고, 즐겁지 않은 날이 없다. 어떨 때는 함께 거문고를 타고 음악을 들으며 맑은 흥취를 풀어내고, 담소하는

178

겨를에 천기(天機)가 유동(流動)하면 시가 되니, 맑은 것도 있고 우아한 것도 있으며, 굳센 것, 예스러운 것, 담박하고 호탕한 것, 강개한 것도 있다. 비록 그 우열은 알지 못하나, 성정을 쏟아내고 유유자적하는 것은 한가지이다.

龍山在京城西十里 爲漢水之下流 世稱 我東山川 惟漢水最盛 而漢水上下 繁華明麗 則龍湖爲冠 是亭也 臨於江干 波瀾浩浩奔流 放于鷺梁楊花之渡 西赴于海 南望冠岳 群峯環列拱揖 若可招呼 水邊白沙 明淨如拭玉 高樓疊榭 垣屋相接 貢舶商船 帆檣如織 馬牛之去來 鳧鷺之出沒 一擧目而盡在几案間 宜其爲郊坰名勝 而是亭又足爲諸樓之冠也……五人相爲知心益友 又占勝地閒區 花鳥雲烟風雨雪月 無時不佳 無日不樂 或與彈琴聽樂 以遣淸興 而談笑之暇天機流動 則發而爲詩 有淸者 有雅者 健者 古者 澹宕者 慷慨者 雖未知其甲乙 而陶寫性情 優游自適則一也

ᔕᚗᚗᚗᚗᚗᖐ

이 글은 19세기 여성 시인 김금원(金錦園, 1817~ ?)이 쓴 『호동서락기』의 일부이다. 『호동서락기』에는 여행의 소회가 담긴 글들이 수록되어 있다. 그리고 글의 말미에는 여행 후 남편과 용산 일대에 거주하며 다른 여성 시인들과 시를 즐겼다는 기록, 그리고 같이 시를 즐긴 여성들이 써준 발문이 남아 있다. 『호동서락기』는 1850년에 발문을 쓰고 1851년에 편찬했다.

　금원은 강원도 원주 출신으로, 14살의 나이에 남장하고 전국의 명승지를 돌아보기 위해 여행을 떠났다. 충청북도 제천 의림지를 구경하고, 금강산을 유람하고, 강원도의 관동팔경도 눈에 담고, 한양의 명소들도 둘러보았다. 금원은 여행하면서 보았던 풍경과 느낌을 기록한 산문과 시를『호동서락기』에 수록하였다. 하지만『호동서락기』는 그녀가 첫 번째 여행을 하고 나서 약 20여 년이 지난 뒤에서야 만들어졌다. 그런 까닭에 금원은 문집에 자신이 여행한 내용의 백분의 일 정도만 기록했으며, 여행 중 읊었던 시도 흩어져 버려서 모으지 못한 것이 많다고 아쉬움을 표했다.

금원은 여행을 마칠 즈음에 여자이면서 남자 옷을 입고 다니는 처지에 처연함을 느끼고 다시 여자의 본분으로 돌아오겠다고 다짐한다. 그리고 규장각 학사 출신 시랑 김덕희(金德喜)의 소실이 되었다. 김덕희가 의주 부윤으로 임명되었을 때 금원이 먼저 의주로 떠났던 또 다른 여행기도『호동서락기』에 실려 있다. 김덕희가 의주 부윤의 임기를 마친 뒤에는 두 사람이 함께 서울로 돌아와 용산에서 지냈다. 금원은 김덕희 소유의 별장인 용산의 삼호정에서 글을 쓰는 여성 벗들과 시문을 지으며 시간을 보냈는데, 그 내용을『호동서락기』에 남겨두었다.

조선의 경치 좋은 곳들을 두루 찾아다니며 여행하고 온 금원은 용산의 삼호정이 교외의 명승지이며, 여러 누각 중에 으뜸이라고 평하였다. 그녀가 아름다운 명승지로 손꼽았던 용산의 삼호정은 어디일까? 아쉽게도 현재 삼호정은 남아있지 않다. 삼호정이 있었으리라 추정되는 곳은 용산구 효창원로의 용산성당 부근 산천동 마을 마당이다. 그리고 금원이 삼호정에서 한강을 바라보면서, 강의 상·하류 중에서 가장 아름답다고 했던 곳은 현재 원효대교와 마포대교 부근의 한강으로 추정된다. 조선의 사대부들은 당대 한강의 아름다

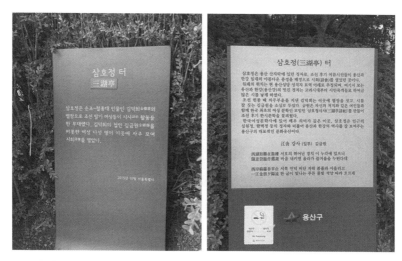

용산 산천동 마을마당에 삼호정 터 표식이 세워져 있다. 필자 촬영(2022년 8월 6일)

운 풍경을 감상하기 위해 한양의 사대문 밖에 있는 용산 등지에 정자나 별장을 짓고 벗들을 만나서 노닐었다. 용산의 삼호정도 그러한 정자 중 하나였다. 지금은 없지만, 1960년대에 용산 한강 일대를 개발하기 전까지 존재했던 흰 모래사장도 강변을 따라 넓게 펼쳐져 있었다.

조선시대에 용산은 한양 도성과 다른 지역을 연결하는 교통과 상업의 중심지였다. 금원도 삼호정에서 공물을 실은 배와 장사하는 배들이 한강을 빽빽하게 메울 정도로 오가는 모습을 보았다. 당시 용산에는 군수품을 출납했던 군자감, 얼음을 채취하고 관리했던 서빙고, 기와와 벽돌을 제조했던 와서, 장례 물품을 공급했던 귀후서, 제사 때 쓸 가축을 관리했던 전생서 등 국가의 물류를 관장했던 관청들이 있었다. 지금도 용산은 경원선과 경부선 등이 지나가는 용산역

이 위치하여 철도 교통이 활발하고, 국내의 여러 대기업이 위치하여
상업적으로도 중요한 곳이다. 앞으로도 다양한 개발이 예정되어 있
어서 서울의 새로운 중심지가 될 것이라는 기대를 받고 있다.

문학사적 관점에서 용산의 삼호정은 김금원을 비롯하여 19세기
중반 여성 시인들이 시사(詩社)를 결성했던 장소라는 점에서 중요한
의미가 있다. 조선 후기에 오면 양반 사대부뿐 아니라 여항인에 이
르기까지 뜻이 맞는 사람들이 어울려 시사를 만들어서 시를 짓고 풍
류를 즐겼다. 하지만 여성들에게는 거의 불가능한 일이었다. 여성들
은 열 살이 되면 집 밖에 나가지 않는다는 교육을 받았고 글을 배우
는 것도 권장하지 않았기 때문에, 여성들이 어울려 시를 짓는 일은
현실적으로 어려웠다. 따라서 금원을 중심으로 용산의 삼호정에서
여성들이 함께 시문을 지으며 교류한 일은 드문 사례였다고 할 수
있다.

『호동서락기』의 뒷부분에 금원은 용산 시절을 기록하면서, 서로
마음을 알아주는 네 명의 다른 여성들과 함께 시를 지으며 즐겼다고
밝혀 삼호정 시사의 존재를 알렸다. 그녀가 어울리면서 시문을 나누
었던 사람은 김운초(金雲楚), 김경산(金瓊山), 박죽서(朴竹西), 그리고
금원의 동생 김경춘(金鏡春)이다.

운초는 시문집 『운초당시고(雲楚堂詩稿)』가 남아있어 시 작품들이
전해진다. 운초는 본인의 재능을 알아본 연천(淵泉) 김이양(金履陽)
과 큰 나이 차이를 넘어 정을 나누었으며, 결국 그의 소실이 되어 부
부의 연을 맺었다는 사랑 이야기로도 잘 알려진 인물이다.

죽서는 선비 박종언(朴宗彦)의 서녀로 태어나 송호(松湖) 서기보
(徐箕輔)의 소실이 되었다. 요절했던 남편이 죽서의 작품을 모아 문

집 『죽서유고(竹西遺稿)』로 만들었으며, 시문집 『죽서시집(竹西詩集)』이 전한다. 경산도 시적인 재능이 뛰어나다고 인정을 받았으며, 화사(花史) 이정신(李鼎臣)의 소실이었다.

경춘은 주천(酒泉) 홍태수(洪太守)의 소실로, 그의 글은 『호동서락기』의 발문으로만 남아있다. 금원과 운초, 경산은 혼인 전에는 시로 이름난 기생이었다. 당대 기생들은 신분은 낮았지만 고위층인 양반 남성들과 어울리며 시를 짓는 문화를 향유했다. 그래서 시를 잘 짓는 기생들은 양반들 사이에서 이름나기도 했다.

삼호정 시사에 같이 어울렸던 여성들은 기녀나 양반가의 서녀 출신 등으로 사대부의 소실이 되었다는 공통점이 있다. 여성이라는 주변적 정체성에 더해져서 이러한 사회적 위치는 그들을 더더욱 주변부로 내몰았다. 하지만 오히려 이러한 사회적 신분으로 인해 사대부 여성들처럼 유교적 규범에 얽매이거나 평민 여성들처럼 생계를 꾸리는 데 힘을 쏟지 않을 수 있었으며, 바깥에 나와서 풍경을 보고 함께 노닐며 시사를 결성할 수 있었을 것이다.

이들은 서로의 재주를 알아봐 주었던 지음(知音)이었다. 그들은 서로의 시적 재능을 높이 평가하며, 여자로 태어나 세상에 알려지지 못하는 친구를 안타까워하기도 했다. 삼호정에서 그들은 우열을 가리거나 다른 사대부 남성에게 인정받기 위하여 시를 지은 것이 아니라, 마음속에서 자연스럽게 흘러나오는 감정을 시로 표현했다. 주변부 여성으로서 비슷한 처지의 다른 여성들과 서로를 진심으로 인정해주고 시 창작을 격려해주었으니, 그들의 시사는 아름답지 않은 적이 없었고 즐겁지 않은 날이 없었다. 『호동서락기』에서 금원은 용산 삼호정에서 벗들과 함께했던 즐거움을 노래하고 있다.

봄기운 만나니 고운 빛 아까운 듯	春意相逢惜艷暉
버들잎 처음 돋고 살구꽃도 망울졌네	柳眉初展杏腮肥
시구 찾으며 꽃 보는 복 한껏 즐기도록	尋詩厚飽看花福
누가 선녀를 보내어 함께 베 짜는 일 쉬게 할꼬	誰遣仙娥共息機
봄바람 다 불도록 나그네는 돌아오지 않고	送盡東風客未還
봄 내내 병이 많아 더욱 한가로워라	一春多病更多閒
술과 시로 함께하며 명리 밖으로 벗어나	觴吟共許名場外
뜬구름 인생 물욕의 꿈 깨는 관문을 지나가리	透得浮生夢覺關
－ 김금원, 『호동서락기』	

꽃이 피고 날씨가 따뜻해지는 봄에 여성들이 삼호정에 앉아서 봄의 풍경을 보며 시를 읊는 모습이 생생하게 그려진다. 그들은 베 짜는 일을 맡길 선녀를 누군가가 보내주어서, 집안일은 그만두고 꽃을보고 봄을 즐기면서 시구를 찾으며 온종일 시를 읊기만을 바란다.그리고 함께 술을 마시고 시를 읊으며 인생 물욕에서 벗어나 한가롭고 초탈한 정서를 나눈다. 조선시대에 여성들에게 요구되던 바느질과 집안일에서 벗어나 풍광 좋은 정자에서 함께 어울려 술을 마시며시를 읊는 삼호정 시사의 면면은 천생 '시인' 그 자체이다. 이들은이렇게 소박하게 시인의 삶을 살기를 함께 꿈꿨던 것은 아닐까?

삼호정 시사에 모인 여성들은 그저 마음이 맞는 친구들과 함께 시를 지으며 살고 싶다는 꿈을 꾸었다. 어찌 보면 매우 소박하지만, 그시대에는 이마저도 당연하지 않았던 꿈이었다. 그런 여성 시인들에게 삼호정은 고립된 규방에서 벗어나 꿈을 함께 나누며 소통하고 연대하였던 공간이었다. 그들이 한양 주변의 많은 산수 좋은 곳 중에서도 삼호정을 으뜸으로 여겼던 이유는, 아름다운 풍경 때문만이 아니라 한밤의 꿈 같은 인생에서 벗들과 같은 꿈을 꾼 공간이었기 때문이다.

강
원

경포대에 남겨질 추억의 시간

― 이수광(李睟光), 「경포대에서(鏡浦)」, 『지봉집(芝峯集)』

이은영

경포호는 거울처럼 잔잔하고	鏡浦平如鏡
경포대는 자루를 꽂아 놓은 듯 있는데	有臺如揷柄
물빛과 하늘빛은	水色與天光
위아래 나란히 청동거울을 닦아놓은 듯하네	靑銅上下並
조물주가 참으로 조화를 부렸는지	造物眞作劇
곱고 정밀하기가 쇳돌에서 갓 캐낸 듯한데	麗精初發礦
대지는 곧 드넓은 용광로요	大地卽洪爐
일렁이는 금빛은 밝은 달의 모습이라네	躍金明月影
주물로 거울 하나 만들어	鑄成一方諸
빈 곳에 삼백 이랑의 물을 담았는데	涵虛三百頃
맑기는 새로 갈아낸 듯하고	瑩若新磨出
닦을수록 더욱 정결하다네	拂拭愈潔淨
유람객은 날마다 와서 구경하고	遊人日來窺
미녀들은 새벽마다 단장을 하는데	羅綺晨粧靚
수면 위에 핀 마름꽃은	波面生菱花
화려한 자태의 봄빛과 서로 어울리네	藻彩春相映

삼라만상이 어찌 형체를 숨길 수 있으랴	萬象詎逃形
작은 티끌도 보고는 절로 자취를 감추나니	微塵看自屛
군자가 이것을 거울 삼는다면	君子鑑於斯
생각을 정돈시킬 수 있을 것이라네	能令思慮整
너 경포호를 가슴 속에 옮겨 두고	移爾置胸中
나의 맑은 마음을 회복시킨다면	復我虛靈境
마음 가려진 곳 없어	團圓了無翳
본바탕은 사념 없이 맑고 고요해지리라	本體日淸靜
아름다움과 추함을 분별할 뿐 아니라	不唯辨姸媸
그것으로 사악함과 바름도 비출 수 있을지니	持以照邪正
사해가 절로 태평해져	四海自太平
맑고 밝기가 이 경치와 같아지리라	澄明同此景

이 시는 지봉(芝峯) 이수광(李睟光, 1563~1629)의 『지봉집』에 수록된 「경포대[鏡浦]」이다. 시문 31권과 부록 3권, 도합 11책으로 구성된 『지봉집』은 2019년 고려대학교 한자한문연구소에서 번역집을 출간했다. 이 시는 이유원(李裕元, 1814~1888)의 『임하필기(林下筆記)』「경포대, 대관령」에 다른 문인들이 경포대와 대관령에 대해 읊은 한시들과 함께 수록되어 있다.

글의 배경이 되는 장소는 강원도 강릉시 저동의 경포호, 일명 경포 또는 경호라고 부른다. 경포호는 물빛이 투명하고 맑기가 거울과 같다고 해서 붙은 이름이다. 너비가 30리(약 11.78km)가량 되는 경포호는 넓으면서도 크지만 깊어도 어깨가 잠기지 않고 얕아도 정강이 아래를 밑돌지 않는다. 정말 쟁반 속의 물과 같다. 그 경포 가에는 누대가 하나가 서 있는데 그것이 바로 경포대이다. 우리가 통상 경포대라고 하면 경포호를 함께 일컫는 것이다. 그러므로 제목의 '경포' 또한 경포대와 경포호를 아울러 일컫은 것임을 알 수 있다.

도지(圖志)를 상고해보면 경포대는 1326년(고려 충숙왕 13) 안렴사 박숙(朴淑, 일명 박숙정(朴淑貞))이 신라의 사선(四仙, 영랑, 술랑, 남랑, 안상)이 놀던 방해정(放海亭) 뒷산 인월사(印月寺) 터에 창건했다고 한다. 그것을 1508년(중종 3) 강릉 부사 한급(韓汲)이 현재의 위치로 옮겨지었다고 전해지고 있다. 현재 강원도 유형문화재 제6호로 지정된 경포대 곁에는 석구(石臼, 돌절구)가 있는데 신라 사선 중 한 사람인 영랑이 불로장생하는 약을 만들던 곳이라고 한다.

장유(張維, 1587~1638)는 「경포대기(鏡浦臺記)」에서 우리나라 산수의 아름다움은 이미 정평이 나 있는데, 그중에서도 영동이 으뜸이요, 영동 지역 100여 리에 가운데에서도 강릉이 으뜸이요, 강릉에서도 경포대가 으뜸이라고 했다. 명승지에 누대와 정자가 만들어진 이유는 유람하는 사람들이 그 누대와 정자를 둘러보면서 흥취를 느끼고 그를 통해 즐거움을 삼기 때문이다. 그러한 만큼 경포호 가에 경포대가 세워진 것은 자연스러운 것이다. 그래서 장유는 경포호가 강릉에 있는 것은 중국의 전당(錢塘)에 서호(西湖)가 있고, 회계(會稽)에 감수(鑑水)가 있는 것과 같으며, 경포호 곁에 경포대가 있는 것은 동정(洞庭)에 악양루(岳陽樓)가 있고, 예장(豫章)에 등왕각(滕王閣)이 있는 것과 같다고 했다.

이처럼 경포대와 경포호의 경치가 워낙 훌륭하다 보니, 이이(李珥, 1536~1584)의 「경포대부(鏡浦臺賦)」를 비롯해 많은 문인이 지은 작품이 전해지고 있다. 그중 한 작품이 바로 이수광의 시이다. 이 시를 4구씩 나누어 감상해보도록 하자.

4구의 원문 '청동상하(靑銅上下)'는 위아래를 청동 거울로 연결시켜 놓은 것 같다는 뜻이다. 거울처럼 잔잔한 경포호 옆에 자루를 꽂은 듯 우뚝하게 서 있는 경포대에서 경포호를 바라보자니, 경포호의 물빛과 경포호에 비친 하늘빛이 너무 깨끗해 마치 두 개의 청동거울을 깨끗이 닦아 연결시켜 놓은 듯한 모습을 형용하고 있다. 하늘빛이 고스란히 비칠 만큼 맑은 경포호의 모습을 강조한 것이다.

7구의 원문 '홍로(洪爐)'는 온갖 사물을 만들어내는 큰 용광로라는 뜻으로, 주로 천지나 조물을 비유한다. 8구의 원문 '약금(躍金)'은 송나라 범중엄(范仲淹)의 「악양루기(岳陽樓記)」에 "물 위에 뜬 달빛은 금빛으로 일렁이고, 고요한 달그림자는 구슬이 가라앉은 것 같다.[浮光躍金, 靜影沈璧.]"라고 한 구절에서 차용한 것이다. 9구의 원문의 '월영(月影)'은 달그림자 또는 달의 모습 자체를 뜻하는데, 여기서는 후자이다. 곱고 정밀한 경포호를 보자니 조물주가 조화를 부려 쇳돌에서 갓 캐낸 광석같이 순수한데, 큰 용광로 같은 대지에 담긴 경포호에 달빛이 비쳐 일렁이는 물결이 달의 모습 같다고 한 것이다. 달빛에 금빛으로 일렁이는 경포호 전체를 달로 본 것이다.

9구의 원문 '방저(方諸)'는 거울의 이칭이다. 방저는 옛날에 달빛 아래에서 이슬을 받아 물을 받는 데 쓰던 기구이다. 여기서는 경포호의 이름이 유래된 '거울 호수'를 차용한 것이다. 10구의 원문 '삼백경(三百頃)'은 경포호가 300이랑이나 될 만큼 넓고 크다고 표현한 것이다. 12구의 원문 '불식(拂拭)'은 불교 선종의 홍인 선사(弘忍禪師)의 상좌 신수(神秀)의 게(偈)에 "몸은 바로 보리수요, 마음은 명경대와 같으니, 때때로 부지런히 닦아서, 먼지가 일지 않게 하라.[身是菩提樹, 心如明鏡臺, 時時拂拭勤, 勿使惹塵埃.]"고 한 구절에서 차용한 것이다. 일어날 먼지가 없게 마음을 부지런히 닦으라는 뜻이 되겠다.

주물로 만든 큰 거울을 달빛 아래에 두고 300이랑을 채울 만큼의 이슬을 받아서 만들어진 것이 바로 경포호이고, 새로 갈아낸 듯 맑지만 닦으면 닦을수록 더욱 정결해진다고 했다. 한 마디로 드넓은 경포호의 물결이 일렁일수록 더욱 맑아지는 모습을 그린 것이다.

13구의 '유인(遊人)'은 유람객을 뜻한다. 14구의 원문 '나기(羅綺)'는 본래 비단을 뜻하는데, 이백(李白)의 「궁중행락사(宮中行樂詞)」에 "소양전에 복숭아꽃·배꽃이 필 때면, 궁녀들이 서로 친하다네.[昭陽桃李月, 羅綺自相親.]"라고 한 데서 궁녀를 가리키기도 하고, 소식(蘇軾)의 「답진술고(答陳述古)」에 "작은 복숭아꽃 봉우리 터뜨리니 봄을 못 이기는 듯, 비단옷 무더기 속에 단연코 으뜸일세.[小桃破蕚未勝春, 羅綺叢中第一人.]"라고 한 데서 비단옷을 입은 기녀, 또는 미녀를 뜻하기도 한다. 여기서는 미녀라는 의미로 사용되었다. 15구의 원문 '능화(菱花)'는 마름꽃이다.

유람객은 날마다 와서 경포호를 구경하고, 미녀들은 새벽마다 거울 같은 경포호를 보면서 단장하는데, 수면 위에 핀 마름꽃이 화려한 봄빛과 어우러져 있는 풍경을 읊은 것이다. 많은 사람이 경포호를 보기 위해 찾는 모습과 봄날 경포호의 풍경을 그리고 있다.

18구의 원문 '자병(自屛)'은 북제(北齊) 송세량(宋世良)이 청하 태수(淸河太守)로 부임해서 팔조(八條)의 법제를 시행하여 고을 동남쪽 험한 곡제(曲堤)에 모여 있던 도적들이 모두 달아나자 백성들이 "곡제가 험하다 한들 도적에게 무슨 이익이랴, 송공만 계시면 절로 자취를 감추는걸.[曲堤雖險賊何益, 但有宋公自屏跡.]"이라고 찬미했다는 구절에서 차용한 것이다.

경포호는 맑아서 삼라만상이 모습을 숨기기가 어렵다. 작은 티끌조차 경포호에 비춰 보다가 저절로 자취를 감추고 만다. 군자가 이렇게 맑은 경포호를 거울로 삼는다면 충분히 자신의 사악한 생각을 정돈시킬 수 있다는 뜻을 담고 있다.

22구의 원문 '허령(虛靈)'은 명덕(明德)을 뜻한다. 『대학장구』「명덕장(明德章)」 주(註)의 "명덕은 사람이 하늘로부터 얻는 것으로, 허령불매(虛靈不昧)하여 온갖 이치를 구비하고 만사를 수응하는 것이다.[明德者, 人之所得乎天, 而虛靈不昧, 以具衆理而應萬事者也.]"에서 차용한 것이다. 여기서 '허령불매'는 마음에 찌꺼기나 가린 것이 없어 사물을 환하게 비추어 보는 것을 뜻한다. 따라서 허령은 '맑은 마음'이 되겠다. 23구 원문의 '단원(團圓)'은 희극, 연극, 소설 등의 결말이나 끝을 뜻한다. 여기서는 '심지(心地)', 곧 사람의 마음으로 쓰였다.

23구 원문의 '무예(無翳)'는 진(晉)나라 태부(太傅) 사마도자(司馬道子)가 하늘에 뜬 둥근달이 밝고 깨끗하여 조금도 가려진 것이 없는 것[都無纖翳]을 보고는 너무 아름답다고 극찬하였는데, 사중(謝重)이 옆에 있다가 "엷은 구름이 살짝 엉겨 붙어 있는 것만 못하다."라고 하자, 사마도자가 "그대의 마음이 깨끗하지 못하기 때문에 억지로 지극히 맑은 것을 더럽게 오염시키려고 하는 것이 아니냐."라고 희롱했다는 고사에서 차용한 것이다. 군자가 거울처럼 맑은 경포호를 가슴 속에 옮겨 두고 사악한 생각이 없는 맑은 마음을 회복시킨다면, 조금도 가려진 것이 없어 마음속 본바탕이 맑고 깨끗해질 것이라는 뜻이다.

25구의 원문 '연추(妍醜)'는 아름다움과 추함을 뜻한다. 거울 같은 경포호에 모습을 비춰 보면 겉모습의 아름다움과 추함은 물론, 마음 속의 사악함과 바름까지도 비춰 볼 수 있으니, 경포호에 마음을 비춰 본 사람은 부끄러워 절로 삿된 생각을 버리게 될 것이다. 그렇게 되면 세상이 저절로 태평해져서 세상의 맑고 밝기가 경포대에서 바라본 경치와 같아질 것이라는 뜻이다. 이 부분은 고려의 이규보(李奎報, 1168~1241)가 쓴 「경설(鏡說)」과 함께 읽으면 이해의 폭을 넓힐 수 있다.

2020년 1월 말 팔순을 맞이한 친정엄마와 해외여행을 떠나기로 예약까지 마쳤다가 코로나로 떠나지 못했다. 그로부터 2년 수개월 만에 다소 풀린 규제를 틈타 어버이날 친정엄마를 모시고 강릉 경포대로 나들이를 떠났다. 떠나기 전날부터 들떠있기는 나나 친정엄마나 매한가지였다.

경포대에 올라 이수광이 읊은 위의 시를 떠올리며 거울처럼 고요한 경포호를 내려다보고 있자니 안축(安軸, 1282~1348)의 「경포대에 새로 지은 정자에 부친 기문[鏡浦新亭記]」 속에 있는 박숙이 했다는 말이 생각났다. 박숙은 경포대에 올라 조용히 사색하다 보면 조용하고 담박한 가운데 정신이 보존되고, 말로는 형용할 수 없는 고상한 생각이 일어난다고 했다.

사람들이 관동의 승경을 논할 때마다 오직 기암괴석이 많은 고성(固城) 앞바다의 국도(國島)와 통천(通川)의 총석정(叢石亭)를 언급하는데, 박숙은 왜 경포대를 빼어난 승경이라고 했는지 안축은 처음에는 공감하지 못했다고 했다. 그런데 경포대에 직접 올라보니 박숙의 말이 실감났다.

"멀리 보이는 바다는 드넓고 아득한데 안개 속에서 파도가 출렁거리고, 가까이 있는 경포호는 맑고 깨끗한데 바람 따라 잔물결이 찰랑거린다. 멀리 보이는 산은 골짜기로 천 겹이어서 구름과 이내가 아득하고, 가까이 있는 산은 봉우리가 십 리에 뻗어 초목이 푸르다. 항상 갈매기와 물새가 나타났다 잠겼다 하고 왔다 갔다 하면서 대(臺) 앞에서 한가하게 노닌다. 봄가을의 안개와 달, 아침저녁의 흐리고 갬이 이처럼 때에 따라 기상이 변화무쌍하다. 이것이 경포대의 경관이다."

나 역시 경포대에 앉아서 가만히 경포호를 내려다보자니 떠나기 전날 들떠 있던 마음이 절로 평온해지고, 경포호처럼 맑아지는 기분이 들었다. 친정엄마도 날씨도 좋고, 바람도 좋고, 경포호를 보고 있자니 마음이 참 편안해진다고 말씀하셨다. 기암괴석으로 사람을 놀라게 하는 풍경은 없지만 마음을 안정시키는 데는 그만인 경포대는 연로한 친정엄마와 나들이하기에는 정말 안성맞춤인 곳이었다.

거울을 보면서 겉모습과 함께 마음까지 닦았던 사람들이 있었다. 그들은 작은 거울을 보면서도 마음을 닦았다. 그러니 3백 이랑이나 되는 경포호를 마주하고 마음을 닦지 않는다면 무엇을 닦겠는가. 그런데 정말 시구처럼 경포호에 마음을 비춰볼 수 있다면 나는 차마 비춰보지 못할 것 같다. 특히 친정엄마와는 더더욱 못하겠다. 친정엄마가 자식들을 키우며 보낸 인고의 세월이 가슴에 남아 경포호에 비치고, 아직도 자식들을 걱정하는 마음은 비치는데, 옆에는 친정엄마에게 변변한 효도 한번 못한 내 마음이 비칠까 봐 겁이 나서이다. 그래서 어리석은 나는 박수량(朴遂良, 1475~1546)이 경포대를 보면서 '수면은 거울처럼 평평하고 수심은 깊은데 형체만 비춰 보고 마음은 비춰 볼 수 없구나.[鏡面磨平水府深, 只鑑形影未鑑心.]'라고 한 구절만 떠올리기로 했다.

수많은 문인이 승경으로 손꼽은 경포대를 지르밟은 하루는 고요한 가운데 삼추(三秋)에 비견될 만큼 참으로 즐거웠다. 다만 '나날이 기력이 쇠해가는 친정엄마와의 경포대 나들이는 다음을 또 기약할 수 있을까? 훗날 이 경포대를 떠올리면 어김없이 느린 걸음의 친정엄마와 지르밟던 시간이 그리워질 텐데'라고 생각하니, 가슴이 먹먹해진다. 내년에도, 후년에도, 십 년 뒤에도 오늘 친정엄마와 함께 지르밟은 경포대가 영원히 추억의 시간으로 남지 않기를 바라고 또 바라며, 내년을 다시 기약해본다.

가없는 바닷가 물거품과 빛의 공간,
의상이 머물다 간 낙산사 홍련암

– 일연(一然), 「낙산이대성 관음 정취 조신(洛山二大聖觀音正趣調信)」,
『삼국유사(三國遺事)』

유이경

옛날 의상 법사가 당나라에서 막 돌아와 관음보살 진신(眞身)이 바닷가 동굴에 머물고 있다는 말을 듣고, 이로 인해 이름을 낙산이라 하였다. 보통 서역에 보타락가산(普陀洛伽山)을 소백화(小白華)라고도 했는데, 바로 백의대사(白衣大士, 관음보살)의 진신이 머무는 곳이기에 이를 가차(假借)하여 이름을 지었다

의상법사는 7일간 몸과 마음을 재계하고 앉았던 자리를 새벽 바다에 띄웠더니, 용천팔부시종(龍天八部侍從)이 굴로 인도하여 들어가게 하였다. 하늘을 향해 예를 올리자 수정 염주 한 꾸러미를 내주었다. 의상이 받아서 나오니, 동해의 용도 여의보주 한 알을 바쳤다. 법사가 받들고 나와 다시 7일 동안 몸과 마음을 재계하니, (관음보살이) 참모습을 드러내어 말하였다.

"앉은 자리 위쪽 산마루에 쌍죽이 솟아나리니 그 땅에 불전을 짓도록 하라."

법사가 듣고 굴에서 나왔더니 정말로 대나무가 땅에서 솟아났다. 바로 금당(金堂)을 짓고, 소상(塑像)을 만들어 모시니, 둥근 얼굴과 고운 자태가 뚜렷하여 너무나도 자연스러웠다. 대나무는 다

196

시 사라졌고, 그제야 그곳이 관음의 진신이 머문 곳임을 알았다. 이에 사찰 이름을 낙산이라 하였다. 법사가 받은 두 염주를 성전(聖殿)에 모셔두고 떠났다.

昔義湘法師 始自唐來還 聞大悲眞身住此海邊窟內 故因名洛山 蓋西域寶陁洛伽山 此云小白華 乃白衣大士眞身住處 故借此名之 齋戒七日 浮座具晨水上 龍天八部侍從 引入崛內 叅禮空中 出水精念珠一貫給之 湘領受而退 東海龍亦獻如意寶珠一顆 師捧出 更齋七日 乃見眞容 謂曰 於座上山頂 雙竹湧生 當其地作殿宜矣 師聞之出崛 果有竹從地湧出 乃作金堂 塑像而安之 圓容麗質 儼若天生 其竹還沒 方知正是眞身住也 因名其寺曰洛山 師以所受二珠 鎭安于聖殿而去

~~~~~~~~~

이 글은 신라 시대 의상(義湘, 625~702)이 낙산사를 창건한 이야기로『삼국유사』에 있는 내용이다. 이 글은 종교적 삶을 살다간 역사적 인물인 의상과 일연을 만나게 하고, 나와 이웃을 되돌아보게 하는 공간적·시간적 상징성이 있어 세 가지를 주목하고자 한다.

첫째, 이야기의 시작 부분이다. '의상 법사가 당나라에서 막 돌아온 후 동해바닷가 낙산의 관음 진신이 산다는 말을 듣고 그곳에서 만나 뵙고자 했다'는 사실이다. 의상이 돌아온 이유는 당나라에 유학을 떠났다가 돌아오는 단순한 귀국과는 다르다. 당나라 고종이 신라를 치려 하자 이 사실을 신라 문무왕에게 알리기 위함이었다. 게다가 중국에서 화엄 사상과 이론을 배워왔음에도 신라 국토 해변에 실제로 관음이 머물고 있다는 믿음으로 수행을 통하여 재현하도록 하였다. 이는 의상이 대중들과 함께 맞닥뜨린 국가와 현실과제를 신앙의 구도 자세로 극복하려는 모습이었다.

'진신', '백의대사'는 '관세음보살(觀世音菩薩)', '관자재보살(觀自在 菩薩)'의 다른 표현이다. '백의'로 표현된 보살은 항상 흰 옷을 입고 흰 연꽃 위에 앉아 있기에 붙은 이름인데, 청정한 마음으로 생명을 다루는 진신이기에 이렇게 불리었다. '많은 사람이 숱한 고뇌를 받을 때 관세음보살의 이름을 한결같이 부르면 1천 개의 손과 1천 개의 눈으로 살펴서 즉시 해탈과 구원을 얻게 해 준다'는 믿음의 대상이었다.

『화엄경』의 「입법계품(入法界品)」에서 선재동자(善財童子)가 불교의 선지식을 찾아 여러 곳을 다니다가 관세음보살을 만나는데, 그 장소는 보타락가산(普陀洛伽山)이다. 보타락가산은 산스크리트어 포탈라카(Potalaka) 음역인데, 작고 흰 꽃[小白華]이 만발한 바닷가의 산이라는 뜻을 지녔다. 인도 남부 바닷가에 깨달음을 얻은 성자들이 사는 상상의 산이기도 하다. 불경에서는 백화산(白花山) · 소화수산 (小花樹山) · 해도(海島) · 광명산(光明山) 등으로 번역하는데, 선재동자가 진신을 만난 보타락가산의 풍경은 당시 설악산 한계령에서 양양으로 이어지는 길의 풍경과 유사했을 것이다. 이로 인해 의상은 당시 우리나라 국토인 강릉 바닷가 낙산이 '보타락가산'이라는 성스러운 땅일 수 있다는 믿음을 갖고 방문하였다.

둘째, 상징적인 요소를 사용하여 몸과 마음을 깨끗이 하는 구도의 자세와 실천이다. 새벽 바다와 동굴에서 간절한 구도의 자세를 내보이자 용천팔부시종과 동해의 용이 나타나 감응한다. 만물이 움트는 새벽의 시간을, 바다와 동굴이라는 공간을 제시하고 있다. 태양이 떠오르기 전 새벽 시간에는 어둠이 짙어 앞을 분간하기 힘들다. 컴컴하고 막힌 동굴에서 몸과 마음을 깨끗이 하기란 쉬운 일이 아니다. 그럼에도 마음과 몸을 깨끗이 하여 보물을 받았고, 다시 마음과 몸을 깨끗이 하여 진신의 모습을 뵙고, 절을 지으라는 명령을 받았다. 수행의 자세와 태도로 인해 낙산사를 창건하고 진신의 모습을 보았다는 대목이다.

셋째, 무소유의 떠남이다. 의상은 성전(聖殿)에 수정 염주와 여의보주, 두 보물을 두고 떠났다. 이것은 만인에게도 관세음보살 구원의 눈길과 손길을 드리고자 한 의미를 지녔다. 동시에 의상이 길을 떠남은 지향적 활동이 개입되어 있다. 진신에 대한 깨달음을 얻었어도 그곳에서 안주하지 않고 여러 사람을 교화하고 제도하는 관음보살의 실천행으로 낙산사 홍련암이라는 시공간을 떠나는 과정이 그러하다.

의상이 수행했던 종교적이면서도 사적 시공간의 체험은 다시 공적 시공간으로 나아가는 실천 지향의 의미를 담고 있었다. 많은 이들에게 꿈과 믿음, 구도 자세의 실천을 함께하기 위하여 현실 세계로 되돌아오는 모습이 주목할 만하다. 낙산사와 홍련암은 혼잡한 세상과 단절된 공간이자 자연과 마주한 공간으로, 다시 떠나 되돌아갈 수 있는 재출발의 장소가 되는 일련의 과정을 보여주고 있다.

이런 의상의 모습을 기록한 일연(一然, 1206~1289)은 무엇을 말하고 싶었을까? 일연의 『삼국유사』에는 원효가 길을 가던 중 만난 벼를 베고 빨래하는 여인이 관음 진신이었으나 알아채지 못했다는 이야기처럼 여러 장소에서 다양한 모습으로 나타나는 관음을 곳곳에 배치하였다. 일일이 다 언급할 수 없지만 이런 관음의 모습은 항상 인간 삶의 현장에서 동행하고 있다는 믿음을 드러내었다. 큰 자비의 마음을 지닌 진신은 현실의 숱한 공간에서 다양한 모습으로 중생들과 함께한다는 믿음으로 고려 후기 몽골·왜구의 침입에 제 삶을 잃어버린 사람들을 향한 구원의 공간으로 '백의대사'가 재현하는 과정을 드러내고자 했을 것이다.

일연은 70여 세에 『삼국유사』를 집필하기 시작하였는데, 의상의 일화는 14살 때 설악산 진전사(陳田寺) 주변의 절들을 두루 다니며 수행하면서 들은 이야기였다. 청년기에 들은 이야기를 통해 일연은 권력과 지식, 담론의 공간으로서가 아니라 몸과 마음을 깨끗이 했던 의상의 수행 자세와 태도를 강조하고 싶었을 것이다.

이는 단군의 어머니 웅녀가 신격 환웅의 도움을 받고, '사람 되기'를 기도하면서 백일 동안 햇빛을 보지 못하는 동굴에서 쑥 한 심지와 마늘 스무 개를 먹고 환생했던 이야기와 유사하다. 견딤과 인내라는 통과의례를 통해 환생하는 이야기는 시대와 사회가 달라도 역경을 이겨낸 사람들에 나타나는 체험으로 흔히 알려진 이야기다. 고대 신화가 사찰의 창건 설화로 변이되어 전해지고, 세상과 연결된 수행의 공간이자 새로운 곳을 향해 출발하는 모습을 보여준다.

현재는 교통수단이 발달하여 마음만 먹으면 언제나 도달할 수 있는 공간이다. 서울에서 인제에 이르면, 태백산맥을 이룬 줄기들과 소양강의 여러 지류가 보인다. 굽이굽이 연이어진 한계령을 넘어가면 어느새 푸르게 탁 트인 바닷가의 낙산사, 의상대, 홍련암에 이른다. 신앙이 없는 이들도 숱하게 드나드는 이곳은 불교 신자들이 진신을 만나는 보타락가산과도 같은 공간으로 진실한 마음과 경건한 태도를 절로 지니게 하는 풍경이다.

낙산사의 여러 경내 중 홍련암을 살펴보자. 윗글에는 나오지 않지만 전해오는 이야기에 의하면, 의상이 관세음보살을 친히 보았다던 관음굴에서 연꽃이 피어나 바위 위에 얹어 지었다고 한다. 홍련암은 작은 불상이 안치된 자그마한 암자로 바다 끝자락에 위치하여 길이 막혀 있다. 이곳에서 보는 다양한 빛과 물결은 삶의 다양한 모습을 생각하게 한다.

　관광객이 붐비는 낮에도 기도하는 사람들이 있긴 하지만, 홍련암의 기도는 깊은 밤이나 새벽에 주로 이뤄진다. 이름도, 삶의 모습도 제각각인 낯선 사람들이 모여 각자의 방식으로 염불, 묵언, 절을 한다. 염불 소리는 파도 소리와 합쳐져 나지막한 합창 소리가 된다. 한밤에 밀려오는 파도의 하얀 거품은 마치 용천팔부시종이 몰려오는 듯하다. 달빛과 햇빛이 떠오르는 바다에 반짝이는 윤슬은 수정구슬과 여의주를 보는 듯한 상상력을 펴게 만든다.

　불교 신앙의 공간이긴 하지만, 수많은 사람이 의상과 같은 진실의 염원을 꿈꾸고 자신과 관계한 숱한 일을 되돌아보면서 앞으로 나아가기를 기도한다. 홍련암에서 길을 나서려면 왔던 길을 되돌아 나와야만 하듯이, 이전과 다른 나의 재출발 공간으로 삼을 수 있다. 자연과 인간, 인간과 인간이 상호작용할 수 있는 재도약의 기회를 얻는다. 이들은 제한된 공간과 시간을 넘어 기대와 희망으로 충전할 수 있다. 거창한 사회적 책무와 만인에게 희망을 줄 수 있는 메시지까지 꿈꾸지 않더라도 서로 다른 개인들은 각자의 생활공간으로 돌아와 반복되는 생활에서 그때의 기도와 염원을 떠올리며 조화로운 생활을 이어간다. 마치 날마다 뜨고 지는 해와 달처럼, 바위에 부딪혀 물거품으로 사라져도 다시 밀려오는 파도처럼 순환한다.

이러한 순환은 불연속적인 하나의 점들이 이어져 선이 되고, 연이어 자리잡아 미래로, 꿈으로 이어진다. 개개의 별들이 제각각 반짝이는 듯하지만, 시간을 이어붙이면 거대한 우주 공간에서의 순환을 이뤄내는 듯하다. 실천적 깨달음을 안고 돌아와 느리더라도 긍정적인 삶의 전환을 꿈꾸게 된다. 마주했던 해와 달빛, 파도, 염원은 되돌아온 집과 도시에서 주위의 다양한 세계를 포용하게 한다.

의상이 진신을 만나고, 일연이 의상을 만났던 공간은 불교 신자가 아니더라도 길을 떠나고 되돌아오는 반복을 통해 인간의 상호 작용으로 거듭 빛나게 한다. 풍경 자체만으로도 하늘로부터 퍼져 나온 빛이, 거칠게 부딪히는 물거품이 삶의 갈망과 의미로 충전된다. 우리는 의상과 일연을 통해 그들이 남긴 경건함과 실천행으로 위안을 얻는다. 역사적, 사회적 조건에 구애받는 개인이지만, 하늘과 바다를 한없이 바라보는 풍경은 개개인들의 마음으로 스며들어 겸허의 태도를 갖추게 한다. 인간 가치에 대한 믿음으로 보이지 않는 곳에서도 굳건히 실천하는 많은 사람을 통해 그 가치를 확인할 수 있다.

다시 동쪽 해변에서부터 험한 산골짜기와 오색천을 지나 한계령의 굽이굽이 사이로 오면, 저 멀리 바다가 얼핏 보인다. 서울로 돌아오면서 홍련암 암자 난간에 놓인 팻말에 적힌 글을 그대로 되새겨본다. 낙산사 홍련암 주련(柱聯)에 적힌 글이다.

흰옷 입은 관음은 말없이 말하고	白衣觀音無說說
남순동자는 들음 없이 듣도다	南巡童子不聞聞
꽃병 위에 버들 항상 여름인데	瓶上綠楊三際夏
바위 위의 대나무는 시방 세계의 봄일세	巖前翠竹十方春

나의 시선으로 바라본 금강산

– 함진숭(咸鎭嵩), 「신계사 일대에 관한 기문(神溪金剛記)」, 『금강유기
（金剛遊記)』

강민형

온정령(溫井嶺) 일대에 산이 있으니 또한 금강외산(金剛外山)이라
하고, 신계사(神溪寺)가 그 아래에 있다. 대개 비로봉이 주봉이 되
기도 전에 온정령 서남쪽에 먼저 한 산기슭이 있어 별개의 동부(洞
府)가 된다. 금강내산은 모두 돌봉우리가 뼈처럼 서 있고, 외산은
기름지고 포근하여 판이하게 경관을 달리해서 내외의 이름이 있는
것이다.

유점금강은 외산이 되는 게 맞지만, 신계금강은 별도로 한 국면
을 이룬다. 처음에는 내외라고 말할 만한 게 없고 또한 비로봉에
속하는 산록도 아니다. 그런데 외산이라고 함께 부르는 것은 어째
서인가? 금강이라는 이름을 얻은 것은 내산이 뼈처럼 서 있기 때
문이다. 그러므로 내산의 승경은 먼저 중향성으로부터 시작하여
금강이라는 이름을 이루었다.

지금 동석촌에서 신계금강을 바라보면 병풍처럼 서있는 것이 찬
란히 수를 놓으며 중향성을 전부 감싸 안았으니 단지 혈성대, 천일
대의 경관에 비할 바가 아니다. 금강산의 산록에 함께 하지 않는데
도 반드시 금강이라는 이름을 붙인 것은 산의 형세가 내산과 유사

하기 때문이다.

금강이 금강이 되는 것은 내산 때문이지 외산 때문이 아닌데 어째서 신계금강을 유점금강과 같이 보면서 모두 외산이라고 부르는 가? 세상의 군자들은 동석촌과 만물초 사이에서 다니면서도 금강 내외의 구별을 명확하게 말하는 자가 없으니 한스럽다.

내금강의 못과 폭포는 반드시 만폭동을 가장 좋은 것으로 치켜 세운다. 내금강의 진주담(眞珠潭)과 분설담(噴雪潭)은 단지 외금강 구룡동 안의 운금폭(雲錦瀑, 옥류동의 이칭)과 같으니, 어찌 구룡동 전체와 견주겠는가? 이는 내금강이 없는 바이다.

발연(鉢淵)은 구룡연과 비교하면 자그만 부류라고 해도 되며, 내금강에는 진실로 이러한 못과 폭포가 많다. 그러나 치폭(馳瀑, 폭포에서 마음을 달래는 행위)의 법식은 오직 마땅히 발연에서 해야 하니 이 또한 내금강에 없는 바이다. 온천도 진실로 내금강에 없는 바이다. 동석촌과 만물초의 풍경은 그 경관이 중향성(衆香城)에 비할 바가 아니니 모두 내금강에 없는 바이다. 신계의 승경을 거론하자면 모두 내금강을 능가하기에 족한데 세상 사람들은 유점사 일대와 같다고 보고 외산이라고 배척하려고만 하니 어째서인가?……

또한, 내산의 돌 하나 물 하나도 이름이 없는 것이 없지만 장황하게 과장하여 좋은 이름이 하나도 없으니, 반드시 그 이름을 다 고쳐야 금강산의 진면목을 보존할 수 있다. 신계금강은 하늘까지 솟은 봉우리와 골짜기에 흐르는 물이 있는데도 오히려 이름이 없어 식자의 비웃음을 면하였다. 가장 좋은 것은 이름이 없고 그 다음은 이름을 아끼며 또 그 다음은 이름에 흠이 있으나 나쁜 줄 모르는 것이다. 황천이니 업경이니 하는 이름이 얼마나 나쁜가? 이 또한 내산이 신계금강에 미치지 못하는 것이다.

溫井嶺之麓有山 亦曰金剛外山 而神溪寺在其下 盖毘盧未起峯之
前 溫井西南 先得一麓 別爲洞府也 金剛內山 皆石峯骨立 而外山
肉厚 逈然異觀 故有內外山之名焉 楡岾金剛之爲外山固也 神溪金
剛 自成一局 初無內外之可言 且非毘盧之麓也 而混稱外山 何哉
金剛之得名 正以內山之骨立 故內山之勝 先推衆香城爲金剛一號
也 今於動石村 望見神溪金剛 立如列屛者 燦然鋪錦錯繡 盡衆香城
而迤襄之廣 非但比歆惺天一之觀也 夫不與金剛同麓 而必加之以
金剛之名 亦由岡巒體勢 酷類於內山也 金剛之爲金剛 在於內山 而
不在於外山 如之何 視神溪如楡岾 混謂之外山哉 世之君子 笻屨相
屬於動石萬物草之間 而金剛內外之別 尙無明的言之者 可恨也

夫內山潭瀑 必推萬瀑洞爲最勝 而眞珠噴雪 特九龍洞中 雲錦玉
流之儔 何嘗與九龍頡頏乎 此內山之所無也 鉢淵其視九龍淵 雖謂
之 蹄涔之流 可也 內山固多此等潭瀑 然馳瀑之法 惟當施之於鉢淵
又內山之所無也 溫泉 固內山之所無也 而動石之村 萬物草之境 其
觀不特如衆香城之比 盡內山之所無也 歷擧神溪之勝 皆足以凌駕
內山 而世之人視如楡岾 欲以外山擯之 何哉……且內山之一石一
水 莫不有名 然所以張皇夸耀者 無一善稱 必須盡革其名 方可存金
剛本面 而神溪金剛 雖參天之岑兼壑之流 尙無有以名加之者 免被
識者之嗤點 太上無名 其次惜名 又其次名 雖玷而不知惡焉 如黃泉
業鏡之稱 何玷如之 此又內山之不及神溪金剛者也

금강산은 신라 시대부터 주목을 받아왔고, 고려 후기를 지나 조선에 이르러서는 대표적인 명승지로 자리잡았다. 중국의 시인이 "고려국에 태어나서, 한 번 금강산을 보기를 원하네.[願生高麗國, 一見金剛山]"라는 시구를 지었다는 소문이 널리 퍼질 정도이니 금강산에 대한 우리나라 사람들의 자부심을 알 수 있다. 이러한 명성에 걸맞게 헤아리기조차 어려울 정도로 많은 금강산 소재 시와 기행문이 있다. 이 중에서 "강호에 병이 깊어 죽림에 누웠더니"로 시작하는 정철의 「관동별곡」은 현대에도 잘 알려져 있다.

금강산 유람을 하려면 당연히 돈과 시간이 있어야겠고, 여행의 기억을 글로 남기려면 문장을 지을 교양도 필수였다. 그러니 금강산 체험을 기록을 남긴 사람들은 당연히 대부분 양반 사대부였다. 그런데 도성을 떠나 금강산으로 가는 길에 양반만 있었을까? 이름조차 전하지 않는 사람들이 양반을 따라갔다. 분명 이들도 바위를 보고 물소리를 들었겠지만, 이들의 감회는 그들끼리 구전으로만 전했을지는 몰라도 기록으로 남아 있는 건 거의 찾아볼 수가 없다.

하지만 조선 후기에 들어서면서 양반 이외의 계층에서 조금씩 변화의 싹이 움텄다. 역관 등의 기술직과 경아전 등의 중인들이 조금씩 학문을 쌓아 시문을 익히기 시작했고, 시 모임을 만들어 시를 주고받았으며 모아서 시집을 간행하기도 하였다. 이규상(李奎象)은 당대에 뛰어난 인물들의 행적을 모은 『병세재언록(幷世才彦錄)』에서 한양을 중심으로 활동한 중인 일군을 '여항인'이라고 칭하였다.

여항인은 사대부처럼 명산대천을 유람하면서 자신의 경험을 기록으로 남겼다. 이들이 일으킨 바람은 금강산에도 불어서 최북(崔北), 김홍도(金弘道) 등의 화가들이 금강산의 경치를 화폭에 옮겼고, 많은 중인 시인이 금강산에서의 기억을 시구로 담아냈다. 박윤묵(朴允默)은 금강산 기행시를 모아서 『금강록(金剛錄)』을 편찬하였다. 그런데 여항인이 남긴 금강산 기행문은 별로 남아 있지 않다. 박영석(朴永錫)이 「동유록일기」라는 기행문을 남기기는 했지만, 일자별 견문을 나열한 데에 그쳤다. 그러다가 여항인 중에 함진숭(咸鎭嵩, 1773~?)이 1818년 봄에 금강산을 유람한 후 『금강유기』라는 기행문을 남겼다. 이전의 여항인의 여행 기록과는 달리 다양한 형식과 참신한 감각을 적극적으로 활용하였다.

함진숭의 본관은 양근(楊根)이고 자는 성중(聖仲), 호는 판향(瓣香)이다. 집안 내력을 살펴보면 증조부 함연년(咸延年)은 날씨와 천문을 살피는 부서인 서운관의 직장을 지냈고 고조부 함유민(咸有敏)은 의과에 급제한 전형적인 기술직 중인 가문이었다.

그렇지만 할아버지 함세욱(咸世郁)은 기술직에 나아가지 않고 시문을 익히는 데 매진했으며, 아버지 함증문(咸增文)은 이문학관을 거쳐 사근찰방을 지내는 등 문학과 연관 있는 직책을 맡았다. 형 함진태(咸鎭泰)는 중인 신분이면서도 생원시에 급제하는 등 사대부와 어깨를 나란히 할 정도의 학식을 갖추었다. 함진숭 본인도 노론 계열의 학자인 오희상(吳熙常) 밑에서 학문을 배우면서 초시에 입격하였다. 이후 벼슬을 했다는 기록은 없지만, 여항인 후배 조희룡(趙熙龍)의 『호산외사(壺山外史)』에 따르면 함진숭의 명성은 중국에까지 알려졌다고 한다. 현재 남아 있는 그의 저작은 『경설궐의(經說闕疑)』, 『경설궐의속고(經說闕疑續稿)』 등 대부분 경학 관련 자료인데, 여기소개한 『금강유기』는 경학을 주제로 한 글이 아닌 기행문이고 서울대학교 중앙도서관, 하버드대학교 옌칭도서관, 프랑스 동양언어문화학교 등에 필사본 네 종이 남아있다.

사대부의 전유물인 기행문을 중인이 지었다는 것도 주목할 만하지만, 더 주목할 점은 산을 바라보는 시선이다. 함진숭은 유람을 떠나기 전에 이전부터 있었던 금강산 기행문을 두루 참조하였고, 본인의 기록에도 많이 인용하였다. 그렇지만 그는 이전 사람들의 시선을 답습하지 않았다.

우선 함진숭이 이의를 제기한 점은 금강산을 구획하는 기준이었다. 신익성(申翊聖, 1588~1644)이 내무재령을 기준으로 금강산을 내금강과 외금강으로 나눈 이후, 유람기를 남긴 이들은 하나같이 이 기준을 따랐다. 그런데 함진숭은 과감하게 자신만의 기준으로 금강산의 구역을 다시 나누었다. 그가 직접 보니 외금강 중에서 신계사를 중심으로 한 영역은 비로봉을 주봉으로 하는 금강산의 주맥과 다르고, 금강산의 다른 영역과 산세도 달랐다. 그렇기에 이전 사람들은 누구도 생각하지 못한 '신계금강'이라는 구역을 새로 설정하였다.

구획을 새로 정립하고 나서 함진숭은 신계사 일원의 영역을 자신만의 관점에서 새롭게 평가해나갔다. 조선 시대의 금강산 유람은 기본적으로 내금강을 중심으로 이루어져 왔고, 이로 인해 외금강은 상대적으로 소외당하고 있었다. 한양에서 출발해서 내무재령 너머까지 둘러보는 데에는 시간과 비용의 제약이 있었기 때문이다. 후기에 오면 외금강의 가치를 조금씩 인정하는 기록도 나오기는 하지만 여전히 기행문 대다수는 내금강이 중심이었다. 그런데 함진숭은 통설에 이의를 제기하며 공간의 주체적 인식을 시도하였다. 본인이 구획한 신계금강에서 내금강에 없는 멋을 하나씩 지목하면서 고유한 가

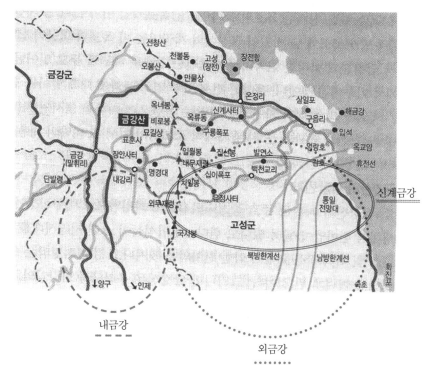

내금강, 외금강, 신계금강 권역 구분

치를 드러낸 것이다. 금강산을 찾아온 사람이 한두 명이 아니건만, 함진숭이 보기에 자신 이전의 유람객들은 신계금강이 지니고 있는 아름다움을 제대로 발견하지 못했다. 그렇기에 남들이 밟던 자리에서 자신의 눈으로 새로운 미감을 캐내면서 그 감격을 「신계금강기」라는 별도의 장절로 나누어 기록한 것이다.

　그동안 소외당하던 신계금강을 드러난 데에는 중인으로서 자신의 가치를 제대로 평가받지 못하던 처지가 반영된 듯하다. 여항인 후배 조희룡이 『이향견문록』의 서문을 지으면서 양반이 아닌 계층의 사람들을 금강산에 이름없는 봉우리에 비유했다. 이런 점에서 본다면 함진숭은 주목받지 못하던 여항인을 금강산의 새로운 모습에 투영한 것이 아닌가 한다.

금강산으로 가는 문이 잠시 우리에게 잠시 열려있던 시기가 있었다. 당시 교복을 입고 있던 나는 국어 교과서에 실렸던 정비석의 「산정무한」과 『나의 문화유산답사기』, 『금강예찬』 등의 기행문을 읽으면서 교복을 벗는 날 금강의 아름다운 풍광을 한껏 만끽하겠다는 꿈이 있었다. 그렇지만 금강산 가는 길은 갑자기 다시 막혔고, 나에게 금강산은 여전히 전설처럼 아득한 곳이 되고 말았다. 함진숭처럼 중년이 되어서 금강산이 내게 발길을 허락한다면 '남의 눈'이 아닌 '나의 눈'으로 구석구석 새로운 가치를 발견하는 재미를 찾고자 한다. 예전부터 누구나 다 보고 말하는 곳이기에 더 찾아볼 게 있냐고 반문할 수 있겠으나, 산속 어딘가에는 아직도 드러나지 않은 멋을 숨기고 있는 구역이 분명 있을 테니 말이다.

변하지 않는 것-허균과 애일당

− 허균(許筠), 「애일당기(愛日堂記)」, 『성소부부고(惺所覆瓿藁)』

곽지은

강릉부에서 30리 되는 곳에 사촌(沙村)이 있다. 동쪽으로는 큰 시내에 맞닿아 있고, 북쪽으로는 오대(五臺), 청학(靑鶴), 보현(菩賢) 등 여러 산이 보인다.

큰 시내 한 줄기가 백병산(百屛山)에서 나와 마을 안으로 흘러가니 이 시내를 빙 두르고 사는 사람들이 위아래 수십 리에 거의 수백 집인데, 모두 양쪽 언덕에 기대어 있으며 하천 쪽으로 문을 내었다. 시내 동쪽의 산은 북대(北臺)를 따라 내려와 구불구불한 것이 용과 같으니 바닷가에서 홀연히 솟구쳐 사화산(沙火山)의 수자리가 되었다. 예전 수자리 아래에 큰 바위가 있었는데, 하천이 터져 나올 때 늙은 교룡(蛟龍)이 그 바닥에 엎드려 있었다. 가정제 신유년(1501) 가을, 교룡이 바위를 깨트리고 떠나버렸는데, 바위가 두 도막으로 쪼개진 것이 문과 같아 후세 사람들이 '교문암(蛟門巖)'이라 하였다.

조금 남쪽에 언덕 하나가 한가운데 있으니 이름을 쌍한정(雙閑亭)이라 한다. 고을 사람 박공달(朴公達)과 박수량(朴遂良)이 노닐던 곳이라 그렇게 이름을 붙였다. 그 산수의 형세가 울창하고 깊어 기운이 용솟음쳐 올라오기에 그 안에서 기이한 인물이 많이 태어났다.

나의 외조부 참판공께서는 바다에 가장 가까운 땅을 골라 그 위에 집을 지으셨다. 새벽에 일어나 창을 젖히면 해돋이를 볼 수 있는데, 공이 마침 모친을 모시고 한편으로는 즐거워하고 한편으로는 두려워하는 때였으므로 그 이름을 애일(愛日)로 지었다. 황문(黃門) 오희맹(吳希孟)이 큰 편액을 썼고 태사(太史) 공용경(龔用卿)이 시를 지어 읊었더니 일시에 여러 명사들이 잇달아 화답하지 않는 자가 없었다. 이 집은 이로 인해 강릉에서 이름을 떨쳤다.

임진년(1592) 가을에 나는 어머니를 모시고 왜적을 피해 북쪽으로부터 배를 타고 교산에 정박하여 이 집을 청소한 뒤 거주하였다. 외조부께서 집을 떠나신 때로부터 지금 43년이 된 것이다. 뜰에는 풀을 베지 않아 덩굴이 엉키고 잡목이 무성하였으며, 담은 무너지고 집은 장차 내려앉으려 했고, 지붕은 금이 가고 벽은 벗겨져 있었다. 시가 적힌 현판은 반도 남지 않았으며 비가 새어 들보와 서까래가 더러워졌고 간혹 썩은 것이 있었다. 창문과 지게문도 썩은 것이 있었다. 어머니는 이로 인해 통곡하고 우셨다. 나는 급히 종들을 독촉하여 더러운 것을 쓸어내고 덩굴은 걷어내어 청소하고 거처하였다.

아! 선조께서 힘써 경영하시어 노부모를 봉양하는 곳을 마련하기를 이렇게 부지런히 하셨는데, 후손이 쇠약해 이 몇 칸의 집도 보존치 못하여 엉망이 되었으니 그 죄가 크다. 내가 비록 불민하나 마침 노모를 모시고 이 집을 이어 지키게 되었으니, 그 애일(愛日)의 생각이 어찌 선조에게서 끊기겠는가. 오직 마음을 다하고 힘을 쏟아 노력하여 그런대로 어머니의 뜻을 좇아 편안하게 하고, 선조의 업을 따라서 닦으며 한가히 노닐고 편안히 처하여 나의 생을 마친다면 외조부를 구천에서 따를 면목이 있을 것이다. 마침내 이렇게 기록하여 뒷사람에게 보인다.

江陵府之三十里有沙村 東臨大海 北眺五臺靑鶴箸賢等諸山 大川一派 出百屛山而注于村中 環川而居者 上下數十里殆數百家 皆依兩岸而面川開戶 川東之山 從北臺而來 蜿蜒如龍 至海上斗起 爲沙火山戍 戍之下 舊有大石 當川之潰 老蛟伏其底焉 嘉靖辛酉秋 蛟決其石去 分兩段而劦如爲門 後人號曰蛟門巖 稍南有一阜當中 名曰雙閑亭 府人朴公達朴遂良之所遊 故以名之 其山形水勢鬱斜而沈深 氣扶輿瀜然 故其中多産異人焉

余之外王父參判公 擇地之最近於海者 構堂其上 晨起拓囱則可見日出 而公方侍慈親當喜懼之年 故以愛日而扁之 吳黃門希孟以大額額之 龔太史用卿作詩以詠 一時諸名人無不屬和 堂由是而擅名江陵也

壬辰秋 余侍母大夫人避賊 自北方舟泊于蛟山 掃堂而居之 蓋去外王父捐館之歲 今四十三寒暑也 庭除不薙 而野蔓榛翳 羅生檜蔚垣藩圮缺 屋宇將挫 屋圻壁剝 詩板半無存者 雨漏汚梁桷 或有朽者囱櫳戶牖有壞敗者 母夫人爲之哭涕 余亟督奴隷 糞其穢獮其蕪而洒掃以處之

噫 先祖之費力經營 爲奉老之所者 如是勤渠 而後孫衰弱 不能庇數椽之室 將至頹廢 其罪大矣 余雖不敏 適侍老母 嗣守玆堂 其愛日之念 豈替於先祖乎 唯當竭心量力拮據 苟完俾安母夫人之志 俾修先祖之業 優游安處以終吾世 則庶幾下從外王父於九原也歟 遂

記之以示後人云

─────

어떤 지역을 지나다 보면 그 지역과 연관된 유명인이 생각날 때가 있다. 남양주나 강진 일대를 지날 때면 조선 후기의 다재다능한 지식인이었던 정약용이 떠오르고, 남한산성 근방을 스칠 때에는 병자호란 때 열띤 논쟁을 펼친 김상헌과 최명길을 연상하는 식이다. 마찬가지로 차창 너머에 강릉이라 쓰여 있는 표지판을 볼 때는 반사적으로 오죽헌과 율곡, 신사임당의 이야기를 가장 먼저 떠올리지만, 이내 허균과 그의 가족들에 대해서도 생각하게 된다.

강릉의 주문진에서 더 들어가면 강릉시 사천면이 있다. 강릉에서 속초로 향하는 길에서 핸들을 틀면 사천해수욕장으로 향하는 간판이 나온다. 휴가철 으레 지나가는 수많은 유원지 중 하나로 여기고 시선을 돌릴 수도 있지만, 이곳은 허균이 어린 시절을 보낸 고향이다. 사천해수욕장 바닷가를 따라 위쪽으로 조금 더 나아가면 끝없이 푸르른 바다와 함께 매끈하고 커다란 바위가 여럿 나타난다. 그 중 가운데 크게 금이 가 있는 바위가 윗글에 나오는 교문암이다.

「애일당기」는 허균의 문집 『성소부부고』 7권에 수록되어 있으며, 전쟁 중 허균이 애일당을 수리하여 모친과 함께 다시 거주하게 된 경위를 담고 있다. 『성소부부고』는 허균이 스스로 편집한 자신의 문집이다. 임진왜란 당시 조선에 파견되어 허균과 만난 중국 측 인사들의 요청에 의해 허균 자신이 직접 편집한 후 1613년 중국에 그 문집을 보냈다. 허균이 1618년 역적의 괴수로 몰려 처형당했기에 공식적으로 출간되지 못하고 필사본으로만 간행되어 오탈자가 많지만, 문학사에 있어서도 가치 있는 자료이다. 현재 민족문화추진회 등에서 번역본을 출간하여 자세한 내용을 확인할 수 있다.

허균은 그의 형제들과 함께 당대부터 문장으로 이름을 날렸지만 그의 생애는 고독했으며 풍파의 연속이었다. 그런 허균에게 예전부터 항상 특별했던 것은 가족이었다. 가족에 관한 그의 기록들을 통해 그리움과 애정을 엿볼 수 있다. 강릉은 허균이 태어난 곳이고, 허균의 외가이기도 하다. 그래서였을까? 허균은 여러 글에서 자신의 추억 그리고 가족과의 시간이 녹아 있는 강릉에 대한 애정을 드러낸다.

허균은 그의 시화 「학산초담(鶴山樵談)」에서 강릉에서 태어난 함동원, 최치운, 최수성부터 매월당 김시습과 심원광, 자신의 형과 누이, 율곡 이이 등 여러 인물들을 열거하며 강릉에는 산천의 정기가 있어 기이한 인물이 가끔 나오고, 자신의 형제들 역시 강릉의 정기를 받았다 언급한다. 또한 『성소부부고』 1권에 수록된 시 「지사촌(至沙村)」에서는 '사촌에 이르니 갑자기 미소 지어지고, 교산은 주인 오기를 기다린 것 같도다[行至沙村忽解顔, 蛟山如待主人還]'라고 하며 이 공간에 대한 편안함과 애착을 드러낸다.

허균의 삶에는 많은 부침이 있었지만, 가장 큰 부침은 역시 전쟁이었다. 임진왜란 당시 허균은 어머니와 만삭의 부인을 대동하여 강릉으로 피난을 떠났고, 그 과정에서 부인과 자식을 잃었다. 간신히 강릉에 돌아온 허균은 모친을 모시고 그가 태어났던 애일당을 수리하여 거주한다.

애일당은 허균의 외조부 김광철(金光轍, 1493~1550)이 지은 집으로, 그 뒤에는 야산이 하나 있다. 이 야산의 모양새가 교룡마냥 구불

구불하다고 하여 교산(蛟山)이라 하였는데, 허균은 이를 따서 자신의 호로 삼았다. 김광철은 이곳이 단순히 바다로부터 가깝고 전망이 좋을 뿐만 아니라 용이 나올 명당이라고 여겼다. 용 모양 산과 바위가 있어 그 기운을 받기라도 한 것인지 허균 일가는 조선에서 손꼽을 만큼 빼어난 문재를 타고났다.

애일당은 『소학』의 "부모를 섬기되 스스로 부족한 것을 아는 자는 순일 것이다. 오래 할 수 없는 것은 부모를 섬기는 것을 말하니 효자는 나날을 아까워하는 것이다."라는 구절에서 따온 말로, 부모에게 주어진 삶의 시간이 정해져 있기에 효자는 부모를 섬길 수 있는 하루하루가 흘러가는 것을 안타까워하며 지낸다는 뜻이다. 정해진 시간이 나날이 줄어감을 애석하게 여기는 동시에, 그 유한한 시간을 소중하게 생각하고자 하는 효자의 마음이 드러나는 대목이다.

『논어』에도 "부모의 연세는 알지 않으면 안 되니, 한편으로는 기쁘고 한편으로는 두렵다."라는 비슷한 구절이 있으니, 부모가 나이 들어갈수록 장수를 기뻐함과 동시에 노쇠함을 두려워한다는 지극한 효심을 그려낸 내용이다. 허균의 외조부 역시 나이 들어가는 모친의 모습을 보고 기쁨과 두려움을 품은 채 하루하루를 소중히 여기고자 집에 이러한 이름을 붙였을 터이다. 그 마음을 그대로 이어받아 허균이 그 집에 똑같이 모친을 모시고 살게 되었다. 시간이 변하고 집의 모습도 사뭇 달라졌지만, 그들이 품은 가족에 대한 추억과 사랑은 여전했다.

용 모양 산 아래에서 용이 날아간 흔적이 고스란히 남아 있는 바위를 바라보며 살아간 허균은 자부심이 넘치는 사람이었다. 그렇기에 자신을 용에 비유하는 것도 서슴지 않았다. 아버지와 형이 높은 관직을 역임하고 권력의 중심에서 일생을 보낸 것과 비교해 보았을 때, 허균의 관직 생활은 탄핵과 풍파의 연속이었다. 대부분의 가족이 이른 나이에 죽었고, 그의 스승인 손곡 이달(李達)은 서출이라는 출신의 한계 탓에 훌륭한 재능에도 불구하고 널리 쓰이지 못하였다. 용이 되지 못하고 바위에 눌려 있던 교룡처럼, 조선이라는 땅이 자신과 그 주변 여러 사람들을 누르고 있다고 여겨서였을까? 허균은 집 뒤에 위치한 산의 이름인 교산을 자신의 호로 붙여 스스로를 이무기에 비유하였다.

허균이 스스로를 바위에 갇혀 있는 이무기에 비유하고 새로운 세상에 대한 구상을 그려내었던 시간들이 무상하게 흔적도 거의 남아 있지 않는 집터를 살펴보자면 세월이 무상하다는 탄식이 저절로 흘러나온다. 허균과 그 모친도 바다 가까운 명당을 골라 해돋이를 지켜볼 수 있도록 신경써 지은 집이 그대로 방치되어 있는 광경을 보고 가슴아파한다.

그렇지만 허균이 바라보았던 바다와 바위는 아직도 옛 모습을 그대로 간직한 채 남아 있어, 세월이 아무리 흘러도 변하지 않는 것이 있다는 사실을 실감하게 된다. 글의 말미에서 허균은 하루하루를 소중히 여기는 선조의 정신을 이어받아 새롭게 집을 보수하고 모친을 잘 모시겠다고 다짐하고 있다. 사람이 만든 것은 시간이 지나면 사라지지만 그 정신만 잊혀지지 않고 남아 있다면 얼마든지 새롭게 만들어낼 수 있다.

해변가에 살던 수백 집의 사람들도 모두 없어졌고 그 집터도 찾아볼 수 없지만 바다의 모습은 변하지 않았다. 허균이 다시 지은 애일당의 터는 인적이 드문 채 방치되어 있지만 허균의 글과 생각만은 없어지지 않고 지금까지 내려오지 않는가? 사람도, 집도, 심지어는 바다도 끊임없이 변하지만 결국 끝까지 변하지 않는 소중한 것들이 있다. 그 소중한 것을 기억하고 이어나갈 수만 있다면, 폐허가 된 애일당을 다시 지었듯 변해가는 것들은 얼마든지 되돌릴 수 있지 않을까.

안식의 장소로 삼고 싶은 청평사

- 박장원(朴長遠), 「유청평산기(遊淸平山記)」『구당집(久堂集)』

조민제

춘천의 청평산은 본래 작은 봉래산이라고 불렸는데 관동의 제일 가는 명산이다. 그러나 우리나라에서 그 이름이 드러난 것이 어찌 산수가 뛰어나고 기이해서일 뿐이겠는가

이곳은 옛날부터 대부분 명망 있는 사람들이 배회한 곳으로, 고려 때에는 이자현과 같은 이가 있었고 지금 우리 왕조에는 열경(悅卿) 김시습(金時習)과 같은 이가 있으니, 앞뒤로 서로 전하여 기록하여 그들의 고상한 풍채와 빼어난 시운은 지금 듣는 이들에게까지 흥을 불러일으킬 수 있으니 이는 진실로 다른 산에는 드문 것이다.

근세에 퇴도(退陶) 이황 선생과 상국 백사(白沙) 이항복은 혹 어사가 되어 지방에 나가면서 축융(祝融)을 읊는 시를 남겼고, 혹은 참소를 당해 도성을 떠나 자유로이 서호(西湖)를 여행하였다. 그러나 이곳에서 두 사람이 찾으려 했던 것은 산이 아니고 사람이었다는 것도 생각해볼 수 있다.……

잠시 후 저녁밥이 준비되었다고 알려주어 돌아가는 길에 두 비석을 찾아갔다. 비석은 원해문 앞에 동서로 대치하고 있었다. 하나

는 검은색, 하나는 흰색이었고, 흰색의 품질은 검은색보다 못했다. 검은 것은 색은 반들반들하고 지금까지 이끼나 좀먹은 곳이 없었으니 참으로 이상한 돌이다.

　검은 것은 건염(建炎, 1127~1130) 때 세워졌는데 승려 탄연의 업적이었고, 흰 것은 원나라 태정(泰定, 1324~1328)때 세워진 것인데 모두 이군해(李君侅)가 전서체(篆書體)로 쓴 것이고 머리글은 이제현(李齊賢)이 지은 것이다. 그것을 쓰다듬었으나 분주하여 다 읽지 못했으니 흠이 되고 더욱 흠이 되었다. 비석으로부터 남쪽으로 몇 리쯤 가니 서향원(瑞香院)의 옛터가 있는데 이곳은 동봉(東峯, 김시습)이 묵던 곳이었으나 등나무만 무성하여 다시 찾을 만한 곳은 아니었다.……

　암자 근처 서쪽 모퉁이 꼭대기에는 절벽이 포옹하듯 서 있었고 석면에는 '선동식암(仙洞息菴)' 네 글자가 새겨져 있었는데 누구는 김시습이 썼다고 하고 누구는 이자현이 썼다고 하는데 알아볼 수 있는 사람이 없었다.……

　암자 서북쪽으로 몇 걸음 가니 나한전(羅漢殿)이 있었고 나한전 앞으로 또 몇 걸음 가니 골짜기가 그윽하게 감추어져 있는데 희이자(希夷子) 이자현이 편안히 거처하였던 고니의 알 같은 서실의 남은 터가 아직 있다. (후략)…

春州之淸平 素稱小蓬萊 蓋亦關東之一名山也 然其擅名於國中者
豈徒以山水之瓌奇已哉 自古多爲聞人之所盤旋 在麗有若李資玄
在我朝有若金悅卿 前後相望於傳記 其高風逸韻 至今聞者 猶足以
興起 則此固他山之所稀有也 近世退陶李先生及白沙李相國 或以

繡衣持斧 留祝融之吟 或以遭讒去國 縱西湖之遊 茲二公之所探歷
必皆不以山而以人 亦可想矣

 …… 俄告晚飯已具 歸時歷尋兩碑 碑在圓解門前 東西對峙 一則
黑色 一則白 白者品不及黑 黑者色滑 至今無苔蘚蝕處 眞異石也
黑則建炎建而僧坦然蹟 白是元泰定所立 而具官李君俠所書篆 而
首書具官李齊賢撰 爲之摩挲 忙未盡讀 此爲欠事 尤可欠者 自碑南
去幾里許 有瑞香院舊基 乃是東峯所住 而藤卉莽蒼 無復可尋

 …… 近菴西隅 崖石擁立 石面刻仙洞息菴四字 或云金筆或云李
筆 無能辨識者 …… 西北數步有羅漢殿 殿前又數步 其谷窈然而藏
有希夷子所安鵠卵之室遺址猶存 ……

「유청평산기(遊淸平山記)」는 박장원(朴長遠, 1612~1671)의 『구당집』
에 실린 유산기(遊山記)이다. 청평산과 그 일대를 여행한 기록인데,
청평사에 대한 내용이 주를 이루고 있다.

박장원은 1649년에 춘천부사로 임명되어 3년간 정성을 다하여
백성을 다스렸다. 그는 백성들의 효심을 고취하고, 백성의 학문을
증진하는 것에 특히 집중하였는데, 이 때문에 당시 춘천에서는 백성
들이 그를 칭송하는 노래를 어렵지 않게 들을 수 있었다고 한다. 「유
청평산기」는 그가 춘천부사로 재임하던 신묘년(1651) 8월에 청평산
유람을 다녀온 기록이다.

박장원은 청평산과 청평사라는 곳이 인물들과 관련이 있는 특별
한 곳임을 강조하였다. 첫 문단에서부터 이미 그는 "사람들이 청평
산을 유람하는 이유는 청평산의 아름다운 경관 때문이기도 하지만,

과거의 뛰어난 문사들이 머물렀던 곳이었기 때문"이라고 말하며 청평산이 뛰어난 문사들로 인해 특별함을 강조하였다. 박장원은 고려시대의 이자현, 본인과 같은 왕조의 문사 김시습을 언급하며 '그들의 고귀한 기풍과 빼어난 시운은 지금 사람들에게까지 흥을 불러일으킬 정도로 뛰어난 문사'임을 강조하고 있다. 그리고 이렇게 뛰어난 문사들이 이곳에 머물렀다는 것만으로도 청평산은 다른 산과 구별되는 곳이라고 언급하였다. 곧이어 청평사에 도착한 그는 청평사 내의 여러 곳을 돌며 이곳과 얽힌 인물들을 추억한다.

청평사는 고려 이자현의 흔적이 짙은 곳이다. 청평사는 973년(고려 광종 24년)에 백암선원(白巖禪院)이라는 이름으로 창건되었지만 얼마 지나지 않아 폐사되었고, 문종 22년(1068)에 이자현의 아버지 이의(李顗)가 춘천의 감창사(監創使)로 부임하면서 그 터에 다시 절을 짓고 보현원(普賢院)이라고 하였다.

훗날 이자현은 벼슬을 버리고 보현원으로 들어가 그 이름을 문수원(文殊院)으로 고치고 주변에 암자와 불당, 정자 십여 곳을 지은 후 누비옷을 입고 채소를 먹으며 살았다. 그가 이곳에 오자 들끓던 도적과 호랑이떼가 종적을 감추었다고 하여 사람들에게 이 절이 '청평(淸平)'이라고 불리게 되었다고 한다. 불교에 심취하였던 이자현은 『능엄경』을 수행의 기본 경전으로 삼아 널리 알리는 데 큰 역할을 하였다. 그의 불학(佛學)에의 명성은 예종(睿宗)의 귀에까지 전해졌고, 예종은 그에게 능엄강회(楞嚴講會)를 개최하게 하였는데, 그의 강의를 들으러 전국에서 학자들이 모여들었다고 한다.

이자현은 당시 최대의 문벌귀족 가문이었던 인주 이씨의 일원이었다. 그의 집안은 100년간 왕실과 혼맥을 맺어 더할 수 없는 권력을 가진 집안이라고 할 수 있다. 이자현은 27세의 젊은 나이에 대악서승이라는 높은 지위에 올랐는데도 이러한 부귀영화를 모두 버리고 은거를 택한 인물이었다. 그는 약 6년간 관직 생활을 하다가 임진강을 건너면서 다시는 서울로 돌아가지 않겠다고 맹세하였다. 그는 정치가 자신이 생각한 것과 매우 달랐다는 점에서 싫증을 느꼈고, 아내가 갑자기 세상을 떠나면서 속세에 환멸을 느꼈던 것이다. 다른 곳이 아닌 청평사로 온 것은 청평사가 바로 아버지가 춘천 감창사 시절 터를 닦았던 곳이며, 지친 심신에 위안과 안정을 주는 안식처였기 때문이었다.

김시습은 어떠한가? 김시습은 3살 때부터 이미 글자를 익혀 5세에 한시를 지을 수 있던 전무후무한 신동이었다. 세종대왕은 김시습의 재주를 시험해보고 그의 영특함에 감탄한 뒤 후대에 불러 크게 쓸 것이라 말하며 그를 격려하였다. 그 후 김시습은 열심히 공부하여 벼슬길에 나아가 조정과 나라를 위해 충성을 다할 것을 다짐하였으나, 수양대군의 왕위찬탈로 인해 모든 의욕을 잃고 좌절한다. 유년 시절부터 유가 정치의 이념을 학습한 김시습에게 있어 임금이란 무력이 아닌 인과 의를 베푸는 사람이며, 인과 의를 실현하는 것이 곧 정치라고 생각해왔는데, 수양대군은 그가 그동안 학습해 온 이념은 모조리 부정했던 것이다.

김시습은 읽던 책을 모조리 불사르고 방에서 3일 동안 나오지 않으며 울고 웃기를 반복하다가 결국 벼슬할 뜻을 접고 팔도를 유랑하고 시를 지으며 안정을 찾고자 했다. 그는 본래 방랑과 시 짓기를 좋아하는 사람이었는데, 이는 『매월당집(梅月堂集)』「탕유관서록(宕遊關西錄)」을 통해 파악할 수 있다. "본디 산수를 찾아 방랑하고자 하여, 좋은 경치를 만나면 이를 시로 읊조리고 즐기면서 친구들에게 자랑하곤 하였다." 또한 "선비가 자신과 세상이 모순되면 물러나 스스로 즐기는 것이 분수에 맞는 일일 텐데, 어찌 다른 사람의 비웃음을 사면서 억지로 속세에 머무르리오?"라는 내용을 통해 그는 수양대군의 왕위찬탈로 인해 자신이 생각했던 이상사회가 현실에서 실현될 수 없다는 것을 깨닫고, 이 충격을 극복하고자 유랑을 떠난 것이라고 볼 수 있다.

김시습이 청평사에 머문 시기는 아직 의견이 분분하지만, 「유객(有客)」과 「청평산 세향원 남쪽 창에 쓰다[題淸平山細香院南窓]」라는 시를 통해 여러 차례 청평사를 다녀갔다는 것을 알 수 있다. 김상헌(金尙憲)의 「청평록」에 기록된 "절의 남쪽 골짜기 속에는 세향원이 있는데, 청한자가 머물러 살던 곳으로 지금은 무너졌다."라는 기록과 「유청평산기」의 "비석으로부터 남쪽으로 몇 리쯤 가니 서향원의 옛 터가 있었는데 이곳은 동봉 김시습이 묵던 곳이었으나 등나무만 무성하여 다시 찾을 수 없을 것 같다."라는 기록을 통해 김시습이 청평사의 세향원에 머물렀다는 사실은 알 수 있으나 한때는 무너졌다는 것을 알 수 있었다. 다행히 세향원은 그 후 복원되어 현재는 관람객들의 쉼터로 이용되고 있어, 이곳에 오면 그가 살았던 곳의 흔적을 잠시나마 상상해 볼 수 있다.

이자현과 김시습은 모두 당대의 뛰어난 문사들이었음에도 자신이 꿈꿔온 이상과 현실의 크나큰 괴리감을 느꼈다. 게다가 이자현은 아내의 죽음, 김시습은 임금의 폐위 사건이라는 인생의 향방에 큰 영향을 주는 사건과 마주하였다는 공통점이 있다. 또한 두 인물 모두 불교와 깊은 연관이 있다는 것도 공통점이다. 『동문선(東文選)』에 기록된 김부철(金富轍)의 기록에 따르면 이자현은 "공부하지 않은 것이 없었으나, 깊이 불교의 이치를 연구하였고, 특히 참선을 좋아하였다."고 한다. 그는 선종(禪宗)에 심취하여 훗날 참선을 하고 여러 불경을 읽으며 『능엄경』을 알리는 데 큰 역할을 하는 인물로, 고려 시대 거사불교(居士佛敎)의 중심인물이 되었다.

김시습 역시 불교와 인연이 깊은 인물이다. 그는 15세가 되던 무렵에 어머니를 잃고 그를 자식처럼 아껴주던 외숙모 역시 세상을 떠나면서 인간의 죽음에 대해 생각해보게 되고, 곧 불교에 심취하여 송광사(松廣寺)에서 불교를 공부하고 심신을 위로하며 연을 맺었다. 훗날 효령대군(孝寧大君)의 권유로 세조의 불경언해사업에 참가하기도 하였고, 『십현담요해(十玄談要解)』라는 불교 해설서를 저술하였으며, 청평사 세향원에 머무르는 동안 학매(學梅)라는 스님을 지도하였다. 따라서 그가 청평사를 찾은 것은 결코 우연이 아니며 불교와 맺어진 인연이 있었기 때문일 것이다.

박장원의 「유청평산기」는 단순히 청평산과 청평사를 유람한 후 그곳의 풍경과 감흥만 묘사하는데 집중한 유산기가 아니다. 그는 이곳과 연관된 여러 인물을 언급하였고, 그중에서도 특히 이자현과 김시습과 같은 뛰어난 인물들이 이곳에 머물렀기에 다른 곳보다 더 큰 의미를 지닌다는 점을 강조하였다. 시기는 달랐으나 두 인물이 유사한 시련을 겪으며 받은 마음의 상처를 치유하기 위해 이곳에 들렀다는 것은 청평사가 그들의 심신을 치유하는 가장 좋은 안식처라고 생각했기 때문이 아니었을까.

영

남

선현들의 자취가 서린 영남루, 그 휴식의 공간

– 김주(金湊), 「영남루기(嶺南樓記)」, 『신증동국여지승람(新增東國輿地
勝覽)』

양영옥

밀양은 경상도에서 이름난 고장으로 그 관청 동쪽에 누각이 있어 영남루라고 하는데, 긴 강을 굽어보며 끼고 있고 넓은 들을 평평히 머금고 있어서 군 전체에서 더욱 경치 좋은 곳이다.

을사년(1365) 봄에 내가 서울을 나와서 군수가 되어 일을 보는 여가에 이 누각을 보았는데, 규모가 좁아 집이 작고 추녀가 짧아 바람이 비끼면 비가 들어오고 해가 기울면 볕이 들어왔다. 누각에 오르는 것을 즐긴다 하여도 메마르고 축축함을 제거할 수 없으므로 낡은 것을 고치려고 모두 다 걷어버리려고 생각하였다. 그러나 장인을 얻기 어려워서 고을 사람들에게 물으니, 모두들 말하기를, "고을 노비 한 사람이 평소에 훌륭한 공장이라 일컬어졌는데, 이미 늙고 또 병들어 일을 맡기는 어렵지만, 그래도 누워서 지시할 수는 있습니다." 하였다.

내가 곧 아전을 보내서 불러다가 그 까닭을 말하고, 진주에 보내서 촉석루의 제도를 그림으로 그리게 했더니, 돌아올 무렵에는 병이 비로소 조금 나았다. 또 일꾼들을 거느리고 산에 들어가 재목을 거두니 날로 조금씩 힘이 붙어 일어나서 걸을 수 있게 되어 그 척도

(尺度)를 헤아리고 승묵(繩墨)을 보고, 그 일을 마치게 되어서는 드디어 병이 다 나았으니 이 어찌 천행이 아니랴.

집을 네모지게 넓히고 추녀를 겹쳐서 깊게 하니, 마루와 기둥이 넓고 높아서 바람과 비를 물리치게 되었다. 이윽고 단청을 하니 사치스럽지도 않고 누추하지도 않았다. 그런 뒤에 바람과 비가 닥쳐도 근심하지 않고 뜨거운 뙤약볕을 근심하지 않았다. 손님과 주인이 함께 기뻐하며 서로 술을 권하고 받았는데, 돌아다니고 움직이고 가만히 있기에 오히려 여지가 있고 올라가서 글을 읽으면 가슴 속이 후련하니, 대개 좋은 경치의 고상한 멋을 더한 까닭이다.

교대하여 조정으로 돌아가서 8년이 지난 임자년(1372) 외람되게 안부(按部)에 뽑히고, 또 18년이 지난 기사년(1389) 또 관찰사의 임무를 받고 와서 이 다락에 오르니, 이미 두 번이 된다. 돌아보니 산천은 옛날과 같으나 누각이 더욱 새로움에 감탄했다.…… 군수이던 날에는 지위가 낮아 힘이 작았고, 안부가 되어서는 지위가 이미 높아져 힘이 커져서 당시에 유익한 일을 할 수 있을 것 같았고, 지금에 와서는 지위가 더 높아져 힘 또한 커졌으므로 더욱 세상에서 유익한 일을 할 수 있다. 한 도(道)의 권세를 조종하고 12년이란 오랜 세월을 겪었는데도 한 가지 일도 나라를 돕고 백성에게 넉넉하게 하여 사람들의 귀와 눈에 또렷하고 찬란히 비석에 새겨, 이 다락의 경치와 더불어 함께 무궁한 후세에 드리울 만하게 하지 못한 것으로 말하면 더욱 한탄할 일이다. 때문에 벽에 적어서 내 뜻을 털어 놓는다.

密城在慶尙爲名區 而其廨宇東有樓曰嶺南 俯控長川 平呑曠野 尤

爲一郡之勝 乙巳之春 予出爲宰 視事之暇 乃觀斯樓 制度隘陋 屋
小簷短 風斜雨入 日側陽來 雖樂登臨 難袪燥濕 思欲革舊 悉皆撤
去 難其工匠 咨於郡人 僉曰 有郡奴素稱良匠 旣老且病 難以執役
猶可臥而指授 余乃使吏致之 語以其故 令遣晉陽 使圖礧石之制 及
其旣還 病始小愈 又率徒役入山取材 則日以差强 能起而步 量其
尺度 視其繩墨 至畢其功 而邃以永瘳 斯豈非天幸歟 方屋以廣 重
簷以邃 軒楹宏敞 風雨攸除 乃施丹雘 匪侈匪陋 然後風雨不患其
逼 畏景不患其爍 賓主同歡 獻酬交作 周旋動靜 猶有餘地 登臨嘯
詠 胸次恢廓 蓋有以增勝景之高致也 見代還朝越八年壬子 濫承按
部之選 又十有八年己巳 亦忝觀察之命 來登是樓 已至于再 顧瞻如
舊 感嘆彌新……若夫爲宰之日 位卑力小 爲按部也 位旣崇而力旣
博 似可以有爲於時矣 及至於今 位旣益崇而力亦益博 尤可以有爲
於世矣 操縱一道之權 經歷一紀之久 未能有一事裨於國而裕於民
表表在耳目 明明刊金石 可與斯樓之景同垂於無窮者 益可嘆矣 故
誌于壁以寫余志

낙동강의 지류인 밀양강가를 따라 걷다 보면 절벽 위에 자리잡고 있
는 누각 하나가 눈에 들어온다. 바로 조선후기 대표적 목조건축물
영남루이다. 강을 끼고 번성한 도시의 영화로움을 증명이라도 하려
는 듯 누각은 옛 모습을 그대로 간직한 채 발아래 도심을 굽어보고
있다.

영남루는 고려 공민왕 14년(1365) 밀양군수로 부임한 김주(金湊,
1339~1404)가 세운 누각이다. 본래 이곳에는 신라 법흥왕 때 창건한

영남사(嶺南寺)가 있었는데 절은 없어지고 종각인 금벽루(金壁樓)만 남았다. 김주는 절터에 새로 누각을 짓고 절 이름을 따서 영남루라 하였다. 위의 글은 김주의 기문으로 영남루를 창건한 지 24년이 지난 1389년(공양왕 원년) 관찰사로 다시 밀양을 방문했을 때 지은 것이다. 영남루를 짓게 된 과정을 소상히 밝히고, 중책을 맡은 자신의 모습을 돌아보며 소회를 적고 있다.

김주는 옛 금벽루에 올라 밀양의 경치를 바라보니 경관은 더없이 좋으나 누각이 이에 걸맞지 않아 재건을 결심했다. 그 과정에서 병약했던 장인이 천행으로 병이 낫게 된 기이한 일도 전하고 있다. 영남루는 진주 촉석루의 제도를 본받아 정면 5칸, 측면 4칸으로 집을 넓히고 추녀는 깊게, 기둥은 높게 하여 비바람을 피할 수 있게 하였다.

당시 성곽 축조의 권위자였던 김주는 계룡산 신도(新都) 경영에 참여하였고, 한양 천도 때 신도궁궐조성도감(新都宮闕造成都監)의 판사가 되어 종묘·궁궐 등을 짓는 데 공이 컸던 인물이다. 나라의 성쇠를 좌우하는 것은 천시(天時)가 아니라 지리(地利)라고 여겼던 김주는 왕에게, "중과부적의 상황에 넓은 들판에서 전투를 벌인다면 승패와 생사는 한순간에 결정될 것입니다. 그러나 견고한 성안에서 굳게 지킨다면 비록 사방에서 포위하더라도 쓸데없이 시간만 끌 뿐 도저히 함락시킬 수 없을 것입니다."라고 상소를 올리는 등 성곽 축조의 필요성을 여러 차례 건의하였다. 이같은 행동은 그에게 공으로 돌아오기도 했지만 때로는 무리한 공사로 형벌을 받기도 하였다. 기문의 말미에서 나라와 백성을 위하는 마음을 다 펴지 못하는 안타까운 심정을 드러내고 있다.

사실 지금의 영남루의 모습은 밀양에 부임한 관리들이 공들여 중수하고 복원한 결과물이다. 팔작지붕의 2층 누각인 영남루는 양 옆으로 마치 날개를 펼친 듯 두 개의 건물을 끼고 있는데 왼쪽이 능파각(陵波閣), 오른쪽이 침류각(枕流閣)이다. 능파각은 김영추(金永錘, 1443~?)가 부사로 왔을 때 손님 접객 장소로 지어 망호당(望湖堂)이라고 이름지었던 곳이다. 이후 강숙경(姜叔卿, 1428~1481), 박세후(朴世煦, 1494~1550)가 영남루를 중수하면서 이곳도 증축하고 이름을 바꾸었다. 침류각은 안질(安質, ?~1447)이 세우고 이름없이 소루(小樓)라고 부르던 것을 권기(權技, 1405~1467)가 소루(召樓), 이충걸(李忠傑)이 임경당(臨鏡堂)이라고 불렀고, 박세후가 중수하면서 이름을 바꾸었다. 오늘날 우리가 보는 영남루의 모습은 화재로 소실되었다가 헌종 10년(1844) 부임한 이인재(李寅在, 1793~?)가 복원한 것이다. 세월의 흐름에 따라 많은 변화를 거치며 지금의 모습을 유지하고 있는 것이다.

영남루에 가면 큰 글씨의 편액들이 누각 안팎에 걸려있어 눈길을 끈다. 밀양강을 바라보는 누각 남쪽에는 추사체의 맥을 이어받은 명필 하동주(河東洲, 1869~1943)가 쓴 '영남루' 편액이 걸려있고, 영남루 정면에는 당대의 명필가인 조윤형(曺允亨, 1725~1799)의 '영남루' 편액과 이유원(李裕元, 1814~1888)이 쓴 '강좌웅부(江左雄府)', '교남명루(嶠南名樓)' 편액이 나란히 걸려 있다. 내부의 여러 편액 가운데에는 지금의 영남루를 중수한 이인재의 어린 두 아들이 썼다는 편액이 있어 놀라움을 자아낸다. 당시 일곱 살이었던 이현석(李玄石)이 쓴 '영남루' 편액과 열한 살의 이증석(李憎石)이 쓴 '영남제일루(嶺南第一樓)' 편액인데, 어린아이가 썼다고 믿기지 않는 솜씨로 영남루의 볼거리가 되었다.

조선시대 영남루는 밀양도호부의 객사(客舍)였던 밀양관(密陽館)의 부속건물로서 손님을 접대하거나 휴식을 취하는 장소로 쓰였다. 영남루 본루와 함께 양익루(兩翼樓)라 불렸던 두 건물이 넓게 펼쳐져 화려하고 웅장한 자태를 보여줄 뿐만 아니라 건물 기둥이 높고 넓게 개방되어 경관을 바라보며 연회를 베풀기에 손색없는 곳이었다. 때문에 밀양을 찾는 시인묵객들은 반드시 이곳에 들렀고, 누구랄 것도 없이 시 한 구절씩 남기고 갔다. 영남루와 관련된 시문이 무려 1천여 편에 달한다고 하니 이 누각에 올라 발아래 펼쳐진 풍광을 바라보노라면 절로 시구가 떠올랐던 듯하다.

영남루에 대해 처음으로 시를 쓴 이는 고려시대 시인 성원도(成元度)이다. 그는 1344년(충목왕1) 봄, 순행길에 밀양을 지나다가 영남루에 들러 다음과 같은 시를 남겼다.

붉은 난간 우뚝 솟아 구름 하늘에 닿고	朱欄突兀襯雲天
줄지은 산 잇단 봉우리 눈 앞에 모여드네	列岫連峯湊眼前
아래에는 긴 강이 쉼 없이 흐르고	下有長江流不盡
남쪽에는 큰 들이 끝없이 넓구나	南臨大野濶無邊
마을 다리엔 버들이 비오는 숲에 어둡고	村橋柳暗千林雨
관로에는 꽃이 십리 안개 속에 밝구나	官路花明十里煙
올라서서 풍경을 감상하지 않는 것은	不欲登臨賞風景
사람들이 환영 잔치 베풀까 해서라네	恐人因此設歡筵

성원도는 이 시를 쓰기에 앞서 서문에서 여러 지방을 유람하면서

232

경관 좋은 누대에 많이 올랐지만 영남루에 비견할 만한 곳은 없다고 하였다. 그리고 "큰 강이 그 사이에 비껴 흐르고, 늘어서 있는 봉우리가 삼면을 겹겹이 에워싸고 있고 넓은 들이 아득하고 평평하기가 바둑판 같은데, 큰 숲이 그 가운데에 무성하여 흐리거나 맑거나 아침이나 저물녘의 사시의 경치가 무궁해서 시로는 다 기록할 수 없고 그림으로도 다 그려낼 수 없으니, 남방 산수의 신령한 기운이 밀양에 다 모여서 이 다락이 껴안고 있다."고 극찬하였다. 사실 성원도가 오른 누대는 김주가 세운 영남루가 아닌 영남사의 옛 종루이지만 탁 트인 경관을 바라볼 수 있는 위치이기는 매한가지였다.

영남루 자리에서 눈을 들어 멀리 내다보면 아래에 흐르는 강줄기뿐만 아니라 넓게 펼쳐진 들판과 숲, 굽이진 봉우리가 한 폭의 그림처럼 펼쳐진다. 영남루를 오르는 이라면 누구나 한결같이 느끼는 감상이다. 후대에 이곳을 찾은 문인들은 영남루의 풍광을 처음으로 읊은 이 시에 차운한 시를 남겼는데 퇴계 이황(李滉, 1501~1570)의 시도 그중 하나다.

누각은 영해 하늘 우뚝이 솟아 있고	樓觀危臨嶺海天
좋은 시절 국화 앞에 객은 찾아왔도다	客來佳節菊花前
소상강 언덕인가 푸른 숲에 구름 걷히고	雲收湘岸靑楓外
형산 남쪽 흰 기러기 물은 떨어지누나	水落衡陽白雁邊
비단 장막 광한전의 달을 싸고도는데	錦帳圍將廣寒月
옥퉁소 소리 태청의 연기 속에 들어가네	玉簫吹入太淸烟
평생에 진실로 시인의 흥이 있어	平生儘有騷人興
술두루미 앞에서 비단 자리에 춤추노라	猶向尊前踏綺筵

– 이황, 「영남루(嶺南樓)」, 『퇴계집』

　『퇴계집(退溪集)』에 수록된 '영남루' 시다. 1535년(중종30) 일본사
신을 동래로 호송하고 한양으로 돌아가던 중 영남루에 올라 지었다
고 전하는데 영남루에서 느낀 감흥을 읊으며 자신의 시흥을 드러내
고 있다. 영남루 앞마당에는 꽃무늬가 새겨진 돌이 있어 '석화(石花)'
라고 불리는데, 이 시의 두 번째 구절에서 말하는 '국화'는 중의적인
의미로 그 석화를 뜻하는 것이다.

　영남루 내부에는 여러 명필들의 편액과 함께 영남루를 다녀간 문
인들이 남긴 기문과 시가 연등천장을 따라 걸려 있다. 앞서 살펴본
성원도, 이황의 시를 비롯해서 사위를 만나러 밀양에 왔던 이색(李
穡, 1328~1396)의 시, 청도군수로 와서 영남루를 찾은 문익점(文益漸,
1331~1398)의 시 등 곳곳에서 시문 현판을 발견할 수 있다. 조선 선
조 때에는 누각에 걸린 시판만 해도 족히 300여 개가 되었다고 하
는데 화재로 소실되어 현재는 그 모습을 확인할 수 없는 것이 안타
까울 뿐이다.

　고려 말기의 이숭인(李崇仁), 이인복(李仁復), 권근(權近), 도원흥(都
元興) 등과 조선전기의 서거정(徐居正), 성현(成俔), 남효온(南孝溫),
김종직(金宗直)을 비롯하여 이후 황준량(黃俊良), 홍직필(洪直弼), 윤
기(尹愭)에 이르기까지 당대 명문장가들의 붓끝에서 우뚝 솟은 영남
루의 자태와 탁 트인 밀양의 풍광이 이어져 왔다. 영남루에 오른 문
사들은 행차길에 잠시 들른 누각에서 하늘에 닿을 듯, 구름 위에 오
른 듯한 신선 세계를 경험하기도 하고, 눈앞에 펼쳐진 진기한 풍경
에 사로잡혀 세상 시름을 잊기도 했던 것이다.

그 시절 영남루에 올랐던 선현들의 소회는 지금 우리가 느끼는 이 상쾌함과 별반 다르지 않았을 것이다. 몇 해 전, 점필재연구소의 선생님들과 번역 작업을 진행하느라 매주 금요일마다 밀양에 내려갔던 적이 있다. KTX로 꼬박 3시간이 걸리는 거리를 2년간 매주 다니면서 '열정페이란 이런건가' 쓴웃음을 짓기도 했는데, 세미나를 마치고 돌아오는 길에 멀리 강물에 비친 영남루의 모습을 볼 때면 여행길에 오른 듯한 착각이 들곤 했다. 밤이면 가로등이 영남루를 환하게 비춰 낮의 모습과는 또 다른 매력을 느끼게 했던 것이다. 밀양 팔경이라고 불릴만한 장관이었다. 그 옛날 선현들도 영남루에 올라 멀리 풍광을 바라보고 있자면 조정의 일은 잠시 잊고 자연과 시절만을 느끼는 시간을 갖게 되지 않았을까.

우리는 수많은 고민과 갈등을 겪으며 살아간다. 사회적 성취를 이루느라 혹은 주위의 반대를 무릅쓰고 내가 원하는 삶을 살아가느라 혹은 나와 다른 생각을 가진 사람들과 조화를 이루느라 끊임없이 갈등하고 조율하며 살아가고 있다. 돌아보면 그리 대수롭지 않은 일도 막상 부딪혔을 때는 세상 어떤 일보다 크게 느껴진다. 그럴 때 잠시 현실에서 벗어나 몸과 마음을 쉬어갈 수 있는 곳이 있다면, 다시 힘을 내어 일상을 살아갈 수 있을 것이다. 새로운 곳은 늘 그런 위안과 설렘을 안겨 준다. 그곳이 어디든 지친 삶에 새롭게 힘을 불어넣어 줄 수 있는 곳이라면 나만의 케렌시아(Querencia)가 되지 않을까.

후대 사람들이 만드는 학사대의 기억

– 신석우(申錫愚), 「고운영당유허기(孤雲影堂遺墟記)」, 『해장집(海藏集)』

장진영

장경각(藏經閣) 서쪽 작은 산기슭에 전나무와 삼나무가 둘러싸고 있는 곳이 있어 '학사대(學士臺)'라고 하는데, 고운(孤雲) 최치원(崔致遠)이 노닐던 곳이다.

옛날에는 이곳에 선생이 손수 심은 전나무가 있고 작은 건물 안에 초상화가 걸려 있었으나, 후대에 퇴락하여 이름난 스님의 영당(影堂)으로 옮겨 봉안해 이거인(李居仁)과 함께 동서로 배향하였다. 그러나 최치원의 후손들이 이를 불경한 일이라 여겨 그들의 집에 옮겨 보관하였다고 한다.

이 산에 최치원 공의 초상이 없는 것은 마치 집에 주인이 없는 것과 같으니, 매우 허전한 느낌이다. 공의 초상이 이 산을 떠난 뒤 공이 손수 심었던 나무들 또한 말라 버렸다고 한다. 스님들은 본디 허탄한 이야기를 좋아하여 그 일을 신령스럽게 여기고자 하지만, 또한 이치상 혹 그럴 법도 하다.

나는 장차 최씨들과 상의하여 그림 한 점을 모사해 주고 이 산에 구본(舊本)을 다시 가지고 와서 유허에 작은 건물을 중건해 봉안함으로써, 가야산이 다시 학사들의 관할이 될 수 있도록 할 것이다.

또 나의 소상(小像)을 그 옆에 놓아둠으로써 선생의 가르침을 받들고 평소 이름난 산에 뜻을 두었던 나의 마음을 담고자 한다.

藏經之閣西有小麓 松杉被之 曰學士臺 孤雲之所盤桓也 舊有先生
手植松 有數楹揭七分之幀 後因頹傾 移奉於名僧影堂 與李居仁東
西配腏 孤雲後人 悶其不經 移藏于家云 是山之無公像 如室宅之無
主人 大是悵缺 公像出山之後 手植之松亦枯 僧徒固好誕妄 欲神其
事 亦理之或然者也 余將謀於崔氏 移模一本以付之 還舊本於玆山
重建小堂於遺址而妥安之 使伽倻之山復歸學士之管領 又欲配余
小像 以寓執鞭下風雅志名山之意焉

─────

이 글의 작자는 19세기에 활동한 문인 해장(海藏) 신석우(申錫愚, 1805~1865)이다. 19세기 유력 가문 평산 신씨(平山申氏) 출신인 그는 순조에서 철종대 중앙과 지방의 고위직을 두루 역임한 관인인 동시에, 홍석주(洪奭周, 1774~1842)·신위(申緯, 1769~1845)·조면호(趙冕鎬, 1803~1887) 등 당대에 이름난 문사들과 두루 교유하며 폭넓은 문학 활동을 전개한 문인이다.

그가 활동한 19세기는 지방에 대한 통치력을 강화하고 각 지역의 정보를 실상에 부합하도록 파악하고자 조선 건국 이래 지속해서 축적·확장되어 온 지리에 관한 관심과 지식을 바탕으로 지역 명소의 구체적인 면면을 기록하는 문학적 흐름이 있었다. 신석우는 당대 유력 가문을 배경으로 성장하여 풍부한 학적 경험을 쌓았고, 관직 생활에 접어든 이후로는 사관직(史官職)을 역임하며 역사적 지식을 축적해 나갔다.

이와 같은 '19세기 지리에 대한 인식 고조'라는 시대적 배경과 '신석우의 높은 역사의식'이라는 개인적 요인이 결합한 결과, 그가 구축한 폭넓은 작품 세계의 한편에는 지역에 관한 관심의 흔적이 뚜렷이 남아 있다.

그는 여러 차례에 걸친 지방관 파견의 경험 속에서 당시의 풍속과 역사, 문화 등을 기록하였는데, 특히 1855년부터 1857년까지 경상도 관찰사 재임 시절에 다양한 건물, 유적, 명승 등을 소재로 창작한 기문이 주목된다. 대상의 내력과 형상을 서술한 것부터 해당 지역을 유람하고 지은 유기에 이르기까지 그 종류가 다양하다. 그 찬술 목적은 지역 유적의 내력과 유래를 선명히 밝히는 데 맞추어져 있다.

윗글은 1856년 신석우가 가야산 등지를 유람하고, 해인사 남쪽에 있는 최치원의 유허지 학사대를 방문하여 지은 글이다. '학사'는 배우는 사람, 또는 관직명이고, '대'는 높게 두드러진 평평한 땅이다. 학사대의 주인공인 최치원이 한림학사의 벼슬을 지냈기에 명명한 것이지만 후대에는 이를 본떠 배우는 사람들이 머무른 경치 좋은 장소에 학사대라는 명칭을 붙이는 일이 종종 있었다.

신석우에 따르면 학사대에는 최치원이 손수 심은 전나무와 그의 초상화가 걸려 있는 작은 건물이 있었는데, 초상화는 훗날에 승려의 영당으로 옮겨졌다. 그곳에서 최치원은 해인사 대장경판을 만드는 데 공헌한 전설 속의 불교 신도 이거인과 함께 배향되었다. 그러자 최치원의 후손들은 자신들의 조상을 불가에서 모시는 것을 불경한 일이라 여겨 초상화를 자신들의 집으로 옮겨버렸고, 그 뒤 학사대의 전나무는 말라 죽어버렸다. 이 이야기를 전해 들은 신석우는 최치원의 후손들과 상의해 그 초상화를 학사대에 돌려놓고 자신의 소상도 그 옆에 걸어둘 것이라 다짐하였다. 그렇게 하여 가야산이 다시 학사들의 공간으로서의 명성을 되찾도록 함은 물론, 최치원을 유가의 비조(鼻祖)로서 숭모하는 뜻을 담고자 한 것이다. 지역 명소인 학사대의 내력과 함께 그곳에서 느낀 자신의 감정과 의지를 선명하게 드러낸 글이다.

신석우는 학사대를 방문했을 때 위의 기문과 더불어 시도 남겼다.

자줏빛 주머니와 붉은 도포 기개가 맑으니	紫袋猩袍氣宇淸
문장은 아름답고 문필은 종횡무진.	文章桂花筆縱橫
홀간산에서 얼어 죽는 참새와 계림의 누런 잎	紇干凍雀鷄林葉
선생께서 세상을 떠난 뜻을 본다네	方見先生遯世情

－신석우, 「해인사황태사시(海印寺次黃太史詩)」, 『해장집』

1, 2구는 학사대의 주인공인 최치원을 묘사한 것이다. 고관대작의 옷차림으로 최치원을 소개하며 그의 뛰어난 문학적 재능을 칭송하였다. 3구에 나오는 홀간산은 중국 산서성(山西省) 대동시(大同市) 동쪽에 있는 산으로 이 산 정상은 여름에도 눈이 쌓여 있을 정도로 춥다고 한다. 때문에 "홀간산 꼭대기 얼어 죽는 참새들, 어찌하여 좋은 곳에 날아가 살지 않는가."라는 말이 유행했다고 한다. 계림은 신라의 도읍지인 경주의 다른 이름으로 신라를 뜻한다. 계림의 누런 잎은 신라가 망하고 고려가 흥성할 것이라는 최치원의 예언 "곡령(鵠嶺)의 소나무는 푸르고 계림의 잎은 누렇게 될 것이다."에서 따온 말이다. 곡령은 고려의 도읍지 개성 송악산의 다른 이름으로 고려를

뜻한다. 신라의 쇠퇴를 예견한 최치원이 속세를 버리고 떠난 이유를 학사대를 보면서 새삼 다시 떠올리고 있다.

그렇다면 다른 문인들에게 학사대는 어떤 장소였을까. 조선 시대 많은 문인이 학사대를 지나며 글을 남겼는데 역시 최치원을 회상하는 내용이 많다. 최치원을 설명하는 수식어는 다양하다. 12살에 당나라로 유학을 떠난 최초의 조기 유학자(遊學者), 유학자(儒學者)로서 신선의 풍치를 지닌 유선(儒仙), 유(儒)·불(佛)·선(仙)에 모두 정통했던 사상가. 이러한 최치원이 노닐었던 학사대를 다른 문인들은 어떻게 그렸는지 살펴보자. 다음은 연암 박지원(朴趾源, 1737~1805)이 지은 「해인사」라는 시의 일부분이다.

아침나절 학사대에 올라 보니 　　　　　　　朝上學士臺
문창후(文昌侯)를 만날 것도 같네 　　　　　文昌如可晤
이분이 신선을 아주 좋아하여 　　　　　　　此子喜神仙
종신토록 장가 두 번 안 들었다네 　　　　　終身不再娶
도를 얻어 갑자기 하늘 오르니 　　　　　　　得道忽飛昇
신발 두 짝 숲 언덕에 버려두었네 　　　　　雙履遺林步
　－박지원, 「해인사」, 『연암집』

박지원은 최치원의 시호(諡號)인 문창후(文昌侯)를 언급하며 학사대에 오르니 죽지 않고 신선이 되었다고 전해지는 최치원을 만날 것도 같다는 기대를 드러내었다. 다음은 채제공(蔡濟恭, 1720~1799)의 시이다.

가야산 오기 이전에도 반은 신선이었으니 　　　未到伽倻已半仙

본래부터 적성(赤城)의 꼭대기에 살았어라 　　興居元是赤城巓

하늘은 산에 꽃을 남겨 놓고 기다리고 　　　天應別著巖花待

비는 나를 붙들어서 자고 가게 하려 하네 　　雨欲深留山客眠

넓은 다리 천 시내의 물을 삼킬 듯하고 　　橋闊恰吞千澗水

굽이도는 봉우리는 향로 연기 가둬 두네 　　峯廻不洩萬罏煙

전 시대의 문장이 사라진 게 한스러워 　　　文章異代蕭條恨

석양에 황폐해진 대 옆에서 한 번 읊네. 　　落日荒臺一嘯邊

　　－ 채제공, 「학사대감음(學士臺感吟)」, 『번암집』

1, 2구에서는 유선(儒仙) 최치원을 소개하였다. 여기서 적성은 전설상의 선경(仙境)으로 최치원이 가야산에 은거하기 이전부터 신선의 풍치가 있었다고 말하였다. 마지막에는 문장가이던 최치원을 지금 볼 수 없고, 그가 노닐던 학사대마저 황폐해진 것을 안타까워하는 마음이 잘 드러난다. 이 시를 통해 학사대 주변에 시냇물이 흐르고 산봉우리가 둘러싼 풍광을 대강 상상할 수 있는데 이덕무(李德懋, 1741~1793)의 「가야산기(伽倻山記)」를 보면 자세히 알 수 있다.

서쪽 높은 언덕을 학사대라 하는데 이곳에 오르면 해인사의 경내를 다 볼 수가 있다. 산이 좌우로 감쌌으며 북쪽은 높고 남쪽은 낮다. 시냇물은 앞으로 쏜살같이 흐르는데, 종이 만드는 갑문(閘門)과 곡식을 찧는 물방아가 물가를 따라 여기저기에 있다. 시내의 서쪽 높은 절벽에 또 깨끗한 절이 있는데 이름은 원당(願堂)이라 한다. 승려가 '이곳은 애장왕이 머무른 곳이다.'라고 한다.

가마를 타고 홍하문(紅霞門)으로 나오니 뾰족한 봉우리와 깎아지른 듯한 절벽이 시냇물 양쪽에 서 있다. 홍류동(紅流洞)과 낙화담(落花潭)의 폭포는 하얗게 떨어지고 물에는 녹음이 잠겼으며 나무와 돌이 모두 성낸 듯하고 안개도 사람을 싫어하는 듯하다. 푸른 절벽에는 이름을 여기저기 새겨 놓아 사람의 흥취를 깬다. 원중랑(袁中郞)이 '푸른 산의 흰 돌이 죄없이 묵형(墨刑)을 받았네.' 한 말이 참으로 빈말이 아니다.

－이덕무, 「가야산기」, 『청장관전서』

학사대는 해인사 경내 독성각(獨聖閣) 위편에 자리하고 있다. 이덕무의 글에서도 확인되듯 학사대에 오르면 해인사의 경내를 다 볼 수 있다. 산으로 둘러싸여 있고 그 앞으로 수량이 넉넉한 시냇물이 흐르고 있었음이 이 글을 통해 명확해진다. 지금 학사대 역시 이 풍광은 여전하다.

신석우에 따르면 학사대에는 전나무도 있고 최치원의 영정을 보관하는 작은 건물도 있었던 것 같다. 그러나 지금은 아무것도 없다. 2019년까지 학사대에 있던 전나무가 태풍의 피해로 부러졌기 때문이다. 이 전나무는 최치원이 거꾸로 꽂아둔 지팡이가 자랐다는 전설이 있고 나뭇가지들이 아래를 향하고 있어 그 전설을 뒷받침한다. 특이한 수형과 역사적, 문화적 가치를 인정받아 천연기념물로 지정되기도 했다. 학사대의 상징과도 같던 전나무마저 사라진 지금은, 이곳이 학사대라고 알리는 표지가 없다면 그냥 지나칠 수도 있는 장소가 되었다.

지금까지 신석우가 남긴 학사대 관련 글을 통해 학사대가 기억된 방식을 살펴보았다. 학사대는 최치원이 은거 시에 노닐던 곳으로 이곳을 지나는 문인들은 자연스럽게 최치원을 추억하였다. 많은 문인이 신선의 풍도를 지닌 최치원의 모습을 그려낸 데 비해 신석우는 최치원에게 입혀진 불교적인 색채를 지우고자 하는 후손들의 마음을 헤아려 유학자로서의 최치원을 부각하려는 의지를 불태웠다.

이처럼 인물과 관계된 장소의 기억은 고정된 것이 아니라 그 인물을 어떻게 기억하고 싶은지에 따라 다양한 모습으로 변주할 수 있다. 장소는 그 장소에 머물렀던 인물의 이미지와 형상 그 자체만으로 존재하는 것이 아니라 기억하고 기리는 후대인의 노력과 지향으로 재조형된다. 남아 있던 전나무마저 사라진 지금의 학사대는 어떤 기억과 누구의 의지로 다시 만들어질 수 있을까.

도산서원, 조선의 학문이 꽃피다

― 이황(李滉), 「도산잡영(陶山雜詠)」, 『퇴계집(退溪集)』

장연수

처음에 내가 계상(溪上)에 터를 잡고 시내를 굽어보는 곳에 두어 칸 집을 지어 책을 보관하고 한가로이 지낼 곳으로 삼았는데, 이미 세 번이나 그 자리를 옮겼으나 번번이 비바람에 허물어졌다. 게다가 계상이 너무 고요하기만 하여 가슴을 시원하게 틔우기에 적당하지 않기 때문에 다시 옮기길 도모하여 산의 남쪽에 땅을 얻었다.

여기에 조그마한 골짜기가 있는데, 앞으로는 강과 들이 내려다 보이고 깊숙하고도 널찍하다. 산기슭은 우뚝 솟았으며 돌우물은 물이 달고 차서 참으로 은거할 곳으로 알맞았다. 시골 사람이 그 안에서 농사를 짓고 있기에 내가 값을 치르고 샀다. 법련(法蓮)이란 승려가 집 짓는 일을 맡았는데 얼마 안 되어 법련이 죽고, 정일(淨一)이란 자가 뒤이어 하였다. 정사년(1557, 명종12)부터 신유년(1561)까지 5년 만에 당(堂)과 사(舍) 두 건물이 그런대로 이루어져 거처할 만하였다.

당은 모두 세 칸인데 중간의 한 칸은 완락재(玩樂齋)라 하였으니, 이는 주 선생(朱先生 주희(朱熹))의 「명당실기(名堂室記)」의 "즐기며 완상하면서 평생토록 지내도 싫증나지 않을 만하다."라는 말에서 따온 것이다. 동쪽 한 칸은 암서헌(巖棲軒)이라 하였으니, 주 선생의 「운곡이십육영(雲谷二十六詠)」 제14수 「회암(晦庵)」 시의 "자신하지 못한지 이미 오래이니, 암혈에 깃들어서 작은 효험이나마 바라노라.〔自信久未能, 巖棲冀微效.〕"라는 구절에서 따온 것이다. 또 합하여 도산서당(陶山書堂)이라고 편액을 달았다.

사(舍)는 모두 여덟 칸이니, 재는 시습재(時習齋), 요는 지숙료(止宿寮), 헌은 관란헌(觀瀾軒)이라 하고, 모두 합하여 농운정사(隴雲精舍)라고 편액을 달았다. 당의 동쪽 구석에 작은 방당(方塘)을 파고 그 속에 연(蓮)을 심어 정우당(淨友塘)이라 하였다. 또 그 동쪽에 몽천(蒙泉)을 만들고, 몽천 위의 산기슭을 암서헌과 마주하도록 깎고 평평하게 쌓아 단을 만들어, 그 위에 매화·대나무·소나무·국화를 심고 절우사(節友社)라 하였다. 당 앞의 출입하는 곳은 사립문으로 가리고 유정문(幽貞門)이라 하였다.

始余卜居溪上 臨溪縛屋數間 以爲藏書養拙之所 蓋已三遷其地 而輒爲風雨所壞 且以溪上偏於闃寂 而不稱於曠懷 乃更謀遷 而得地於山之南也 爰有小洞 前俯江郊 幽敻遼廓 巖麓悄蒨 石井甘冽 允宜肥遯之所 野人田其中以資易之 有浮屠法蓮者幹其事 俄而蓮死 淨一者繼之 自丁巳至于辛酉 五年而堂舍兩屋粗成 可棲息也 堂凡三間 中一間曰玩樂齋 取朱先生名堂室記 樂而玩之 足以終吾身而不厭之語也 東一間曰巖栖軒 取雲谷詩 自信久未能 巖栖冀微效之語也 又合而扁之曰陶山書堂 舍凡八間 齋曰時習 寮曰止宿 軒曰觀瀾 合而扁之曰隴雲精舍 堂之東偏 鑿小方塘 種蓮其中 曰淨友塘 又其東爲蒙泉 泉上山脚 鑿令與軒對平 築之爲壇 而植其上梅竹松

菊 曰節友社 堂前出入處 掩以柴扉 曰幽貞門

<hr />

도산서원은 안동의 대표적인 관광 명소이다. 수국(水國)이 되어버린 안동댐을 끼고 가다가 구불구불한 좁은 산길로 진입하면 이윽고 도산서원 주차장에 도착한다. 매표소 옆 하마비(下馬碑)를 지나면 고즈넉한 흙길이 도산서원까지 이어지는데, 흙길을 걸으며 유유히 흐르는 낙동강을 바라보노라면 마음이 절로 넉넉해지는 듯하다. 도산서원에 도착했을 때 맨 먼저 눈에 들어오는 것은 너른 마당과 450년 수령의 나무이다. 뒤이어 낙동강 건너의 시사단(試士壇)과 이름 모를 새소리는 한적함과 고요함에 무젖게 한다. 이 감상이 다할 때쯤 도산서원이 눈에 가득히 들어온다.

도산서원은 퇴계(退溪) 이황(李滉, 1502~1571)의 학덕을 기리기 위해 1574년(선조 7) 유림들의 공의로 건립되었다. 사액(賜額)과 관련한 재미난 일화가 하나 전한다. 선조가 당대 명필이었던 석봉(石峯) 한호(韓濩, 1543~1605)에게 어느 서원인지는 알려주지 않고서 거꾸로 글씨를 쓰라고 명했다. 석봉은 분부대로 원(院)자와 서(書)자를 쓴 뒤 산(山)자를 쓰고서, 그제야 도산서원인 줄 알아차리고 식은땀을 흘렸다고 한다. 믿거나 말거나지만, 당대에 퇴계가 가졌던 위상은 이처럼 대단하였으리라.

그런데 도산서원은 본래부터 서원이 아니었다. 퇴계가 직접 터를 골라 지은 도산서당을 모체로 뒤편에 강당과 사당을 짓고 서원이라 명명한 것이다. 1561년 완성된 도산서당은 퇴계가 공부하고 가르치던 곳이고, 그 맞은편의 농운정사는 제자들이 기거하며 공부하는 곳이었다. 다시 말해 우리가 알고 있는 도산서원은 이 두 곳을 중심으로 학문 토론과 강학 활동이 시작되었다. 본격적인 조선의 학문이 바로 여기서 발양된 것이다.

위 글은 도산서당과 농운정사가 완성된 뒤 퇴계가 도산 일대의 전경과 감상을 담담한 필치로 풀어낸 글이다. 「도산기(陶山記)」라고도 불리는 이 글은 도산이라는 이름의 유래, 도산서당을 짓게 된 경위, 각 장소별 위치와 이름, 산림에서 기거하는 즐거움이 담겨 있고 그 아래에는 각각의 승경을 읊은 오언절구 18수와 칠언절구 26수를 덧붙였다. 조정에 나아가고 물러나길 반복하던 시기에 퇴계가 어떠한 마음을 가지고 있었는지 살펴볼 수 있는 글인데, 특히 방 한 칸에도 의미를 담아 제자들을 권면하고 자신을 바로잡고자 한 점은 주목할 만하다.

주자를 독실하게 앙모한 퇴계답게 현판의 이름은 대부분 주자와 연관이 깊다. 윗글 「도산잡영」도 주자가 54세에 무이정사(武夷精舍)를 건립한 뒤 읊은 「무이정사잡영(武夷精舍雜詠)」을 오마주한 것이니, 하물며 방 한 칸의 이름을 명명함에 있어서겠는가. 먼저 퇴계가 기거하던 도산서당의 완락재는 주자의 「명당실기」에 "즐기고 완상하니, 평생토록 지내도 싫증나지 않을 만하다.[樂而玩之, 足以終吾身而不厭.]"라고 한 말에서 따왔다. 이는 한갓 산수자연을 바라보며 즐기려는 뜻이 아니다. '즐기고 완상한다[玩樂]'는 것은 지경(持敬)과 명의(明義)가 동(動)과 정(靜)으로 서로 순환하는 공부를 주돈이의 태극론(太極論)에 부합시킨 뒤에야 완상하고 즐겨 부귀공명을 잊을 수 있다는 뜻이 담겨 있는 것이다.

퇴계가 직접 공부하고 가르치던 바깥쪽 마루 암서헌은 주자의

「운곡이십육영」 26수 중 제14수인 「회암」에 "자신하지 못한지 이미 오래이니, 암혈에 깃들어서 작은 효험이나마 바라노라."라는 구절에서 따왔다. 주자의 호이기도 한 회암은 주자가 복건성(福建省) 건양현(建陽縣)의 노산(蘆山)에 지은 초당의 이름이다. 주자의 초년 스승 유자휘(劉子翬)가 주자의 자를 원회(元晦)라고 지어주었는데, 주자가 이 회(晦)자를 받들어 초당의 이름을 명명한 것이다. 그래서 이 시는 스승의 가르침을 받들어 암혈에 살면서 학문에 정진하겠다는 뜻을 담고 있다. '암서' 두 글자에서 산림에 기거하며 공부에 힘쓰겠다는 퇴계의 다짐을 엿볼 수 있다.

툇간을 포함한 세 칸 규모의 도산서당은 세간에서 성리학의 절제미와 소박함을 건축학적으로 잘 표현하였다고 칭송한다. 틀린 말은 아니지만, 절제와 소박이라는 키워드로 바라본다면 절우사와 정우당 및 유정문이 더 합당하리라 여겨진다.

서당 우측 담장 너머의 절우사에는 매화·소나무·국화·대나무를 심었다. 퇴계가 정원처럼 가꾼 곳인데, 흔히 정원이라 했을 때 떠오르는 이미지와는 거리가 멀다. 몇 그루 나무가 언덕배기에 심겨 있는 것이 전부이기 때문이다. 네 종의 식물을 보면 '매난국죽(梅蘭菊竹)'이 먼저 떠오른다. 퇴계는 여기서 난초를 소나무와 바꾸어 절우사를 꾸몄다. 사시사철 푸른 모습이 선비의 지조와 절개에 비유되는 소나무에 착안하여 '절개를 지닌 벗[節友]'이라는 이름을 붙였다. 정작 퇴계는 매화를 가장 애호하여 제자들과 함께 매화를 구경하러 다니기도 하였고, 서리를 맞아 시들어버린 매화에 감흥이 일어 시를 남기기도 하였다. 이렇게 지은 매화시를 추려 엮은 것이 바로 『매화시첩(梅花詩帖)』이다. 심지어 "매화에 물을 주어라"라는 말을 마지막으로 세상을 떠났으니, 서당 우측 담장 너머의 절우사에서는 매화를 먼저 떠올려 봄직하다.

서당 앞에는 한 사람이 겨우 지나다닐 만한 공간에 싸리문이 설치되어 있다. 이것이 바로 유정문이다. 『주역』「이괘(履卦)」 구이(九二) 효사에 "행하는 도가 평탄하니, 유인이라야 정하고 길하리라.[履道坦坦, 幽人貞吉.]"라고 한 데서 '유(幽)'와 '정(貞)'을 따온 것이다. 정우당은 도산서당 영역 안에 있는 작은 연못으로, '깨끗하고 맑은 벗[淨友]'이라는 뜻을 가지고 있다. '정우'는 연꽃을 가리킨다. 물 가운데에 자라는 연꽃은 가까이 갈 수 없다는 특성 때문에 송나라 주돈이가 「애련설(愛蓮說)」을 지은 이후 줄곧 문인들의 애호를 받아 왔다. 퇴계가 연못에 연꽃을 심고 정우당이란 이름을 붙인 것도 이러한 뜻이 숨어있다.

이 외에도 도산서원 일대의 부속 건물들은 고상하면서도 담박한 매력을 지니고 있는데, 얼마 되지 않는 이 건물에서 조선의 학문이 본격적으로 발흥하였다는 점은 도산서당의 매력을 더욱 배가시킨다. 조선의 학문이란 바로 주자학이다. 조선은 성리학을 국학으로 삼았지만 건국 초기에는 새로운 이념을 토대로 문물제도를 정비하는 것이 급선무였기에 성리학 자체에 대한 깊이 있는 연구가 이루어지지 못했다. 이러한 차제에 퇴계가 『주자대전』을 본격적이면서 체계적으로 연구하여 주자학의 시대를 열었다. 특히 주자가 깊이 다루지 않은 '이기심성론'을 본격적으로 논의하여 주자성리학을 한층 더 발전·심화시켰다는 데에 큰 의의가 있다. 이러한 퇴계의 학문적 성과는 조선의 학문적 방향성을 정립했다고 할만하다. 학문 분야 이외에도 문학사·출판사·문화사 등등 여러 방면에서 퇴계의 자취를 엿볼 수 있다.

퇴계의 문하에는 또 얼마나 걸출한 제자가 나왔던가. 늘 퇴계를 곁에서 모시며 임종까지 지킨 월천(月川) 조목(趙穆, 1524~1606), 재상으로서 국난 극복에 앞장선 서애(西厓) 유성룡(柳成龍, 1542~1607), 퇴계학맥 계승의 핵심 인물이며 강직한 성품으로 '조정의 호랑이[殿上虎]'라 일컬어진 학봉(鶴峯) 김성일(金誠一, 1538~1593), 나이는 약 30세 가량 어렸으나 정치한 학술 토론으로 조선의 학문을 한 단계 발전시킨 고봉(高峰) 기대승(奇大升, 1527~1572) 등 나이와 지역을 불문하고 폭넓게 교유하며 제자들을 길러냈다. 이때부터 '퇴계 학맥'은 시대에 따라 변주되며 우리 문화의 한 페이지를 채웠다.

도산서원은 2019년 유네스코 세계문화유산에 지정되어 세간의 이목을 끌었다. 또 2022년 퇴계가 농암 이현보의 종가에서 빌려온 책을 500년 만에 반환하는 행사가 진행되었다. 이처럼 도산서원에 대한 다양한 이야기들이 오늘날에도 향유되며 계승되고 있다. 만년에 산수자연에 은거하며 병을 조섭하고 학문에 정진코자 하였던 퇴계의 생각을 담담히 곱씹어본다.

500년이 지난 오늘날 인물과 공간을 추숭하고 선양하는 데만 치우쳐 퇴계가 꽃 피운 조선의 학문을 업신여기고 있진 않은지 돌아볼 필요가 있다. 당장 주자학에 대한 현대의 인식과 고즈넉한 도산서원을 나란히 두었을 때 상당한 괴리가 밀려오지 않는가. 말류의 폐단을 근본의 병폐로 취급해서는 안 된다. 과연 조선은 주자학 때문에 망했을까? 이에 아무런 의심을 두지 않는다면 도산서원을 비롯한 우리의 문화유산은 외려 빛을 잃고 말 것이다. 마치 집안 대대로 내려오는 다이아몬드를 호두 깨먹는 데 사용하는 꼴처럼 말이다. 퇴계가 꽃 피운 조선의 학문을 균형잡힌 시각으로 바라볼 때 비로소 도산서원에 얽힌 수많은 기억과 이야기가 더욱 명징하게 다가오리라 생각한다.

흔들리지 않는 입암 앞에서

— 장현광(張顯光), 「입암(立巖)」, 『여헌집(旅軒集)』

김종후

태초에 개벽할 때 우뚝이 솟아	立從地闢始
지금에 이르도록 변하지 않네	抵今方不易
풍우는 몇만 번을 변해왔던가	風雨幾萬變
오랜 세월을 그 누가 세어보리오	歲月誰記曆
우뚝이 솟은 저 일관된 얼굴	巍將一顏面
어찌 천 번의 뒤바뀜을 따르랴	肯隨千飜革
이 모양 이미 만고 동안 그러했으니	此樣旣往萬
이 모양 앞으로 억 년 후에도 그러하리	此樣應來億
치우치지 않음은 바로 중도이며	不倚是中道
굽히지 않음은 떳떳한 덕이로다	不回惟經德
추위와 더위는 오고 가기를 절로 하고	寒暑自往來
어둠과 밝음은 열리고 닫힘에 따르네	晦明任闔闢
냇물은 흘러 돌아오지 않고	溪流流不返
온갖 꽃들 어지러이 피고 지며	百卉紛開落
구름과 이내는 모양이 바뀌지만	雲煙互變態
너 홀로 지금까지 변함없구나	爾獨今猶昔

한번 서고는 영원히 우뚝하니 一立立終古
그 무엇이 너를 흔들 수 있으리 何物能撓得
너를 위해 작은 집 지어놓고 爲爾設小齋
말을 잊은 채 밤낮으로 마주하리 忘言對日夕

바위가 우뚝이 서 있는 모습은 세계 여러 곳에서 발견된다. 우리나라에서도 선돌[立石] 혹은 선바위[立巖]라는 명칭은 지역마다 흔하게 찾아볼 수 있다. 하지만 여기 본문에서 등장하는 '입암'은 문학작품으로도 많이 남겨질 만큼 유명한 바위이다. 포항시 북구 죽장면 입암리에 큰 바위가 우뚝하게 서 있는데 조선 중기 뛰어난 학자인 여헌(旅軒) 장현광(張顯光, 1554~1637)을 통해 유명해졌다.

장현광은 임진왜란을 피해 1596년 이 마을에 들어와 입암을 발견하고, 입암과 주변 경관에 감탄하며 13개의 경물에 이름을 붙였다. 장현광이 이름 붙인 경물의 숫자는 차차 늘어 '입암 28경'으로 정착되었다. 약 2~3년간 기거하면서 장현광은 입암 28경을 주제로 다양한 작품을 지었고, 주변 동료들과 후배 문인들이 모여들며 함께했다. 대표적으로 노계(蘆溪) 박인로(朴仁老, 1561~1642)의 「입암가(立巖歌)」와 같은 작품들이 전해진다. 「입암」은 장현광이 죽장의 거대한 선바위 '입암'을 보고 그 불변의 모습을 노래한 작품이다.

현재 입암으로 들어가는 입구는 차로 다니기 편하게 길이 포장되어 있긴 하지만 여전히 꼬불꼬불한 시골길을 지나서야 등장한다. 입암과 주변 경물이 주는 신비로운 분위기는 사람을 압도하는 힘이 있다. 처음 아버지를 따라 입암을 보러 갔을 때, 산속으로 시골길로 계속 들어가는 것이 마치 숨어있는 유적지를 찾아가는 것 같았다. 현대적 건물과 풍경의 죽장면 소재지를 지나 차로 구불구불 들어가다가 갑자기 시야가 트이고 그 중심에 나의 몇 배가 되는 바위가 자리 잡고 있었다.

입암은 말 그대로 우뚝이 서 있다. 그 뒤로는 작은 산이 자리하고 그 앞으로 개울이 흐른다. 산 아래와 개울 주변으로 다양한 바위들이 놓여있고, 건너에는 산자락을 두르고 작은 마을이 들어서 있다. 잔잔한 경치 사이에서 입암은 충격적인 존재감을 보여준다. 그러면서도 둘러싼 자연과 가장 잘 어울리는 모습으로 존재하는 것이 아마이 '입암 28경'의 매력일 것이다. 전신주도 보이고 포장도로도 있지만, 입암의 풍경은 지금 보아도 신비롭고 아름다운 느낌이다.

입암의 등 뒤에는 계구대(戒懼臺)가 있고, 그 머리 정도 위치에 기여암(起予嚴)이 있다. 계구대는 입암보다 조금 더 넓고 편편하지만 역시 높고 가팔라서 올라가면 아슬아슬하다. 경계하고[戒] 두려워하는[懼] 마음이 자연스럽게 생긴다. 계구대 뒤로 소로잠(小魯岑)이 이어지는데, 공자가 동산에 올라 노(魯)나라를 바라보며 작게 여겼다[小]는 고사에서 이름을 따왔다. 빼어난 봉우리에서 최고의 경치를 경험하니 다른 풍경은 만족스럽지 않다고 여긴 것이다.

입암의 바로 앞에 흐르는 개울에는 물고기 숫자도 셀 만큼 깨끗한 수어연(數魚淵)과 맑은 물에 마음을 비추어 볼 만한 경심대(鏡心臺) 등이 있다. 입암의 좌측이자 경심대의 뒤로 굵고 동글동글한 바위들이 모여있으니 바로 상두석(象斗石)인데, 그 배치가 북두칠성을 떠오르게 하기 때문에 붙은 이름이다. 상두석의 왼쪽이자 입암마을 가장 초입에 있는 세이담(洗耳潭)은 중국 전설의 은자인 허유(許由)의 고사를 따서 이름지었는데, 이 입암마을은 그만큼 세속과 떨어져 자연을 온전히 느낄 수 있는 장소이다. 장현광은 입암으로 피난오면서 세속의 이야기가 절대 닿지 않을 곳을 꿈꾸었을지 모른다. 장현광은 이렇게 28개의 경물을 선정해 밤하늘의 별자리 28수처럼 이름과 의미를 부여하였다. 지금도 밤이면 그때만큼은 아니겠지만 별이 꽤나 반짝인다.

입암은 아득한 과거에 큰물이 흐르면서 깎아낸 후로 그 자리에서 세월의 흐름을 몸으로 겪으며 지금의 모습이 되었을 것이다. 그동안 자기 머리에 자리잡은 풀들을 길러주기도 하였고, 세세하게 깎여 나가기도 했을 것이다. 다른 28경도 많이 바뀌었다. 물이 졸졸 흐르는 소리가 아름답던 향옥교(響玉橋)가 그 기반만 남고 시멘트 다리로 변한 것처럼 어떤 경물들은 현재 그 흔적만 겨우 볼 수 있을 뿐이다. 하지만 입암은 조금 변했을 따름 그 자리에 변하지 않고 있으니, 압도적인 크기를 유지하면서 지금까지 버틴 것을 입암의 입장에서 생각해보면 '풍파 속에서 자기 자신을 지켜온 것' 아닐까.

「입암」시에서는 입암이 태초부터 지금까지 변하지 않았다는 점을 먼저 강조하고, 이후로도 그 주위 자연과 우주가 흐르고 변해도 입암은 굳건하게 자리잡아 자신을 지켰다고 묘사한다. 장현광은 입암의 이 점을 사랑했다. "치우치지 않음은 바로 중도이며, 굽히지 않음은 떳떳한 덕이로다."라는 구절에서 그 마음을 살필 수 있다. '치우치지 않는 도'와 '떳떳한 덕'은 유학의 경전 『중용』과 『맹자』에서 인용한 키워드인데, 유학을 공부하는 선비라면 누구나 추구하는 가치이다. 장현광은 이 가치를 입암에서 발견하고는, 그러한 가치가 구현된 입암을 보며 유학자로서 바른 도리를 추구하려는 의지를 다진 것이다.

장현광의 입암 사랑은 그의 다른 작품에서도 등장한다. '입암정
사'를 두고 지은 「정사(精舍)」에서도 "골짝은 때로 정취가 다르나, 입
암은 항상 변하지 않네[洞天時異趣, 立巖恒不頗.]"라고 묘사했다. 입암
정사는 입암의 뒤에 있는 계구대 옆으로 붙여서 지은 서재인데, 장
현광의 문집이나 다른 문인의 기록에서는 '일제당(日躋堂)', '우란재
(友蘭齋)', '열송재(悅松齋)' 등 여러 이름으로 등장한다. 입암정사의
중앙마루에는 '일제당' 현판이 있고, '우란재'와 '열송재'라 쓰여진
현판은 방마다 붙어있다.

처음 장현광에게 죽장을 소개했던 친구들, 곧 영양(永陽) 지방의
선비 권극립(權克立, 1558~1611), 손우남(孫宇男, 1564~1623), 정사상
(鄭四象, 1563~1623)과 정사진(鄭四震, 1567~1616) 형제는 함께 기거
하며 학문을 닦을 서재를 짓기로 했는데, 장현광이 입암에 자리잡기
로 결심하면서 아직 완성되지 않은 서재에 '우란재'라는 이름을 붙
였다. 이후로 일제당, 열송재 등의 이름을 붙이면서 장현광이 마음
에 두고 즐겨 찾던 곳이 되었다.

하물며 저 입암은 아침저녁으로 마주 대할 때에 우뚝 솟아 있어
오랜 세월이 지나도 항상 그대로이다. 그리하여 세찬 물결도 어
지럽히지 못하고 미친 바람도 흔들지 못하며 장마비도 썩히지 못
하고 뜨거운 불도 녹이지 못하니, 이는 『주역』에서 말한 '바로 서
서 방위를 바꾸지 않고'나 "홀로 서서 두려워하지 않는다"는 것
과, 『논어(論語)』에서 말한 "더욱 높고"나 "더욱 견고"하여 "드높이
서 있다"는 것과, 『중용』에서 말한 "화하면서도 흐르지 아니하여"

나 "중심을 세워 기울지 않는다"는 것과, 『맹자』에서 말한 "지극히 크고 지극히 강하여"나 "빈천이 뜻을 옮기지 못하고 부귀가 마음을 방탕하게 하지 못하고 위엄과 무력이 굽히지 못한다"는 것을 여기에서 인식하는 것이다. 각자 분발하고 진작하여 자신을 세울 곳으로 삼자고 함께 생각하는 것이 어떠하겠는가. 이는 여러 친구들이 힘써야 할 것이다.

  – 장현광, 「입암정사기」, 『여헌집』

  장현광의 문집 『여헌집』에는 입암과 관련된 여러 시 작품과 기(記), 설(說) 등이 있어 장현광이 이 장소를 어떻게 인식했는지 살펴볼 수 있는데, 위에 인용한 「입암정사기」역시 그 하나다. 이 글에서도 장현광은 입암이 유학의 핵심 경전이 가르치는 그 가치를 구현한 실체라고 칭송하며, 입암이 잘 보이는 자리에 서재를 짓고 입암을 기준삼아 친구들과 군자의 뜻을 추구하며 서로를 독려하고 있다.

  유학의 경전 『주역』, 『논어』, 『맹자』, 『중용』에서 여러 구절을 인용했는데, 모두 흔들리지 않는 군자의 모습을 묘사하거나 도(道)를 묘사한 대목이다. 마지막에는 "각자 분발하고 진작하여 자신을 세울 곳으로 삼자고 함께 생각하는 것이 마땅히 어떠하겠는가."라고 하였으니 친구들과 입암정사에서 함께하고자 하는 장현광의 마음을 잘 보여준다. 굳건하여 흔들리지 않는 바위를 바라보며 스스로 흔들리지 않도록 자신의 자세를 가다듬는 것을 장현광은 '자신을 세운다[自家樹立]'고 표현하였으며, 이러한 언급에서 그가 입암의 가치를 어떻게 평가하는지 알 수 있다. 장현광은 입암이 가진 가치를 사랑했다.

입암이 오랜 시간 변하지 않았기 때문에 장현광에게 사랑받은 것인가? 그렇지 않다. 단순히 흔들리지 않는 자세가 아니라 유학이 추구하는 가치를 입암이 지녔기 때문이다. 그 가치는 무엇인가? 외적인 조건 때문에 자신의 뜻을 굽히지 않으며 공평하고 공정한 마음을 지니는 것이다. 이러한 유학의 도리를 갖춘 인간은 어떤 사람일까.

장현광은 임진왜란과 병자호란을 겪었다. 외세의 침략에 국토와 백성들이 말할 수 없을 피해와 슬픔을 겪고 있는 참혹한 상황인데, 조정에서는 백성들을 제대로 구해내지 못하고 정치적으로 대립하며 더 큰 치욕과 화를 야기하고 있었다. 장현광은 끔찍한 전쟁에서 벗어나 자연 속에 은거하려는 마음으로 입암 마을을 찾았다. 입암은 그를 달래주기도, 또 의지를 다시 다지게끔 돕기도 하였을 것이다. 유학을 배운 선비로서 어떤 자세를 가지고 살아갈지 일깨워주었으리라. 그때의 입암은 지금도 변하지 않고 그 자리에 굳게 서있다. 장현광에게 깨우침을 주던 그 모습 그대로, 지금의 우리에게도 마음을 굳세게 다잡으라고 깨우침을 주고 있다.

우리는 흔들리지 않고 자신을 지키며 살아가고 있는가. 입암과 장현광을 통해 떠오르는 이 질문을 스스로에게 던진다. 장현광이 겪은 시대는 잇따른 외침으로 사회가 무너지고 생존을 위해 자신의 안위를 도모하는 풍조가 지배적인 시대였다. 죽장으로 도피이자 피난을 온 장현광은, 변치 않고 굳게 서 있는 입암을 보며 '흔들리지 않는 바른 마음을 지키고 싶다'는 다짐을 세웠다. 평생 영달하기를 추구하기보다 자신의 도에 맞는 삶을 추구한 선비이며 학자의 삶을 살았던 장현광은 병자호란 때도 입암으로 와 우거하다가 세상을 떠났다. 우리는 장현광처럼 흔들리지 않을 수 있을까.

현대의 우리 주변에서는 '자신이 잘먹고 잘사는' 개인의 안위가 중요하다 하고, 이를 추구하는 것이 곧 바른길이라고 하는 이야기를 자주 듣게 된다. 세상의 파도가 이끄는대로 흔들리며 살자는 주장이다. 그런가하면 '흔들리지 않고 지켜야 할 훌륭한 가치는 무엇인가' 라는 질문을 던지며 살아가는 사람들도 있다. 어떤 이는 종교적 가르침에서 그 답을 찾거나 사회의 도덕적 관념에서 찾기도 한다. 어떤 이는 학문적 탐구로서 해결하기도 한다. 공통점은 모두 개인의 이익만을 중심에 세우는 것이 아니라 자신이 속한 공동체를 더욱 발전시키고 살만한 곳으로 만들기 위해 노력한다는 것이다.

장현광이 실천했던 유학의 가르침이 자신에게서 가족으로, 가족에게서 공동체로 관심의 대상을 뻗어나가는 것이었다면, 요즘의 우리 사회는 공동체에서 가족으로, 가족에서 자신으로 점점 좁아져 가고 있다. 공동체를 위해 자기 자신을 죽이는 것이 답이 될 수 없는 것처럼 공동체를 지우고 자신만을 챙기는 것도 답이 될 수 없다.

'입신양명'은 예로부터 우리가 추구해온 목표이다. 여기에 너무 매몰되다 보면 자신의 이익을 최우선의 가치로 삼는 지경에 이른다. 개인의 행복을 버릴 수는 없지만, '더 나은 사회'를 만드는 것은 자신의 이익을 최고로 실현하여 고도로 행복해진 개인들일까. 입암은 4~500년 전 장현광에게 했듯 우리에게도 질문을 던진다. '변하지 않는 가치란 무엇일까', '세월에 따라 변하는 우리는 어떻게 살아가야 할까'. 세상은 변화한다. 세차게 흔들리며 흘러간다. 우리는 흔들리지 않을 수 있을까. 우리는 입암 앞에서 어떤 가르침을 배울 것인가.

환난에도 꿋꿋이 자리를 지켜온 범어사

－ 조긍섭(曺兢燮), 「숙범어사(宿梵魚寺)」, 『암서집(巖棲集)』

최서형

졸졸 흐르는 차가운 물이 돌을 울리는데	泠泠寒水響雲根
비탈진 돌길에 매달린 덩굴 잡고 오르네	側磴懸蘿手自捫
사면의 그늘진 소나무는 돌길에 통하고	四面陰松通石逕
한 차례 맑은 풍경소리 산문에 퍼지네	一聲淸磬落山門
봉우리 위의 나그네 휘파람 자주 학을 깨우고	峰頭客嘯頻驚鶴
자리 위 선승 마음 이미 잔나비 순하게 하네	榻上禪心已伏猿
지금은 어디가 한가한 경계인가	閒界不知何處是
도량도 지금 또한 시끄럽게 되었네	道場今亦被啾喧

이 시는 심재(深齋) 조긍섭(曺兢燮, 1873~1933)이 범어사에서 묵으며 지은 것으로 『암서집(巖棲集)』 제3권에 수록되어 있다. 조긍섭의 본관은 창녕(昌寧), 자는 중근(仲謹), 호는 심재(深齋)·암서생(巖棲生)·중연당(中衍堂)으로 구한말 영남의 유학자이다. 특별히 벼슬은 하지 않았는데, 해박한 지식을 갖고 시를 잘 짓기로 유명했다. 그는 당시 매천(梅泉) 황현(黃玹, 1855~1910), 창강(滄江) 김택영(金澤榮,

1850~1927) 등 저명한 학자들과 교유했다. 일제강점기에 주로 활동했지만, 별다른 독립운동은 하지 않았고 은거하여 학문에만 몰두했다. 문집『암서집』,『곤언(困言)』 등이 있다.

이 시를 지은 연도는 정확히 알 수 없지만,『암서집』3권에 「동래항 3수[萊港三絶]」라는 작품이 있는데, 여기에 '조정에 대한 근심 깊은 지 마흔 해[廊廟深憂四十年]'라는 시구가 있으니, 41세(1914년) 전후로 지은 것 같다. 이 시와 「동래항 3수」는 모두 부산을 배경으로 지은 시다.『암서집』에 있는 부산 기행시는 총 6수이다. 6수에 담긴 장소는 한 장소가 아니고 동래항, 범어사, 영가대 등 다양하다.

제목으로 알 수 있듯 이 시는 범어사를 제재로 삼았다. 범어사는 현재 부산광역시 금정구 금정산 중턱에 위치한다. 부산을 대표하는 사찰로서 통도사, 해인사와 함께 영남 3대 사찰로 일컬어지며 화엄사 10대 사찰 중 하나이다. 678년 문무왕 때 의상대사가 창건했다는 설이 유력하다.『신증동국여지승람』에 의하면 한 마리 금빛 물고기가 범천(梵天)에서 내려와 샘에서 놀았다는 전설이 있어 그 샘을 금샘이라 불렀다. 산 이름도 금정(金井)으로 이름했고, 범천에서 내려온 물고기라는 의미를 따서 절 이름도 범어사라고 하였다. 현재 대웅전 건물이 보물 제434호로 지정되어 있다.

이 시는 범어사의 고즈넉한 공간을 잘 묘사하며 어지러운 현실을 드러낸다. 첫 구의 '운근(雲根)'은 바위를 의미한다. 두보(杜甫) 시에 「충주 용흥사에 있는 담벼락에 적다[題忠州龍興寺所居院壁]」라는 작품이 있는데, "충주 고을은 삼협의 안에 있는지라, 마을 인가가 운근 아래 모여 있네.[忠州三峽內 井邑聚雲根]"라는 구절이 있다. 시의 주석에서 "오악(五岳)의 구름이 바위에 부딪혀 일어나므로 구름의 뿌리라고 했다."라고 하였다.

시의 전반부는 돌 위를 흐르는 냇물과 비탈진 돌길에 엉킨 덩굴을 나타내며 한적한 정경을 묘사한다. 후반부에서는 사람과 금정산의 동물들이 어우러지는 장면을 보여주는 한편, 도량도 시끄러워질 정도로 온 지역이 혼란스러운 정황을 이야기한다. 도량은 '불도에 관계되는 온갖 일을 하는 깨끗한 마당'을 의미하니 원칙적으로는 조용해야 한다. 그런데 도량까지 시끄러웠으니 당시 사회가 얼마나 시끄러웠는지 알 수 있다.

1876년 강화도조약으로 조선이 개항했을 때 시의 배경 부산은 원산, 인천과 더불어 개항한 3개의 항구 중 하나이다. 항구의 모습을 한 번 떠올려보자. 뱃고동 소리, 뱃사람들이 고함치는 소리로 얼마나 소란스러운가? 게다가 조선 땅에 갑자기 일본인들이 밀려와 장사하는 소리까지 더하여 정말 시끄러웠을 것이다. 강화도조약으로 치외법권까지 인정되었으니, 부산 땅에서 조선인들이 일본인들에게 받았을 수탈로 빚어진 소란은 말할 필요도 없다.

일본은 절이 많았기에 개항장에 있는 상인들이나 관리들 또한 불교 신자들이 많았을 것이다. 일본 불교 신자들이 고국에서 절을 찾았던 것처럼 조선에서도 절을 방문했을 테니 영남 3대 사찰 중 하나인 범어사에도 그들의 발길이 닿았을 것이다. 조긍섭은 일본인들로 가득한 범어사를 보며 가장 조용해야 할 절마저도 일제의 발길이 닿아 소란스러워진 현실을 개탄하였고, 선경후정의 묘사법으로 혼란한 정국을 묘사하고 있다.

부산을 배경으로 일제의 만행을 담은 조긍섭의 시는 위에서 언급한 「동래항 3수」가 있다. 그 첫번째 시다.

봉황이 춤추고 용이 나는 금정산　　　　　鳳舞龍飛金井山
하늘이 열리고 땅이 열리는 철문관　　　　天開地闢鐵門關
어느 해 고래와 악어가 소굴을 지었던가　　何年鯨鰐爲營窟
온 나라가 이 소굴 사이에 휩쓸렸네　　　　八域浮沈吐吸間
　－조긍섭, 「동래항 3수」, 『암서집』

　이 시 또한 처음 두 구에서 지역을 설명하고 뒤의 두 구에서 자신의 감정을 드러내며 선경후정의 방식으로 시상을 전개했다. '철문관'은 단단한 요새를 의미하는 듯하다. 부산에는 철문관이라는 장소가 없기 때문이다. 첫 구에서 금정산을 언급하고 뒤에서 철문관이라는 단어를 사용했으니, 철문관이 가리키는 지역은 부산인 듯하다. 3번째 구의 고래와 악어의 소굴이라는 말을 상상해보자. 거대한 고래에게 삼켜지고 악어에게 물려 온몸이 뜯겨나가는 상황을 생각해보면 얼마나 끔찍한가? 조긍섭은 이 무시무시한 소굴에 한반도가 휩쓸린 현실을 마지막 구에서 개탄하였다. 이 시는 일제의 횡포 속에서 고통받는 조선 백성의 삶을 비유한 시로 이해할 수 있다.

　범어사 시는 현재 부산 시민이 애용하는 등산코스 중 하나인 북문 코스를 담아냈다. 북문 코스를 오르면서 경치를 감상하면 금정산과 범어사가 이루는 경관 조화를 느낄 수 있다. 범어사 주차장에서 하마비를 지나 곧장 범어사로 들어가면 된다. 영남 3대 사찰이라는 이름답게 절이 깔끔하게 정리되어 있고, 근엄한 분위기가 느껴진다. 대웅전에서 불상을 구경하고 왼쪽으로 나오면 곧장 북문으로 올라가는 길이 나온다.

　북문으로 오르는 길은 험한 편이다. 돌길이 있지만 모두 거대한 바위로 이뤄졌기 때문이다. 울퉁불퉁한 바위를 오르면 발을 헛디딜까 두려울 정도이다. 길은 험해도 경관은 볼만한데 돌산에 온통 핀 소나무들에 둘러싸인 등산로가 장관이다. 돌길을 벗어나 쭉 올라가면 금정산성 북문으로 바로 이어진다. 햇빛에 비친 길이 아름답다. 북문으로 올라가면 길이 세 갈래로 나뉜다. 산성의 동문으로 가는 길, 산꼭대기 고당봉으로 올라가는 길, 금성동 방향으로 내려가는 길이다. 고당봉 방면으로 가면 금정산 이름의 유래인 금샘이 있다. 금샘이 이름과는 다르게 평지에 있는 깊은 물이 아니고 움푹 파인 바위에 물이 고인 형태이다.

조긍섭은 위 시 외에도 「범어사에서 금정산성을 넘다[自梵魚寺踰金井山城]」라는 시를 지었다. 시의 풍경 묘사를 보면 금정산성으로 이어지는 길 부근에서 지은 듯하다.

바닷가 외로운 성의 천만 봉우리	海畔孤城千萬峰
봉우리 앞 옛 절엔 아침저녁 종이 울리네	峰前古寺暮朝鍾
산승이 전송하여 시냇가 돌에 이르니	山僧送至溪邊石
길이 맑은 이내에 들고 햇살은 솔을 비추네	路入晴嵐日照松

　－조긍섭, 「범어사에서 금정산성을 넘다」, 『암서집』

처음 두 구에서 종소리가 울리는 범어사를 설명하며 고즈넉한 절의 풍경을 나타낸다. 후반부 두 구는 북문으로 오르는 길을 묘사하고 있다. 시야에 바윗길 곁으로 졸졸 흐르는 시냇물과 이내에 든 길, 햇살에 비친 소나무가 이루는 절경이 들어오니 감탄한 듯하다. 북문으로 오르는 길의 아름다움을 한 번에 보여준 절묘한 시다.

초등학생 때 범어사를 처음 방문했고 대학원 입학 전 마지막으로 찾아갔다. 범어사와 주변 산의 모습은 십여 년 전의 모습과 변한 것들이 없었다. 이전에도 큰 산에 둘러싸인 절이었고 최근의 모습도 그러했다. 강산이 한 번 바뀔 오랜 시간이 지났는데도 전혀 바뀌지 않은 모습을 보고 새삼 뭉클했다.

범어사는 임진왜란을 겪고 중건한 이후로는 망가지지 않았다. 잦은 왜구의 침략에도 굳건히 자리를 지켰고, 경술국치 이후 곤욕의 시간에서도 범어사만큼은 본연의 모습 그대로 지금까지 이어져 왔다.

누구나 살면서 고난을 겪을 수 있다. 누군가는 금전적 손해를 당할 수 있고 누군가는 실연의 슬픔을 겪거나 소중한 사람을 잃을 수 있다. 강인한 사람은 그러한 위기에 꺾이지 않고 초지일관의 자세를 견지하며 발전한다. 범어사는 이러한 교훈을 간직한 절이라고 볼 수 있다. 앞으로 부산을 방문할 때 이름난 절 범어사에 한 번 들러 보라. 몇 년이 지난 후 다시 찾아와 차이를 몸소 느껴보면 감회가 다를 것이다.

아름답지만 상처투성이 촉석루

– 하륜(河崙), 「진주촉석루기(晋州矗石樓記)」, 『동문선(東文選)』

김보성

누각은 용두사(龍頭寺) 남쪽 석벽 위에 있는데, 나는 옛날 소년 시절에 여러 번 올라가 보았다. 누각의 규모는 웅장하고 넓어 내려다보면 까마득하고, 밑으로는 긴 강이 흐르며 여러 봉우리는 밖으로 나열해 있다. 마을의 뽕나무와 삼나무, 누대의 꽃과 나무들이 그 사이로 은은히 비치며, 푸른 바위, 붉은 벼랑, 긴 개울, 비옥한 땅이 그 곁에 이어져 있다.

사람들의 성품은 맑고 풍속은 후하며 노인들은 편안하고 젊은 자는 순종한다. 농사짓는 농부나 누에 치는 아낙네는 맡은 일에 부지런하고, 효자와 사랑스러운 손자는 제힘을 다하여 봉양한다. 방아타령은 마을에 울려 퍼지고 뱃노래가 어촌에 들려오며, 온갖 새는 무성한 숲속에서 울고 날며 고기떼는 그물에 걸릴 위험이 없으니, 구역별로 만물이 모두 제자리를 얻음을 볼 수 있다. 더구나 화사한 꽃, 시원한 그늘, 맑은 바람, 밝은 달이 때맞춰 오고, 사라지고 생겨나고 흐려지고 맑아지는 변화가 서로 반복해 끊이지 않으니 즐거움이 끝이 없다.

그 누각의 명칭에 대해서는 담암(淡庵) 백 선생(白先生)의 기문이 있는데, 그 대략에 "강 가운데 돌이 삐죽삐죽 나온 것이 있어서 누각을 짓고 촉석이라 하였다. 김공의 손으로 시작되고 안상헌(安常軒)이 다시 지었는데 모두 장원급제한 이들이다. 그래서 겸하여 이름 한 것이다." 하였다.……

고을 어르신 중 판사를 지낸 강순(姜順)과 사간을 지낸 최복린(崔卜麟) 등이 여러 노인들과 같이 의논하였다.

"용두사는 고을을 창설하던 초기부터 땅을 살피던 곳으로, 촉석루를 설치하여 한 지방의 명승지가 되었다. 옛사람이 그로써 사신과 손님의 마음을 유쾌하게 하여 화목한 분위기를 이루었고 그 혜택이 고을 백성에게 미쳤는데, 폐한 지가 이미 오래되었으나 새롭게 고치지 못하고 있으니, 이는 우리 고을 사람들의 공동 책임이다."

이에 각각 재물을 내어 용두사에서 전향하고 있는 승려 단영(端永)이란 자를 시켜서 그 일을 담당하게 하는 동시에, 내가 이 일들을 임금께 아뢰니 금단하지 말라는 분부가 내렸다.

임진년 12월에 판목사 권충(權衷) 공이 부임하여 판관 박시혈(朴施絜)과 같이 여러 어른들의 말을 채택해서 이듬해 봄 2월에 강의 제방을 고쳐 지었다. 백성을 나누어 대오를 만들고 한 대오가 각각 한 무더기씩 쌓게 하여 여러 해 동안의 논밭과 마을의 근심을 제거하게 하니 열흘도 되지 않아 끝냈다. 나아가서 제힘으로 살아가지 못하는 자를 도와주고, 놀고 먹는 자 수십 명을 소집하여 부지런히 서두르게 하여 9월에 이르러 완성을 보았는데, 단정한 집이 새로 나타나니 뛰어난 경치는 옛날과 같았다.

樓在龍頭寺南石崖之上 予昔少年登望者 屢矣 樓之制 宏敞軒豁 俯
臨渺茫 長江流其下 衆峯列于外 閭閻桑麻 臺榭花木 隱暎乎其間
翠巖丹崖 長洲沃壤 相接于其側 人氣以淸 俗習以厚 老者安 少者
趨 農夫蠶婦 服其勤 孝子慈孫 竭其力 春歌連巷而低仰 漁唱緣岸
而長短 禽鳥鳴翔 能自知於茂林 魚鼈游泳 亦無厄於數罟 物於一區
而得其所者 俱可觀矣 至若繁英綠陰 淸風皓月 以時而至 消長盈虛
之化 晦明陰晴之變 相代而不息 樂亦無窮矣 且其名樓之義 則有淡
庵白先生之記 其略曰 江之中有石矗矗者 構樓曰矗石 始手於金公
而再成於安常軒 皆狀元也 因是有兼名焉……

　鄕之父老前判事姜順 前司諫崔卜麟等 與諸父老議曰 龍頭寺 邑
初相地之所 置矗石 爲一方之勝景 昔之人所以奉娛使臣賓客之心
以迎和氣而惠及鄕民者也 廢之久 不能重新 是吾鄕人之所共爲責
也 乃各出財 使鄕之僧典香龍頭寺者端永 幹其事 予以此聞于上 得
蒙下旨勿禁 歲壬辰冬十二月 判牧事權公衷至 與判官朴施絜 採諸
父老之言 越明年春二月 修築江防 分民作隊 隊各一堆 以除田里積
年之患 不十日而畢 乃於是助其不給 召集游手者 數十輩 俾勤其力
至秋力月而告成 危構聿新 勝觀如舊

───

이 글의 작자 하륜(河崙, 1347~1416)은 고려 말~조선 초에 살았던 문
인으로 고려 말 권문세족이자 조선 초 개국공신이다. 태종의 즉위에
큰 공을 세워 재상이 되어 6조 직계제의 도입, 호패법 시행, 조세 제
도 정비와 같은 왕권 중심의 개혁을 직접 계획하고 참여했다. 이 과
정에서 자신의 본관이자 고향인 진주의 촉석루를 1차 중건(1413)할

때의 과정과 촉석루의 명칭 유래, 역사 등을 기록한「진주촉석루기」라는 기문을 남긴다.

촉석루는 원래 고려시대 용두사의 누문(樓門)이었는데 고려 고종 24년(1241) 진주목사 김지대(金之岱, 1190~1266)가 누각으로 창건하였다고 전해진다. 이후 여러 차례 중건과 보수를 반복했으며 현재 우리가 보는 촉석루는 한국 전쟁 당시 폭격으로 인해 무너져내려 1960년에 새롭게 지어진 모습이다. 평양 부벽루, 밀양 영남루와 함께 우리나라 3대 누각으로 불리며 영남 최고의 명승지라고 하는 '영남제일형승(嶺南第一形勝)'의 칭호를 가지고 있을 만큼 뛰어난 경치를 자랑한다. 과연 촉석루는 어떤 이야기를 품고 있을까.

진주성 동쪽에 위치한 촉석문을 들어서서 조금 걷다 보면 촉석루로 갈 수 있는 3칸짜리 대문이 나온다. 그 문을 지나면 웅장한 촉석루가 굳건히 자리하고 있다. 정면 5칸, 측면 4칸에 팔작지붕으로 된 2층 누각 앞뒤로 조선 후기의 명필 조윤형(曺允亨, 1725~1799)이 쓴 '촉석루' 편액이 걸려 있다. 촉석루라는 명칭은 담암 백문보(白文寶, 1303~1374)의 기문에도 나와 있듯이 남강 위로 바위가 뾰족뾰족[矗] 솟아 있어서 '촉석'이라고 지었다고 한다. 또한 촉석루를 짓고 중수한 사람들이 전부 과거에 장원급제한 사람들이어서 '장원루(壯元樓)', 남쪽 지휘소라는 의미인 '남장대(南將臺)'라고도 불린다.

촉석루는 연회장, 과거 시험장, 친목회장 등 다양한 용도로 쓰였기 때문에 웅장한 규모만큼이나 내부도 화려한 색채로 장식되어 있다. 예서체의 대가 청남(菁南) 오제봉(吳濟峯, 1908~1991)이 쓴 '영남제일형승', 추사체의 맥을 이은 은초(隱樵) 정명수(鄭命壽, 1909~1999)가 쓴 '남장대' 현판과 이곳을 다녀간 시인묵객들이 촉석루에서 내려다보이는 경치에 감탄하여 남긴 시판이 걸려있다. 그중에서도 진주 하씨 집안 사람들의 작품이 눈에 띄는데, 고향에 대한 그들의 애정과 촉석루 중건 과정에 미친 영향을 알 수 있다.

높은 성 깎은 벼랑 큰 강머리에	高城絶壑大江頭
동백 매화 우거진 곳에 촉석루가 서있구나	冬柏梅花矗石樓
만약 이 곳에 올라 좋은 흔적 남기려면	若也登臨留勝蹟
우리 고을을 기록한 좋은 시구 적어주게나	請題佳句記吾州

– 하연, 「김 경력을 통해 감사 남공에게 부치다〔因金經歷寄監司南公〕」, 『경재집』

조선 초기의 문신 경재(敬齋) 하연(河演, 1376~1453)의 시이다. 촉석루의 정경과 고을에 대한 애정을 잘 드러내고 있다. 하연은 정몽주의 문인으로 태종~세종 시기에 예문관 대제학, 우의정, 영의정을 지냈다. 의정부에 들어간 이후 약 20여 년 동안 원칙을 준수하고 공과 사를 엄격히 구분하기로 알려져 조선왕조 역대 재상 중에서 '승평수문(昇平守文)의 재상'이라는 칭호를 받은 유일한 인물이다. 훗날 청렴결백의 표상이 되었다. 이외에 송정(松亭) 하수일(河受一, 1553~1612)의 기문도 걸려 있다.

누각의 규모는 5칸으로, 들보가 모두 6개, 너비가 38자, 기둥이 모두 50개, 높이가 8자이다. 동쪽 누각을 청심(淸心)·함옥(函玉), 서쪽 누각을 관수(觀水)·쌍청(雙淸)이라 하였는데, 모두가 이 누각에 공손히 읍을 하는 것이 마치 낮고 어린 사람이 높고 귀한 사람을 알현하는 것 같다. 옛 누각의 규모는 아래위 기둥이 자못 낮고 굵지 않았으나, 지금 것은 높고 또 웅장하다. 높게 한 것은 밝게 하고자 함이요, 웅장하게 만든 것은 튼튼하게 하고자 한 것이며, 그 나머지 나지막한 담은 넓게 하고 자리는 길게 하였으며, 합벽(閤閣)은 가로 세로에 밝도록 둥글게 절도에 맞도록 하였으니 한결같이 그 옛 제도를 따랐다.

– 하수일, 「촉석루중수기(矗石樓重修記)」, 『송정집』

1583년 촉석루를 중건한 과정을 설명한 글이다. 하수일은 남명 조식의 제자로 문장이 뛰어났다고 알려진다. 촉석루가 만들어진 배경, 자세한 건설방식, 사용되는 부속품에 대한 설명, 새로 지은 촉석루에서 내려다보는 풍경을 기록해놓았다. 이 글은 현재 촉석루를 어떻게 지었는가에 대한 역사적 자료를 제공한다는 점에서 큰 의미가 있다.

평화롭고 아름다운 경치를 가진 촉석루지만 그 이면에 아픈 역사가 자리하고 있다. 바로 행주대첩, 한산도대첩과 함께 임진왜란 3대 대첩으로 불리는 제1차 진주성 전투이다. 때는 1592년, 임진왜란으로 거슬러 올라간다. 왜군은 전라도로 진격하며 보급 문제를 해결하기 위해 진주성을 반드시 점령해야만 했다. 당시 진주성의 전체 병력은 3천여 명으로 왜군의 10분의 1밖에 되지 않아 매우 불리한 상황이었다. 1592년 10월 6일, 왜군은 3만의 군사를 이끌고 진주성을 포위하여 공격하였다. 진주목사 김시민(金時敏, 1554~1592)은 촉석루에서 군사들을 지휘하며 총 5일간에 걸친 대혈투 끝에 왜군에게 큰 타격을 입히고 진주성 방어에 성공하였다.

촉석루와 함께 전해지는 또 다른 이야기가 있다. 제1차 진주성 전투에서 처참히 패배한 왜군이 1년 뒤인 1593년 10만의 병사를 이끌고 대규모로 공격하여 진주성을 함락시키고 촉석루에서 승전 축하연을 열었다. 기생이었던 논개(論介, ?~1593)는 예쁘게 치장하고 참석하여 왜군 장수를 바위로 유인하여 손이 빠지지 않게 열 손가락 모두에 가락지를 낀 채 껴안고 절벽 아래로 뛰어내렸다. 후대 사람들이 논개의 충절을 기리기 위해 촉석루 왼쪽에 의기사(義妓祠)라는 사당을 지었다. 촉석루 아래 작은 문을 통과하면 논개가 왜군 장수를 안고 뛰어내린 바위 의암(義巖)도 볼 수 있다.

현재 촉석루를 방문하면 찾아오는 누구라도 올라갈 수 있게 자리를 내어준다. 가만히 앉아 주변을 둘러보면 유유히 흐르는 푸른 남강, 강 건너 시원하게 펼쳐진 대숲, 저 멀리 보이는 산이 어우러진 환상적인 풍경이 보는 이의 지친 몸과 마음을 치유해준다. 선현들이 입이 닳도록 이곳을 영남 제일의 명승지라고 칭찬한 이유를 알 수 있다.

이러한 칭송에 걸맞게 최근 진주의 축제는 대부분 촉석루를 중심으로 개최되고 있다. 특히 남강유등축제와 논개제는 진주성 전투에서 순국한 이들의 얼과 넋을 기리는 축제이다. 영남 최고의 경치를 자랑함과 동시에 임진왜란의 아픈 상처를 지니고 있는 촉석루는 지금까지 그래왔듯 남강 가 높은 절벽에 꿋꿋이 그 자리를 지키며 오래도록 우리 곁에 있을 것이다.

북

한

굴러가는 정자, 사륜정

– 이규보(李奎報), 「사륜정기(四輪亭記)」, 『동국이상국집(東國李相國集)』

김중섭

승안(承安) 4년(1199, 신종 2), 내가 처음으로 설계하여 사륜정(四輪亭)을 동산 위에 세우려 하였는데, 마침 전주로 부임하라는 명이 있어서 실행하지 못했다. 그 뒤 신유년(1201, 신종 4년) 전주에서 서울로 와서 한가하게 지내던 중에 막 지으려고 하였으나 또 어머니께서 편찮으셔서 이루지 못하였다. 이런 까닭으로 뜻을 이루지 못하고 또 설계한 계획까지 잃을까 염려하여 마침내 다음과 같이 기록한다.

　사륜정은 농서자(隴西子, 이규보)가 설계하였으나 아직 짓지 못한 것이다. 여름날 손님과 동산에 자리를 깔고 누워서 자기도 하고, 앉아서 술잔을 들기도 하고, 바둑도 두고 거문고도 타며 뜻대로 하다가 날이 저물면 파한다. 이것이 한가한 자의 즐거움이다. 그러나 햇볕을 피하여 그늘로 옮기면서 여러 번 그 자리를 바꾸는 까닭에 거문고와 책, 베개와 대자리, 술병과 바둑판 등을 사람 따라 이리저리 옮겨야하므로 자칫 잘못하면 떨어뜨리는 수가 있다. 그래서 비로소 설계하여 사륜정을 세우려고 한다. 아이 종에게 이것을 밀어 그늘진 곳으로 옮기도록 하면, 사람과 바둑판·술병·베개·대

자리가 모두 한 정자를 따라서 동서로 이동할 것이니, 어찌 이리저리 옮기는 것을 꺼려하랴? 지금은 이루지 못하지만 나중에 꼭 지을 것이다. 그러므로 먼저 그 형상을 자세히 설명하려 한다.

바퀴를 넷으로 하고 그 위에 정자를 짓는데,……정자가 사방 6척이니 그 칸수를 총계하면 모두가 36척이다. 그림을 그려서 시험해 보리라. 가로 세로를 계산하면 모두 6척인데, 바둑판과 같은 평방이 정자이다.

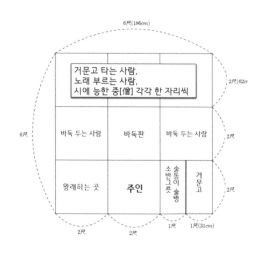

판국 안에 또 둘레를 돌며 자로 헤아려보면 1척의 평방이 바둑판의 정간과 같다. 정간[罫]이란 선(線)사이의 정(井)자처럼 네모반듯한 것이다. 정간이 각각 1평방척이니, 36정간은 곧 36평방척이다.

여기에 여섯 사람을 앉도록 하는데, 두 사람이 동쪽에 앉되 4평방 정간을 차지하고 앉는다. 세로 가로가 모두 2척인데 두 사람 분을 총계하면 모두가 8평방척이다. 나머지 4평방 정간을 쪼개어 둘로 만들되 각각 세로 쪽이 2척이다.

2평방척에는 거문고 하나를 놓는다. 짧은 것이 흠이라면 남쪽 난간에 걸쳐서 반쯤 세워둔다. 거문고를 탈 때는 무릎에 놓는 것이 반은 된다. 2평방척에는 술동이·술병·소반 그릇 등을 놓아두는데, 동쪽이 모두 12평방척이다. 두 사람이 서쪽에 앉는 데도 이와 같이 하고, 나머지 4평방 정간은 비워 두어서 잠깐씩 왕래하는 자는 반드시 이 길로 다니게 한다. 서쪽도 모두 12평방척이다. 한 사람은 북쪽 4평방 정간에 앉고 주인은 남쪽에 앉는데 또한 이와 같다. 중간 4평방 정간에는 바둑판 하나를 놓으니, 남쪽과 북쪽의 중간이 모두 12평방척이다.

서쪽의 한 사람이 조금 앞으로 나와 동쪽의 한 사람과 바둑을 두면, 주인은 술잔을 가지고 한 잔씩 부어서 돌려가며 서로 마신다. 안주와 과일 접시는 각각 앉은 틈에다 적당하게 놓는다. 이른바 여섯 사람이란 누구인가 하면, 거문고 타는 사람 1인, 노래하는 사람 1인, 시에 능한 승려 1인, 바둑 두는 사람 2인, 주인까지 여섯이다. 사람을 한정시켜 앉게 한 것은 뜻이 같은 사람들임을 보인 것이다.

이 사륜정을 끌 때에 아이종이 힘든 기색이 있으면 주인이 스스로 내려가서 어깨를 걸어붙이고 끈다. 주인이 지치면 손님이 번갈아 내려가 돕는다. 술에 취한 뒤에는 가고 싶은 대로 끌고 가지, 꼭 그늘로만 갈 필요가 없다. 그렇게 저물도록 놀다가 저물면 파한다. 그 다음날도 그렇게 한다. 어떤 사람이 말하였다.

"정자를 지으면서 그 아래에 바퀴를 다는 방식이 옛날에도 있었는가?"

이렇게 대답하였다.

"알맞은 것을 취하면 그만이지, 어찌 반드시 옛것이어야 하겠는가? 옛날에 나무 위에 집을 짓고 살았으나 편안히 거처할 수 없으므로 비로소 기둥 있는 집을 세워 비바람을 막았다. 후세에 와서 점점 제도가 증가하여 판(板)을 대어 높이 쌓은 것을 대(臺)라 하고, 난간을 겹으로 한 것을 사(榭)라 하고, 집 위에 지은 것을 누(樓)

라 하고, 시원하게 툭 틔게 지은 것을 정(亭)이라 하였으니, 모두 상황에 따라 참작해서 알맞은 것을 취했을 뿐이다. 그렇다면 정자의 밑에 바퀴를 달아 굴려 옮길 수 있도록 하는 것이 뭐 안 될 것이 있겠는가. 비록 즐기기에 알맞은 것을 취했다고 말은 했지만 어찌 이유가 없겠는가?

밑은 바퀴로 하고 위는 정자로 한 것은 바퀴로 굴러가게 하고 정자로 멈추게 한 것이니, 행할 때가 되면 행하고 그칠 때가 되면 그친다는 뜻이다. 바퀴를 넷으로 한 것은 사시(四時)를 상징한 것이고, 정자를 6척으로 한 것은 육기(六氣)를 상징한 것이며, 두 들보와 네 기둥으로 한 것은 임금을 보좌하여〔貳〕 정사를 도와 사방에 기둥이 된다는 뜻이다.……이제 대략만을 취해서 먼저 친구들에게 자랑하여 고개를 빼고 낙성(落成)을 기대하게 하고자 한다."

신유년 5월 일에 쓴다.

承安四年 予始畫謀 欲立四輪亭於園上 俄有全州之命 未得果就 越辛酉 自全州入洛閑居 方有命搆之意 又以母病未就 恐因此不能便就 且失其謀畫 遂記之云 夫四輪亭者 隴西子畫其謀而未就者也 夏之日 與客席園中 或臥而睡 或坐而酌 圍棋彈琴 惟意所適 窮日而罷 是閑者之樂也 然避景就陰 屢易其座 故琴書枕簟 酒壺棋局 隨人轉徙 或有失其手而誤墮者 於是始設其計 欲立四輪亭 使童僕曳之 趨陰而就 則人與棋局酒壺枕席 摠逐一亭而東西 何憚於轉徙哉 今雖未就 後必爲之 故先悉其狀 四其輪 作亭於其上……亭方六尺 則摠計其間 凡三十有六尺也 請圖以試之 則縱而計之 橫而計之 皆六尺 其方如棋之局者亭也 於局之內 又周回而量各尺 尺而方如

棋之方罫 罫練道間方非也 罫各方一尺 則三十六罫 乃三十有六尺
也 以此而處六人 則二人坐於東 人坐四罫 各方焉縱二尺橫二尺 摠
計二人凡八尺也 餘四罫之方者 判而爲二 各縱二尺 以二尺置琴一
事 病其促短 則跨南欄而半豎 彈則加於膝者半焉 以二尺置樽壺盤
皿之具 東摠十有二尺 二人坐於西亦如之 餘四罫之方者虛焉 欲使
往來小選者 必由此路 西摠十有二尺 一人坐於北四罫之方者 主人
坐於南 亦如之 中四罫之方者 置棋一局 南北中摠十二尺 西之一人
小進 而與東之一人對棋 主人執酌 酌以一杯 輪相飲也 凡看菓之案
各於坐隙 隨宜置焉 所謂六人者誰 琴者一人 歌者一人 僧之能詩者
一人 棋者二人 幷主人而六也 限人而坐 示同志也 其曳之也 童僕
有倦色 則主人自下 袒肩而曳之 主人疲則客遞下而助之 及其酒酣
也 隨所欲之而曳之 不必以陰 如是而侵暮 暮則罷 明日亦如之 或
曰……作亭而輪其下 有古乎 曰 取適而已 何必古哉 古者巢居 不
可以處 故始立棟宇以庇風雨 至於後世 轉相增制 崇板築謂之臺 複
欄檻謂之榭 構屋於屋謂之樓 作豁然虛敞者謂之亭 皆臨機商酌 取
適而已 然則因亭而輪其下 以備轉徙 庸有不可乎 雖曰取適 亦豈
無謂 下輪而上亭者 輪以行之 亭以停之 時行則行 時止則止之義也
輪以四者 象四時也 亭六尺者 像六氣也 二梁四柱者 貳王贊政 柱
四方之意也……今取大概 先夸於朋友 欲令翹首而待成耳 辛酉五
月日記

최근에는 캠핑카를 이용하여 가족, 친구들과 여행을 떠나며 여가를
즐기는 이들이 늘어났다. 이로 인하여 다양한 캠핑카가 나오고 전용

주차장이나 전용 캠핑장도 추가로 마련되고 있다. 대중들의 선호도나 욕구에 민감하게 반응하는 방송사도 가만있을 리 없다. 한 TV 채널에서는 바퀴 달린 집을 차에 연결한 뒤 그 집에 모여 전국을 유랑하는 출연진들의 모습을 방영하기도 하였다. 바퀴 달린 집은 캠핑카의 업그레이드 버전으로, 뜻이 맞는 이들과 담소를 나누고 음식을 만들어 먹고 휴식을 취하기에 더욱 용이한 장소로 보였다.

그런데 우리나라에 캠핑카, 바퀴 달린 집과 비슷한 기구를 이미 800여 년 전에 고안한 문인이 있다. 고려 중기의 문장가 이규보(李奎報, 1168~1241)이다. 이규보의 글은 『동국이상국집』에 실려 있는데, 그는 해박한 지식과 풍부한 창의력을 바탕으로 참신한 글을 다수 남겼다. 술이나 거북을 의인화하여 인정세태를 그려낸 가전체 문학이 그 일면이고, 위에서 소개한 「사륜정기」 역시 또 하나의 사례로 들 수 있다.

「사륜정기」는 제목에서도 알 수 있듯이 네 개의 바퀴가 달린 정자에 관한 기문이다. 이규보가 사륜정을 처음 떠올린 것은 그의 나이 32세였는데, 그때 하필 전주로 부임하게 되어 정자를 세우지 못하였다. 그로부터 2년 뒤인 34세에 개경으로 와서 그곳에 사륜정을 짓고자 하였지만 이번에는 어머니가 편찮으셔서 또 뜻을 이루지 못하였다. 그는 이러다 영영 자신이 설계한 정자를 짓지 못하고 계획까지 잃게 될까봐 「사륜정기」라는 기록으로 남긴 것이다.

이규보는 한가히 노닐 적에 그늘을 찾아 자리를 옮겨 다니면서 거문고와 책, 술병 등을 그때마다 함께 옮겨야 하는 것이 불만이었다. 선조들은 이러한 이유로 경관이 좋은 한 곳에 정자를 지어 햇볕을 피해 머물면서 여가를 즐겼다. 그런데 이규보는 햇볕을 피하여 그늘로 자유롭게 이동할 수 있도록 정자에 바퀴를 달려고 하였다. 당시의 관점으로 볼 때, 정자는 모두 경관 속 어느 한 곳에 정착되어 있는 형태였는데 이것을 움직이겠다는 것은 참으로 기발한 아이디어였다. 그가 떠올린 사륜정은 뜻이 맞는 친구들과 함께 거문고 타고 바둑 두며 술과 음식을 맛볼 뿐 아니라 날이 저물도록 그늘에서 그 즐거움을 누릴 수 있는 장소였다. 물론 지금의 캠핑카에 비하면 시설이나 기술이 많이 뒤처지지만, 공간에 구애받지 않고 즐긴다는 측면은 유사하다고 볼 수 있겠다.

이규보는 나름 치밀하게 사륜정을 설계하였다. 위의 그림에서 표시한 것처럼, 가로와 세로를 모두 6척으로 한 뒤 공간을 나누어 주인, 바둑 두는 사람, 거문고 타는 사람 등 여섯 사람이 앉을 수 있게 하였으며 바둑판, 거문고, 술동이를 둘 자리와 통로까지 계산하였다. 고려의 현존 건축물들을 살펴볼 때 당시 1척은 31cm 정도였다. 그렇다면 가로와 세로가 각각 186cm이고 현재의 평수로 따져봤을 때 1평 조금 넘는 공간인 셈인데, 여기에 뜻이 맞는 사람들만 초대하여 옹기종기 앉아 풍류를 즐기고자 했던 것이다. 또한 아이 종을 시켜 정자를 끌게 하였다가 지치면 주인이 끌고, 또 지치면 손님들이 끄는 방식을 택해 원하는 장소로 옮겨 다니겠다고 하였다.

어떤 이가 이러한 방식이 옛날에도 있었냐고 이규보에게 묻자 그는 답하였다. 상황에 따라 알맞은 방식을 택하면 그뿐이라고. 이렇게 말했지만 이규보는 사륜정에 더 깊은 뜻이 있음을 이내 차근차근 설명한다. 정자에 바퀴를 단 것은 가야할 때는 가고 멈춰야 할 때는 멈추려는 뜻이 함께 담겨있다고. 네 개의 바퀴는 사계절을 뜻하며 가로와 세로를 각각 6척으로 한 것은 자연의 여섯 가지 현상을 뜻하며, 두 들보와 네 기둥으로 설계한 것은 임금을 보좌하여 사방에 기둥이 되고자 하는 자신의 뜻을 담은 것이라는 내용이었다. 그의 설계에는 나름 복잡한 뜻이 함축되어 있었던 것이다.

상황에 따라 알맞은 방식을 취하려는 그의 태도에서 옛 관습에 얽매이지 않는 호방한 기상을 엿볼 수 있다. 또한 '그칠 데에 그친다.'라는 의미의 '지지(止止)'는 이규보가 훗날까지도 중시하였던 가치관이었다. 그는 이후 40세가 되던 해 자신의 당호(堂號)를 '지지헌(止止軒)'이라 하고는 「지지헌기(止止軒記)」를 쓰고 「지지헌명(止止軒銘)」까지 지어 경계로 삼았다. 그는 「지지헌기」에서 다음과 같이 말하였다.

"이른바 '지지'라는 것은 능히 그 그칠 곳을 알아서 그치는 것이니, 그칠 곳이 아닌 곳에 그치면, 그 그침은 그칠 곳에 그친 것이 아니다."
– 이규보, 「지지헌기」, 『동국이상국집』

이규보가 개경에 짓고자 하였던 사륜정은 끝내 완성되지 못하였다. 혼란한 정국 때문이었는지 그 자세한 내막은 알 수 없다. 하지만 「사륜정기」의 내용을 보면 그가 꽤나 구체적으로 계획을 세웠으며 기회만 되면 꼭 완성시키고자 했음을 짐작할 수 있다. 사륜정의 면모를 친구에게 미리 자랑스레 보여주어 그 완성을 기대하게끔 하겠다는 마지막 구절은 그가 이 장소를 떠올리는 것만으로도 흐뭇해하였음을 짐작케 한다.

이규보가 상상한 사륜정은 현대에 이르러 강원도 양평군의 상춘

상춘원 상춘원 외부(경기관광포털 상춘원 내부(경기관광포털
여행이야기작성자: shepro1) 여행이야기작성자: 최용찬)

원에 조성되어 있다. 자연정화공원 세미원에서 표를 구매한 뒤 세미원과 상춘원을 잇는 다리를 건너면 사륜정을 볼 수 있다. 이 정보를 듣고 한달음에 양평에 가보았지만, 현재 2022년 8월 기준으로는 세미원과 상춘원을 잇는 다리를 철거하여 세미원만 운영할 뿐 상춘원은 개방하지 않았다. 그래서 사륜정을 구현해놓은 모습을 사진으로만 접해야 했는데, 「사륜정기」를 읽고 나서 그 사진을 보았더니 나도 모르게 탄식이 흘러나왔다.

사진 속 사륜정은 이규보의 설계대로 네 개의 바퀴가 달린 정자였고, 그 내부에는 술병, 바둑판, 거문고 등이 비치되어 있었다. 그러나 가장 중요한 것, 이규보의 의도와는 거리가 멀었다. 상춘원 내의 사륜정은 여러 조형물들과 함께 온실 속에 전시되어 있을 뿐 자유로이 굴러다닐 수가 없었던 것이다.

많은 사람들이 사륜정을 현대의 캠핑카에 비유하곤 하는데, 실내에 놓여있던 사륜정을 보니 착잡하기 그지없었다. 굴러다니지 못하는 사륜정은 캠핑카는커녕 좋은 경관 속 자리잡은 고즈넉한 분위기의 정자에도 미치지 못할 듯하였다. 실무자가 이규보의 뜻을 헤아렸다면 바퀴 달린 정자를 실내에 두고 보여주는 데 그치지는 않았을 것이다.

물론 이렇게라도 구현한 것 역시 가치가 있다. 또 정자를 야외에 두고 관람객들에게 자유로이 운용하도록 했을 때 관리가 어렵다는 점을 모르는 바 아니다. 그럼에도 마음 맞는 이들끼리 사륜정에 도란도란 모여 그늘을 찾아 정자를 끌고 다니며 즐거운 시간을 만끽하도록 했다면, 이규보의 의도가 관람객들에게 더욱 절실히 와 닿지 않았을까 하는 우활한 생각을 끝내 지울 수는 없다. 고전이 고루하기만 하다는 편견을 깨고 그 참신하고 실용적인 측면을 온전히 알리고 싶은 고전 연구자의 어찌할 수 없는 욕심인가보다.

임진강의 흐르는 눈물

- 이규보(李奎報), 「이른 봄날 임진강가에서 본사로 돌아가는 문 스님을 전송하며, 강가에서 바로 읊다[早春臨津江上 送文禪老還本寺江上口占]」, 『동국이상국집(東國李相國集)』

박기완

무슨 일로 말 멈추라 권했던가   胡爲勸駐馬
배 타고 떠나감을 보지 않으려 함이지   不欲見乘舟
후일 만날 때에 반가운 눈으로 맞이하겠지만 後會縱靑眼
오늘 떠나면 백발 되어 만나리   此行應白頭

이 시는 이규보(李奎報, 1168~1241)가 임진강 나루에서 노승을 배웅하며 읊어준 시이다. 강가의 이별은 지금 우리에게도 낯설지 않다. 당장 정지상(鄭知常, ?~1135)의 시 〈송인(送人)〉의 구절이 떠오른다. "대동강 물 어느 때 마르려나, 이별의 눈물 해마다 푸른 강물에 더하네.[大同江水何時盡 別淚年年添綠波]"

이 시를 처음 배울 때 나는 저 '이별의 눈물'이라는 것이 문학적으로 아름다운 표현임은 알겠으나 가슴에 와닿지는 않았다. 대체 어떤 이별이길래 눈물이 강물을 채우는가. 한시를 읽는다는 것이 내게는 그랬다. 옛 시절 화자의 상황과 감정에 공감하기는 쉽지 않았다. 이규보 시의 마지막 구절을 읽을 때도 마찬가지였다. 대체 어떤 이별이길래 오늘 떠나면 백발이 되어야 본다는 말인가. 그러나 그런 이별은 생각보다 가까이에 있었다.

"출생지는 함경남도 신흥군 영고면 부전령 밑에 첫 동네라 할수 있는 지역에서 1928년 5월 17일 음력에 어머니에게 태어나서 불과 10월 12일 모친은 5개월 후 1녀 3남을 두고 그때 나이 39세에 돌아가셨으니 약 5개월 되는 나는 누님의 젖, 숙모 젖 얻어먹음으로 생존하였다."

할아버지가 남긴 회상록이다. 5년 전 할아버지 장례를 마치고 집으로 돌아오던 날 어머니가 나를 불렀다. "옷이랑 물건들은 엄마가 다 정리했는데 책들은 네가 한 번 읽어가며 정리해다오." 할아버지 외출할 때만 몰래 기웃거리던 서재에 홀로 서서 책장 구석구석을 살펴보았다. 온기는 없었으나 방에서는 여전히 할아버지 냄새가 났다. 반대편 벽에는 할아버지가 혼자 사진관에 가서 찍어둔 영정사진이 두 개 있었다. 60대쯤 되어 보이는 흑백사진과 80대쯤 되어 보이는 컬러사진. 그리고 옆에 걸려 있는 화랑무공훈장 액자.

할아버지는 참전용사였다. 내가 아는 것은 그뿐이었다. 무뚝뚝한 할아버지는 도통 옛날이야기를 해주지 않았다. 전쟁 중에 총알 파편이 왼쪽 눈에 튀어 서서히 실명했다는 것도, 전쟁이 끝나고도 15년 가까이 군 생활을 더 했다는 것도 나는 전혀 알지 못했다. 책 사이 빛바랜 할아버지의 노트를 펼쳐보기 전까지. 부산에서 다시 서울로 올라오며 나는 할아버지의 노트만 가지고 왔다.

시간이 흘러 다시 노트를 펼쳐보니 '이때 공부 못하면 인생은 끝이다.'라고 다짐하며 아버지 몰래 서함흥역으로 가 철원행 기차에 올라타는, 지금의 내 나이보다 어린 열아홉 청년이 있었다.

"일찍 서함흥역에 상인을 가장하여 배낭을 지고 당코바지에 도리우찌 모자를 눌러쓰고 기차표를 사가지고 개찰구에 가니 아버지 어떻게 알고 앞에 서 있는 것이 목격되어 속히 이탈해서 역 뒤로 돌아 철조망으로 넘어서 가고 친구는 그대로 나오고 하여 열차에 올라보니 끝까지 서 있는 것이 보였다. 속으로는 그때 아버지 마음은 어떤 것일까 하고도 남음이 있고 떠나가는 아들의 고통에도 피눈물이 핑 돌았으나 이왕 떠난 김에 아버지에게 약 3년 후에는 용서를 빌 날이 있겠지 하는 생각을 하면서 이 정도 고통은 있을 수 있다고 생각하여 마음에 위로를 하며 열차 떠나 철원으로 달리고 있다."

"아버지는 허탕 치고 집으로 돌아가겠지? 무정한 아들놈. 그것이 아픔의 역사가 되고 영영 끝이 되고 용서를 받을 수 없는 불효자식으로 자유의 땅에서 살 수 있는 대가일까? 또 마지막으로 영원한 이별이 되리라고 상상도 못 한 채 세월은 55년이 지나 백발에 노안이 되어 회상하니 부모를 위시하여 작은아버지, 작은어머니, 누님, 사촌들 얼굴 한 번이라도 보는 것이 소원이다. 오직 그것만을 위해 살고 있다."

그리하여 청년은 눈물을 머금고 철원역에서 내려 낮에는 자고 밤에는 철길을 따라 남하 행렬에 끼어 걸었고, 몇 발의 총소리에 논 아래 거름 무더기에 숨기도 했으며, 6명의 일행과 손을 잡고 속옷 차림으로 임진강을 건너고는 비로소 남한 땅에 왔다는 고함과 함께 웃음을 터뜨렸다.

70년도 더 지나 그 청년보다 나이가 많아진 손자가 서울보다 개성이 더 가까운 남한 땅 임진각에서 다시 임진강 너머를 본다. 총탄 자국이 있는 옛 철교를 바라본다. 속옷 차림으로 안도의 웃음을 터뜨렸을 그 청년을 생각한다. 청년의 피눈물이 섞였는지도 모를 강물을 바라본다.

할아버지는 내가 서울로 대학을 오고 나서부터 기억을 잃어갔다. 명절이면 늘 바라던 '이산가족 상봉' 프로그램도 더는 언급하지 않았다. 내가 서울에 있을 때 한번 모시고 임진각을 다녀왔다면 어땠을까. 뒤늦은 후회만 남겨둔 채 오두산 전망대로 떠났다. 이동하는 버스에서 안내자는 "운이 좋으면 전망대 망원경으로 북한 사람도 볼 수 있을 거예요."라고 말했다. 어쩌다 우리는 운이 좋아야만 볼 수 있는 그런 사이가 되었을까. 왜 할아버지에게는 그마저의 운도 허용되지 않았던 것일까.

전망대로 가는 길에는 남에서 북으로, 북에서 남으로 보내는 편지와 사진들이 전시되어 있었다. "남북분단으로 인해 1,000만 명 정도의 이산가족이 발생했다." 한 줄도 채 되지 않는 이 문장 안에는 대체 얼마나 많은 수분이 함유되어 있을까. 저마다 가장 또박또박한 글씨로 어린 시절을 회상하며 그리운 마음을 새기고, 지금의 소식을 전하는 편지들을 보며 전망대로 향했다. 운이 좋기를 기원하며.

야트막한 강 너머 높지 않은 산들이 넓게 펼쳐져 있었다. 아마도 산 아래 강 근처가 사람 사는 곳이겠지. 망원경으로 다시 보았다. 허한 밭, 색바랜 건물, 소를 끌고 밭으로 향하는 사람, 뒷짐 지고 집으로 돌아가는 듯한 사람이 보였다. 할아버지가 글에서 묘사한 신흥군의 모습과 비슷해 먹먹하고도 익숙했다.

과거의 풍경을 마주하고 있다는 느낌 속에 70년 전 할아버지의 이별과 800년 전 이규보의 이별이 강물처럼 어우러졌다. 같은 것이라곤 임진강이라는 장소뿐, 시간도 대상도 다른 시의 구절 "오늘 떠나면 백발 되어 만나리."가 이제는 할아버지의 목소리로 들려왔다. 그 뒤로 강물처럼 흐르는 시간 속에 우연히 〈임진강〉 노래를 듣게 되었다.

임진강 맑은 물은 흘러흘러 내리고
물새들 자유로이 넘나들며 날건만
내 고향 남쪽 땅 가고파도 못 가니
임진강 흐름아 원한 싣고 흐르느냐

〈임진강〉(1957)은 월북 시인 박세영 작사, 고종환 작곡의 노래이다. 1960년대 일본 밴드 더 포크 크루세이더스(The Folk Crusaders)가 '이무진가와(イムジン河)'로 번안했는데 일본어 가사를 작사한 마쓰야마 다케시는 교토의 조선학교에서 '림진강'을 우연히 듣고 밴드에게 소개했다고 한다. 이 노래에는 할아버지와 다르면서도 비슷한 이의 눈물이 묻어 있다. 한시의 구절과 마찬가지로. 이제 나는 겪어보지도 못한 이별에 눈물을 흘리고, 가보지도 못한 곳을 그리워한다. 한시와 일기와 노래에 흐르는 눈물이 더해지니 임진강 맑은 물은 오늘도 마르지 않고 흘러흘러 내린다.

부벽루에서 만난 친구들

— 김점(金漸), 『서경시화(西京詩話)』

신지혜

송오(松塢) 이인상(李仁祥), 호서(湖西) 김명한(金溟翰), 남파(南坡) 노대민(盧大敏)은 모두 풍류가 준수하고 우아하여 평안도의 으뜸가는 인물들이었다. 국헌(菊軒) 황징(黃澄)은 특히 사부(詞賦)로 명성이 있어 백호(白湖) 임제(林悌)에게 인정을 받았다. 백호가 우리 평안도의 막객(幕客)으로 부임하여 어느 날 저녁 이들을 데리고 부벽루에서 달을 구경하며 많은 시를 수창하고 『상영록(觴詠錄)』이라 이름했다. 지금 그 오언율시 가운데서 각각 한 연씩 뽑는다.

백호 임제의 시이다.

지는 달 높은 성가퀴에 걸리고	落月掛高堞
찬 조수 멀리 모래섬에 울리네	寒潮鳴遠洲

국헌 황징의 시이다.

모래톱 나무에 달은 저무는데	汀樹月將落
어촌의 불빛만 홀로 밝구나	漁村火獨明

송오 이인상의 시이다.

구름은 전 왕조의 절을 덮었는데	雲鎖前朝寺
하늘은 옛 도성의 누각에 높도다	天高故國樓

호서 김명한의 시이다.

차가운 조수 섬을 갈라 나누는데	寒潮分斷嶼
높은 누각은 긴 모래섬 굽어보네	高閣瞰長洲

남파 노대민의 시이다.

푸른 술동이에 산은 저물지 않고	碧樽山未暮
붉은 촛불은 밤을 밝히는구나	紅燭夜能明

하산(夏山) 조인우(曹仁友)가 이른바 "함께 노닌 운치 있는 이들이 모두 신선과 짝할 만하다."라고 한 말은 아마도 그가 몹시 흠모하는 뜻을 담은 것이다.

李松塢仁祥 金湖西溟翰 盧南坡大敏 俱以風流俊雅 爲西土之巨擘 而黃菊軒澄 特用詞賦有聲 爲林白湖悌所推服 及白湖爲吾箕省慕客 一夕拉數公者 翫月浮碧樓 酬唱甚富 名觴詠錄 今摘其五言律各一聯 林白湖云 落月掛高堞 寒潮鳴遠洲 菊軒云 汀樹月將落 漁村火獨明 松塢云 雲鎖前朝寺 天高故國樓 湖西云 寒潮分斷嶼 高閣瞰長洲 南坡云 碧樽山未暮 紅燭夜能明 夏山曹仁友所謂 同遊韻士 摠仙儔者 蓋亦致其艶慕之意也

이 글은 임제(林悌, 1549~1587)가 평안도 문인 5인과 부벽루에 모여 지은 『부벽루상영록』에 관한 시화이다. 『부벽루상영록』의 '상영(觴詠)'은 술 마시고 시 짓는 시회(詩會)를 가리킨다. 이들은 왜 부벽루에서 만났을까?

누구든 어떤 모임을 앞두고 언제, 어디서 만날지 이야기한다. 익숙한 지역이면 숨겨진 장소를 발굴하는 재미도 있겠으나 새로운 지역이면 유명한 명승부터 검색한다. 부벽루는 평양팔경의 하나이다. 성현(成俔, 1439~1504)은 일찍이 부벽완월(浮碧玩月)이라 하여 달 구경하기 좋은 장소라 말하였다.

『부벽루상영록』은 이들이 함께 지은 연구 1수와 돌아가며 지은 차운시 14수로 구성되어 있다. 이들이 부벽루, 함벽정, 영명사 등을 오가며 시를 주고받았기에 이동한 경로를 파악할 수 있다. 그날 밤 방문한 여러 명승 가운데 부벽루만을 떼어 이름붙인 데서 부벽루가 이들에게 하나의 상징으로 작용하였다고 짐작할 수 있다.

부벽루 근처에는 연광정(練光亭)도 있다. 5리도 떨어지지 않아 보이는 풍경이 그리 다르지는 않았으리라 생각되지만, 조선 후기 문인들은 퍽 다르게 인식한 듯하다. 연광정은 크고 화려하여 부귀한 느낌이라면 부벽루는 난간도 없고 인가와 다소 떨어져 있어 한적한 느낌을 자아냈다. 이 때문에 부벽루는 좀 더 우아하고도 고상한 은사의 이미지에 어울리는 공간으로 알려졌다. 연광정은 관청과 저자가 보이는 쪽에 위치하는데, 부벽루는 더 깊숙하게 자리하고, 주변에 회고와 감개의 감정을 불러일으킬 만한 고적도 많아 시회를 열고 시상을 다듬기 알맞았기 때문이다.

임제와 평안도 친구들의『부벽루상영록』은 서울에서 활동하던 중앙문인과 평안도에 거주하던 지역문인이 부벽루에서 만난 최초의 기록이다. 임제는 막객으로 와 있다가 임기가 끝나 돌아갈 무렵인 1584년 11월 초, 우연히 김이옥(金爾玉), 황응시(黃應時), 이응청(李應淸), 김운거(金雲擧), 노경달(盧景達)과 만나기로 기약하였다. 김이옥은『서경시화』에는 거론되지 않았는데 김새(金璽)라는 사람이다.

　　『서경시화』에서는 이 평안도 친구들을 평안도에서 으뜸가는 인물들이라 칭송하였다. 특히 황징(黃澄, 1544~?)이 사부에 뛰어났음을 강조하였는데 그는 임제와 성균관에서 공부한 사이이다.『서경시화』곳곳에 그들의 작품과 행적이 언급되는 걸 보면 평안도에서는 나름 유명한 인물들이었다. 다만 그들은 진사시를 준비하는 정도의 문사로 짐작되며 임제는 이미 전국적으로 알려진 문장가였다. 임제는 20대 후반에 진사시와 알성시에 연이어 급제하였으며, 평안도에 오게 된 것도 1583년 관서도사(關西都事)로 부임하였기 때문이었다.

　　임제는 평안도 친구들을 만나러 오며 "성을 나서니 가슴이 탁 트이는데 좋은 벗과 짝지어 함께 간다[出城覺開廣, 良友偶同歸]"라고 하였다. 자신의 출세나 명성에 개의치 않고 그저 평안도 친구들과 동등한 친구 관계라 말한 것이다. 이는 임제의 천성과도 관계가 있다. 그는 어려서부터 자유분방하여 모신 스승이 없었다. 다만 속리산에 은거하던 성운(成運, 1497~1579)을 스승 삼아 공부하였다.

　　임제가 세상과 거리를 두려 해도 관직에 나가면 세속의 업무에 분주해질 수밖에 없었다. 부벽루 모임을 앞두고도 "마침 처리해야 할 속세의 일이 생겨 밤에야 곧장 부벽루에 이르렀다."라고 하였다. 야근에 시달리다가 뒤늦게 달려나갔을 모습에서 고달픔이 그려진다.

그렇기에 속세를 벗어난 자유로운 공간이었던 부벽루와, 부벽루에서의 모임이 더욱 의미있었으리라. 유명하건 그렇지 않건, 벼슬이 있건 없건 시회에 모인 친구들은 모두 문인이었다. 고향이 다르고 나이가 다르며, 처지도 다르고 상황마저 다르지만, 세상의 구속을 떠나 마음을 터놓는 친구가 될 수 있었다.

황징과 이인상도 각각 "시벗과 좋은 유람하네[詩朋作勝遊]", "강호에서 술친구 찾아 부벽루에 함께 노니네[江湖呼酒伴, 浮碧樓同遊]"라고 하여 임제를 멀리서 부임한 관리로 접대하지 않고 그저 '시벗, 술친구'로 편하게 맞이했음을 확인할 수 있다. 김명한도 "나란히 다니며 그윽한 자취 찾으니 사귐을 논하는 이들 다 뛰어난 무리라[聯袂尋幽迹, 論交盡勝流]"라고 하여 특별한 우정을 강조하였다.

'그윽한 자취'는 이들이 모였던 부벽루 등지를 가리킨다. 이들의 시에는 달과 어촌, 모래톱이 주로 등장한다. 임제와 황징은 지는 달을 나란히 바라보며 노래하였으며, 임제가 모래톱의 물결 소리를 말한 데 반해 김명한은 모래톱의 형태를 내려다보았다. 부벽루에서 바라다보이는 풍경이었다. 부벽루는 속세와 공간적인 거리가 있고, 현재와 시간적으로도 떨어져 있는 공간이었다. 속세와 현실을 답답해하며 호방한 취향이 있던 6인이 서로 어울리는 공간으로 자리매김할 수 있었던 까닭이다.

이들이 현세에 안주하지 않기에 부벽루에서 바라보는 풍경은 과거로 돌아가 회고의 시상을 불러일으키게 된다. 이인상은 영명사의 구름과 부벽루의 하늘을 연달아 보며 대구를 지었다. '지난 왕조'와 '옛 도성'이라는 시어에서 고구려에서부터 고려까지 겹쳐지는 세월과 역사의 현장이 무게감을 전한다. 역사를 돌아보노라면 눈앞의 현실이 더욱 슬퍼지고, 감개한 정서가 솟구치기에 모임이 이어진다.

노대민은 푸른 술동이와 푸르른 산의 유사성에 착안하였다. 밤인데도 푸른 술동이가 곁에 있기에 어두운 밤인데도 시회를 지속할 수 있으며, 시회에 꼭 필요한 촛불이 밤을 밝혀주고 있다는 말에서 밤까지 모임이 이어졌음을 알 수 있다. 김새는 "훗날 산사에 좋은 일 전해지거든 같은 때에 용 같은 호걸들 모였다 하리[他日山房傳勝事, 一時豪傑會群龍]"라고 하여 자신들이 용과 같은 호걸들이며 부벽루에서의 모임을 역사에 남을 사건이라고 판단하였다.

임제와 평안도 문인들에게 이 모임은 매우 특별한 추억이 되었다. 황징은 임제가 세상을 떠나고 임진왜란이 일어난 뒤에도 『부벽루상영록』을 지니고 있었다. 1611년 조우인에게 『부벽루상영록』의 발문을 부탁하였고 그 뒤 수십 년이 지나 교서관 활자로 간행하였다. 그날 밤의 짧은 만남을 잊지 않고 더욱 애틋하게 기억했던 까닭은 임제와 평안도 친구들처럼 속세를 떠나 호탕하게 살고 싶어한 사람들이 많아서였을까. 조우인은 "함께 노닌 운치 있는 이들이 모두 신선과 짝할 만하다."라면서 부벽루에서 만났던 6인이 모두 신선이었다고 표현하였다. 이들이 신선일 수 있었던 이유는 고아한 정취를 풍기며 속세를 멀리하였기 때문이고, 그런 이들이 찾는 문화공간인 부벽루에 모였기 때문이리라.

망국의 한을 생각하며, 금강산 마의태자성터

– 황경원(黃景源), 「옥경담에서 신라 왕자의 옛 성을 바라보다[玉鏡潭
望新羅王子故城]」, 『강한집(江漢集)』

이재현

쓸쓸히 소나무는 구름에 덮여 있고	寂寂雲覆松
어둑어둑한 숲에 새가 우는구나	冥冥鳥啼樹
그 옛날 신라의 왕자를 생각하니	念昔羅王子
곧은 절개 숲속에 깃들어 있는 듯 하네	耿介中林寓
수레 타고 떠나선 끝내 돌아오지 않고	香車去不還
마침내 베옷 입고 홀로 살았어라	麻衣遂獨住
가시덤불 우북하게 옛터에 가득하고	荊榛滿古墟
성가퀴엔 맑은 이슬 엉겨 있구나	睥睨凝白露
초나라는 예전에 불타 없어졌어도	楚邑昔灰燼
세 집이 남아 슬퍼하고 사모하였다네	三戶皆悲慕
하물며 저 신라는 군자국이라	況彼君子國
남은 군사 아직도 모을 수 있었거늘	遺士尙可聚
어찌하여 빈 골짝에 홀로 숨어서	如何遁空谷
산속에 스스로를 가두었던가	山郭以自固
흐르는 물가에서 서글퍼하노라니	臨流一惻愴
아득히 노을 너머 온 숲이 저물어가네	杳靄千林暮

이 시는 황경원(黃景源, 1709~1787)의 『강한집』 권2에 수록된 작품이다. 황경원이 금강산을 유람하면서 지은 시로, 금강산의 여러 명승을 지나며 지은 시문이 『강한집』에 다수 수록되어 있다. 그는 노론을 대표하여 강경한 대명의리론을 주장하였다. 명나라 의종(毅宗) 이래 명나라에 대한 절의를 지킨 조선 사람들의 전기 『명조배신전』을 저술하였으며 이 또한 그의 문집에 수록되어 있다. 황경원은 영조와 정조 연간의 사상사, 정치사에 지대한 영향력을 행사한 인물이다.

옥경담(玉鏡潭)은 금강산 내금강 지역 백천동에 있으며 명경대(明鏡臺) 밑에 위치하였다 하여 명경담(明鏡潭)이라고도 한다. 황경원은 금강산 유람길에 백천동을 지나며 명경대와 옥경담의 개울 건너에 있는 성터를 바라보며 감상에 젖어 시를 지었다. 이 성터는 단순한 성터가 아니라 신라 경순왕의 마지막 왕자 마의태자가 망국의 한을 품고 머무른 곳이라는 전승이 있다. 마의태자는 경순왕이 고려에 항복하려 하자 반대하였으나 결국 부왕의 뜻을 꺾지 못하고 금강산으로 들어가 은둔하며 생을 마쳤다.

황경원은 이미 쇠락한 성터를 보면서 어떤 생각을 하였을까? 이 시는 이 물음에 어느 정도 답을 줄 수 있을 것 같다. 중간의 "초나라는 예전에 불타 없어졌어도 세 집이 남아 슬퍼하고 사모하였다네" 구절은 전국 시대 초 회왕이 진나라의 간계에 당하여 억류되어 생을 마치고 초나라가 진나라에게 수난을 당함을 안타깝게 여겼다는 고사를 인용한 것이다. 신라는 이미 망하였으나 여전히 잊지 않고 슬퍼하는 마의태자의 마음을 투영하였다.

끝의 "하물며 저 신라는 군자국이라 남은 군사 아직도 모을 수 있었거늘 어찌하여 빈 골짝에 홀로 숨어서 산속에 스스로를 가두었던가."라는 구절은 당시 마의태자가 신라의 왕자로서 아직 군사를 모을 수 있는 힘이 있었으나 시도해보지 않고 그저 산속으로 들어갔다는 뜻으로, 작가는 무기력한 마의태자의 행동을 안타까워했던 것으로 보인다. 작가는 옥경담과 쇠락해진 성터를 바라보며 망국의 슬픔을 표현함과 동시에 무기력하게 은둔해버린 마의태자에 대한 안타까움과 아쉬움을 표현하였다.

이 성터에 관련된 기록은 김창협(金昌協)의 『농암집(農巖集)』「동유기(東遊記)」에도 볼 수 있다.

"총 3, 4리쯤 가자 못 하나가 있었는데, 넓이가 수백 평이고 짙푸른 색을 띨 만큼 고인 물이 깊어 사람의 머리털까지도 비춰 볼 수 있었다. 못 옆에 있는 커다란 바윗돌은 평평하고 넓어 수십, 수백 명의 사람이 앉을 수 있을 정도였다. 그 위에 폐허가 된 성이 있는데, 사람들은 신라 왕자가 은신했던 곳이라 했다. 문이 휑하니 열려 있었는데, 몸을 숙여야 들어갈 수 있었다"
　－김창협, 「동유기」, 『농암집』

김창협의 『농암집』에 수록된 「동유기」는 금강산을 유람하면서 그 감상을 서술한 기행문이다. 김창협은 이 글에서 옥경담 위의 폐허가 된 성터는 신라 왕자가 은신하였던 곳이라 설명하였다. 당시에도 옥경담과 그 주변 성터는 마의태자가 은둔하였던 곳이라 알려져 있었다는 증거다.

옥경담에 있는 마의태자 성터가 실제로 마의태자가 은둔한 곳인지는 알 수 없다. 다만 그 당시 조선 시대 문인들의 여러 자료를 참고해보면 그러한 곳이 있었다는 기록이 있을 뿐이다. 직접 답사하면 좋겠지만 남북이 분단되어 있는 현실에서 관련 기록과 사진을 보며 짐작할 수밖에 없는 것이 아쉽다.

금강산은 현재 북한 지역에 속해 있기에 가볼 수 없는 곳이다. 과거 남북관계가 우호적이었을 때는 금강산 관광이 활성화되어 많은 사람들이 육로로 입경하여 금강산의 아름다운 정취를 구경할 수 있었다. 그러나 외금강과 해금강 위주로 개방되어 금강산의 가장 핵심이라는 내금강 구역은 개방되지 않았다. 2007년 내금강 구역이 개방되었으나 2008년 금강산 관광객 총격 사고로 금강산 관광은 지금까지 중단된 상태다.

나라를 잃고 실의에 빠져 은둔한 마의태자를 생각하며 한때 일제에 나라를 빼앗기고 수난을 겪었던 아픔에도 새삼 관심을 갖게 된다. 다시는 망국의 한이 생겨나지 않기를 바라고, 아울러 통일이 되어 이북의 많은 명승고적을 답사해볼 수 있기를 바란다.

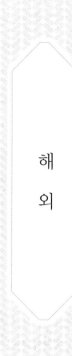

해
외

이상한 나라의 제주 삼춘

— 정운경(鄭運經), 「고상영의 안남국 표류기」, 『탐라문견록(耽羅聞見錄)』

최빛나라

정묘년(1687) 9월 초 3일, 제주도 조천관 신촌에 사는 고상영은 17세 나이에 해남 대둔사에서 승려들과 머물며 배움을 얻고자 진상선에 올랐다.……배는 통제되지 않은 채로 바람이 가는대로 따라갔다.……주저하는 사이에 배 한 척이 섬 뒤에서 노를 저어 오는 것이 보였다. 배 위에는 약 7~8명이 있었는데 말소리와 옷 모양이 자못 괴이했다.…… 우리는 의논했다.

"여기는 틀림없이 유구국이다. 만약 곧이곧대로 제주에 산다고 말하면 죽음을 면치 못할 것이다."……

김대황이 글을 써서 물었다.

"이곳은 어느 나라이고, 귀국은 무엇이라 부르는가?"

물을 길어준 자에게 전하여 보여주자, 마찬가지로 글로 써서 대답해주었다.

"이곳은 안남국(安南國)이라고 한다."……

언덕에 이르니 장엄하고 화려한 집이 있었는데, 바로 그 나라에서 회안군(會安郡) 명덕부(明德府)라고 하는 곳의 관아였다. 한 관원이 검은색 옷을 입고 머리에는 말총 모자를 쓴 채로 의자에 앉아 있었다.……우리를 뜰 아래로 부르더니 글로 써서 사는 곳과 표류하여 이곳에 온 정황을 물었다. 또 글을 써서 보여주며 말했다.

"우리나라 태자가 일찍이 조선 사람에 살해된 바, 마찬가지로 너희를 죽여 태자의 원수를 갚음이 마땅하다."

우리는 그 글을 번갈아 보고서는 모두 땅에 엎드려 목 놓아 슬피 울었다. 그때 한 부인이 비단옷을 입고 패옥을 흔들거리며 안에서 나왔다.……부인이 또한 글을 써서 보여주며 말했다.

"그대들은 울지 마시오. 우리나라는 본래 인명을 살해하는 일이 없으니 그대들은 마음을 놓으시오. 머물고 싶으면 머물고, 돌아가고 싶으면 돌아가시오. 그대들이 원하는 바에 따르겠소."

시종을 시켜 부축하여 일어나게 하고 눈물도 닦아 준 후, 각자 죽 한 그릇을 주며 마시라고 권했다. 다 마시고 나자 군졸을 시켜 우리를 배 세 척에 나누어 타게 하고서는 한 섬으로 보냈다. 그곳에는 수십 칸짜리 집이 있었는데, 파수꾼은 겨우 5~6명이었다. 드나드는 것을 금하지도 않고, 동정을 살펴보기만 할 뿐이었다.……

마침내 촌가에 이르러 입을 가리키며 배를 두드렸더니 우리 두 사람을 집 안으로 맞아들이고 의자에 앉게 한 후 먼저 차와 술을 마시라고 권했다. 이어 탁자 하나에 밥을 내왔는데, 음식이 정성스럽게 차려졌으며 푸짐하고도 정갈했다.……우리 두 사람은 한마디 말도 표현하지 못하고, 다만 합장하며 고개를 조아려 고맙다는 뜻을 몸짓으로 나타냈다.……

이같이 하기를 십여 일이 되자 관에서 회안 땅으로 옮기게 했는데, 마찬가지로 양식과 반찬을 주지 않아서 전처럼 사방으로 다니며 구걸했다. 맞아들여 대접하고 베풀어 주는 바가 전에 있던 곳과 마찬가지였으니 대개 그 나라의 풍속이 그러했던 것이다. 이로부터 온 고을 이곳저곳을 돌아다녀 먼 데까지 가지 않은 곳이 없었다. 그곳의 시장과 점포도 훤히 꿰게 되었고, 그 풍속과 언어도 대략 이해할 수 있게 되었다.……

하루는 그 나라에서 우리 다섯 사람을 불렀다. 대략 엿새 만에 도성에 다다르니, 여염집이 즐비하고 궁궐은 높고 웅장했다. 국왕은 전각 위에 앉았고, 좌우에서 시중드는 사람들은 칼을 찬 채 엄숙하게 늘어서 있었다. 궁전 뜰로 불러들여, 표류해서 이곳에 이르게 된 일의 전말을 글로 써서 묻고는 각자에게 술과 음식, 그리고 쌀 1석과 돈 300문을 주었다.……관에서는 다시 묻는 일이 없었다. 우리는 의논하기를,

"우리가 돌아갈 기약이 묘연하니 도읍으로 가서 돌려보내주기를 간절히 빌고 거취를 결정하는 것이 마땅하다."……

우리가 뜰에 서서 울며 간절히 호소하니, 왕이 이를 슬피 여겨 전처럼 쌀과 돈을 하사하고 회안으로 돌려보냈다.……이때 중국 상인 주한원과 배의 주인 진건, 뱃사공 고전 등이 와서 말했다.

"우리 배에 너희를 함께 실으면 무사히 돌아갈 수 있을 텐데. 너희는 우리에게 무엇을 주겠느냐?"……

국상이 이러한 연유를 왕에게 상세히 아뢰니, 나라에서 100전을 그들에게 보상해주었다.…… 선박을 정비해 우리 등 21명을 싣고 출발하려 하자 회안부에서 쌀 1석을 주었으며 마을 사람 중 서로 왕래하던 자들은 다투어 쌀과 돈, 여러 가지 물건들을 보내왔는데, 수효가 다 쓸 수 없을 만큼 많았다. 무진년(1688) 8월 초 7일에 돛을 올려 북쪽을 향했다.……12월 13일 서남풍을 만나 제주를 향

해 나아간 지 만에 대정현 연천에 다다랐다.

丁卯九月初三日, 朝天館新邨居民高尚英, 年十七, 將往海南大芚寺, 學文于居會. 乘進上船.……船不得制, 隨風所之.……躊躇之間, 見一船自島後櫓來. 船上約有七八人. 聲音服色, 頗詭異.……於是我人相議曰, 此必琉球國也. 若直說在濟州, 則死不免矣.……於是大黃以書問曰, 此地何邦, 貴國何號耶. 授汲水人傳示, 則亦以書答曰, 此地號爲安南國也.……臨岸屋室壯麗, 卽其國所謂會安郡明德府衙者也. 一官員披黑色衫, 頂驄帽子, 坐交椅上.……招我人於庭下, 書問所在地方及漂到之狀. 又書示曰, 我國太子, 曾爲朝鮮人所殺, 亦當殺爾等, 以報太子之讐. 我人等遞觀其辭, 皆匍匐放聲號哭. 一婦人衣錦衣, 揚珮自內而出.……亦書示曰, 爾等勿哭. 我國本無殺害人命之事. 爾等放心. 欲留則留, 欲還則還. 從爾等所願. 使侍人扶起拭淚, 各以一鍾饁勸飮. 啜罷, 又使軍卒分載我人於三船, 送一島. 有屋數十楹, 把守軍僅五六名. 不禁其出入, 惟觀動止而已.……遂抵邨家, 指口鼓腹, 有兩人延接而入家內, 坐之交椅上, 先以茶酒勸飮, 因進一卓飯, 饌物精備豊潔.……我二人不得措一辭, 惟合掌點頭爲致謝之狀.……如此十餘日子, 官移置會安之地. 又不給粮饌, 故如前四往乞丐, 其所延接給賜, 比前處一樣. 盖其國俗然也. 自此遍歷一邑, 無遠不往. 貫穿其場市店肆, 其風俗言語, 略得解曉.……一日自其國招我等五人, 凡六日到其都城. 閭閻櫛比, 宮闕崔巍. 國王坐殿上, 左右侍者, 劒珮肅森. 招入殿庭, 書問漂到形止, 各賜酒食與米一石錢三百.……而自官更無詰問之事. 我人相議, 我等歸期杳然, 莫如就其國, 懇乞回還, 以決去就宜矣.……我人立水泣訴, 則王哀之, 如前賜米錢, 還送會安.……時中國商人朱漢源, 船戶陳乾, 柁工高全等來曰, 俺一船中, 當俱載爾們, 好好廻去, 爾們以何物贈我乎?……其國相備述此由, 報其王. 則自國以百兩錢償之.……於是整齊舟楫, 載我人等二十一名將發, 會安府賜米一石, 及邨人相與往來者, 爭送米錢與雜物, 厥數不費. 戊辰八月初七日, 舉帆向北.……十二月十三日, 遇西南風, 向濟州發船, 行三日, 泊大靜縣硯川.

이 글은 정운경(鄭運經, 1699~1753)이 제주도에 머물며 그곳의 사람, 풍경, 물산을 대하며 보고 듣고 느낀 바를 적은『탐라문견록』의 한 부분이다. 정운경은 1731년 제주 목사로 부임하게 된 아버지 정필녕(鄭必寧, 1677~1753)을 따라 바다 건너 낯선 섬에 도착했다. 정운경이 마주한 사방 바다의 경관은 헤아리지 못할 말소리, 소금기 섞인 내음, 회오리치는 바람과 어우러져 실로 육지 촌놈 가슴을 들뜨고 두근거리게 했을 것이다.

새로운 세상에 발을 디딘 뭍사람의 그 설렘은 잠깐의 반짝임에 그치지 않아 정운경은 뭍선 땅의 여러 가지를 묻고, 또 관찰해 소중한 기록으로 남겼다. 낯섦을 대하는 그의 자세는 낯선 장소를 여행한 기록을 남김으로써 문화인류학의 시작을 알렸던 헤로도토스(Herodotos, B.C.484?~B.C.425?), 마르코 폴로(Marco Polo, 1254~1324), 이븐 바투타(Ibn Battuta, 1304~1368)의 그것과 다르지 않기에『탐라견문록』은 민속지(ethnography)로, 이를 집필한 정운경은 그야말로 조선시대 인류학자라 할 수 있을 것이다.

정운경이 제주에서 만난 지역민 중에는 지금의 일본, 대만은 물론이고 멀리 베트남까지 떠내려갔다가 살아 돌아온 사람이 적지 않았다. 『탐라문견록』에는 「영해기문(瀛海奇聞)」, 「탐라기(耽羅記)」, 「순해록(循海錄)」, 「해산잡지(海山雜誌)」, 「탐라문견록」, 「귤보(橘譜)」 등 모두 여섯 편의 글이 실려 있다. 이 가운데 바다 너머를 다녀온 제주민의 구술을 기록한 「탐라문견록」이 전체 분량의 절반 이상을 차지하고 있고, 책의 제목으로도 쓰였다. 이로 보아 섬 토박이들이 제주 밖 낯선 세계를 경험한 이야기에 정운경이 특히 귀를 기울였다는 것을 알 수 있다. 외부와 소통할 일이 드물었던 제주 사람의 '눈 뜨인' 경험이란, 정운경의 지적 호기심을 자극할 만한 사건 중의 사건이었던 것은 아니었을까.

해상에 고립된 화산섬이라는 지리 조건, 바람 불고 흐린 날 많은 기후 특성은 제주민의 출향(出鄕)을 가로막고 있었다. 주어진 자연환경이 항해를 목숨 건 모험으로 만들기도 했지만, 당시 제주에는 주민의 섬 이탈을 막기 위한 조정의 조치로 출륙 금지령까지 내린 상황이었다. 오랫동안 지속된 외부와의 단절은 제주의 고립성을 짙게 하였고, 낯섦을 경계하는 이 섬 특유의 역사·문화와도 얽혀 사건, 이야기, 관습을 생성해냈다. 표류한 외국인을 살상한 일, 바다 너머에 두려움을 품은 설화, 섬사람만을 한 덩이로 끌어안는 궨당까지, 바깥 세계를 온몸으로 거부하는 제주 특유의 의식을 알게 한다.

'궨당'은 최근 방영한 드라마 「우리들의 블루스」(2022)에서 자주 들리는 '삼춘'이라는 호칭을 통해 그 의미를 짐작해볼 수 있다. 엄밀히 말해 '삼춘'은 친인척 집단 안에서 촌수를 따져 이르는 말이다. 그러나 제주의 '삼춘'은 척박한 환경과 고난의 역사를 함께 살아낸

섬사람끼리의 연대가 묻어 나는 제주말이며 동시에 그들 사이에 뭍사람이 파고들 틈새가 없음을 보여주는 말이기도 하다. 정운경이 만난 제주민은 '삼춘'이라는 호칭 아래 '괸당'으로 지냈을 터이다. 원래의 목적지를 잃고 한없는 바다 위를 함께 떠다니고, 낯선 땅에서 더욱 서로를 의지하게 된 이들도 제주 삼춘들이었다.

제주 삼춘의 해외 표류기 중에서도 앞에 소개한 부분은 정운경이 조천관 주민 고상영을 직접 인터뷰해 얻은 안남국(安南國, 현재의 베트남) 표류 체험 기록이다. 1687년 안남국에 표류했던 고상영은 정운경을 만나 당시 상황을 구술했다. 고상영은 인류학 조사에 있어 '훌륭한 제보자'에 해당하는 인터뷰이(interviewee)였다. 국가 간 공식 교류가 전혀 없던 안남국의 풍물, 생활상 등을 눈에 보이듯 선연하게 알려주었음은 물론이고 낯선 땅에 덜컥 놓이게 된 제주 삼춘들의 사정과 심정도 생생하게 전하고 있기 때문이다.

한 척 배에 의지해 사나운 물결 위를 오르내린 지 한 달여 만, 고상영 일행이 맞닥뜨린 이들은 언어와 행색이 모두 괴이한 이상한 나라의 사람이었다. 자기 터전에서는 표류해 온 외지인을 강탈한 일이 빈번했기에 고상영 일행은 제주 사람이라는 사실을 숨겨 목숨을 보전하고자 했다. 실제 이곳 관원은 자기 나라 태자를 살해한 적 있는 조선 사람을 죽여버리겠다 위협하기도 했으나, 그저 말에 그쳤을 뿐 정말로 위해를 가하지는 않았다. 지레 겁을 집어먹고 땅에 엎드려 눈물 흘린 제주 삼춘들을 부축해 눈물 닦아주고 밥 먹여주며 위로한 것도 이 관원의 부인이었다. 제주의 질서대로라면 얼마 남지 않은 것이라도 다 빼앗은 후 죽여버려도 이상하지 않을 상황이었다. 그러나 그네들은 제주 삼춘의 놀란 마음을 달래주고 꼭 구원하겠다는 약

내원교(來遠橋)는 1593년 세워진 호이안의 상징물로 베트남 2만 동권 지폐 뒷면을 장식하고 있다. '來遠橋'라는 이름처럼 먼 곳으로부터 온 다양한 사람들이 드나들었다.

속까지 잊지 않았다. 정말 낯설고 이상한 곳이었다.

　새가 지저귀는 듯한 여섯 성조의 말소리, 본 적 없는 생김새와 차림새, 그러나 한자라는 매개를 통해 소통이 가능한 이곳은 남국(南國)이라 불리던 제주에서도 남쪽으로 더 멀리 떨어진 안남국, 즉 현재의 베트남 땅이었다. 그중에서도 고상영 일행이 표류해 도착한 지역은 안남국 중부에 위치한 호이안(Hội An, 會安)이었다. 코로나 이전까지만 해도 다낭(Đà Nẵng, 沱瀼/陀瀼)을 경유해 많은 여행객이 찾던 바로 그 도시다.

　'올드 타운'이라고 불리는 호이안 구시가지는 구역 전체가 1999년 유네스코 세계문화유산에 등재되었을 정도로 독창적인 문화가 보존되어 있다. 호이안의 지역적 특이성은 동남아시아의 무역항으로서 기능하며 축적한 문화에서 비롯한 것이었다. 고고학자들의 연구에 따르면 이곳에는 기원전 2세기부터 항구와 무역 중심지가 세워졌고, 참파(Champa) 왕국의 지배 시기를 거쳐 대월(大越, Đại Việt) 그리고 19세기 응우옌 왕조 시기까지 국제 교류의 중심지였다.

　고상영 일행이 자취를 남긴 1687년에도 중국과 일본 등 아시아 여러 지역은 물론이고 유럽의 상인도 교역을 위해 이곳을 왕래하고

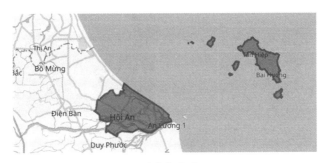

호이안과 참 섬

있었다. 다양한 출신의 사람들이 바다 건너에서 유입된 결과, 호이안은 실로 다양한 사람과 문화가 혼합된 국제도시이자 낯선 사람에게도 따뜻한 개방도시로 자리매김했다. 17세기 소설 「최척전(崔陟傳)」의 최척과 옥영이 중국, 일본으로 흩어졌다가 안남에서 재회를 이루는 장면 역시 우연한 설정이 아닌 것이다. 각국의 물자와 문화가 모여들어 이질감이 동질감으로 뒤섞이는 곳, 안남국 호이안이었기 때문이다.

오랫동안 국제 교류의 장으로 기능한 호이안은 예고되지 않은 외부인의 출현에도 당황하거나 혐오·배척하는 일이 없었다. 『탐라문견록』에 언급된 사례들을 보면 표류민의 처리 방식과 대우가 매우 인도적이고 체계적이었던 것으로 보인다.

안남국 땅에 발을 들인 첫날, 제주 삼춘들이 옮겨져 십여 일 동안 머물러야 했던 곳은 호이안 관할의 '참 섬(Cù lao Chàm)'인 듯하다. 이 섬은 예로부터 호이안 본토와 연결되는 환적지이자 정박지였다. 호이안과 직접 교류하기 위해서는 우선 이 섬에 선박을 대고 머물다가, 이후 작은 배로 강을 따라 호이안으로 이동해야 했다. 호이안

〈다옥신류교지도항도권(茶屋新六交趾渡航圖卷)〉(17세기 제작, 정묘사(情妙寺) 소장)에는 당시 호이안의 풍경이 담겨 있다.

의 관원이 고상영 일행을 이곳으로 옮긴 것도 참 섬의 이러한 기능과 관련있다고 할 수 있다. 표류민을 일정 기간 본토와 격리한 것은 더욱 면밀한 신상 조사와 더불어 혹시 모를 전염병을 막기 위한 검역의 목적이었다고 볼 수 있다. 교역지로서 외부인 유입을 오랫동안 경험하면서 터득한 호이안의 대처 방식이었던 것이다.

섬에서의 격리 기간 동안 외부 활동을 아주 제한한 것도 아니었다. 파수꾼은 표류민이 하는 양을 그저 지켜보는 정도였을 뿐 고상영 일행의 바깥출입을 막거나 상부에 보고하지 않았다. 삼춘들은 제주 사람의 강한 생활력을 힘껏 발휘해 말도 통하지 않는 곳에서 살림집을 기웃거리며 손짓 발짓 눈짓으로 곯은 배를 채웠다. 호이안에 터전을 두고 사는 사람들은 그들이 알지 못하는 세상에서 온 이방인에게 도움의 손길을 아낌없이 베풀었다. 덕분에 살아남기에 급급하던 삼춘들은 섬 안팎 현지인들의 따뜻한 시선 아래, 호이안 이곳저곳을 호기심 가득한 발걸음으로 총총 유람하며 무탈하게 지낼 수 있었다.

이러한 민간 외교 역시 정부 차원에서의 외교가 뒷받침하고 있기에 가능한 일이었다. 호이안 관아에서는 표류민의 활동에 크게 제약을 두지 않았음은 물론이고 조정에서는 이들의 물적 그리고 심적 안정까지 고려하여 갖은 노력을 마다하지 않았다.

제주 삼춘들이 직접 알현했다는 국왕은 대월의 황제 레 희종(Lê Hy Tông, 黎熙宗, 1663~1716)이 아닌 '당 쫑(Đàng Trong, 塘中)'의 응우옌 푹 타이(Nguyễn Phúc Thái, 阮福溙, 1650~1691)로 보인다. 당시 베트남은 레 왕조 시기였으나 황실은 실권을 잃고 찡(Trịnh, 鄭)씨와 응우옌(Nguyễn, 阮)씨의 권력에 장악되어 남북으로 분립하고 있었다. 북부 지역은 당 응와이(Đàng Ngoài, 塘外), 남부 지역은 당 쫑(Đàng Trong, 塘中)으로 불렸다. 호이안은 당 쫑에 소속된 지역이었기에 고상영 일행은 이곳의 다섯 번째 군주 응우옌 푹 타이를 만나게 된 것이다. 그의 부친인 응우옌 푹 떤의 재위 기간 동안에는 북으로 찡씨 정권, 남으로 캄보디아와 무력 충돌이 잦았다. 그러나 응우옌 푹 타이는 화해와 평화로서 당 쫑 지역을 다스리고자 노력한 군주였다.

군주의 온화한 정치 성향은 표류민에 대한 구조 정책과 송환 방식에도 한결같았다. 무작정 찾아와 엉엉 울며 고향으로 돌려보내달라 보채는 제주 삼춘들에게 국왕은 호통은커녕 먹을 것과 돈을 넉넉히 내려 위무하고 또한 함께 애달파했다. 더욱이 안전한 송환을 위해 배편의 운항 경로, 승선일, 상선의 규모까지 숙고하지 않은 바가 없었다. 인정스러운 처사였다.

안남의 국왕, 관리, 백성들이 보여준 태도는 제주 삼춘을 감동시키기에 충분했다. 고상영은 17세에 안남국이라는 바깥세상을 접하고, 그로부터 45년 뒤 정운경을 만나 그 경험을 상세히 전했다. 이미 오랜 시간이 흘러 기억은 윤색되고 오류도 적지 않았을 것이다. 그러나 그러한 착오마저 그 괴이한 나라, 인심 좋은 사람들에 대한 애정에 기인한 것이 아니었겠는가. 낯선 세계를 진술하는 백발 성성한 노인은 분명 소년의 눈을 하고 있었으리라.

화려했던 모스크바의 밤

― 김득련(金得鍊), 「밤에 황궁에서 연극을 관람하며[皇宮夜觀戲子]」,
『환구음초(環璆唫艸)』

김성훈

원형 극장에 수만 명을 수용할 수 있는데	圓屋能容數萬人
황제가 친림하여 새벽까지 관람하네	親臨玩戲到淸晨
연기하는 옛 역사는 현실인 듯 실감나고	演來古事如眞境
색색의 조명들은 순식간에 뒤바뀌네	變幻須臾色色新

∽————∽

1896년 춘파(春坡) 김득련(金得鍊, 1852~1930)이 니콜라이 2세(Ник
олай II) 황제 대관식에 참석하기 위해 모스크바로 갔다가 볼쇼이 극
장에서 연극을 보고 지은 시다. 김득련의 집안은 인조 때부터 고종
때까지 94명의 역관을 배출한 조선 후기 대표적 역관 집안이다. 김
득련 역시 가학을 이어 1873년 한학 역과에 급제하여 자연스럽게
역관의 길로 진출하였다. 그는 망국의 길로 접어들던 조선을 구하기
위해 중국을 비롯한 여러 나라에 사행을 다니며 외교 일선에서 고군
분투하였다.

　조선 후기 역관은 중국, 일본을 비롯한 여러 나라를 두루 다니며
조선에 새로운 지식 정보를 유통하는 역할을 하였다. 이들은 외국을

견문하고 체험하며 국제 정세에 민감하게 반응하였고, 이국의 창을 통해서 시선을 국내외에 두루 두어서 세계를 무대로 호흡하고 있었다. 이들의 사행 기록은 조선 지식인들 사이에 전파되어 외국에 나갈 수 없는 이들에게 추체험의 기회를 제공했다. 또한 귀국길에 들여온 다양한 외국 서적은 조선 후기 문예사조의 변화에 큰 영향을 주었다. 역관은 실로 조선 사회 변동의 한 축을 담당했다고 할 수 있다.

그중 한 명이었던 김득련은 문학적으로도 재능이 뛰어난 인물이었다. 그는 서울에 거주하던 역관, 의관, 서리 등 여항인으로 결성된 육교시사(六橋詩社)에 참여하여 당대 유명한 시인들과 교유하였다. 또 사대부 문인 민영환과 시문을 수창하는 등 문학활동을 통해 마음을 나눌 수 있을 정도로 풍부한 교양과 인품을 갖춘 인물이었다.

이러한 재능이 역관이라는 업과 만나 『환구음초』라는 역작이 탄생했다. 김득련은 러시아 사행에서 보고 느낀 바를 일반적인 기록이 아닌 시집으로 남겼다. 『환구음초』에는 문명화된 나라를 여행하며 느꼈던 감정과 구시대에 정체되어 있는 나라를 안타깝게 바라보는 시선, 신문물을 접했을 때의 놀라움과 감탄이 고스란히 드러난다.

김득련의 세계 일주 기록 『환구음초』는 러시아 사행을 마친 직후 초고본이 완성되었고, 정초본으로 작성된 뒤 일본에서 연활자본으로 간행되었다. 이 책은 일본에서 간행된 이후 국내에서도 지속적으로 관심을 받았는데, 어떤 이는 국제 정세를 파악하기 위해, 어떤 이는 견문을 넓히기 위해 이 책을 읽었다.

당시 조선은 명성황후가 시해되고 고종이 러시아 공사관으로 피신해 있는 등 매우 혼란한 시기였다. 특히 청일전쟁에서 승리를 거

조선 사절단(주영하, 『백년식사』, 휴머니스트 2020.)

머쥔 일본은 개화파를 앞세워 조선 정권을 장악하려고 하였다. 이때 러시아, 프랑스, 독일이 청일전쟁 처리 문제에 간섭하며 일본을 견제하기 시작하였다. 고종은 새롭게 부상하는 러시아를 통해 난국을 타개하고자 하였다.

1894년 러시아에서는 알렉산드르 3세(Александр III)의 뒤를 이어 니콜라이 2세가 새로운 황제로 등극하였고, 2년이 지난 1896년 모스크바에서 그의 대관식이 거행되려 하였다. 조선은 이를 기회로 사신단을 파견하여 고종의 신변 보호와 300만 엔 차관 제공 등을 골자로 러시아와 비밀 조약을 체결하고자 했다. 제3국의 힘을 빌어서라도 군사적, 경제적, 정치적 위기 상황을 타개하고, 일본의 위협에서 벗어나고자 한 것이다.

이 사행은 조선의 명운이 달린 막중한 임무를 띠고 있었다. 여기에 김득련이 참여하게 된 것이다. 특명전권공사 민영환, 수원(隨員) 윤치호, 3등 참서관 김도일, 수종(隨從) 손희영, 통역관 슈테인(Stein, Evgenii Fedorovich) 등과 함께였다. 이들은 고종의 친서 1통과 국서 1통, 위임장 1통, 훈유 1통 및 일본 은 4만 원을 품에 안고 러시아로 출발하였다.

당초에는 중국 상하이에서 프랑스 공사선을 타고 홍콩, 인도양, 유럽을 차례로 거친 후 러시아로 들어갈 예정이었다. 그런데 인천에서 출발한 배가 상하이에 늦게 도착하는 바람에 프랑스 공사선의 선실에 빈자리가 없어 부득이 경로를 변경하였다. 그들은 일본의 나가사키(長崎)·시모노세키(下關)·고베(神戶)·요코하마(橫浜)를 지나 태평양을 가로질러 캐나다(坎拿大)의 밴쿠버(Vancouver, 鸎口), 미국의 슈피리어(Superior, 藪蔽羅如)·뉴욕(NewYork, 紐約)을 거쳐 대서양을 건너 영국의 리버풀(Liverpool, 爾別佛)·런던(London, 倫敦), 네덜란드(荷蘭)의 블리싱겐(Vlissingen, 佛羅勝), 독일(德國) 베를린(Berlin, 栢林), 폴란드(波蘭國) 바르샤바(Warszawa, 華沙)를 경유하여 러시아(俄羅斯) 모스크바(Москва, 毛壽古)로 들어갔다. 경로를 변경한 덕분에 그들은 선진문명을 이룩한 여러 나라를 방문하여 그 발전상을 목도하고 신문물을 경험할 수 있었다. 그는 우연한 계기로 현재도 하기 힘든 세계 일주를 19세기에 하게 된 것이다.

김득련은 나가사키를 방문하여 괄목할 만한 일본의 발전을 목격했고, 바르샤바에 가서는 러시아에 점유당한 폴란드의 처참한 현실을 목도하였다. 뉴욕을 방문했을 때는 한창 전기 박람회가 진행되고 있었는데, 전시되어 있는 축음기에서 나는 폭포 소리를 듣고 "조화

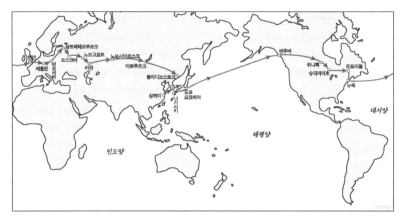

조선 사절단의 이동 경로

옹의 솜씨를 빼앗았네."라고 찬탄하였다. 이처럼 그는 세계 곳곳을 다니며 보았던 광경과 신문물을 접한 감회를 시로 읊어 『환구음초』 에 남겼다.

『환구음초』에는 러시아에서 지은 시가 가장 많은 분량을 차지한 다. 이번 사행의 목적지이자 그가 사행하는 7개월 중 가장 오랫동안 머물렀던 곳이기 때문이다. 앞에 제시한 「밤에 황궁에서 연극을 관 람하며」라는 시 역시 이 시기에 지은 것이다.

사행단은 1896년 5월 20일 모스크바에 도착했다. 그들은 드베르 스코이 불리바르(Тверской бульвар)의 포바르스카야 울리쟈(Повар ская улица)에 마련된 공관에 묵었는데, 이때 러시아 역사상 최초로 조선 국기가 게양되었다. 22일, 사행단은 클레믈린(кремль) 궁전에 서 니콜라이 2세를 만나 고종의 친서와 예물을 전달하였다. 26일에 는 클레믈린 궁전의 성모안식주교좌당에서 열리는 니콜라이 2세의 황제 대관식에 참여할 예정이었으나 결국 그러지 못하였다. 러시아는 관모를 벗지 않으면 예배당에 들어갈 수 없는데, 청나라, 터키, 페르시아, 그리고 조선의 사신들은 관모를 벗지 않으려 하였기 때문이었다. 대관식에 참여하지 못한 일행들은 누각에서 행사를 구경할 수밖에 없었다. 이날부터 며칠 동안 나날이 파티가 열렸다. 김득련에게는 자유로운 서양 여인들의 모습에서부터, 클레믈린의 야경, 연극, 영화 등 그곳에서 보는 모든 것이 새로웠다.

1896년 5월 29일 러시아 궁내부에서 조선 사신단을 연극에 초대했다. 민영환은 명성황후의 국상이 끝나지 않았기에 경축 공연만 참석하고 연극은 관람하지 않았고, 김득련과 윤치호는 소례복 차림으로 공연장에 참석하였다. 그들이 연극을 관람한 장소는 볼쇼이 극장(Большóй теáтр)이었다.

볼쇼이는 1776년에 처음 건립된 러시아 예술의 상징과도 같은 공간이다. 1805년 소실되어 1825년에 부지를 이전하여 새로 지어졌는데, 유럽 최대 규모의 극장을 지향하였으므로 러시아어로 '크다'는 의미인 '볼쇼이'라 명명하였다. 볼쇼이 극장은 그 이름처럼 웅장하고 사치스러운 극장이었다. 김득련은 극장 건물의 규모에 압도되어 "원형 극장에 수만 명을 수용할 수 있"다고 감탄하였다.

이날 있었던 공연은 글린카(Глинка)의 오페라 〈이반 수사닌(Ивáн Сусáнин)〉과 드리고(Риккáрдо Дриго)의 발레 〈진주〉였다. 〈이반 수사닌〉은 "황제를 위한 삶"이라는 제목으로도 불리는데, 최초로 러시아어로 쓰인 오페라이며 1613년에 세워진 로마노프 왕조를 위해 목숨을 바친 영웅의 비극적인 서사가 그 내용이다. 김득련은 이를 관람하고 "연기하는 옛 역사는 현실인 듯 실감나고"라고 하였다. 비록 언어는 통하지 않았지만 원형 극장에 퍼지는 오페라 가수의 음성이

볼쇼이 극장 전경(크리에이티브 커먼즈 라이선스 파일)

김득련의 가슴도 울리고 있었을 것이다.

게다가 〈이반 수사닌〉의 주인공 이반 수사닌은 러시아를 침공한 폴란드 대군을 지략으로써 패퇴시키고 죽음을 맞이한 인물이었다. 니콜라이 1세는 그를 국가적 영웅으로 추대하였다. 당시 김득련과 조선이 처해있던 상황이 이반 수사닌과 러시아의 처지와 비슷하였기 때문에 김득련은 이 오페라에 감명을 받고 그 감회를 시로 남겼을 것이다.

한편, 선교사들이 발행하던 영자 신문 〈코리안리포지터리〉(The Korean Repository)에는 볼쇼이에서 공연을 관람한 김득련을 인터뷰한 내용이 있다. 그날의 공연에는 니콜라이 2세 황제 부부도 친림하여 밤새도록 공연을 함께 관람하였다고 한다. 같은 공간에 함께 앉아 설렌 마음으로 러시아 예술을 접했을 김득련의 감상평은 매우 흥

볼쇼이 극장(크리에이티브 커먼즈 라이선스 파일)

미롭다. 그는 오페라에서 핏줄을 세우며 힘차게 노래 부르는 테너를 보고 서양에서 군자 노릇하기 힘들다고 하였고, 무대 위에서 춤을 추는 발레리나를 향해서는 벌거벗은 듯한 소녀가 까치발을 들고 빙 빙 도는 모양새가 꼭 학대받는 것 같다고 하였다. 이는 그가 오페라 와 발레 등 서양의 문화와 예술에 익숙지 않았기 때문이다. 그에게 거대하고 화려한 볼쇼이 극장 건물과 그곳에서 공연된 오페라, 발레 는 문화적 충격으로 다가왔던 것이다.

사행단은 5월 21일에서 6월 8일까지 모스크바에 머무르며 황제 대관식을 비롯하여 연극, 무도회, 관병식 등에 참석하며 일정을 소 화하고 상트페테르브루크(Санкт-Петербург, 彼得都)로 넘어와 남은 임무를 수행한 뒤 귀국하였다. 이들의 204일간의 다사다난했던 세 계 일주가 막을 내린 것이다.

그날의 화려했던 밤은 김득련에게 복잡한 감정을 느끼게 하였을 것이다. 새로운 세상을 만난 설렘과 신문물을 접한 놀라움이 교차하였을 것이고, 한편으로는 조국에 대한 충성심과 국가의 명운이 달린 임무에 책임감을 느꼈을 것이다. 어떤 장소에 대한 기억은 좋을 수도 나쁠 수도 있고, 혹은 그 두 감정이 모두 느껴질 수도 있다. 김득련에게 모스크바는 양가감정을 모두 느끼게 하는 장소였을 것이다.

과거는 현재를 비추는 거울

- 홍세태(洪世泰), 「일본으로 사신 가는 참의 조 영공을 전송하며[奉送趙參議令公使日本]」, 『유하집(柳下集)』

김유빈

오사카성, 그 당시 히데요시의 도읍인데	大坂當時秀吉都
흉악하고 무도하여 천벌을 받았다네	血囊凶逆受天誅
지금까지 민가와 물산이 부유하고 넉넉하니	至今民物誇豪富
염전과 구리광산 오나라와 정말로 흡사하네	鹽海銅山絶似吳
수도 교토에 왜의 황제 머무니	倭京城內住倭皇
남매끼리 전하여 백세토록 이어왔네	娚妹相傳百世長
권세가 오히려 관백 아래에 있어	力勢反居關白下
사람들과 섞여 와서 사신 수레 구경하네	混人來覬使軺光
에도의 성은 드높아 하늘에 닿을 듯하고	江戶城高欲到天
물을 끌어 띠를 이루니 사방이 배로 통하네	引河爲帶四通船
대낮에 저잣거리의 인산인해를 뚫고서	市門白日穿人海
북치고 나팔 불며 사신 앞에 두 줄로 행진하네	鼓吹雙行使節前
오랑캐 계집아이 머리에 꽃을 꽂고서	蠻家女兒花揷頭

문에 기대 손님 맞으며 부끄러운 줄도 모르네	倚門迎客不知羞
요염한 자태가 또한 경국지색이건만	嬋娟亦有傾城色
어찌 이리도 음란하여 취우(聚麀)와 같은가	獨奈淫風類聚麀

홍세태(洪世泰, 1653~1725)는 무관 아버지와 노비 어머니 사이에서 태어났다. 종모법(從母法)에 따라 그는 자연스레 노비에 편입되었으나, 그의 시적 재능을 눈여겨보았던 김석주(金錫胄) 덕택으로 노비 신분에서 벗어날 수 있었다.

홍세태는 1675년 그의 나이 23세에 역과의 한학관(漢學官)에 합격하였다. 당시 역관 중인이라는 신분은 관념적, 제도적으로 차별대우를 받았는데, 홍세태는 노비 출신이라는 굴레까지 더해져 동료들에게까지 배척받기 일쑤였다. 게다가 역과에 합격한 지 수 년이 지났지만 발령의 기약은 보이지 않았다.

홍세태는 김창흡(金昌翕)의 주선으로 일본에 다녀올 기회를 얻는다. 1682년 에도 막부의 5대 쇼군 도쿠가와 쓰나요시(德川綱吉)의 습직(襲職)을 축하하기 위한 통신사행이 결정되었던 것이다. 윤지원(尹趾元)을 필두로 475명의 인원이 동행하는 대규모 여정이었다. 통신사행은 3개월이 소요될 정도로 긴 시간이었고, 물길 또한 예측하기 어려웠다. 이 때문에 사행원들조차 꺼리는 여정이었으나 홍세태로서는 이국의 동향을 살필 수 있는 중요한 기회였다.

일본의 침략을 받아 임진왜란이라는 큰 전쟁을 치르며 많은 고난을 겪었던 조선은 여러 차례의 통신사행에도 일본에 대한 악감정이 채 소거되지 않았다. 또한 그들은 소중화(小中華) 의식으로 일본에

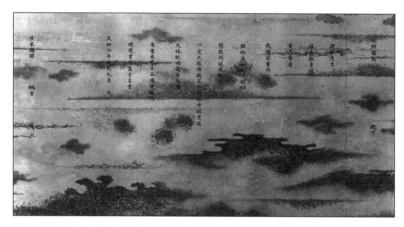

1682년 조선 국왕에게 보낸 일본 외교문서 (국립중앙박물관 소장)

상대적 우월감을 지니고 있었다. 일본을 경계의 눈길로 보기도 하고 심하게는 경시하거나 경멸하는 표현도 서슴지 않았다. 홍세태도 그 중 한 사람으로 일본에 대한 인식이 그다지 긍정적이지 않았는데, 사행을 다녀온 후 그의 인식에 금이 가기 시작한다.

먼저 일본에 다녀온 홍세태는 머지않아 일본에 가게 되는 조태억(趙泰億)에게 위 시를 보내준다. 이 시는 본래 5수로 구성되어 있으며, 그가 약 30년 전 체험한 오사카, 교토, 에도의 인상과 분위기를 형상화함으로써 현지 사정에 대한 사실적인 정보를 생생하게 전달해주고자 한 것이다.

그는 일본의 모습을 직접 관찰하곤 과도(過渡)에 깊이 빠져든다. 과거 조선 침략의 원흉이었던 도요토미 히데요시(豊臣秀吉)는 천벌을 받아 제 명에 죽지 못했지만 그가 직접 건축한 오사카성은 정반대로 민심이 부유하고 물산이 풍부하여 상업의 도시로 자리잡았기

때문이다. 홍세태는 경탄의 눈길을 보낼 수밖에 없었으나 부정적이
던 인식이 완전히 바뀐 것은 아니었다.

한 국가의 왕이 이리도 권력이 약할 수 있는지. 조선 또한 왕과 신
하의 권력다툼이 있었지만 왕의 존재는 절대적이다. 반면 천황은 관
백의 통제 하에 권위만 인정받고 정치적 권한은 행사하지 못하는 유
명무실한 직책이다. 홍세태는 그 이유를 근친혼 때문이라 단정하였
다. 일본 건국 신화의 주인공인 남신 이자나기(伊邪那岐)와 여신 이
자나미(伊邪那美)는 남매 관계로 결혼하여 일본을 만들었다고 알려
져 있기 때문이다. 유교가 자리잡고 있던 조선에서는 이러한 행위가
비윤리적으로 보이는 것이 당연했기에 일본을 야만스럽고 음란하다
며 지탄했다.

에도에 도착한 홍세태는 여전히 혼란스러웠다. 에도(えど)라는 이
름은 해수(海水)가 들어오는 강의 입구라는 의미를 지니고 있다. 도
쿠가와 막부는 이곳에 근거지를 두어 본격적으로 도시 계획을 세웠
다. 에도성을 중심으로 마치 달팽이를 그리듯 오른쪽으로 반복해 굽
어 들어가는 모양으로 수로를 만들었다. 그 결과 변방 중에서 변방
이었던 이 지역은 비로소 최고의 도시로 성장했다. 실제 1721년 인
구조사 결과에 따르면 에도성의 인구는 130만이었다고 한다. 당시
서구 제일의 도시 런던의 인구가 85만 명이었으니 에도가 얼마나
거대한 도시였는지 알 수 있다. 이때부터 일본의 실질적 수도는 에
도였다는 사실을 짐작할 수 있다.

홍세태가 마지막으로 언급한 내용은 유곽에서 앳돼 보이는 유녀
가 손님에게 추파를 던지는 모습이다. 에도처럼 인구가 밀집하고 상
업이 발달한 도시에서 유곽의 존재는 필연적인지도 모른다. 그러나

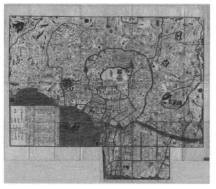

달팽이(の)처럼 확장되는 수로   17세기에 그려진 에도성 그림

그는 유녀를 보고 부끄러움도 모르는 여자, 한 나라를 망하게 할 수 있는 여자, 윤리에 어긋나는 행위를 하는 금수와 같은 여자로 묘사하며 일본의 풍속을 음란함으로 형용하고 있다. 조선에서는 부녀자에게 정절을 강조할 뿐만 아니라 기생에게까지 절개를 강조한다. 서로 다른 윤리관으로 인하여 일본의 풍속을 오랑캐의 미개함으로 폄하한 것이다.

홍세태는 장엄한 에도성과 발달한 도시에 감탄하면서도 그 야만스러운 문화에 비난을 그칠 줄 모른다. 이 시에 드러난 감정은 그야말로 홍세태의 일본 인식을 그대로 보여준다고 할 수 있다. 홍세태는 일본에 가기 전, 대부분 조선 사람처럼 일본에 부정적인 시각을 가지고 있었다. 그러나 그가 직접 일본에 가서 보고 들은 것은 달랐다. 오히려 놀라움의 연속이었다. 그래서인지 그는 일본에서 돌아온 후에도 조선과 일본의 제도와 사상의 충돌로 불안정한 모습을 끊임없이 보여주고 있다.

우리는 처음으로 통신사를 파견한 1413년부터 지금까지도 일본과의 관계를 재정립하고자 부단히 노력하고 있다. 일본에 대한 인식이 다소 완화되어 우호적으로 평가하는 사람도 있지만, 그 사람조차 스포츠 경기에서 한일전이라는 말이 나오는 순간 어느 다른 나라와의 대결보다 주목하고 긴장하는 모습은 예전과 다를 바 없다.

마음은 얇은 거울과도 같아서 조금씩 상처가 나면 겉보기엔 아무 이상 없어 보이지만, 시간이 지날수록 틈이 생겨 한순간에 깨져버리고 만다. 한번 깨져버린 거울은 다시 붙인들 제 기능을 잃는다. 우리가 그 당시를 몸소 겪은 사람이 아니지만 여전히 다시 사람의 마음을 헤아릴 수 있는 것은 그러한 사실이 역사로 남아있기 때문이다. 역사를 통해 과거를 돌아보며 또 현재를 스스로 판단하고 생각하는 힘을 기르는 것이야말로 온고지신이 아닌가.

꿈과 현실이 교차하는 곳, 무릉도원

– 이용(李瑢), 「칠언제시(七言題詩)」, 『몽유도원도시화권(夢遊桃源圖詩
  畫卷)』

김원경

세상 어디에서 무릉도원을 꿈꾸랴　　　　　世間何處夢桃源
은자의 옷차림 아직 눈에 선하도다　　　　　野服山冠尙宛然
그림으로 보자니 진정 호사(好事)이기에　　著畫看來定好事
자부컨대 천 년 동안 전하리　　　　　　　　自多千載擬相傳

　그림이 완성되고 3년 뒤(1450년), 정월 어느날 밤 치지정(致知亭)
에 있으면서 다시 그림을 펼쳐보고 짓는다. 청지(淸之. 안평대군 이용
의 자).

⁓⁓⁓⁓⁓⁓

이 시는 1450년 세종의 셋째 아들 안평대군(安平大君) 이용(李瑢,
1418~1453)이 『몽유도원도시화권』에 쓴 「칠언제시」이다.
　안평대군 이용은 조선 초기 시·서·화 삼절로 불린 인물이다. 예
술적 자질을 타고났던 그는 왕자로서 최고의 환경에서 문예활동에
심취하여 당시 교유하지 않은 명사가 없을 정도였다. 특히 원대(元
代) 조맹부(趙孟頫, 1254~1322)의 송설체(松雪體)를 조선 전역에 유행

시킨 장본인이었고, 시회(詩會)를 자주 열었으며, 중국 5대 왕조에 걸친 회화부터 국내 안견(安堅)의 작품까지 약 200여 점의 회화를 소장하였을 정도로 그림에 대한 안목도 뛰어났다.

　안평대군의 문예활동은 주로 특별한 사람들과 특별한 장소에서 이루어졌다. 그는 자신의 저택 비해당(匪懈堂), 별장이었던 담담정(淡淡亭)과 무계정사(武溪精舍) 등을 시제(詩題)로 삼아 당시 문인들과 함께 「비해당사십팔영(匪懈堂四十八詠)」, 「담담정십이영(淡淡亭十二詠)」, 「무계수창시(武溪酬唱詩)」 등을 지었다. 또 중국의 가장 아름다운 이상경이라고 불리는 소상(瀟湘, 소주(蘇州)와 삼강(三江)) 지역의 여덟 풍경을 주제로 『비해당소상팔경시첩(匪懈堂瀟湘八景詩帖)』 제작을 주도하였다. 그중 안평대군의 꿈을 배경으로 삼아 안견이 그림을 그리고, 21명의 문사가 시문을 지은 『몽유도원도시화권』은 단연 시·서·화가 결합된 대표작이라 할 수 있을 것이다.

　「제시」를 짓기 3년 전인 1447년 4월 20일 밤, 안평대군은 무릉도원을 노니는 꿈을 꾸었다. 꿈이 무척이나 마음에 들었던 것일까. 다음날 안평대군은 당시 최고의 화가 안견을 불렀다. "내 글쎄, 친한 벗과 말을 달리고 있었다네. 속세는 벗어난 지 오래고, 누군가 '이 길을 따라가면 도원이외다.' 하여 그 길을 따라갔다네. 복사꽃 만연한 그곳 말일세.…" 안평대군의 명을 받은 안견은 사흘 만에 그 꿈을 그림으로 그려냈다. 그리고 그 그림을 '몽유도원도'라 했다.

　'꿈만 같다', '꿈에서나 가능한 일이다'라는 표현처럼 우리는 은연중 꿈에 환상을 갖고 있다. 현실에서는 불가능한 일이라도 꿈에서는 가능하기 때문이다. 그래서 꿈은 때론 욕망을 충족시켜 주기도 한다. 자신의 근원적 욕망이 펼쳐지는 곳이 바로 무의식 즉, 꿈이라고 한 프로이트(Sigmund Freud)의 말처럼, 안평대군이 이토록 흥분한 것은 자신의 바람이 꿈속에서 이루어졌기 때문일지도 모른다.

안평대군은 꿈속에서 도원을 찾아갔다. '도원'은 흔히 이상향을 말한다. 그 옛날 도연명이 말했던 '도화원(桃花源, 도원)'은 사람들이 진시황의 폭정을 피해 숨었던 곳으로 동굴 형태의 선경으로 묘사된다. 그곳은 통제와 강요가 없다. 그곳에 사는 사람은 늘 즐겁고 평온하다. 속세의 질곡으로부터 해방되어 누구나 자유를 누릴 수 있는 곳이다. 실현 가능성이 너무나도 희박해 '어느 곳에도 없는 장소'라 풀이되는 '유토피아(Utopia)'처럼 말이다. 안평대군도 이런 이상향을 꿈꾸었던 것일까? 세상 그 어디에서도 찾을 수 없다고 했던, 안평대군이 바란 도원은 과연 어떤 곳이었을까?

사흘 만에 안견의 그림을 받은 안평대군은 곧바로 「몽유도원기(夢遊桃源記)」를 지었다. 기의 내용은 제법 상세하다. 안평대군이 말했던 벗은 바로 인수(仁叟) 박팽년(朴彭年, 1417~1456)이었다. 꿈은 박팽년과 말을 타고 어느 산 아래를 거니는 것으로 시작한다. 희미한 오솔길을 따라가던 둘은 이내 길을 헤매고 마는데, 문득 산관(山冠)을 쓰고 야복(野服)을 걸친 사람을 만난다. 그는 도원으로 가는 길을 안내해 준다. 진정 현실에서 꿈으로 넘어가는 순간이었을까.

안내해 준 길을 따라가자 곧바로 기괴하리만치 우뚝 솟은 산벼랑과 일백 굽이나 휘어져 흐르는 계곡물이 두 사람을 홀린다. 이윽고 골짜기에 들어서니 사방에는 바람벽처럼 산이 솟아있고, 자욱한 안개에, 가까이부터 멀리까지 복숭아나무 숲이 펼쳐졌다. 무릉도원이었다. 그곳엔 사람의 흔적이란 전혀 없었고, 그나마 있는 초가집마저 허물어져 고요하고 조용하여 마치 신선의 거처 같았다. 오래도록 구경하던 안평대군은 박팽년에게 말했다. "이곳이 바로 한유(韓愈)가 바위에 걸침목을 걸치고 골짜기를 뚫어 집을 지었다던 도원동(桃源洞)이다."

비현실적 풍경에 너무 취했던 것일까? 언뜻 곁을 보니 최항(崔恒)과 신숙주(申叔舟) 등 자신과 함께 『동국정운(東國正韻)』을 편찬한 사람들도 함께 있었다. 안평대군은 이들과 함께 짚신 감발을 한 채 실컷 오르내리며 도원을 구경하지만, 여운을 느낄 새도 없이 갑자기 잠에서 깨고 만다. 이렇게 꿈을 모두 기록한 안평대군은 다음과 같이 말을 덧붙인다.

"화려한 관복을 걸친 자는 발자취가 깊은 산림에 미치지 않고, 자연에 정을 둔 자는 꿈에도 조정을 바라지 않으니, 고요함과 시끄러움은 본디 길이 다르다."

"옛사람이 말하길 '낮에 한 일이 밤에 꿈이 된다.'라고 했다."
 –안평대군, 「몽유도원기」

꿈과 현실이 다르지 않다는 그의 말은 왕자로서 고요한 도원을 노닐었던 꿈속 풍경과 사뭇 달라 보인다. 아니나 다를까 안평대군은 자신의 꿈을 변론한다. 자신이 비록 궁중에 몸을 담은 사람이지만 꿈속 도원을 노닐었던 이유는 본래 자신의 성품이 고요하고 자연을 그리는 마음을 품었기 때문이라고. 하필 그 많고 많은 벗 중 몇 사람과 동행했던 이유는 그들과의 사귐이 더욱 두터웠기 때문이라고. 안평대군의 짧은 꿈속 여행은 이렇게 끝을 맺는다.

안평대군의 꿈속 도원은 도연명의 그것과 조금은 다르다. 시각적으로는 한유가 말한 도원동과 비슷하다. 안평대군은 모든 사람이 즐겁고 평온한 도연명의 도원이 아니라, 그저 마음 맞는 몇 사람과 고요히 지낼 수 있는 도원을 바랐다. 당시 그는 왕자로서 아취와 여유를 충분히 즐기고 있었을 테지만, 속세를 떠나 잠깐이라도 일탈을 바랐던 것을 보면 분명 그만의 속사정이 있었을 것이다. 이로부터 몇 년 뒤 수양대군과 갈등의 중심에 섰을 때 그의 바람은 더욱 커졌으리라.

꿈이 그림으로 완성된 지 3년 뒤인 1450년 정월 어느 날, 안평대군은 인왕산 기슭 자신의 거처 비해당의 치지정(致知亭)에서 다시 그림을 펼쳐본다. 그림은 이미 자신의 기문과 여러 명사의 시문이 붙어 권축을 이루고 있었을 것이다. 무엇이 다시 그를 그림으로 이끌었는지는 알 수 없다. 그저 그림이 좋아 다시 들춰보았을지, 혹은 뒤이어 붙여진 기문과 시문을 통해 옛날을 곱씹어보며 문사들과의 교유를 추억했을지. 다만 안평대군이 늘 자신의 도원을 마음속에 간직하고 있었다는 점은 확실해 보인다.

이 시를 짓고 나서 8개월 뒤인 1450년 9월, 인왕산 너머 무계동(武溪洞, 현재 부암동 부근) 인근을 유람하던 그는 꿈속에서 보았던 도원과 비슷한 곳을 발견한다. 안평대군은 결국 이듬해 7월 그곳에 '무계정사'라는 편액을 내걸고 한가로이 은거하기 위한 장소로 삼았다. 자신이 그토록 바라던 꿈속 도원이 현실에 갖추어졌으니 이곳을 기념하지 않을 수 있었겠는가. 안평대군은 『몽유도원도시화권』 제작에 함께 참여했던 이개(李塏, 1417~1456)에게 기문을 부탁하며 다음과 같이 말한다.

"내가 이곳을 좋아하는 것은 은사가 되려는 것도, 신선이 되고픈 것도 아니며, 고고한 척 하려는 것도 아니다. 그저 자연을 흥취로 삼고, 사물의 변화에 따라 소식(消息)하는 이치를 살펴보며, 천도(天道)의 유행을 즐기고자 한다. 그렇게 마음 가는 대로 두루 노닐어 나의 본성을 온전하게 하기를 구할 따름이다.
　－이개, 「무계정사기」, 『육선생유고』

　안평대군은 그저 자신의 본성이 온전하기를 바랐다. 자연에 정을 두고자 했던 그의 바람은 바로 꿈속 도원에서 온전히 발현되었고, 그 꿈을 잊지 못해 무계정사로 자신의 도원을 현실화시켰다.
　무계정사가 완성된 이후, 안평대군은 이곳을 자신의 별장으로 삼고 벗들과 자주 찾았다고 한다. 이개 역시 그중 한 명이었으며, 그들과 함께 「무계수창시(武溪酬唱詩)」를 지어 이곳을 기념하였다. "진정 이곳은 전생에 나의 천석(泉石, 자연)이었을게야." 안평대군의 「무계수창시」 중 한 구절이다. 꿈에서 그림, 그림에서 현실. 과연 마침내 눈앞에 펼쳐진 자신의 도원을 보고 절로 터져 나온 그의 진심이라 할 수 있을 것이다.
　안평대군의 꿈에서 시작된 이야기는 여기까지다. 그의 이야기를 듣는 사람 중에 이토록 행복한 결말을 꿈꾸지 않은 이가 있을까? 하지만 무계정사가 완성되고 2년이 지난 후, 그는 결국 수양대군에 의해 역적으로 몰려 사사(賜死)되었다. 무계정사는 폐허가 되었고, 지금은 터만 남아있다. 더구나 그의 꿈을 짐작해볼 수 있는 안견의 『몽유도원도』마저 저 멀리 이국땅의 한 대학에서 소장 중이니, 한편으론 '일장춘몽'이 생각나기도 한다. 지금에야 그가 남긴 발자취를 따라 그의 꿈을 쫓아가 보니, 반환되지 않고 있는 그의 『몽유도원도시화권』이 더욱 그리울 뿐이다.

천애지기(天涯知己)의 공간, 북경 유리창

– 박지원(朴趾源), 「회우록서(會友錄序)」, 『담헌서(湛軒書)』

전선영

"덕보 홍군(홍대용)이 한 필의 말을 타고 사행을 따라 중국에 갔다. 상점가(市街, 유리창) 사이에서 방황하며 사람들 틈에서 돌아다니다가 항주(杭州)에서 유학 온 선비 세 사람을 만났다.……서로 충고하고 인도해 주는 말이 모두 지극한 정성과 측은한 마음에서 나온 것이었다. 처음에는 마음을 알아주는[知己] 벗으로 사귀다가 마침내는 형제가 되기로 약속하여 욕망을 탐하듯 서로 좋아하고 서로 저버리지 않기로 굳게 맹세하였는데, 그 의리가 사람들을 감동시켜 눈물 흘리게 하였다.

슬프도다! 우리나라와 오(吳)의 거리가 몇만 리이니 홍군은 세 선비와 다시 만날 수 없다. 그러나 지난번 본국에 살 때는 한마을에 살면서도 서로 아는 체하지 않았지만 지금은 만리의 먼 곳에서 사귀고, 지난번 본국에 살 때에는 같은 종족이면서도 서로 사귀지 않았지만 지금은 다시 만날 수 없는 사람과 교우하며, 지난번 본국에 살 때에는 언어와 의관이 같으면서도 서로 사귀지 않았지만 지금은 별안간 서로 말이 다르고 의복이 다른 풍속의 사람을 허락했으니 어째서인가?"

홍군이 근심스러운 표정으로 말하기를,

"내가 감히 국내에 그런 사람이 없어서 사귀지 못하는 것이 아니다. 실은 지역에 국한되고 습속에 구애받아 마음에 답답함이 없을 수 없기 때문이다.…… 번거로운 형식을 타파하여 까다로운 절차를 씻어 버리고 진정을 피력하여 진심을 드러내며 속마음을 쏟아내니, 그 규모의 광대함이 어찌 소문이나 명예, 세력이나 이익의 길에 매달려 악착같은 짓을 하는 자이겠는가?"

하면서, 그들과 필담(筆談)한 3권의 책을 나에게 보이며 말하기를,

"그대가 서문을 써주시오."

하였다. 나는 다 읽고 탄식하며 말했다.

"홍군은 벗이 되는 도리를 통달하였구나! 나는 이제야 비로소 벗을 얻는 도리를 알게 되었다. 그 벗 삼는 바를 보았고, 그 벗이 되는 바도 보았으며, 또한 내가 벗하는 바를 그는 벗하지 않음도 보았다."

연암 박지원이 서문을 쓴다.

洪君德保嘗一朝踔一騎 從使者而至中國 彷徨乎街市之間 屛營於側陋之中 乃得杭州之遊士三人焉……而其相與規告箴導之言 皆出於至誠惻怛 始許以知己 終結爲兄弟 其相慕悅也如嗜欲 其相無負也若詛盟 其義有足以感泣人者 嗟乎 吾東之去吳幾萬里矣 洪君之於三士也 不可以復見矣 然而向也居其國則同其里閈而不相知 今也交之於萬里之遠 向也居其國則同其族類而不相交 今也友之於不可復見之人 向也居其國則言語衣冠之與同而不相友也 迺今猝然相許於殊音異服之俗者 何也 洪君愀然爲間曰 吾非敢謂域中之

無其人而不可與相友也 誠局於地而拘於俗 不能無鬱然於心矣……
然而破去繁文 滌除苛節 披情露眞 吐瀝肝膽 其規模之廣大 夫豈規
規齷齪於聲名勢利之道者乎 彙爲三卷以示余曰 子其序之 余旣讀
畢而歎曰 達矣哉 洪君之爲友也 吾乃今得友之道矣 觀其所友 觀其
所爲友 亦觀其所不友 吾之所以友也 燕巖朴趾源序

───

이 글은 홍대용(洪大容, 1731~1783)의 문집에 실린 묘지명이다. 박지
원(朴趾源, 1737~1805)의 글로 홍대용과 청나라 문사들의 우정을 말
하고 있다. 홍대용은 1765년 초, 연행사의 서장관인 작은아버지 홍
억(洪檍, 1722~1809)의 수행군관으로 북경을 방문했다. 이때 북경 유
리창에서 우연히 항주 출신의 청나라 문인 엄성(嚴誠)·반정균(潘庭
筠)·육비(陸飛)를 만나 각별한 인연을 맺었다. 귀국 후에도 편지를
통한 교유는 계속되었다. 이덕무(李德懋, 1741~1793) 역시 그의 문집
『청장관전서(靑莊館全書)』에서 홍대용과 청나라 문사들의 만남과 우
정을 묘사하며 그 우의를 평론했다.

홍대용의 자는 덕보, 호는 담헌이다.……필담과 편지는 훌륭했
고, 천애지기를 맺고 돌아왔으니, 또한 성대한 일이다.……지금
그 필담첩들을 보니 마음을 다하여 서로 화답한 즐거움이 옛사
람에게 부끄럽지 않고, 때때로 감격하여 눈물을 흘릴만 하다. 그
편지 및 시문과 필담을 가려내어 기록하고 '천애지기서(天涯知己
書)'라 이름하며 친구간의 도리에 야박한 자들에게 충고한다.
　　－이덕무, 「천애지기서」, 『청장관전서』

홍대용의 예가 보여주듯이, 조선인의 중국 방문과 한·중문인의 교류는 매우 활발했다. 명나라를 다녀온 사행기 조천록(朝天錄)에는 허균·이항복 등의 중국 경험이 실려 있다. 청나라를 다녀온 사행기 연행록(燕行錄)에는 박지원·이덕무·박제가·유득공 등과 청조 문사 반정균·이정원·축덕린·나빙·유세기 등의 만남 및 김정희와 옹방강, 김정중과 정가현 등 조·청 문인 사이의 교유 이야기가 수없이 녹아있다. 이처럼 조선은 중국과 빈번하게 왕래했으며, 이 과정에서 한·중문인들도 활발하게 교류하며 우정을 나눴다.

하지만 1627년 정묘호란과 1636년 병자호란 이후, 18세기까지도 조선 사회는 여전히 숭명배청 의식이 팽배했다. 당시 조선 지식인에게 청나라는 만주족 오랑캐의 나라였다. 18세기 김창업·홍대용을 필두로 북벌에서 북학으로 점차 분위기가 바뀌면서 조선 지식인은 부정 일변도인 시각에서 벗어나 비교적 객관적으로 청나라를 바라보게 된다. 그들은 연행을 통해 청나라와 서양의 다양하고 화려한 문물을 접했고, 그 속에서 문화의 힘을 경험하며 선별적 시각으로 배울 점을 탐색했다.

특히 청대 문화의 중심지 북경 유리창은 조·청 지식인들에게 큰 의미를 가진 공간이었다. 유리창은 북경의 내성인 정양문(正陽門) 서남쪽에 위치한 거리로, 명나라 때 유리기와를 생산한 곳이라 이와 같은 이름이 붙었다. 서책과 골동기완(骨董器玩), 서화 등을 파는 가게들이 즐비해 18세기 이후 큰 호황을 누렸다. 다양한 공연도 열렸다. 당시 유리창은 조선 문사들의 호기심을 한껏 자극하는 공간이자 교유의 장이요, 동아시아 지식인들의 문화 거리였다.

다리 오른쪽을 따라 유리창에 이르렀더니, 가게가 줄지어 늘어서 있고 금빛·푸른빛이 찬란하였다. 이는 성 안팎의 큰 도시였다. 마치 페르시아(波斯市)에 들어간 것 같이 사람의 눈과 마음을 놀라게 하였다.……거리에는 다양한 광대놀이가 벌어져 사람들이 많이 가서 구경했다.

— 미상, 「관사에 머물다(留館)」 2일(임진), 『계산기정(薊山紀程)』

돌아오는 길에 유리창을 두루 구경했는데 서적(書籍)·화정(畫幀)·정이(鼎彝)·고옥(古玉)·금단(錦緞) 등을 팔았다. 여유 없이 몹시 바빴는데, 사통팔달의 거리에는 사람이 너무 많아 어깨가 부딪쳤다.

— 이덕무, 「입연기(入燕記)」, 『청장관전서』

건륭제가 『사고전서(四庫全書)』 간행을 위해 1773년 유리창에 사고전서관(四庫全書館)을 열면서 문화중심지로서의 위상은 더욱 강화되었다. 그 주변에 중국 문사들이 모여 살면서 유리창 서점에 드나들었다. 골동품 및 사치품 등 다양한 물건을 파는 상인들이 모여들어 가게가 즐비하자 많은 백성들도 구경을 다녔다.

유리창을 주목하기는 당시 연행을 떠난 조선 문사도 마찬가지였다. 이들은 연행에 참여할 기회가 닿으면 필히 유리창을 방문하여 수많은 서책들을 접하며 지식에 대한 갈증을 채우고자 했다. 또한 청나라 유명 문사부터 상인 및 일반 백성에 이르기까지 다양한 계층의 사람들과도 직접적으로 교유하며 중국을 심층 경험하고 견문을 넓혔다.

유리창의 거리 판매 풍경
(진강(陳剛) 주편,『유리창(琉璃廠)』,
북경출판사, 2005, pp.33)

원숭이 놀음인 후희(猴戱)의 공연 모습.
1923년 무렵 중국에서 출간된
『대아루 화보(大雅樓畵寶)』에 실린 삽화이다.

그중에서도 홍대용은 특히 교유관계가 넓었다. 조·청 문인교류의 선구자라고 할 수 있는 그가 유리창에서 청나라 인사와 직접 대면한 기간은 60일 남짓이었다. 그러나 홍대용의 「항전척독」 및 조선 후기 다른 문인의 저술 등을 통해 홍대용과 그의 청나라 벗들이 귀국 후에도 지속적으로 편지를 주고받으며 진솔한 마음을 나눴음을 알 수 있다. 엄성은 그의 문집 『철교전집』에 홍대용을 비롯한 조선 동지사 사신들의 초상화를 싣기도 했다.

홍대용으로 인해 물꼬를 튼 조·청 문인의 교유관계는 조선 후기까지도 계속 이어진다. 유금은 1776년 떠난 연행길에 사가(四家), 이덕무·박제가·유득공·이서구의 시를 초록한 『한객건연집(韓客巾衍集)』을 가져가 이조원과 반정균에게 서문과 평어를 받아 이듬해 간행했다. 그 후 이덕무·박제가·박지원·유득공 등 일명 연암일파 문인들에게도 그 인연이 이어져 관련 이야기들이 연행록에 남았다.

청나라의 대표적 화가 나빙(羅聘, 1733~1799)은 박제가와 특별히 가깝게 지내며, 그와 헤어질 때 초상화와 매화 한 폭을 그려 주기도 했다. 이후 홍대용의 손자 홍양후와 반정균의 손자 반공수에까지 이어지며, 홍대용으로부터 비롯된 천애지기는 지속되었다. 조선 지식인에게 유리창이라는 공간은 수많은 서책 및 신문물을 만날 수 있는 새로운 세계였으며, 청나라 문사들과 허심탄회한 우정을 나눌 수 있는 교류의 장이었다.

그렇다면 그들이 이처럼 청나라 문인들과 마음을 터놓고 둘도 없는 친구가 될 수 있었던 이유는 무엇이었을까. 당시 조선은 노론과 소론, 남인과 북인이 나뉘어 당파 싸움이 이어졌고, 사농공상은 물론 문관과 무관, 서얼과 중인의 신분도 엄격했다. 서로의 생각과 신분이 다르면 말을 섞지 않고, 벗으로 두지 않았다. 파가 갈려 서로

1765~1766년의 동지사 사신들. 엄성의 문집인『철교전집』에 실렸다. 왼쪽 위부터 시계 방향으로 홍대용, 이훤, 김선행, 홍억, 김재행, 이기성. 국사편찬위원회

나빙, 「박제가 초상화」 (1790년 사진).
나빙이 이별의 증표로 박제가에게 그려준
초상화로, 원작 그림은 남아 있지 않다.
과천시 추사박물관

나빙이 박제가에게 그려준 매화도.
과천시 추사박물관

경쟁하고, 여전히 과거 명나라를 숭상하며 세상의 변화를 쉽게 받아
들이지도 않았다.

답답한 현실속의 조선 문사들에게 연행은 좁은 조선 땅에서 잠시
나마 벗어날 수 있는 탈출구였다. 특히 다양한 계층의 사람들이 자유
롭게 교유하는 유리창은 답답한 마음을 해소시키기에 더할 나위없
는 장소였다. 조선 문인들이 유리창이라는 공간에서 신분에 상관없
이 평생 마음을 나눌 친구를 만나고, 다양한 주제로 거리낌없이 그들
과 의견을 나누면서 진정한 행복과 위안을 느꼈으리라 생각된다.

그들은 훗날 지나치게 상업적으로 변화된 유리창의 모습에 실망
하며 한탄스러운 마음을 글로 남기기도 하지만, 그곳이 마음이 통하

『한국학, 그림을 그리다』, 정민, 고연희, 김동준, 태학사 재인용.

는 친구에게 위로받았던 공간, 해방감을 주었던 공간이었다는 사실은 부정할 수 없을 것이다. 연암 박지원이 요동을 지나면서 드넓은 벌판을 보고 가슴이 탁 트여 '한바탕 울기 좋은 곳'이라 느꼈던 것처럼 답답한 조선의 현실에서 벗어나 격의 없이 친구를 만나고 수없이 새로운 경험을 하면서 그들도 마음이 탁 트이는 경험을 하지 않았을까.

조선시대에 시공간을 초월한 만남을 경험하는 것은 천재일우의 기회였다. 하지만 글로벌 시대에 살고 있는 우리에게 이러한 기회는 빈번하다. 우리는 책상에 앉아 세계를 돌아볼 수 있고, 통신매체로 손쉽게 전세계 사람들과 소통할 수 있다. 그럼에도 불안함과 외로움을 호소하는 사람들은 점점 많아지고 있다. 특히 최근 몇 년간 전 세계를 뒤흔든 팬데믹으로 우리의 일상생활은 한정된 공간에 갇혀버렸다. 조선후기 문인들에게 때로는 활력을, 때로는 위안과 휴식을 주었던 북경의 유리창처럼, 우리에게도 행복과 힐링의 공간이 필요하다. 답답한 현실에서 벗어나 누군가가 생각나는 그리운 장소가 있다는 것, 특별한 추억이 떠올라 미소짓게 되는 나만의 공간이 있다는 것은 참으로 행복한 일이다.

저자 명단(가나다순)

강민형(성균관대 한문학과 박사수료)

강소이(성균관대 한문학과 석사졸업)

고탁(성균관대 한문학과 박사과정)

곽지은(성균관대 한문학과 석사수료)

김보성(성균관대 한문학과 석사과정)

김성훈(성균관대 한문학과 박사수료)

김영주(성균관대 한문교육과 교수)

김용태(성균관대 한문학과 교수)

김원경(성균관대 한문학과 박사과정)

김유빈(성균관대 한문학과 박사수료)

김종민(성균관대 한문학과 BK연구교수)

김종후(성균관대 한문학과 박사과정)

김중섭(성균관대 한문학과 박사수료)

남승혜(성균관대 한문학과 석사수료)

류현주(성균관대 한문학과 석사수료)

박기완(성균관대 한문학과 박사수료)

박현진(성균관대 한문학과 석사수료)

방현아(성균관대 문과대학 박사후연구원)

성창훈(성균관대 한문학과 박사수료)

신영미(성균관대 한문학과 박사수료)

신지혜(성균관대 한문학과 박사과정)

양영옥(성균관대 대동문화연구원 책임연구원)

유이경(성균관대 한문학과 박사수료)

이승용(단국대 동양학연구원 연구교수)

이은영(성균관대 한문학과 강사)

이재현(성균관대 한문학과 석사수료)

장연수(성균관대 한문학과 박사수료)

장유승(성균관대 한문학과 교수)

장진영(한국고전번역원 번역위원)

전선영(성균관대 한문학과 석사과정)

정선우(성균관대 한문학과 석사과정)

조민제(성균관대 한문학과 박사과정)

최빛나라(고려대 민족문화연구원 연구교수)

최상근(성균관대 한문교육과 강사)

최서형(성균관대 한문학과 석사과정)